이 세상의 모든 크고 작은 생물들

All Creatures Great And Small

수의사 James Herriot
헤리엇의 이야기

이 세상의 모든 크고 작은 생물들

제임스 헤리엇 지음 | 김석희 옮김

아시아

일러두기

1. 본문의 주는 모두 역주이며, 따로 표시 없이 괄호 속에 작은 글자로 넣었다.
2. 외국의 인명과 지명은 '외래어 표기법'에 따랐다.

이 세상의 모든 크고 작은 생물들,
모든 눈부시게 아름다운 것들,
모든 똘똘하고 경이로운 것들,
그들도 모두 하느님이 만들었다.

-세실 프랜시스 알렉산더(1818~1895)

활짝 열린 문으로 바람에 날린 눈이 휘몰아쳐 들어와 벌거벗은 내 등에 쌓이는 것을 느끼면서, 이런 건 교과서에 나와 있지 않았는데…… 하고 나는 생각했다.

나는 발이 미끄러지지 않도록 돌 틈 사이에 발가락 끝을 밀어 넣고, 진통을 겪고 있는 암소의 자궁 속에 한쪽 팔을 깊숙이 밀어 넣으면서 자갈 바닥에 질펀히 깔려 있는 오물 속에 납작 엎드렸다. 웃통을 벗어부친 몸 위에 눈과 오물과 말라붙은 피가 뒤섞여 있었다. 농부가 내 머리 위에 받쳐 들고 있는 그을음투성이 석유램프가 어렴풋이 비추고 있는 범위 외에는 아무것도 보이지 않았다.

그늘에 있는 밧줄이나 기구를 찾는 일, 양동이에 반쯤 들어 있는 미지근한 물로 손과 팔을 씻는 일, 자갈이 가슴에 박히듯 파고드는 것에 대해서는 책에 한마디도 쓰여 있지 않다. 암소의 강한 저항에 맞서서 손가락 끝을 움직이다 보면 어느새 팔 근육이 차츰 마비되는 것에 대해서도 역시 책에는 한마디도 쓰여 있지 않다.

점점 심해지는 피로와 무력감, 그리고 마침내 낭패한 목소리가 가슴속에서 새어나오는 것에 대해서도 책에는 전혀 쓰여 있지 않다.

조산술을 다룬 책에 실려 있는 어떤 그림이 떠올랐다. 얼룩 하나 없는 조산용 가운을 입은 멀쑥한 수의사가 반짝반짝 빛나는 바닥 위에 서 있는 암소의 자궁 속에 한쪽 팔을 적당히 집어넣고 있는 광경이었다. 그 수의사는 느긋한 웃음을 보이고, 농부와 조수들도 웃음 띤 얼굴이고, 소까지도 미소를 짓고 있었다. 오물이나 피떡이나 땀은 어디에도 없었다.

그림 속의 남자는 점심식사를 끝내고 식당을 나온 뒤, 일종의 디저트로 순전히 자신의 즐거움을 위해 암소의 분만을 도와주려 하고 있을 뿐이다. 그는 새벽 2시에 덜덜 떨면서 잠자리에서 일어나 자동차 헤드라이트가 농장을 비출 때까지 졸린 눈을 비비며 얼어붙은 눈길을 20킬로미터나 덜컹거리며 달려가지는 않았다. 그는 암소가 누워 있는 황량한 오두막까지 눈 덮인 산비탈을 1킬로미터나 걸어서 올라가지도 않았다.

나는 암소의 자궁 속에 들어간 손을 어떻게든 안쪽으로 조금씩 더 밀어 넣으려고 애썼다. 송아지 머리가 안쪽에 있었기 때문에, 고리 모양으로 만든 밧줄을 손가락 끝으로 밀어서 송아지 아래턱에 걸려고 애쓰는 중이었다. 내 팔은 송아지와 딱딱한 골반 사이에 끼여 압박을 받고 있었다. 암소가 진통을 일으킬 때마다 그 압박은 거의 참을 수 없을 만큼 심해졌지만, 진통이 잠깐 누그러진 틈에 나는 조금씩 밧줄 올가미를 밀어 넣었다. 도대체 언제까지 이런 일을 계속할 수 있을까? 송아지 아래턱에 빨리 올가미를 걸지 못하면 도저히 송아지를 꺼낼 수 없다. 나는 끙끙거리며 이를 악물고 다시 한 번 안쪽으로 손을 뻗었다.

또다시 눈보라가 한바탕 휘몰아쳐 들어와, 등에 송골송골 맺힌 땀방울 위에서 눈송이가 쉿 하고 사라지는 소리가 들리는 듯했다. 이마에도 땀방울이 맺혀 있어서, 팔을 더 깊이 넣으려고 힘을 줄 때마다 땀방울이 눈으로 흘러들었다.

암소가 난산할 경우에는 언제나 이 분만이 과연 성공할까 하는 의심이 솟아나는 시점이 있게 마련이다. 지금이 바로 그런 때다.

온갖 말이 뇌리를 스쳤다.

'이 암소는 죽이는 편이 낫겠습니다. 골반이 너무 작고 좁아서 송아지가 나올 가능성이 거의 없어요.'

'이 암소는 꽤 살이 쪄서 고기로 먹기에 적합합니다. 그러니 도축업자한테 파는 게 낫지 않을까요?'

'송아지의 태위(胎位)가 너무 나쁩니다. 태반이 넓은 암소라면 송아지 머리를 간단히 꺼낼 수 있지만, 이번 경우에는 아무래도 불가능한 것 같습니다.'

물론 태아 절개술로 송아지를 꺼낼 수는 있다. 목에 철사를 감고 머리를 톱으로 잘라내는 것이다. 이런 경우 대개는 결국 머리와 다리와 내장이 흩어지게 된다. 암소의 자궁 속에서 죽은 송아지를 토막 내는 방법은 수없이 많고, 그 방법을 전문으로 다루고 있는 두툼한 교과서도 많다.

하지만 지금은 그 어떤 방법도 쓸모가 없었다. 송아지가 살아 있기 때문이다.

최대한 안쪽으로 손을 밀어 넣었을 때 나는 송아지의 입이 손가락 끝에 닿고 송아지의 혀가 꼼지락거리는 것을 느끼고 깜짝 놀랐다. 이렇게 거꾸로 자리 잡은 송아지는 어미 근육의 강한 수축에 짓눌리고 목이 심하게 구부러져서 질식사하는 것이 보통이기 때문에, 아직도 살아서 혀를 움직이는 것은 실로 뜻밖의 일이었다. 이 송아지는 살아 있다. 그러니까 밖으로 나올 때 몸이 흩어져 있으면 안 된다.

나는 벌써 차가워지고 피 때문에 더러워진 물이 들어 있는 양동이로 가서 말없이 두 팔을 비누로 씻었다. 그런 다음 다시 바닥에 엎드렸다. 바닥에 깔린 자갈이 더 딱딱하게 가슴을 파고들었다. 발가락을 자갈 사이에서 움직여 미끄러지지 않는 위치를 잡은 다음 눈에서 땀을 훔쳐내고, 또다시 마비된 팔을 암소의 자궁 속으로 밀어 넣었다. 팔을 사포처럼 할퀴는 듯한 느낌을 주는 송아지 다리를 따라 안으로 밀어 넣자 목의 굴곡 부위와 귀가 손가락에 닿았다. 나는 고통으로 이를 악문 채 송아지의 안면을 따라 아래턱으로 손을 뻗었다. 그 아래턱이 지금은 내 인생 최대의 목표가 되어 있었다.

나는 체력이 떨어지는 것을 느끼면서도 송아지 아래턱에 올가미를 걸려고 안간힘을 썼다. 내가 벌써 그럭저럭 두 시간이나 같은 행동을 되풀이했다고는 믿기 어려웠다. 물론 송아지 다리를 밀어내거나 눈구멍에 손가락을 걸어서 잡아당기는 따위의 다른 처치도 모두 시도해보았지만, 결국 올가미를 아래턱에 거는 방법으로 돌아올 수밖에 없었다.

그동안 내 기분은 줄곧 비참했다. 농장주인 딘즈데일 씨는 키가 크고 우울한 표정의 과묵하고 조용한 남자였는데, 언제 최악의 사태가 일어나도 놀랍지 않다는 얼굴을 하고 있었다. 함께 있는 아들도 역시 키가 크고 우울해 보이는 조용한 남자였다. 그 두 남자가 내 악전고투를 우울한 눈으로 가만히 지켜보고 있었다.

하지만 가장 다루기 어려운 것은 '아저씨'라고 불리는 남자였다. 산중턱에 있는 이 오두막에 처음 도착했을 때 나는 펠트 모자를 쓰고 쾌활한 눈을 가진 작달막한 노인이 산더미처럼 쌓인 짚단 위에 편안하게 앉아 있는 것을 보고 뜻밖이라는 느낌을 받았다. 파이프에 담배를 재고 있었는데, 그 태도로 보아 구경을 즐기려는 게 분명했다.

"이보게, 젊은이." 노인은 웨스트라이딩 지방의 사투리가 섞인 콧소리로 외쳤다. "나는 딘즈데일의 형이라네. 리스턴데일에서 농사를 짓고 있지."

나는 도구를 내려놓고 고개를 끄덕였다.

"안녕하세요. 헤리엇입니다."

노인은 날카로운 눈으로 나를 훑어보았다.

"우리 동네 수의사는 브룸필드 선생인데, 그분 이야기는 들어봤겠지? 그 양반에 대해서는 누구나 알고 있을 테니까. 그 브룸필드 선생은 훌륭한 수의사라네. 특히 송아지를 받는 일에는 뛰어난 달인이지. 나는 여태까지 그분이 실패하는 것을 본 적이 없어요."

나는 간신히 희미한 미소를 지었다. 다른 때였다면, 내 동업자가 아주 잘한다고 칭찬받는 것을 들으면 기뻐했겠지만, 어쨌든 지금은 도저히 그런 기분이 나지 않았다. 사실 내 마음속에서는 노인의 말에 반응하여 불길한 조종이 희미하게 울려 퍼지고 있었다.

"죄송하지만 저는 브룸필드라는 분을 모릅니다." 나는 내키지 않는 기분으로 웃옷을 벗고, 더욱 주눅이 드는 것을 느끼면서 마지못해 셔츠를 머리 위로 벗었다. "이 지방에 온 지 얼마 안 되었거든요."

아저씨라고 불리는 노인은 어이없다는 표정을 지었다.

"그분을 모른다고! 그럼 그분을 모르는 건 당신뿐이야. 리스턴데일에서는 우는 아이도 울음을 그칠 만큼 대단한 분인데." 그는 입을 다물고 성냥으로 파이프에 불을 붙였다. 그리고 소름이 돋아난 내 상체를 힐끔 바라보았다. "브룸필드 선생은 옷을 벗으면 꼭 권투선수 같아. 근육질 몸통은 남자도 반할 정도라니까."

11

무력감이 천천히 내 몸을 덮쳤다. 나는 갑자기 다리가 막대기처럼 느껴지고 기력을 잃었다. 내가 밧줄과 기구를 깨끗한 수건 위에 늘어놓기 시작하자, 그 노인이 또 입을 열었다.

"젊은 수의사 선생, 자격증을 딴 지 얼마나 됐나?"

"7개월쯤 됩니다."

"7개월?" 노인은 너그러운 미소를 지으면서 담배를 파이프에 잰 다음, 악취를 풍기는 푸른 담배연기를 입에서 구름처럼 토해냈다.

"무슨 일이든 경험이 제일이라는 게 내 지론이야. 브룸필드 선생은 벌써 10년 넘게 우리 농장의 동물들을 돌봐주고 있지. 그분한테는 뭐든지 안심하고 맡길 수 있다네. 책을 아무리 공부해도 경험을 많이 쌓은 사람한테는 도저히 당할 수 없지."

나는 적정량의 소독액을 양동이에 붓고 비누로 거품을 내며 두 팔을 꼼꼼히 소독한 뒤, 암소의 뒤쪽에 무릎을 꿇었다.

"브룸필드 선생은 언제나 특별한 윤활유를 우선 팔에 바르지." 노인은 만족스럽게 파이프를 빨면서 말했다. "비눗물만으로는 자궁에 안 좋다고 말하더군."

나는 첫 촉진을 했다. 그것은 암소의 자궁 속에 처음 손을 넣었을 때 모든 수의사가 경험하는 불안하고 괴로운 순간이었다. 몇 초 만에 벗은 윗옷을 다시 입게 될지, 아니면 앞으로 몇 시간 동안이나 고역을 치르게 될지를 그때 알 수 있다.

이번에는 아무래도 운이 없는 것 같았다. 태아의 위치가 좋지 않았다. 태아가 거꾸로 앉아 있는데다가 손을 밀어 넣을 여지가 전혀 없었다. 새끼를 낳아본 경험이 있는 암소라기보다는 오히려 처음 새끼를 낳는 미숙한 암소의 태내 같았다. 그리고 이 암소는 태내가 너무 건조했다. 양수는 벌써 몇 시간 전에 터져서 나와버렸을 것이다. 이 암소는 고원에 나가서 뛰어다니다가 예정일보다 일주일이나 일찍 산기가 돌았다. 그래서 반쯤 허물어진 이 오두막으로 황급히 데리고 들어와야 했다. 어쨌든 내가 다시 잠자리에 들기까지는 오랜 시간이 걸릴 것 같았다.

"그래, 진단 결과는 어떤가, 젊은이?" 노인의 목소리가 날카롭게 정적을 꿰뚫었다. "거꾸로 앉았다고? 그 정도야 아무것도 아니지. 브룸필드 선생도 그런 송아지를 자주 받았거든. 보니까 그분은 송아지의 몸을 자궁 속에서 빙그르르 돌려서 뒷다리부터 끄집어내더라고."

나는 이런 종류의 허튼소리를 전에도 들은 적이 있었다. 개업한 지 얼마 되지 않았지만, 모든 농장주는 다른 농장의 가축에 대해서는 전문가가 무색할 정도로 아는 체한다는 것을 나는 알고 있었다. 자기네 가축의 상태가 나빠지면 당장 수의사를 부르려고 전화통으로 달려가는 주제에, 이웃집 가축에 대해서는 뭐든지 알고 있다는 투로 조언을 잔뜩 들려주는 것이다.

내가 알아차린 또 한 가지 사실은 그런 사람들의 조언이 대개의 경우 수의사의 조언보다 유용하게 여겨진다는 것이었다. 예를 들면 지금과 같은 경우가 그랬다. 노인은 분명 해박한 사람으로 알려져 있을 것이고, 그래서 딘즈데일 부자는 그가 하는 말에는 무엇이든 공손히 귀를 기울이고 있었다.

"이런 경우 또 한 가지 방법은 힘센 사람 몇 명이 밧줄을 쥐고, 거꾸로 앉은 송아지를 그대로 끌어내는 거야." 노인이 말했다.

나는 자궁 속을 손으로 더듬는 작업을 계속하면서 숨을 헐떡이며 말했다.

"이 좁은 자궁 속에서 송아지 몸을 돌리는 건 불가능합니다. 그렇다고 해서 머리를 이쪽으로 돌리지 않고 억지로 끌어내면 어미의 골반이 부서져버릴 거예요."

딘즈데일 부자는 눈을 반쯤 감고 있었다. 그들은 내가 노인의 탁월한 지식 앞에서 애매모호한 태도로 발뺌을 하려 한다고 생각하는 게 분명했다.

그로부터 두 시간이 지난 지금 나의 패색은 더욱 짙어졌다. 이제 손을 들기 직전이었다. 더러운 자갈 위에 엎드려 있는 나를 딘즈데일 부자는 입을 꾹 다문 채 말없이 지켜보고 있었고, 노인은 청산유수처럼 논평을 계속하고 있었다. 노인은 이렇게 유쾌한 밤은 몇 년 만에 처음이라는 듯, 불그레한 얼굴을 기쁨으로 빛내며 작은 눈을 반짝이고 있었다. 일부러 산비탈을 올라와 여기까지 구경하러 온 수고를 백배로 보상받은 것이다. 노인의 정력은 쇠할 줄 모르고, 한순간도 놓치지 않고 탐욕스럽게 즐기고 있었다.

나는 오물이 얼굴에 달라붙은 것도 내버려둔 채 입을 헤벌리고 거기에 누워 있었다. 노인은 파이프를 손에 들고 짚더미 위에서 앞으로 몸을 굽혔다.

"젊은이, 아무래도 당신이 진 것 같아." 노인은 완전히 만족하고 기뻐했다. "나는 브룸필드 신생이 실패하는 건 본 적이 없지만, 그분은 여러 가지로 경험을 쌓았거든. 게다가 그분은 힘이 장사야. 정말로 지칠 줄 모르는 사람이지."

부글부글 끓어오르는 분노가 내 가슴에 넘쳐흘렀다. 물론 내가 당연히 해야 할 일은 일어나서 양동이에 담긴 핏물을 노인의 머리에 붓고 언덕 비탈을 달려 내려가 차를 몰고 도망치는 것―요크셔로부터, 노인으로부터, 딘즈데일 가족으로부터, 이 암소로부터 사라지는 것이다.

그 대신 나는 이를 악물고 다리를 앙버틴 채 손을 안쪽으로 더 깊이 밀어 넣는 데 전력을 기울였다. 그러자 올가미가 날카롭고 작은 앞니 위를 살짝 미끄러져 송아지의 입 안으로 들어가는 것이 느껴졌다. 순간, 나는 믿을 수가 없었다. 나는 낮은 목소리로 기도를 드리면서 송아지의 몸 밖으로 나와 있는 가느다란 밧줄을 왼손으로 조심조심 잡아당겼다. 그러자 올가미가 매듭이 되어 조여지는 것이 느껴졌다. 드디어 송아지 아래턱에 올가미가 걸린 것이다.

마침내 내 일이 성공 궤도에 올라섰다.

"자, 딘즈데일 씨, 이 밧줄을 잡고 가볍게 살며시 당겨주세요. 그리고 내가 자궁 속에서 송아지의 몸을 힘껏 누를 테니까, 거기에 맞춰서 밧줄을 당겨보세요. 그렇게 하면 분명히 머리가 이쪽으로 돌아올 겁니다."

"올가미가 벗겨지면 어떡하지?" 노인은 그렇게 되기를 바라고 있는 것처럼 물었다.

나는 대답하지 않았다. 그리고 송아지 어깨에 손을 대고 자궁 수축에 맞서서 송아지 어깨를 밀기 시작했다. 송아지의 작은 몸뚱이가 내 손에서 멀어져가는 것이 느껴졌다.

"자, 딘즈데일 씨, 힘을 주지 말고 천천히 잡아당겨보세요." 그리고 마음속으로는 '아아, 하느님, 올가미가 벗겨지지 않게 도와주세요' 하고 기도하고 있었다.

송아지 머리가 이쪽을 향하게 되었다. 송아지의 목이 내 팔을 따라 이

쪽으로 뻗어오는 것이 느껴지더니, 이윽고 송아지의 귀가 내 팔꿈치에 닿았다. 나는 송아지의 어깨에 댄 손을 떼고 작은 코를 움켜잡았다. 그리고 송아지의 이빨이 어미의 질벽에 닿지 않도록 손을 대고 송아지 머리를 앞다리 위에 올려놓았다. 그것이 본래의 정상적인 태위였다.

나는 재빨리 올가미를 길게 늘여서 양쪽 귀 뒤에 걸었다.

"자, 어미가 진통을 일으키면 올가미에 걸어놓은 머리를 살며시 잡아당겨주세요."

"아니, 다리를 잡아당겨야 돼." 노인이 외쳤다.

"아시겠죠? 머리를 잡아당기는 겁니다!" 나는 큰 소리로 고함을 질렀다.

그러자 노인이 부루퉁한 표정을 지으며 짚단 위로 물러났기 때문에 나는 속이 후련했다.

진통과 함께 송아지 머리가 나왔다. 뒤이어 나머지 부분도 주르르 빠져나왔다. 밖으로 나온 송아지는 자갈 위에 축 늘어졌다. 그 눈빛은 흐리멍덩하게 생기가 없고, 푸르죽죽해진 혀는 기분 나쁘게 부풀어 있었다.

"죽은 거야. 그래, 틀림없어." 노인이 공세를 취하며 툴툴거렸다.

나는 송아지의 입에서 점액을 닦아낸 다음, 내 입을 대고 힘껏 숨을 불어넣어 인공호흡을 하기 시작했다. 갈비뼈를 두세 번 압박하자 송아지는 꿈틀 움직이며 캑캑거리고 눈을 껌벅거렸다. 그러다가 숨을 들이마시기 시작했고 한쪽 다리에 경련을 일으켰다.

노인은 모자를 벗더니, 믿을 수 없다는 듯이 머리를 긁적거렸다.

"이럴 수가! 살아 있군. 당신이 하도 무모한 짓을 하길래 틀림없이 죽을 줄 알았는데." 노인은 아까의 달변은 어디로 갔는지, 빈 파이프를 입에 문 채 멍해 있었다.

"이놈한테 지금 필요한 건 이겁니다."

나는 송아지의 앞다리를 잡고 어미의 머리 쪽으로 끌고 갔다. 암소는 옆구리를 아래로 향한 채 힘없이 드러누워 자갈이 깔린 울퉁불퉁한 바닥에 축 늘어진 머리를 올려놓고 있었다. 눈은 거의 감겨 있고 가슴이 위아래로 오르내리고 있을 뿐, 어떤 것에도 관심이 없는 듯이 보였다. 하지만 제 얼굴에 송아지의 몸이 닿는 것을 느끼자 변화가 일어났다. 눈을 크게 뜨고 코끝을 움직여 킁킁 냄새를 맡으며 새끼를 살피기 시작했다. 암소의 관심은 냄새를 맡을 때마다 강해졌고, 목구멍 속에서 울려나오는 듯한 골골거리는 소리를 내며 코끝으로 송아지의 몸뚱이를 구석구석 탐색하면서 윗몸을 일으키려고 기를 썼다. 간신히 몸을 일으키자, 이번에는 송아지를 꼼꼼히 핥기 시작했다. 그것은 자연의 섭리에 따른 이상적인 자극 마사지라고 할 만한 것이어서, 어미의 까칠까칠한 혀가 끈적거리는 송아지의 몸뚱이 위를 기어가자 송아지는 등을 활처럼 구부렸다. 1분도 지나기 전에 송아지는 고개를 흔들면서 일어나려고 애썼다.

나는 싱긋 웃었다. 그것은 회심의 미소였다. 나는 작은 기적을 일으켰다. 그것은 몇 번을 보아도 결코 퇴색하지 않는 장면처럼 여겨졌다. 나는 피부에 달라붙은 피떡과 오물을 되도록 꼼꼼히 닦아내려 했지만, 대부분은 완전히 달라붙어버려서 손톱으로 긁어도 떼어낼 수 없었다. 집에 돌아가서 욕조에 들어갈 때까지 기다려야 할 터였다. 머리 위로 셔츠를 입으려고 하자, 오랫동안 몽둥이로 얻어맞은 듯한 느낌이 들었다. 온몸의 근육이 쑤셨다. 입 안은 바싹 말라서 버석거렸고 입술은 끈적거렸다.

키가 크고 음울해 보이는 사람이 옆으로 다가왔다.

"한잔 할래?" 딘즈데일 씨가 물었다.

나는 입이 헤벌어지면서 내 더러운 얼굴에 의아한 웃음이 떠오르는 것을 느꼈다. 적당량의 위스키를 넣은 뜨거운 홍차가 눈앞에 어른거렸다.

"그거 좋지요. 한 잔 마시고 싶군요. 두 시간 동안 중노동을 했으니까요."

"아니, 나는 암소한테 물었는데." 딘즈데일 씨는 나를 빤히 바라보면서 말했다.

나는 당황하여 지껄이기 시작했다.

"아아, 그럼요. 물론 어미한테 한 잔 주셔야죠. 목이 몹시 마를 테니까요. 기뻐할 겁니다. 예, 그래요. 한 잔 주세요."

나는 도구를 챙겨서 비틀거리는 걸음으로 오두막을 나왔다. 황량한 고원은 아직 어둡고, 찬바람이 설원 위를 휘몰아쳐와 눈을 아프게 때렸다. 무거운 걸음으로 언덕을 터덜터덜 내려가고 있는데, 지칠 줄 모르는 노인의 귀에 거슬리는 목소리가 마지막 숨통을 끊듯 나를 따라왔다.

"브룸필드 선생은 해산한 암소한테 절대로 마실 걸 주지 않아. 배가 차가워지면 안 되기 때문이라고 하더군."

2

작은 털털이 버스 안은 후덥지근하고, 게다가 나는 7월의 태양이 창문에 쨍쨍 내리쬐는 쪽에 자리를 잡고 있어서 견딜 재간이 없었다. 단벌 나들이옷인 양복이 답답해서 몸을 꼼지락거리고, 목을 조이고 있는 하얀 칼라 속에 손가락을 집어넣어 바람을 들여보냈다. 이런 더위에는 바보같은 옷차림이지만, 나를 고용해줄지 모르는 인물이 저쪽에서 나를 기다리고 있기 때문에 좋은 인상을 주어야 했다.

나에게 이 면접은 아주 중요했다. 1937년에 수의사 자격증을 땄다는 것은 실업자 대열에 끼어드는 거나 마찬가지였다. 10년 동안 정부의 태만으로 농업이 극도로 부진하여, 수의사의 밥줄인 짐말이 급속도로 사라져가고 있었다. 5년 동안 힘든 수련을 마치고 대학을 졸업한 젊은이들을 맞이하는 사회가 그들의 열의와 넘치는 지식에 대해 냉담할 것은 불 보듯 뻔했다. 『수의사 회보』에는 매주 두세 건의 구인 광고가 실렸지만, 그 인원의 80배나 되는 지원자가 몰려들곤 했다.

그래서 요크셔 데일스(영국 잉글랜드 북동부 요크셔 지방의 북쪽 지역. 고원과 골짜기가 아름답게 펼쳐져 있어서 '신이 내린 땅'이라는 말을 들었으며, 1954년에 국립공원으로 지정되었다)의 대러비(가상의 마을. 실제 지명은 서스크)에서 편지 한 통이 날아왔을 때는 꿈인 줄 알았다. 영국수의학협회 회원인 시그프리드 파넌 씨가 금요일 오후에 나를 만나고 싶다는 것이었다. 차를 마시러 오시게. 이야기를 나눠본 다음, 피차 괜찮으면 조수로 근무해주게. 나는 믿을 수 없는 기분으로 그 동아줄을 움켜잡았다. 나와 함께 자격증을 얻은 친구들은 대부분 실업 중이거나 공장이나 조선소에서 노동자로 일하고 있었기 때문에, 어차피 내 장래도 그 정도일 거라고 체념하고 있었다.

버스가 또다시 가파른 커브에 접어들자 운전수는 다시 요란한 소리를 내며 기어를 바꾸었다. 버스는 마지막 25킬로미터의 오르막을 계속 올라가 멀리 솟아 있는 페나인 산맥의 푸르스름한 산들 쪽으로 다가가고 있었다. 나는 지금까지 요크셔를 방문한 적이 없었고, 그 이름을 들으면 요크셔푸딩(로스트비프 밑에 깔아서 구운 뒤 함께 먹는 일종의 푸딩)과 마찬가지로 속을 거북하게 만드는 따분한 지방이라는 이미지밖에 떠오르지 않았다. 나는 요크셔가 실제로 따분하고 아무 매력도 없는 곳일 거라고 각오하고 있었다. 하지만 버스가 굉음을 내면서 점점 높이 올라가자 뜻밖이라는 느낌이 들기 시작했다. 끝없이 이어지던 고원이 높게 자란 풀로 뒤덮인 언덕이나 넓은 골짜기로 바뀌어간 것이다. 골짜기에는 강물이 나무들 사이를 누비듯 흐르고 있고, 꼭대기부터 산중턱까지 완전히 뒤덮고 있는 울창한 히스의 바다에 선명한 초록빛 곳을 불쑥 내밀고 있는 군도와도 같은 경작지들 사이에 군데군데 견고한 화산암으로 지은 농가들이 보였다.

울타리는 차츰 돌담으로 바뀌고, 돌담이 길 양쪽에 늘어서서 밭을 에워싸고, 초록빛 언덕이 몇 킬로미터나 끝없이 이어져 있어서, 마치 고원 전체가 돌담 무늬를 아로새긴 초록빛 도안처럼 보였다.

하지만 목적지가 가까워질수록 내가 들은 끔찍한 소문들이 차례로 머리에 떠올랐다. 몇 달 동안 요크셔에서 일하면서 온갖 괴로움과 쓰라림을 맛본 수의사들이 대학으로 돌아와서 해준 이야기였다. 수의사 조수란 심술궂고 무자비한 고용주에게 혹사당하고 그러고도 배를 곯는 벌레 같은 존재에 불과하다는 것이다.

데이브 스티븐스는 떨리는 손으로 담배에 불을 붙이면서 이렇게 말했다.

"하룻밤도 쉰 적이 없고, 오전만 근무하는 날도 없어. 원장은 나한테 세차를 시키고 정원에서 땅을 파게 하고 잔디를 깎게 하고, 심지어 자기 집에서 쓸 물건을 사오라는 심부름까지 시키는 거야. 하지만 굴뚝 청소를 하라는 말을 들었을 때는 나도 더 이상 참을 수가 없어서 그만둬버렸지."

그런가 하면 윌리 존스톤은 이렇게 말했다.

"내가 맨 처음 한 일이 뭔지 알아? 위 펌프용 고무관을 말의 입으로 집어넣는 거였어. 그런데 식도가 아니라 기관지로 잘못 넣어버린 거야. 두세 번 펌프질을 했더니 말이 털썩 쓰러져서 그만 죽어버렸어. 내 머리카락이 하얗게 세기 시작한 건 그때부터야."

프레드 프링글에 대해 떠도는 그 끔찍한 소문은 또 어떤가. 프레드가 몸이 부어오른 소에게 투관침을 꽂고 가스를 빼내고 있을 때, 소의 배 속에 갇혀 있던 가스가 쉿쉿 소리를 내며 나오는 것을 본 농장주가 깊은 인상을 받았기 때문에 프레드는 열중한 나머지 담배 라이터로 삽입관에 불을 붙이고 말았다. 활활 타오른 불길이 짚더미에 옮겨 붙어 외양간이 다 타버렸다. 프레드는 그 직후 서인도제도에 있는 어느 식민지로 일자리를 옮겼다.

아니, 헛소문이야. 그런 일이 사실일 리가 없어. 나는 멋대로 흥분해 있는 상상력에 찬물을 끼얹고, 불이 딱딱거리며 타오르는 소리나 안전한 곳으로 끌려가는 소들의 겁에 질린 울음소리를 듣지 않으려고 애썼다. 헛소문이야. 그런 일이 있을 리가 없어. 나는 땀이 배어나온 두 손을 무릎에 문지르고 이제 곧 만나게 될 인물에 대해 생각을 집중하려고 노력했다.

시그프리드 파넌. 요크셔의 수의사로는 특이한 이름이군. 아마 이 나라에서 교육을 받고 개업하기로 결심한 독일인일 거야. 이름도 처음엔 파넌이 아니었을 거야. 아마 파레넨이었겠지. 그래, 지그프리트 파레넨. 내 공상 속에서 그는 차츰 형체를 갖추기 시작했다. 쾌활한 눈, 밝은 웃음을 머금은 입, 땅딸막하고 통통한 체구. 하지만 그보다는 오히려 차가운 눈과 뻣뻣한 머리털을 가진 촌스러운 독일인이 개업 수의사에 대한 일반적인 이미지에 딱 들어맞는 듯한 기분이 들었다.

문득 정신을 차리고 보니 버스는 덜컹거리며 좁은 도로를 달리고 있었지만, 이윽고 넓은 광장으로 나와서 멈춰 섰다. 아무 장식도 없는 식료품점 창문에 '대러비 협동조합'이라고 쓰여 있는 것이 보였다. 대러비에 도착한 것이다.

버스에서 내리자 나는 낡은 여행가방 옆에 서서 주위를 둘러보았다. 무언가 이상한 느낌이 들었지만 처음에는 그게 무엇인지 알지 못했다. 하지만 잠시 후 그 원인을 알았다. 바로 정적이었다. 다른 승객들이 흩어져버리고 버스의 엔진 소리가 사라지자 주위가 쥐죽은 듯 조용해졌다. 어디에서도 소리 하나 들리지 않았고, 움직이는 것도 보이지 않았다. 단 하나, 눈에 띄는 생명의 징후는 광장 한복판에 있는 시계탑 주위에 앉아 있는 한 무리의 노인들이었지만, 그들도 마치 석상처럼 꼼짝하지 않았다.

여행안내서는 대러비에 대해 별로 많은 지면을 할애하지 않았다. 오래된 다리 두 개와 자갈 깔린 시장을 제외하면 흥미로운 게 전혀 없는, 대러비 호반의 한적하고 작은 마을이라고 쓰여 있을 뿐이었다. 하지만 실제로 그 마을을 보면, 조약돌이 많은 대러비 강을 사이에 두고 민가가 밀집해 있고 허언 산기슭의 비탈까지 집들이 점점이 이어져 있는 아름다운 곳이었다. 초록빛의 허언 산은 밀집한 민가의 지붕들보다 500미터 이상 높이 솟아 있어서, 대러비에서는 어디에서나, 길에서도 집의 창문에서도 보일 만큼 웅장했다.

맑은 공기가 넓은 공간에서 기분 좋게 살랑거렸다. 나는 30킬로미터 후방에 있는 평지에 무언가를 버리고 온 듯한 기분이 들었다. 숨 막힐 듯한 도회지의 공기, 매연, 먼지 같은 것이 벌써 내게서 벗겨지는 것 같았다.

트렌게이트는 광장에서 좀 들어간 곳에 있는 조용한 거리였고, 거기서 나는 스켈데일 하우스를 처음 보았다. 보자마자 이 집이 틀림없다고 생각했다. 가까이 다가가서 보니, 아니나 다를까 철책에 약간 비스듬히 걸려 있는 고풍스러운 놋쇠 명판에 '영국수의학협회 회원 S. 파넌'이라는 글자가 박혀 있었다. 아름다운 적벽돌 벽을 맨 위층 창문까지 어수선하게 덮고 있는 담쟁이가 이 집의 특징이었다. 내가 받은 편지에는 담쟁이가 있는 집은 하나밖에 없으니까 찾기 쉬울 거라고 쓰여 있었다. 여기가 바로 내가 수의사로서 처음 일하게 될지도 모르는 곳이었다.

그 집 현관까지 오자 나는 마치 달려온 것처럼 숨이 가쁜 것을 느꼈다. 용케 취직이 되면 이 집이야말로 나 자신의 가능성을 발견하게 될 곳이었다. 해보고 싶은 일은 잔뜩 있었다.

나는 그 오래된 집의 외관이 마음에 들었다. 그것은 조지 양식(영국 왕조지 1·2·3·4세의 치세[1714~1830년]에 이루어진 미술·건축 양식)의 건물로서 하얗게 칠한 훌륭한 현관이 딸려 있었다. 창문도 하얗다. 아래층 창문은 넓고 아름답지만, 훨씬 위쪽에 튀어나와 있는 기와지붕 밑에 보이는 위층 창문은 좁은 정사각형이었다. 페인트는 벗겨지고 몰타르는 벽돌 사이에서 푸슬푸슬 떨어져 내릴 것처럼 보였지만, 그 모습에는 시간의 흐름을 초월한 아름다움이 있었다. 앞마당은 없고, 조금 떨어진 도로와 건물 사이에는 철책이 있을 뿐이었다.

내가 현관에서 초인종을 울리자, 당장 멀리서 늑대 무리가 일제히 짖어대는 듯한 소리가 오후의 정적을 깨뜨렸다. 현관문의 위쪽 절반이 유리로 되어 있어서, 그 창으로 안을 들여다보니 수많은 개가 사납게 짖으면서 긴 복도의 모퉁이를 돌아 현관 쪽으로 우르르 달려오고 있었다. 내가 동물에 익숙지 않았다면 발꿈치를 돌려 걸음아 나 살려라 하고 달아나버렸을 것이다. 하지만 실제로는 조심스럽게 약간 뒤로 물러났을 뿐, 나를 향해 펄쩍 뛰어오르는 개들의 얼굴을 가만히 바라보았다. 두 마리가 한꺼번에 뛰어오르기도 했는데, 모든 개가 눈을 번득이며 침을 질질 흘리고 있었다. 그런 상태가 1, 2분쯤 계속되자 나는 개들을 구별할 수 있게 되었고, 처음에 대충 여남은 마리라고 생각한 것이 과장되었다는 것을 깨달았다. 실제로는 겨우 다섯 마리였다. 거대한 체구 때문에 높이 뛰어오를 필요가 없어서 가장 빈번하게 나와 얼굴을 맞댄 황갈색의 그레이하운드, 코카스패니얼, 스코치테리어, 위피트, 다리가 짧은 소형 사냥개인 테리어. 이 마지막 녀석은 유리창이 너무 높아서 얼굴을 볼 수 없었지만, 성공적으로 뛰어올랐을 때는 다시 시야에서 사라질 때까지 잠깐 동안 더욱 신경질적으로 짖어댔다.

초인종을 다시 누를까 생각하고 있을 때 몸집이 큰 아주머니가 복도에 나타났다. 그녀가 무어라고 한마디 꾸짖자 개들은 마치 마법에라도 걸린 것처럼 얌전해졌다. 그녀가 문을 열자 날뛰고 있던 개들은 비위를 맞추듯 그녀의 발치 주변을 살금살금 돌아다니며 흰자위를 드러내고 꼬리를 말아서 흔들었다. 이렇게 비굴한 집단은 본 적이 없었다.

"안녕하세요?" 나는 미소를 지으며 말했다. "저는 헤리엇이라고 합니다."

문이 열리자 아주머니는 덩치가 더 커 보였다. 나이는 예순 살쯤 되어 보였지만, 뒤로 빗어 넘겨 단단히 묶은 머리는 새까맣고 백발이 거의 없었다. 그녀는 고개를 끄덕이며 상냥한 눈으로 나를 바라보았다. 나에 대해 좀 더 알고 싶어서 내가 더 말해 줄 것을 기다리는 눈치였다. 내 이름만 듣고는 아무 생각도 떠오르지 않는 모양이었다.

"파넌 원장님이 저를 기다리고 계실 텐데요. 오늘 오라고 편지를 보내셨거든요."

"헤리엇 씨라고요?" 그녀는 생각하면서 말했다. "진료 시간은 여섯 시부터 일곱 시까지예요. 개를 데려오신다면 그 시간이 제일 좋을 거예요."

"아니, 그게 아니라……" 나는 얼굴에서 미소를 지우지 않으려고 애쓰면서 말했다. "저는 조수 후보예요. 원장님이 오늘 티타임(오후 나절에 과자를 곁들여 차를 마시는 휴식 시간)에 맞춰서 오라고 하셨어요."

"조수요? 어머나, 그거 잘됐네요." 그녀의 얼굴 주름이 조금 누그러졌다. "나는 홀 부인이에요. 이 집의 가정부죠. 파넌 원장님은 독신이시잖아요. 당신에 대해서는 아무 얘기도 못 들었지만, 좋아요, 어서 들어와서

25

차 한 잔 드세요. 원장님은 이제 곧 돌아오실 테니까."

나는 복도의 하얀 벽 사이를 지나 그녀를 따라갔다. 바닥에 깔린 타일을 밟을 때마다 또각또각 소리가 났다. 복도 끝에서 오른쪽으로 구부러지자, 그곳에도 긴 복도가 이어져 있어서 안길이가 무척 긴 집이구나 생각하고 있을 때, 홀 부인이 나를 햇빛이 잘 드는 방으로 안내했다.

그 방은 천장이 높고 바람이 잘 통하고, 묵직한 벽난로 양쪽에 아치 모양의 벽감이 딸려 있어서 꽤 당당해 보였다. 방 한쪽은 프랑스식 창문(좌우 여닫이의 유리문으로, 보통 뜰이나 발코니로 통하는 출입구로 쓰인다)으로 되어 있고, 높은 담장으로 둘러싸인 길쭉한 정원에 면해 있었다. 멋대로 자란 잔디밭과 돌탑과 많은 과일나무가 보였다. 무성한 작약이 뜨거운 햇살을 받아 흐드러지게 피어 있고, 한쪽 구석에 무리지어 높이 솟아 있는 느릅나무 가지에서는 까마귀들이 까악까악 울고 있었다. 정원 너머에는 푸른 언덕들이 이어져 있고, 그 비탈에는 돌담이 점점이 흩어져 있었다.

어디에나 있을 법한 가구들이 낡은 카펫 위에 여기저기 놓여 있었다. 사냥 장면을 묘사한 판화가 벽에 걸려 있고, 사방에 책이 놓여 있었다. 벽감의 책꽂이에도 꽂혀 있지만, 대부분은 구석진 바닥에 층층이 쌓여 있었다. 백랍으로 만든 1파인트(0.57리터)들이 단지가 벽난로에서 가장 눈에 띄는 자리를 차지하고 있었다. 그것은 참으로 흥미로운 단지였다. 단지에는 수표와 지폐가 가득 들어 있고, 일부는 단지에서 비어져 나와 벽난로 바닥에까지 흩어져 있었다. 놀라서 멍하니 바라보고 있으려니까 홀 부인이 찻잔을 담은 쟁반을 들고 들어왔다.

"원장님은 왕진을 나가신 모양이죠?" 내가 물었다.

"아니요. 어머니를 만나러 브로턴(요크셔의 남쪽 링컨셔 주의 북쪽에 있는 소도시)에 가셨어요. 사실은 언제 돌아오실지 나도 잘 몰라요."

그녀는 찻잔을 내려놓고 나갔다.

개들은 방 여기저기에 얌전히 엎드려 있었다. 스코치테리어와 코카스패니얼이 푹신한 의자 하나를 누가 차지할 것인가를 놓고 잠깐 다투었을 뿐, 좀 전의 무시무시한 소란은 마치 거짓말 같았다. 개들은 모두 상냥하고 따분한 듯한 눈으로 가만히 나를 바라보면서 동시에 몰려오는 졸음과 싸우고 있었지만, 승산은 없어 보였다. 고개를 끄덕거리면서 끝까지 버티고 있던 개가 마침내 항복해버리자 요란하게 코고는 소리가 방 전체에 울려 퍼졌다.

하지만 나는 개들처럼 느긋하게 있을 수 없었다. 나는 낭패감에 사로잡혀 있었다. 취직을 위한 면접인 줄 알고 잔뜩 긴장하여 찾아왔는데, 이래서는 전혀 기댈 데가 없었다. 정말 이해할 수 없는 일이었다. 조수를 모집한다고 면접 날짜까지 정해놓고 왜 하필이면 그날 어머니를 찾아갔을까? 게다가 만약 채용되면 나도 이 집에서 살게 될 텐데, 가정부는 내가 쓸 방을 준비하라는 지시도 받지 못했다. 방을 준비하기는커녕 나에 대한 이야기도 전혀 듣지 못한 것이다.

내 상념은 현관의 초인종이 울리는 소리에 중단되었다. 개들은 마치 전기에 감전된 것처럼 일제히 요란하게 짖으며 벌떡 일어나더니 한 덩어리가 되어 방 밖으로 뛰쳐나갔다. 이 녀석들은 좀 지나치게 의무에 충실한 게 아닐까 하는 생각이 들었다. 홀 부인이 현관으로 나가는 기척이 없었기 때문에 내가 개들이 날뛰고 있는 현관으로 나갔다.

"조용히 해!" 내가 호통을 치자 소란이 그쳤다. 개 다섯 마리는 내 발치에 몸을 웅크리고, 당장이라도 무릎을 꿇을 것처럼 비굴한 태도를 취했다. 그 중에서도 가장 비굴한 녀석은 입술을 잡아당겨 이빨을 드러내고는 변명하듯 아첨하는 웃음을 짓고 있는 그레이하운드였다.

현관문을 열자 얼굴이 동그랗고 뚱뚱한 남자가 무언가를 단단히 벼르고 있는 듯한 표정으로 나를 바라보았다. 그는 무릎까지 올라오는 부츠를 신고 난간에 거만하게 기대 서 있었다.

"안녕하쇼. 파넌 원장은 안 계신가?"

"지금 안 계시는데요. 무슨 일이시죠?"

"그럼 원장이 돌아오면 전해주쇼. 버로힐스의 버트 샤프네 농장에 구멍을 뚫을 필요가 있는 암소가 한 마리 있다고."

"구멍을 뚫어요?"

"그렇소. 그 암소는 통이 세 개만 움직이고 있거든."

"통이 세 개라고요?"

"그렇다니까. 그래서 어떻게든 손을 쓰지 않으면 유어가 잘못될 거요. 안 그렇소?"

"아마 그렇겠지요."

"농이라도 생기면 탈이잖소? 펠론은 질색이오. 안 그렇소?"

"그야 물론이죠."

"좋소. 그럼 원장한테 그렇게 전해주쇼. 그럼……."

나는 생각에 잠겨 거실로 돌아왔다. 참으로 한심한 일이지만 나는 내 첫 번째 환자의 증상을 들으면서 한마디도 알아듣지 못했다.

내가 다시 의자에 앉자마자 또다시 초인종이 울렸다. 이번에는 펄쩍 뛰어오른 개들이 공중에 그대로 얼어붙어버릴 만큼 재빨리 큰 소리로 호통을 쳤다. 개들은 내가 지른 고함 소리의 의미를 알아차리고 멋쩍은 듯 각자의 자리로 돌아갔다.

이번에는 헝겊 모자를 눈썹까지 눌러쓰고 머플러를 울대뼈 앞에서 단정하게 묶고 도기 파이프를 정확히 입술 한가운데에 문 근엄한 신사였다. 그는 파이프를 입에서 떼고, 뜻밖에도 걸쭉한 말투로 말하기 시작했다.

"나는 멀리건인데, 파넌 원장이 우리 개한테 약을 좀 지어줬으면 좋겠소."

"개가 어떻게 아픈데요?"

그는 무슨 소리냐고 묻는 것처럼 한쪽 눈썹을 치켜 올리고 한 손을 귀로 가져갔다. 나는 다시 한 번 목청껏 소리를 질렀다.

"문제가 뭐죠?"

그는 잠깐 의심스러운 듯 나를 바라보았다.

"우리 개가 토악질을 해요. 심하게 토악질을 한다고."

이거라면 나도 어떻게든 할 수 있을 것 같다고 느꼈다. 내 머리는 진단 방법과 그 순서를 생각하느라 뜨거워지기 시작했다.

"먹이를 먹고 나서 얼마쯤 지난 뒤에 토합니까?"

그의 손이 또 귀로 올라갔다.

"뭐라고요?"

나는 몸을 기울여 그의 귀에다 얼굴을 바싹 갖다 대고, 가슴 가득 공기를 흡입한 다음 목청껏 고함을 질렀다.

"언제 토악질을 합니까? 언제 토하냐고요?"

멀리건의 얼굴에 알았다는 표정이 서서히 떠올랐다. 그는 부드럽게 미소를 지었다.

"아아, 토악질을 해요. 심하게 토악질을 한다고요."

나는 또다시 같은 노력을 되풀이할 마음이 나지 않았기 때문에 진료에 대해서는 알았다고 말하고, 나중에 전화해달라고 부탁했다. 그가 만족스러운 얼굴로 떠난 것을 보면 그는 내 입술의 움직임을 보고 내 말뜻을 알아차린 게 분명했다.

거실로 돌아오자 나는 의자에 털썩 주저앉아 차를 한 잔 따랐다. 그리고 한 모금 마셨을 때 또 초인종이 울렸다. 이번에는 한 번 노려보는 것만으로도 개들을 겁주어 의자에 못박아둘 수 있었다. 나는 개들이 이렇게 빨리 내 기분을 알아차릴 수 있게 되었기 때문에 적이 안심했다.

현관 밖에는 아름다운 금발머리 아가씨가 서 있었다. 그녀는 새하얀 이를 드러내고 미소를 지었다.

"안녕하세요." 그녀는 큰 소리로 말했다. 본데 있게 자란 듯한 말투였다. "저는 다이애나 브롬턴이에요. 파넌 원장님이 차를 마시러 오라고 초대하셨어요."

나는 침을 꿀꺽 삼키고 문손잡이를 움켜잡았다.

"원장님이 댁을 초대하셨다고요?"

미소가 그녀의 얼굴에 고정되었다.

"네, 그래요." 그녀는 신중하게 한 음절씩 발음하면서 말했다. "파넌 원장님이 차를 마시러 오라고 저를 초대하셨어요."

"공교롭게도 원장님은 지금 집에 안 계십니다. 언제 돌아오실지도 알 수 없고요."

얼굴에 박혔던 미소가 뜯겨 나갔다.

"그래요?" 그녀는 그 한마디에 복잡한 감정을 담아서 말했다. "어쨌든 안에 들어가서 기다려도 될까요?"

"그럼요. 어서 들어오세요. 죄송합니다." 나는 엉겁결에 그렇게 말하면서, 내가 입을 헤벌리고 그녀를 뚫어지게 바라보고 있었던 것을 알아차렸다.

그녀는 문을 잡고 있는 내 옆을 잠자코 지나쳐서 안으로 들어갔다. 그녀는 집의 내부 구조를 잘 알고 있는 듯했다. 내가 첫 번째 모퉁이에 다다랐을 때 그녀는 이미 거실 안으로 들어가 있었기 때문이다. 나는 발꿈치를 들고 거실문 앞을 살금살금 지난 다음, 30미터쯤 되는 구불구불한 복도를 전속력으로 달려 판석이 깔린 커다란 부엌으로 갔다. 부엌에서는 홀 부인이 꾸무럭거리면서 일하고 있었다. 나는 그녀 곁으로 달려갔다.

"브롬턴이라는 아가씨가 찾아왔는데요, 그 여자도 차를 마시러 오라는 초대를 받았나 봅니다." 나는 그녀의 소매라도 붙잡고 싶은 충동을 억눌러야 했다.

홀 부인의 얼굴에는 아무 표정도 떠오르지 않았다. 나는 그녀가 두 팔을 마구 휘두르지 않을까 생각했지만, 홀 부인은 별로 놀란 것 같지도 않았다.

"당신이 가서 말상대를 해주세요. 나는 과자를 좀 더 가져갈 테니까요."

"하지만 도대체 무슨 이야기를 하면 됩니까? 파넌 원장님은 언제 돌아오시죠?"

"그냥 잡담이나 나누면 돼요. 원장님은 이제 곧 돌아오실 거예요." 홀 부인은 침착하게 말했다.

내가 느릿느릿 거실로 돌아가서 문을 열자 그녀는 또 활짝 미소를 지으며 재빨리 내 쪽을 돌아보았다. 하지만 내가 혼자 온 것을 알고는 불쾌감을 감추려고도 하지 않았다.

"홀 부인한테 물어봤더니 파년 원장님은 이제 곧 돌아오실 거랍니다. 기다리는 동안 저와 함께 차를 드시죠."

그녀는 내 헝클어진 머리부터 낡은 구두까지를 재빨리 훑어보았다. 그래서 나는 내가 긴 여행 끝에 땀투성이가 되어 지저분한 몰골을 하고 있다는 것을 알아차렸다. 그녀는 어깨를 으쓱하고 고개를 돌렸다. 개들은 무표정하게 그녀를 바라보고 있었다. 답답한 침묵이 방 안을 뒤덮었다.

나는 차를 잔에 따라서 그녀에게 내밀었다. 하지만 그녀는 무시하고 담배에 불을 붙였다. 만만치 않겠다는 생각이 들었지만 해볼 수밖에 없었다.

나는 헛기침을 하고 나서 부드럽게 말했다.

"나도 방금 도착했습니다. 여기서 조수로 일하고 싶어서요."

그녀는 이번에는 나를 돌아보려고도 하지 않았다. 그저 "아" 했을 뿐이지만, 그 한마디가 나에게 강한 타격을 주었다.

"이 일대는 정말 아름다운 곳이더군요." 나는 다시 공세로 전환했다.

"네."

"요크셔에는 처음 왔는데 마음에 들었습니다."

"아."

"원장님과는 오래전부터 아는 사이신가요?"

"네."

"원장님은 꽤 젊으시죠? 서른 살쯤 됐나요?"

"네."

"날씨가 정말 좋군요."

"네."

나는 5분쯤 용기를 내어 끈질기게 버티면서 무언가 참신하고 재치 있는 화제를 찾으려고 애썼지만, 마침내 브롬턴 양은 대답하는 대신 입에서 담배를 떼고 내 쪽으로 고개를 돌리더니 무표정한 눈으로 나를 멍하니 바라보았다. 나는 다 끝났다는 것을 알아차리고 입을 다물었다.

그 후 그녀는 프랑스식 창문으로 밖을 내다보면서 담배를 피웠다. 연기를 깊이 빨아들였다가 연기가 입술에서 피어오르면 눈을 가늘게 뜨곤 했다. 그녀에게 나는 그 자리에 없는 거나 마찬가지였다.

덕분에 나는 마음껏 그녀를 관찰할 수 있었다. 꽤 멋진 아가씨였다. 그때까지 나는 패션 잡지를 장식하는 숙녀들의 표본을 실제로 본 적이 없었다. 시원해 보이는 린넨 드레스, 값비싸 보이는 카디건, 날씬하고 우아한 다리, 어깨까지 늘어진 아름다운 금발머리…….

게다가 생각해보면 흥미로운 추측이 성립된다. 그녀가 저곳에 앉아 파넌 원장을 기다리는 것은 그 작달막하고 뚱뚱한 독일인 수의사를 꼭 만나고 싶어서 그런 것이다. 그러니 파넌이라는 인물은 무언가 굉장한 매력을 갖고 있음이 분명하다.

브롬턴 양이 갑자기 벌떡 일어났기 때문에 내 공상은 중단되었다. 그녀는 벽난로 안에 담배꽁초를 홱 던져 넣고 성큼성큼 방을 나가버렸다.

나는 진력이 나서 의자에서 일어났다. 머리가 지끈거리기 시작했기 때문에 무거운 발을 질질 끌면서 프랑스식 창문을 통해 정원으로 나가서, 무릎까지 올라오는 잔디 위에 털썩 주저앉아 높이 솟은 아카시아 나무줄기에 등을 기댔다. 도대체 파넌이라는 수의사는 어디 있는 거지? 애당초 나를 만날 생각이 있는 걸까? 아니면 누군가가 못된 장난을 친 건 아닐까? 나는 갑자기 찬물을 뒤집어쓴 듯한 기분이 들었다. 여기 오느라 남아 있던 몇 파운드를 다 써버렸다. 만약 이게 무슨 착오라면 나는 처지가 곤란하게 된다.

하지만 주위를 둘러보고 있는 동안 기분도 차츰 좋아졌다. 햇빛이 낡고 높은 담장에 부딪혀 되돌아오고, 꿀벌들이 아름다운 꽃들 사이를 붕붕거리면 날아다니고 있었다. 집 뒤쪽을 거의 다 뒤덮고 있는 등나무에 매달린 시든 꽃들이 산들바람에 흔들리고 있었다. 이곳에는 평화가 있었다.

머리를 나무줄기에 기대고 눈을 감았다. 파넌이 내가 상상한 모습대로 나타나 내 앞을 가로막고 선다. 그는 화난 표정을 짓고 있다.

"당신, 여기서 뭘 하고 있는 거야?" 화를 참지 못해 투실투실하게 살찐 턱을 부르르 떨면서 독일어 말투가 섞인 강한 어조로 투덜거린다. "당신은 그럴 듯한 구실을 만들어 가지고 내 집에 와서, 브롬턴 양을 모욕하고, 내 차를 마시고, 내 음식을 먹었어. 그 밖에 또 무슨 짓을 할 작정이지? 우리 집 숟가락이라도 훔칠 작정인가? 당신은 조수로 일하겠다고 말하지만, 난 조수 따위는 필요 없어. 경찰에 연락하는 게 좋을 것 같군."

파넌은 통통한 손가락으로 수화기를 움켜잡는다. 이 사람은 용케도 그렇게 저속한 독일식 말투를 쓸 수 있구나 하고, 꿈속에서도 나는 불가사의하게 생각했다. 바로 그때 "이봐요!" 하는 탁한 목소리가 들려왔다.

나는 눈을 떴다. 누군가가 "이봐요!" 하고 나를 부르고 있었지만, 파넌 원장은 아니었다. 키가 크고 마른 남자가 주머니에 두 손을 찔러 넣고 담장에 기대어 있었다. 무언가 재미있어서 견딜 수 없다는 표정을 짓고 있었다. 내가 간신히 몸을 일으키자 그는 담장을 떠나 나에게 다가와서 손을 내밀었다.

"기다리게 해서 미안하네. 내가 시그프리드 파넌일세."

그는 내가 이제까지 본 사람들 가운데 가장 영국적인 이목구비를 가진 사람이었다. 길쭉하고 익살스럽고 강한 턱을 가진 얼굴. 짧게 깎은 콧수염. 부수수한 모랫빛 머리카락. 낡은 트위드 재킷에 어울리지 않는 플란넬 바지. 체크무늬 와이셔츠의 칼라는 닳아 해지고, 넥타이는 아무렇게나 매고 있었다. 거울 앞에서는 별로 시간을 보내지 않는 모양이었다.

나무에 기대어 있었기 때문에 목덜미가 뻐근했지만, 파넌을 보고 있는 동안 기분이 좋아지기 시작했다. 눈을 크게 뜨려고 고개를 흔들자 풀잎이 머리카락에서 팔랑팔랑 떨어졌다.

"브롬턴 양이라는 분이 오셨었습니다." 나는 불쑥 말했다. "차를 마시러 오라는 초대를 받았다고 하던데요. 원장님은 볼일이 있어서 나가셨다고 말해두었습니다만."

파넌은 생각에 잠긴 표정을 지었지만 화가 난 기색은 없었다. 그는 천천히 턱을 쓰다듬었다.

"으음, 그렇군. 신경 쓰지 말게. 어쨌거나 자네가 오기로 되어 있었는데 집을 비워서 정말 미안하네. 기억력이 나빠서 그만 잊어버렸어."

목소리도 가장 영국인다운 목소리였다.

파넌은 한참동안 나를 바라보고 있다가 이윽고 싱긋 웃으며 말했다.

"안으로 들어가세. 구경 시켜줄 테니까."

3

집 뒤쪽으로 길게 이어진 별채는 옛날에는 하인들의 거처였다. 이곳은 본채와 일부러 차이를 둔 것처럼 모든 것이 어둡고 비좁고 초라했다.

파년은 에테르와 페놀 냄새가 감도는 복도에 면한 몇 개의 문 가운데 첫 번째 문으로 나를 데려갔다. 그러고는 마치 알라딘의 동굴에 감추어진 비밀을 밝히려는 것처럼 은밀히 눈을 빛내면서 말했다.

"여기가 조제실일세."

조제실은 페니실린이나 설파제가 나오기 전에는 중요한 곳이었다. 반짝반짝 빛나는 윈체스터 병(반 갤런들이 병)들이 하얀 벽의 바닥부터 천장까지 즐비하게 늘어서 있었다. 모두 반가운 이름들이었다. 아질산 에테르, 장뇌 팅크, 클로로다인, 포르말린, 염화암모니아, 헥산민, 초산납, 알부민액, 감홍, 적색 발포고약.

이 오래된 친구들 사이에서 나는 그들의 비법을 전수받은 사람이었다. 그들의 비밀을 몇 년 동안이나 고생고생하며 탐구하고, 그들에 대한 지식을 쌓아왔다. 나는 그들의 기원과 작용과 효용을 알고 있고, 머리가 이상해질 만큼 다양한 투여량을 알고 있었다. 시험 감독관의 목소리—"그럼 말에 대한 1회 투여량은? 소는? 양은? 돼지는? 개는? 그리고 고양이는?"—가 들리는 듯했다.

이 선반에는 질병과 싸우는 수의사의 무기가 모두 갖추어져 있었고, 창문 아래의 작업대 위에는 그것들을 조합하는 기구들이 보였다. 눈금이 새겨진 용기나 비커, 약절구와 절굿공이. 그리고 그 밑에 열려 있는 찬장 속에는 약병과 다양한 크기의 코르크 마개, 환약을 담는 용기와 가루약 포장지가 있었다.

방 안을 돌아다니는 동안 파넌의 태도는 점점 활기를 띠었다. 눈은 빛을 내고 말은 빨라졌다. 그는 몇 번이나 선반에 손을 뻗어 윈체스터 병을 어루만졌다. 그런가 하면 말이 먹는 환약이나 핥아먹는 약을 상자에서 꺼내 상냥하게 토닥인 다음 원래 있던 곳에 돌려놓기도 했다.

"헤리엇, 이걸 좀 보게." 그가 느닷없이 큰 소리로 말했다. "아드레번일세! 말의 기생충에 특효가 있는 구충제지. 값은 좀 비싸지만—한 봉지에 10실링이니까. 그리고 이건 겐티아나 바이올렛 좌약인데, 출산이 끝난 뒤 암소 자궁에 이걸 삽입하면 배설물이 아주 선명한 색깔로 바뀌어버린다네. 정말 볼만하지. 그런데 이 트릭을 본 적이 있나?"

그는 재승화된 요오드 결정을 유리접시 위에 조금 올려놓고 거기에 테레빈유를 한 방울 떨어뜨렸다. 잠시 동안은 아무 일도 일어나지 않았지만, 이윽고 짙은 보라색 연기가 뭉게뭉게 천장까지 피어올랐다. 내가 깜짝 놀란 표정을 짓는 것을 보고 파넌은 큰 소리로 웃었다.

"어때, 마술 같지? 나는 말이 다리를 다쳤을 때 이걸 사용한다네. 화학반응으로 요오드가 조직 깊숙이까지 침투하지."

"정말요?"

"실제로 효과가 있는지 어떤지는 모르지만, 이론상으로는 그렇게 되어 있고, 어쨌든 대단해 보이는 것만은 인정하지 않을 수 없어. 아무리 까다로운 고객도 여기에는 깜박 넘어가지."

선반 위에 있는 병 몇 개는 내가 대학에서 배운 윤리 기준에 미치지 못했다. 예를 들면 '복통용 물약'이라고 쓰인 라벨에는 말이 고통을 못 이겨 대굴대굴 구르고 있는 장면이 화려한 그림으로 묘사되어 있었는데, 정면을 향하고 있는 말의 얼굴에는 괴로워하는 인간의 표정이 떠올라 있었다. 또 다른 병에는 '만능 가축약─기침, 오한, 설사, 폐렴, 유열(젖몸살), 유선염, 기타 모든 형태의 소화불량에 효험이 있는 최고의 약품'이라는 문구가 적혀 있고, 라벨의 맨 밑에는 검은색 대문자로 '효능 절대 보장'이라고 쓰여 있었다.

파년은 대부분의 약에 대해 한두 마디 설명을 했다. 어느 약도 그의 개업의 생활 5년 동안 제각기 역할을 해내고 있었다. 모두 나름대로의 매력과 신통력을 갖고 있었다. 약병들은 대부분 무거운 유리 마개로 막혀 있고, 모양이 아름다운 약병 측면에는 약의 라틴어 이름이 새겨져 있었다. 오랜 세월이 지나는 동안 온갖 전설을 낳고 수세기 동안이나 수의사들과 친숙했던 이름들이었다.

우리 두 사람은 그 약들이 이제는 거의 쓸모없는 것들이고 옛날 약의 시대는 끝나가고 있다는 것을 전혀 생각지 않은 채, 선반에 줄지어 늘어서 있는 반짝반짝 빛나는 약병들을 황홀하게 바라보고 있었다. 이윽고 그 약들은 범람하는 신약의 물결에 밀려 망각의 심연으로 쫓겨나 두 번 다시 돌아오지 않을 터였다.

"여기는 기구를 보관해두는 방일세." 파년은 다른 작은 방으로 나를 안내했다. 깨끗한 소형 동물용 의료기구들이 초록색 천을 깐 선반 위에 가지런히 정돈되어 있었다. 피하주사기, 분만용 겸자, 치석 제거기, 소식자,

탐침. 특히 눈에 잘 띄는 곳에 검안경이 있었다.

파넌은 그것을 검은 상자에서 사랑스러운 듯이 꺼냈다. 그리고 그 매끄러운 샤프트를 쓰다듬으면서 중얼거리듯이 말했다.

"가장 최근에 구입한 거라네. 놀라운 물건이야. 자, 이걸로 내 망막을 들여다보게."

나는 검안경의 전구를 켜고 파넌의 눈 안쪽에 있는 선명한 색깔의 태피스트리를 흥미롭게 들여다보았다.

"정말 깨끗한데요. 이상 없다는 검안 증명서를 써 드릴 수 있겠어요."

그는 웃으면서 내 어깨를 탁 쳤다.

"그 말을 들으니 기쁘군. 나는 전부터 이쪽 눈에 백내장 기미가 있는 게 아닐까 걱정했거든."

이어서 파넌은 벽에 걸려 있는 대형 동물용 기구를 보여주기 시작했다. 꼬리를 자르고 불로 그슬리는 인두, 무혈 난소 제거기, 거세기, 던지는 올가미와 다리를 묶는 밧줄, 분만용 밧줄과 갈고리. 새로 나온 태아 절단기가 눈에 잘 띄는 곳에 자랑스럽게 걸려 있었지만, 약품들과 마찬가지로 그 기구들도 대부분 박물관에나 가야 할 물건들이었다. 특히 방혈봉과 사혈침은 중세의 유물이라고나 해야 할 물건이지만, 아직도 양동이에 선혈을 분출시키는 데 쓰였다.

"지금도 제엽염(말의 발굽에 생기는 염증)을 치료할 때는 이보다 나은 게 없다네." 파넌은 진지하게 단언했다.

마지막 방은 수술실이었다. 아무 장식도 없는 하얀 벽, 산소통이 달린 에테르 마취기, 작은 소독기.

"이 고장에서는 작은 동물을 치료할 일이 별로 없어." 파넌은 손으로 수술대 위를 쓰다듬었다. "하지만 나는 어떻게든 그 방면의 일을 개척하려고 애쓰고 있지. 외양간 바닥에 엎드린 뒤에 작은 동물을 치료하는 건 유쾌한 기분전환이 돼. 중요한 건 우리가 그 일을 제대로 해야 한다는 걸세. 피마자기름과 청산칼리만 있으면 된다는 생각은 이제 전혀 도움이 안 돼. 자네도 알다시피 종래의 수의사들은 개나 고양이를 상대하려 하지 않았지만, 이제는 그런 사고방식을 바꿔야 돼."

그는 구석의 찬장으로 가서 문을 열었다. 안에는 유리 선반이 있고, 메스와 동맥 겸자, 봉합 바늘과 알코올에 담긴 장선 따위가 선반에 놓여 있었다. 그는 손수건을 꺼내 검이경(檢耳鏡)의 먼지를 털어낸 다음 조심스럽게 문을 닫았다.

"어떤가?" 복도로 나가면서 그가 물었다.

"훌륭한데요. 수의사에게 필요한 건 모두 갖추어져 있는 것 같군요. 정말로 감명을 받았습니다."

파넌은 눈에 띌 정도로 우쭐해진 것 같았다. 여윈 볼을 붉게 물들이면서 그는 혼자 조용히 콧노래를 불렀다. 그러다가 갑자기 떨리는 바리톤으로 우리 걸음걸이에 박자를 맞춰 노래를 부르기 시작했다.

거실로 돌아오자 나는 버트 샤프에 대해 파넌에게 말했다.

"통이 세 개만 움직이는 소한테 구멍을 뚫어달라고 하던데요. 그리고 소의 유어와 펠론이 어떻다고 했는데, 무슨 소린지 잘 알아들을 수가 없었습니다."

파넌은 소리 내어 웃었다.

"내가 통역을 해주지. 그 사람은 구멍이 막힌 소의 젖꼭지에 허드슨식 수술을 해달라고 한 걸세. 유어는 젖통이고, 펠론은 이 지방 사투리로 유선염이라는 뜻이라네."

"고맙습니다. 그리고 귀가 어두운 멀리건 씨라는 아일랜드 사람이 와서……."

"잠깐만." 파년이 손을 들어 나를 제지했다. "내가 맞춰볼까? 개가 토악질을 한다고 하던가?"

"예, 심하게 토악질을 한다는 식으로 말했습니다."

"알겠네. 그 개한테는 비스무트 탄수화물 1파인트를 더 투여해야겠군. 그 개는 장기 치료가 필요해. 그 개는 에어데일처럼 보이지만, 당나귀만큼 덩치가 크고 변덕스러운 기질을 갖고 있지. 멀리건을 몇 번 마룻바닥에 쓰러뜨린 적도 있다네. 할 일이 없을 때는 주인을 쓰러뜨리고 물어뜯으면서 괴롭히는 게 일이지만, 밀리건은 그 개를 사랑해."

"토하는 건 어떻습니까?"

"그건 아무 의미도 없어. 쓰레기든 뭐든 눈에 보이는 건 닥치는 대로 먹어치우니까, 토하는 건 자연스러운 반응이지. 그러면 샤프네 농장에 왕진을 가볼까? 그 밖에도 왕진할 곳이 한두 군데 있는데, 어때? 나랑 함께 가보지 않겠나? 이 동네를 안내해줄 테니까."

집 밖으로 나오자 파년은 나에게 낡아빠진 '힐먼'에 타라는 몸짓을 했다. 나는 조수석 쪽으로 돌아가면서 반들반들해진 타이어와 녹슨 차체, 그물처럼 잔금이 가 있어서 차 안이 거의 들여다보이지 않는 앞유리창을 보고 깜짝 놀랐다. 하지만 조수석 좌석이 바닥에 붙박여 있지 않고 썰매 같은 레일 위에 그냥 얹혀 있을 뿐이라는 사실은 미처 알아차리지 못했다. 조수석에 털썩 주저앉은 순간 나는 뒤로 넘어져서 머리는 뒷좌석 위에 놓이고 발은 지붕에 닿았다. 파년은 살갑게 사과하면서 나를 부축해 일으켜주었고, 우리는 마침내 출발했다.

일단 마을 광장으로 나오자 길은 갑자기 내리막이 되었고 석양을 받은 골짜기가 눈앞에 펼쳐졌다. 높은 산맥의 윤곽이 희미한 햇빛 속에서 부드러워 보였다. 아래쪽에 군데군데 보이는 은빛 줄기는 자세히 보니 골짜기를 굽이쳐 흐르는 대로우 강이었다.

파넌은 정통파 운전자는 아니었다. 두 팔꿈치를 핸들에 걸쳐놓고 두 손바닥으로 턱을 괴고 천천히 비탈을 내려가는 것을 보면 눈앞에 펼쳐진 풍경에 매료된 게 분명했다. 기슭까지 내려가자 그는 몽상에서 깨어나 시속 100킬로미터로 내달리기 시작했다. 차는 미친 듯이 덜컹거리면서 좁은 길을 질주했고, 고정되지 않은 내 좌석은 제멋대로 선회하려고 했기 때문에 나는 필사적으로 바닥에 두 다리를 앙버티고 있었다.

얼마 후 파넌은 급브레이크를 밟고, 들판에 있는 더럼종 소들을 가리킨 뒤 다시 속도를 올려 덜컹거리며 달렸다. 그는 절대로 길 앞쪽을 보려고 하지 않았다. 그의 관심은 오로지 좌우와 뒤쪽의 전원에 쏠려 있었다. 그는 빠른 속도로 달리면서 동시에 어깨 너머로 뒤를 돌아보는 데 많은 시간을 할애했기 때문에 나는 불안해서 견딜 수가 없었다.

마침내 우리는 그 길을 벗어나 문이 달린 좁은 길을 올라갔다. 수습 수의사의 주요 임무는 문을 여는 것이라는 관행을 몇 년 동안이나 보아온 나는 그가 가르쳐줄 필요도 없이 문이 나타날 때마다 부지런히 차에서 뛰어내려 문을 열고 다시 차에 올라타곤 했다. 하지만 파넌은 그때마다 정중하게 고맙다고 말했다. 처음에는 좀 놀랐지만, 곧 유쾌한 기분으로 그것을 받아들이게 되었다.

차는 어느 농가 마당에 멈춰 섰다.

"이곳에 다리를 저는 말이 있다네." 파년이 말했다.

그곳 농가 주인이 덩치 크고 다부진 클라이스데일종 거세마를 데리고 나와서 마당을 달리게 하는 것을 우리는 주의 깊게 지켜보았다.

"아픈 게 어느 다리라고 생각하나?" 파년이 나에게 물었다. "왼쪽 앞다리? 응, 나도 그렇게 생각하네. 검사해볼까?"

나는 왼쪽 앞다리에 손을 대고, 오른쪽 다리와 비교하면서 열이 있는지를 조사했다. 그리고 망치를 빌려 그 다리의 발굽 안쪽을 톡톡 두드려보았다. 말은 움찔하며 다리를 들어 올리고 몇 초 동안 덜덜 떨고 있다가 조심스럽게 발을 다시 땅바닥에 내려놓았다.

"발에 고름이 든 것 같은데요."

"맞아. 이 지방에서는 '그래블(자갈)'이라고 부르지. 어떻게 치료하는 게 좋다고 생각하나?"

"발바닥을 절개해서 고름을 빼내는 게 좋을 것 같은데요."

"그래." 파년은 발굽용 칼을 꺼냈다. "솜씨 한번 볼까?"

나는 시험을 보는 듯한 느낌에 긴장하면서 칼을 받아든 다음, 말의 다리를 들어 올려 내 두 무릎 사이에 단단히 끼웠다. 내가 해야 할 일은 알고 있었다. 발바닥에서 병균의 침입구인 검은 반점을 찾아서 고름에 도달할 때까지 그 반점을 파내려 가면 된다. 발바닥에 달라붙어 있는 진흙을 떼어내 보니 반점은 하나가 아니라 여러 개였다. 환부를 찾기 위해 다시 망치로 톡톡 두드려본 뒤, 그럴 듯한 부위를 찾아내어 절개하기 시작했다.

발바닥 각질은 대리석처럼 단단하여 칼로는 조금씩밖에 깎아낼 수 없었다. 말은 아픈 다리를 들어 땅바닥에서 떼어두는 것이 기쁜 듯, 내 등에 모든 체중을 싣고 기분 좋게 몸을 기댔다. 말은 온종일 기분이 별로 좋지 않았다. 나는 말이 너무 무거워서 신음을 토하며 팔꿈치로 말의 갈비뼈를 찔렀다. 순간 말은 자세를 바꾸었지만, 곧 금세 나에게 몸을 기대 왔다.

검은 반점은 점점 색깔이 옅어져갔고, 마지막에 칼로 도려내자 완전히 사라져버렸다. 나는 속으로 욕을 내뱉으면서 다른 반점에 달라붙었다. 등뼈가 금방이라도 부러질 것처럼 고통스러웠고, 땀이 눈으로 흘러들어 갔다. 나는 이 반점도 사라지면 말의 다리를 땅바닥에 내려놓고 잠시 쉬어야겠다고 생각했다. 하지만 파넌이 나를 주시하고 있는 상황에서 그렇게 하고 싶지는 않았다.

나는 필사적으로 절개를 계속했다. 구멍이 조금 깊어졌을 때 내 무릎이 억제할 수 없이 후들거리기 시작했다. 말은 700킬로그램이나 되는 거구를 이 친절한 인간에게 기댄 채 기분 좋게 쉬고 있었다. 이 고통을 견디지 못해 얼굴을 땅에 처박고 쓰러져버리면 어떤 꼴이 될까 하고 걱정하기 시작했을 때, 칼날 밑에서 고름이 약간 뿜어져 나오더니 곧이어 쉬지 않고 뚝뚝 떨어지기 시작했다.

"우와! 나왔다!" 농장 주인이 말했다. "이젠 시원하겠군."

나는 고름이 나오는 구멍을 크게 넓힌 뒤 말의 다리를 내려놓았다. 나는 간신히 일어나서 등을 펴고 뒤로 물러났다. 셔츠가 등짝에 찰싹 달라붙어 있었다.

"잘했네, 헤리엇." 파넌은 내게서 칼을 받아 자기 주머니에 넣었다. "각질이 그렇게 단단해서야 쉽지 않지."

파넌은 말에게 파상풍 예방주사를 놓아준 뒤 농장 주인에게 말했다.

"구멍을 소독할 테니까 말의 다리를 좀 들어주세요."

땅딸막한 남자는 말의 발을 무릎 사이에 단단히 끼우고, 소독 작업을 흥미롭게 지켜보았다. 파년은 구멍 속에 요오드 결정체를 채우고, 거기에 테레빈유를 첨가했다. 그러자 보라색 연기가 뭉게뭉게 피어올라, 남자의 모습은 연기의 장막에 가려져버렸다.

짙은 연막이 피어올라 퍼져가는 것을 나는 멍하니 바라보았다. 연막 한복판쯤에서 캑캑거리는 기침 소리가 들려오지 않았다면 사내는 감쪽같이 사라져버린 것처럼 보였을 것이다.

연기가 걷히기 시작하자 깜짝 놀란 듯 동그래진 눈이 나타났다.

"깜짝 놀랐네요. 도대체 이게 무슨 일인가 했어요." 남자는 캑캑거리면서 말했다. 그리고 발굽에 난 구멍을 다시 한 번 내려다보고 나서 경탄한 듯 말했다. "요즘 과학이 하는 일은 정말 놀랍군요."

우리는 그 후 두 곳을 더 왕진했다. 첫 번째는 다리를 다친 송아지였는데, 내가 상처를 꿰매고 약을 바르고 붕대를 감아주었다. 두 번째는 젖꼭지가 막힌 그 암소였다.

샤프는 여전히 심각한 표정을 지은 채 기다리고 있었다. 그가 우리를 외양간으로 안내하자 파년은 소를 가리키며 "자네가 해보게" 하고 말했다.

나는 쪼그려 앉아서 젖꼭지를 만져보고 위쪽 조직이 딱딱해진 것을 알았다. 그 부분을 기구로 제거하지 않으면 안 된다. 나는 얇은 금속으로 만들어진 나선송곳을 젖꼭지에 찔러 넣었다. 다음 순간에 나는 분뇨 도랑 속에 주저앉아서 숨을 헐떡거리고 있었다. 내 셔츠의 명치 위쪽에는 갈라진 발굽 자국이 또렷이 나 있었다.

당혹스러웠지만 내가 할 수 있는 일은 거기에 주저앉아 뭍에 올라온 물고기처럼 입을 뻐끔거리면서 숨을 쉬려고 애쓰는 것뿐이었다.

본래 예의바른 샤프는 수의사가 봉변을 당한 것을 보고 저절로 웃음이 치밀어 올라오는 것을 억누르려고 손으로 입을 가렸다.

"미안하오, 젊은 선생. 이 녀석은 아주 붙임성 있는 암소라는 것을 미리 말해두었어야 하는 건데 깜박 잊었군. 이 녀석은 늘 사람과 악수를 하고 싶어 하거든."

그리고는 자신의 재치에 만족하여 암소 등에 이마를 대고 소리 없이 웃느라 한참 동안 발작하듯 몸을 들썩거렸다.

나는 천천히 충격에서 벗어나자 주뼛거리며 분뇨 도랑에서 일어났다. 그리고 샤프에게는 암소의 코를 누르게 하고 파넌에게는 암소의 꼬리를 들어 올리게 한 뒤에야 겨우 섬유질 덩어리에 송곳을 꽂을 수 있었다. 아래로 몇 번 잡아당기자 젖꼭지를 막고 있던 장애물은 말끔히 제거되었다. 이번에는 예방조치를 강구해두었기 때문에 소의 행동을 어느 정도는 막을 수 있었지만, 그래도 나는 팔과 다리에 몇 번 통렬한 타격을 받았다.

치료가 완전히 끝나자 샤프는 그 젖꼭지를 꽉 움켜잡고 하얀 젖을 땅바닥에 짜냈다. 세차게 나온 젖이 바닥에 맞고 거품을 일으켰다.

"굉장해. 통이 네 개 다 완전히 열렸어!"

4

"올 때와는 다른 길로 돌아가세." 파넌은 핸들에 몸을 기대고 잔금이가 있는 앞유리창을 소매로 닦았다. "브렝크스톤 고개를 넘어 실데일 계곡을 따라 내려가세. 길을 그렇게 멀리 돌아가는 것도 아니고, 또 자네한테도 보여주고 싶군."

우리는 험하고 구불구불한 길을 끝없이 올라갔다. 산중턱은 깎아지른 절벽이었고, 낭떠러지 밑에 있는 어두운 협곡에서는 급류가 바위를 때리며 하류의 완만한 전원지대를 향해 흐르고 있었다. 꼭대기까지 올라오자 우리는 차를 세우고 밖으로 나왔다. 여름의 석양 속에서 험하게 우뚝 솟은 언덕과 산봉우리의 황량한 파노라마가 굽이치는 파도처럼 멀어져가다가 진홍빛과 황금빛으로 빛나는 서녘 하늘로 사라졌다. 동쪽에는 거대한 모습을 드러낸 검은 산이 우리를 덮치듯 바싹 다가와 있었고, 크고 네모난 바위들이 아래쪽 산비탈에 점점이 흩어져 있었다.

나는 주위를 둘러보면서 조용히 휘파람을 불었다. 이 광경은 내가 대러비에 올 때 보았던 그 상냥한 구릉지와는 전혀 달랐다.

파넌이 나를 돌아보았다.

"이 지역은 영국에서도 풍경이 가장 황량한 곳 가운데 하나라네. 겨울은 정말 혹독하지. 이 고갯길이 눈 때문에 몇 주 동안이나 막혀버릴 정도

47

니까."

나는 맑은 공기를 가슴 가득 들이마셨다. 넓은 산 속은 조용했지만, 마도요 한 마리의 희미한 울음소리와 300미터 아래 협곡을 흘러내리는 급류의 굉음이 들려왔다.

차에 올라타고 실데일 계곡으로 이어지는 긴 비탈길을 내려가기 시작했을 때는 주위가 벌써 어두워져 있었다. 계곡은 어슴푸레하여 윤곽이 확실치 않았지만, 드문드문 보이는 등불들이 산중턱에 달라붙어 있는 농가들의 위치를 보여주었다.

쥐죽은 듯 조용한 마을까지 오자 파넌은 거칠게 브레이크를 밟았다. 내이동식 좌석이 앞으로 미끄러졌고 나는 앞유리창에 충돌했다. 머리가 유리창에 부딪혀 딱 하는 소리가 났지만 파넌은 모르는 체했다.

"여기에 괜찮은 선술집이 있는데, 들어가서 맥주나 한잔하세."

그 선술집은 나에게는 무척 낯설어 보였다. 판석이 깔린 크고 네모난 부엌이라고 말할 수밖에 없는 방인데, 엄청나게 큰 벽난로와 거무스름해진 낡은 조리대가 실내 한쪽을 차지하고 있었다. 난로 위에는 주전자가 놓여 있고, 난로 안에서는 굵은 통나무 하나가 탁탁 소리를 내면서 타올라 수지 향기를 방 가득히 퍼뜨렸다.

벽을 따라 등받이가 높은 장의자가 놓여 있고, 여남은 명의 남자가 거기에 앉아 있었다. 그들 앞에는 낡아서 금이 가거나 휘어져 있는 참나무 탁자가 있고, 그 탁자 위에 맥주잔이 죽 늘어서 있었다.

우리가 들어가자 실내는 물을 끼얹은 것처럼 조용해졌다. 이윽고 누군가가 "이런, 파넌 선생님이 오셨네요!" 하고, 열광적으로 환영하는 말투가 아니라 정중하고 공손한 태도로 말했다. 그것이 계기가 되어 친밀감을 보이는 술렁거림과 고갯짓이 일어났다. 그들은 대부분 떠들거나 흥분하지 않고 즐겁게 한 잔 마시고 있는 농장주나 일꾼들이었다. 대개는 햇볕에 붉게 그을려 있고, 젊은이 몇 명은 넥타이를 풀고 벌어진 와이셔츠 옷깃 사이로 늠름한 목과 가슴을 드러내고 있었다. 한쪽 구석에서 조용히 도미노 게임을 즐기고 있는 사람들 사이에서 조용히 중얼거리는 소리와 짤깍 하는 소리가 들렸다.

파넌은 나를 자리로 안내하고 맥주를 두 잔 주문한 뒤 나와 마주앉았다.

"나와 함께 일을 할 텐가? 조건은 주급 4파운드에 세 끼 식사 제공. 어떤가?"

갑자기 그런 제안을 받고 나는 말문이 막혔다. 아아, 시험에 합격했구나. 게다가 주급 4파운드라니! 나는 『수의사 회보』에 실려 있던 애처로운 광고를 생각해냈다. '수의사. 경험 많음. 침식만 제공해주면 됨.' 영국수의사협회는 이런 비통한 애원을 싣지 말라고 편집장에게 압력을 가해야 했다. 영국수의사협회 회원쯤 되는 사람이 무료로 기술을 제공한다는 것은 아무리 보아도 체면이 서는 일은 아니었기 때문이다. 거기에 비하면 주급 4파운드는 지나치게 과분할 정도였다.

"고맙습니다." 나는 의기양양한 표정을 짓지 않으려고 애쓰면서 말했다. "제의를 받아들이겠습니다."

"좋아." 파넌은 급히 맥주를 한 모금 마셨다. "그럼 내 형편에 대해 먼저 설명해주지. 나는 1년 전에 팔십 노인한테서 병원을 인수했다네. 그분은 지금도 개업의로 일하고 있어. 정말로 정정한 노인네지. 그래도 당연한 일이지만, 한밤중에 일어나서 진료할 기력까지는 이제 없어. 그리고

49

다른 여러 가지 면에서도 뒤처지게 되어 있었지. 옛날부터 내려오는 낡은 사고방식에 집착했으니까. 우리 병원에 있는 그 고풍스러운 진료기구들 가운데 몇 가지는 그 노인네 거였어. 어쨌든 그런저런 이유로 수의사로서 실적은 거의 없는 거나 마찬가지 상태였지. 그걸 다시 회복시키려고 내가 지금 애쓰고 있는 참이라네. 지금까지는 수익을 거의 얻지 못했지만 앞으로 2, 3년만 견디고 노력하면 분명 괜찮아질 거라고 확신해. 농부들은 젊은 수의사가 병원을 인수한 것을 기뻐하고, 새로운 치료법이나 수술도 환영하고 있다네. 하지만 나는 그 노인네가 진료비로 받았던 3파운드 6펜스로는 일을 할 수 없다는 것을 농부들한테 가르쳐줘야 해. 그 문제로 지금까지 악전고투를 하고 있지. 이 지방 사람들은 모두 좋은 사람들이니까 자네도 분명 좋아하게 되겠지만, 돈을 내면 그 대가로 뭔가를 얻을 수 있다는 게 확실히 입증되지 않으면 제 주머닛돈과 헤어지는 것을 좋아하지 않는다네."

파넌은 장래 계획을 열심히 이야기했다. 술이 계속 날라져왔고 선술집 분위기는 차츰 부드러워졌다. 마을의 단골손님들이 속속 들어와서 선술집을 가득 채웠고, 그에 따라 소음과 열기도 점점 심해졌다. 술집 문을 닫을 시간이 가까워졌을 무렵 나는 어느새 파넌과 떨어져, 벌써 몇 년 동안 알고 지낸 사이처럼 친숙해진 사람들 사이에서 함께 웃고 떠들어대고 있었다.

하지만 계속 내 시야에 들어온 색다른 남자가 하나 있었다. 더러워진 흰색 파나마모자를 수염이 없는 갈색 얼굴 위에 올려놓은 작달막한 노인이었다. 그 얼굴은 낡은 장화처럼 세파에 찌들어 있었다. 노인은 내가 끼어 있는 무리 주위를 계속 돌아다니면서 손짓을 하거나 눈짓을 했다.

나는 노인에게 뭔가 걱정거리가 있다는 것을 알아채고 무리를 떠나 구석 자리로 노인을 따라갔다. 노인은 나와 마주앉더니 두 손과 턱을 지팡이 손잡이 위에 올려놓고 축 늘어진 눈꺼풀 밑에서 나를 뚫어지게 바라보았다.

"젊은이한테 말해주고 싶은 게 있네. 나는 평생을 짐승들 속에서 살아왔기 때문에 자네한테 해주고 싶은 말이 있다네."

내 발가락이 구부러지기 시작했다. 전에도 이런 식으로 붙잡힌 적이 있었다. 대학에 갓 입학했을 때인데, 나보다 먼저 농업계의 주민이 된 사람들은 모두 나에게 나누어줄 귀중한 지혜를 갖고 있다고 믿는 다는 사실을 알게 되었다. 그리고 그들이 지혜를 나누어주는 데에는 대개 오랜 시간이 걸렸다. 나는 놀라서 주위를 둘러보았지만 이미 덫에 걸린 뒤였다. 노인은 의자를 더 가까이 잡아당기고, 모의라도 하고 있는 것처럼 속삭이는 소리로 말하기 시작했다. 맥주 냄새를 풍기는 입김이 한 뼘 거리에서 내 얼굴을 강타했다.

노인의 이야기에 새로운 것은 전혀 없었다. 자기가 만든 기적적인 치료제, 자기만 알고 있는 확실한 치료법을 늘어놓다가, 가끔씩 이야기가 곁길로 빠져서 파렴치한 놈들이 그의 비밀을 캐내려고 얼마나 헛된 노력을 했는가를 떠벌이기도 했다. 노인은 1파인트들이 맥주잔에 담긴 술을 익숙한 동작으로 쭈욱 들이켤 때만 이야기를 중단했다. 그 작은 몸은 놀랄 만큼 많은 양의 맥주를 담을 수 있는 것처럼 보였다.

하지만 그는 즐거워하고 있었고, 나는 그가 멋대로 지껄이게 내버려두었다. 사실 나는 그의 위업에 놀라움과 존경의 뜻을 표하여 그를 부추기기까지 했다.

작달만한 노인은 지금까지 나 같은 청중을 가진 적이 한 번도 없었다. 그는 은퇴한 소규모 자작농이었고, 오랫동안 그의 진가를 인정하고 평가해준 사람은 아무도 없었다. 그는 추파를 던지듯 얼굴을 한쪽으로 기울였고, 그의 눈은 우정으로 빛나고 있었다. 하지만 갑자기 그가 진지한 표정을 지으며 자세를 바로 했다.

"이보게 젊은이, 자네가 가기 전에 나 말고는 아무도 모르는 걸 가르쳐주겠네. 나는 이걸로 떼돈을 벌 수 있었어. 이걸 가르쳐달라고 오랫동안 사람들이 나를 따라다녔지만, 나는 절대로 말해주지 않았다네."

노인은 술잔에 담긴 술의 수위를 몇 센티미터 낮춘 다음 눈을 동전 구멍처럼 가늘게 떴다.

"말의 복사뼈 염증과 발진에 쓰는 연고인데……."

나는 지붕이 무너지기라도 한 것처럼 의자에서 벌떡 일어났다.

"설마 말의 복사뼈 염증과 발진을 치료했다는 뜻은 아니겠죠?" 나는 헐떡거렸다. "그게 진담일 리가 없어요."

노인은 젠체하는 표정을 지었다.

"하지만 진담일세. 내 연고를 발라주기만 하면 말은 건강하게 제 발로 걸어서 나갈 걸세. 아니, 원래보다 더 좋아질 거야!"

그는 목소리를 높여 작은 소리로 외치면서 팔을 격렬하게 휘둘렀다. 그 바람에 거의 빈 술잔이 날아가 바닥으로 떨어졌다.

나는 믿을 수 없다는 듯이 낮게 휘파람을 불고 술을 또 한 잔 주문했다.

"그런데 그 연고 이름을 정말로 저한테 가르쳐주실 건가요?" 나는 속삭이는 소리로 물었다.

"그렇다네, 젊은이. 하지만 한 가지 조건이 있어. 이걸 아무한테도 말하면 안 돼. 혼자만의 비밀로 간직해야 돼. 그러면 자네와 나 말고는 아무도 모를 걸세.” 노인은 새로 날라져온 1파인트들이 맥주잔을 들어 그 절반을 별 어려움 없이 목구멍 속으로 흘려 넣었다. “자네와 나만 아는 비밀이야.”

“좋습니다. 약속드리죠. 아무한테도 말하지 않겠습니다. 자, 그 놀라운 연고가 뭡니까?”

노인은 북적거리는 술집 안을 슬쩍 둘러보았다. 그런 다음 숨을 한 번 깊이 들이마시고는 내 어깨에 손을 올려놓고 내 귀에 입술을 가까이 들이댔다. 그는 한 번 엄숙하게 딸꾹질을 하고 나서 쉰 목소리로 속삭였다.

“마시멜로 연고라네.”

나는 그의 손을 움켜잡고 말없이 힘을 주었다. 노인은 깊이 감동하여, 마지막 남은 반 파인트의 맥주를 대부분 턱 아래로 흘려버렸다.

하지만 파녀이 문간에서 신호를 보내고 있었다. 가야 할 시간이었다. 우리는 새로 사귄 친구들과 함께 밖으로 몰려나와, 조용한 마을길에 소음과 불빛으로 이루어진 작은 섬 하나를 만들었다. 담황색 머리카락을 가진 셔츠 차림의 젊은이가 자연스러운 몸짓으로 공손하게 자동차 문을 열어주었다. 나는 손을 흔들어 마지막 작별 인사를 하고 차 안으로 뛰어들었다. 이번에는 좌석이 여느 때보다 더 빨리 쓰러졌다. 나는 뒤로 돌진하여 장화들 사이에 머리를 처박았고 내 무릎은 내 턱 밑에 파묻혔다.

놀란 얼굴들이 뒷유리창 너머에 줄지어 서서 유리창 너머로 나를 들여다보았다. 하지만 그들은 곧 기꺼이 손을 내밀어 나를 일으켜주었고, 방심할 수 없는 좌석은 다시 레일 위에 똑바로 놓였다. 나는 그 좌석이 얼마나 오랫동안 그런 상태였는지, 내 고용주는 한 번이라도 그걸 고칠 생각을 한 적이 있는지 궁금했다.

우리는 요란한 소리를 내며 어둠 속으로 돌진했다. 나는 손을 흔들고 있는 사람들을 돌아보았다. 작달막한 노인이 보였다. 그의 더러운 파나마모자는 문간에서 흘러나오는 빛을 받아 새 것처럼 반짝이고 있었다. 노인은 손가락을 입술에 대고 있었다.

5

　지난 5년은 단 하나의 순간을 향해 달려왔다. 그러나 그 순간은 아직 오지 않았다. 대러비에 온 지 벌써 스물네 시간이 지났건만 혼자서 왕진을 나가보지는 못했다.

　이튿날도 온종일 파넌과 함께 왕진을 다녔다. 조심성이 없고 건망증이 심하고 그 밖에도 몇 가지 결점을 지닌 사람치고는 이상하게도 파넌은 새 조수를 세상에 내보내는 데 지나치게 신중해서 나를 애타게 했다.

　우리는 그날 리더데일에 갔고, 거기서 나는 더욱 많은 고객을 만났다. 모두 친절하고 예의바른 농부들이어서 나를 반갑게 맞아주고 내 성공을 빌어주었다. 하지만 파넌의 감독을 받으며 일하는 것은 교수의 눈길이 쏠려 있는 대학 시절로 돌아간 것 같았다. 나 혼자 왕진을 나가서 누구의 감독도 받지 않고 혼자 힘으로 병든 동물을 치료하게 될 때까지는 수의사 생활이 시작된 거라고 할 수 없었다.

　하지만 그 순간이 그리 멀지는 않을 것으로 여겨졌다. 파넌이 또 어머니를 만나러 브로턴에 갔기 때문이다. 파넌의 효심은 정말 대단했다. 집을 나설 때 파넌은 늦게야 돌아올 거라고 말했다. 그래서 홀 부인은 평소처럼 일찍 잠자리에 들 수 없었다. 하지만 그런 건 아무래도 좋았다. 중요한 것은 내가 병원을 책임지게 되었다는 사실이다.

나는 헐렁한 커버가 씌워진 안락의자에 앉아서 덤불이 웃자란 잔디밭을 프랑스식 창문으로 내다보았다. 앞으로도 이렇게 창밖을 내다볼 일이 많을 거라는 생각이 들었다.

처음으로 나 혼자 진료하게 된다면, 그것은 과연 어떤 질병일까 하고 나는 멍하니 생각했다. 몇 년 동안 이 순간을 기다려왔으니까, 아마 기대가 빗나갈 거야. 기껏해야 송아지의 기침이라든가 돼지의 변비라든가, 그런 병일 게 뻔해. 하지만 그것도 나쁘진 않을 거야. 간단히 치료할 수 있는 병으로 시작하는 것도……. 이런 즐거운 상념에 잠겨 있을 때, 복도에서 갑자기 전화벨이 요란하게 울렸다. 인기척이 없는 실내라서 소리가 이상하게 크게 들렸다. 나는 수화기를 집어 들었다.

"파넌 선생이오?" 귀에 거슬리는, 가시가 돋쳐 있는 낮고 굵은 목소리였다. 사투리는 없고, 조금 있다 해도 그것은 남서부 지방의 사투리였다.

"아뇨. 원장님은 지금 외출중입니다. 저는 조수이고요."

"언제 돌아오지?"

"그렇게 늦지는 않겠지만, 제가 할 수 있는 일이라면……."

"당신이 할 수 있을지 모르겠군." 상대의 말투가 호통 치는 듯한 어조로 바뀌었다. "나는 헐턴 경네 농장 관리인인 솜즈인데, 소중한 사냥마가 복통을 일으켰소. 당신, 복통이라는 병에 대해 알고 있소?"

나는 분노가 부글부글 끓어오르는 것을 느꼈다.

"저도 수의사입니다. 그러니까 복통에 대해서는 웬만큼 알고 있습니다."

한참 뜸을 들인 뒤, 다시 호통 치는 소리가 들려왔다.

"그럼 당신이 봐줘야겠군. 어쨌든 이런 경우 말한테 어떤 주사를 놓아야 하는지는 나도 알고 있소. 바로 아레콜린(구충제)이오. 그걸 가져오시오. 파년 선생은 언제나 그 약을 쓰니까. 여기 오는 데 몇 시간씩 걸리면 곤란해. 날이 밝아서야 도착하지 않도록 하시오. 언제 올 거요?"

"지금 곧 출발하겠습니다."

"좋아요."

상대가 난폭하게 수화기를 내려놓는 소리가 들렸다. 전화기 옆을 떠날 때 나는 얼굴이 화끈 달아올랐다. 내가 처음 맡은 일은 뻔한 병이 아니었다. 복통은 성가신 병이다. 게다가 당장 싸울 듯이 시비를 걸고 뭐든지 아는 체하는 솜즈라는 자가 끼어들어 있다.

농장까지 10여 킬로미터를 가는 동안 나는 기억을 더듬어 콜턴 릭스의 위대한 저서인 『말의 복통 개론』을 머릿속에서 다시 읽었다. 대학 졸업반 때 그 책을 몇 번이나 되풀이 읽었기 때문에 시처럼 암송할 수 있었다. 그 손때 묻은 책이 차를 운전하고 있는 내 눈앞에 환상처럼 어른거렸다.

그 말은 아마 가벼운 산통(疝痛: 급경련에 따른 간헐적인 복통)이거나 발작적인 복통일 거야. 먹이를 바꾸었거나 아니면 풀을 과식했는지도 모르지. 그래, 그게 틀림없어. 복통의 원인은 대개 그거니까. 재빨리 아레콜린을 주사하고 클로로다인을 조금 투여하면 통증이 누그러지고 말은 회복될 거야. 나는 실습할 때 마주쳤던 다양한 병례를 돌이켜 생각해보았다. 말은 이따금 뒷다리를 차올리거나 고개를 돌려 옆구리를 보는 것 외에는 대개 얌전하고 조용히 서 있다. 정말로 그건 간단한 일이었다.

그런 낙관적인 공상에 잠겨 있는 동안 나는 목적지인 농장에 도착했다. 삼면이 마구간으로 둘러싸여 있고 깨끗한 자갈이 깔린 안마당으로 차를 몰고 들어갔다. 어깨가 딱 바라지고 땅딸막한 남자가 거기에 서 있었다. 체크무늬 모자와 재킷, 멋진 반바지에 반짝반짝 빛나는 가죽 각반을 댄 차림이 아주 말쑥했다.

30미터쯤 떨어진 곳에 차를 세우고 내리자 그 사내는 천천히 의식적으로 나에게 등을 돌렸다. 나는 천천히 마당을 질러가면서 그가 나를 돌아보기를 기다렸지만, 그는 주머니에 두 손을 찔러 넣고 나를 외면한 채 꼼짝도 하지 않았다.

나는 1미터도 떨어지지 않은 곳까지 다가가서 걸음을 멈추었지만, 여전히 그는 나를 돌아보려고도 하지 않았다. 나는 한참동안 사내의 등을 바라보고 있었지만, 기다리는 데 진력이 나서 입을 열었다.

"솜즈 씨인가요?"

사내가 처음에는 꼼짝도 하지 않았지만, 잠시 후 아주 천천히 몸을 돌렸다. 굵고 붉은 목, 불그레한 얼굴에서 작은 눈이 반짝반짝 빛나고 있었다. 그는 대답도 하지 않고 내가 입은 낡은 레인코트와 내 젊은 나이, 풋내기 수의사의 풍모를 하나하나 꼼꼼히 점검하면서 머리끝부터 발끝까지 찬찬히 살펴보았다. 심사가 끝나자 그는 다시 고개를 돌렸다.

"그렇소. 내가 솜즈요." 그는 중요한 의미라도 있는 것처럼 '내가'라는 말을 강조했다. "파넌 선생과는 절친한 사이지."

"저는 헤리엇입니다."

솜즈는 내 말 따위는 귀에 들어오지도 않는 것 같았다.

"파넌 선생은 수완이 뛰어나고 현명한 사람이오. 우리는 절친한 사이지."

"복통을 앓고 있는 말이 있다고 하셨는데······." 나는 내 목소리가 너무 높고 불안정하게 들리지 않기를 바랐다.

솜즈의 시선은 여전히 하늘 어딘가를 향하고 있었다. 그는 혼자 낮은 소리로 휘파람을 불고 나서 내 질문에 대답했다.

"저기요." 그는 마구간 하나를 턱으로 가리켰다. "힐턴 경의 가장 좋은 사냥마들 가운데 하나요. 전문가의 도움이 필요한 것 같소." 그는 '전문가'라는 말에 약간 힘을 주었다.

나는 문을 열고 안으로 들어갔다. 하지만 벽에 부딪친 것처럼 우뚝 멈춰 섰다. 그곳은 물이끼가 푹신하게 깔린 아주 넓은 마구간이었는데, 밤색 말 한 마리가 비틀거리며 둘레를 빙글빙글 돌고 있어서 물이끼에 깊은 샛길이 생겨나 있었다. 말은 코끝부터 꼬리까지 온몸이 땀투성이였고, 콧구멍은 벌어져 있고 눈은 앞쪽을 멍하니 바라보고 있었다. 한 걸음 내디딜 때마다 머리는 이리저리 흔들리고, 악문 이빨 사이로 많은 거품이 새어나와 바닥에 뚝뚝 떨어졌다. 마치 전속력으로 질주한 직후처럼 악취 나는 김이 몸에서 피어오르고 있었다.

나는 입 안이 바싹 마르는 것을 느꼈다. 말을 하기도 어려울 정도였고, 간신히 입을 열었을 때도 거의 속삭이는 듯한 소리밖에 나오지 않았다.

"언제부터 이런 상태였습니까?"

"복통이 시작된 건 오늘 아침이오. 그때부터 지금까지 줄곧 하제를 먹였소. 아니, 내가 아니라 저 녀석이 먹였지. 저 녀석은 늘 실수만 하는 놈이니까 오늘도 실수를 저질렀다 해도 놀랄 일은 아니오."

나는 구석의 그늘진 곳에 누군가가 있는 것을 알아차렸다. 말의 굴레를 손에 들고 있는 크고 뚱뚱한 사내였다.

"예, 맞습니다. 저놈한테 하제를 먹였지만 전혀 효과가 없었어요." 그 덩치 큰 사내는 겁먹은 듯한 표정을 짓고 있었다.

"자네는 그러고도 말 전문가인 양하겠지, 내가 직접 약을 먹였어야 하는 건데. 그랬다면 지금쯤은 벌써 훨씬 좋아졌을 텐데……." 솜즈가 말했다.

"이 말을 살리려면 보통 하제 갖고는 안 됩니다. 이건 평범한 복통이 아니니까 그 이상의 것이 필요해요." 내가 말했다.

"그럼 도대체 무슨 병이오?"

"글쎄요. 잘 진찰해보지 않고는 뭐라고 말할 수 없지만, 이렇게 격렬하고 연속적인 통증을 느끼고 있다면 염전일 수도 있습니다. 창자가 뒤틀리는 장 염전 말입니다."

"장 염전이라고요? 설마! 그냥 가벼운 복통을 일으켰을 뿐이오. 온종일 대변을 보지 못했으니까 변통을 좋게 해주면 돼요. 아레콜린은 가져왔소?"

"장 염전이라면 아레콜린은 최악의 약입니다. 지금은 몹시 괴로워하고 있을 뿐이지만, 아레콜린을 투여하면 발광해버릴 겁니다. 장 근육을 수축시키는 작용이 있으니까요."

"이런, 나를 가르치려 들다니! 도대체 말을 치료할 생각이 있는 거요, 없는 거요?" 솜즈는 호통을 쳤다.

나는 구석에 있는 덩치 큰 사내를 돌아보았다.

"말에게 굴레를 씌워주세요. 진찰을 시작할 테니까."

사내가 굴레를 씌우자 말은 걸음을 멈추었다. 내가 말의 갈비뼈와 팔꿈치 사이를 손으로 쓸면서 맥박을 살피는 동안, 말은 부들부들 떨고 신음을 하면서 서 있었다. 맥박은 최악이었다. 빠르고 약한 맥박이었다. 손가락으로 눈꺼풀을 뒤집어보니 점막은 짙은 벽돌색이었다. 체온계는 39도를 가리키고 있었다.

나는 마구간 건너편에 있는 솜즈를 바라보았다.

"뜨거운 물 한 양동이와 비누와 수건 한 장만 갖다 주실 수 있겠습니까?"

"그건 뭐에 쓰려고? 아직 아무것도 하지 않았으면서 벌써 손을 씻으려는 거요?"

"직장 검사를 해보고 싶습니다. 뜨거운 물을 갖다 주시지 않겠습니까?"

"하느님 맙소사. 이런 꼴을 당하는 건 난생처음이야." 솜즈는 진저리가 난다는 듯 눈을 한 손으로 가볍게 문지르고 덩치 큰 사내를 홱 돌아보았다.

"이봐, 거기 멀거니 서 있지 말고 뜨거운 물을 가져와. 이 젊은 선생이 뭔가 해줄 모양이니까."

뜨거운 물이 오자 나는 팔에 비누를 바르고 말의 직장 속에 팔을 집어넣었다. 소장이 왼쪽으로 전위되었고, 거기에 있어서는 안 될 딱딱한 덩어리가 있는 것이 느껴졌다. 내가 그것을 만지자 말은 또다시 몸을 부들부들 떨면서 신음 소리를 냈다.

팔을 씻고 수건으로 닦는 동안 내 심장은 어지럽게 고동치고 있었다. 어떻게 하면 좋을까? 뭐라고 말하면 좋을까?

솜즈는 말이 고통으로 몸부림치고 있는 것을 곁눈질하면서 혼자 투덜거리며 마구간을 들락날락하고 있었다.

"그 말을 좀 꽉 잡고 있어." 그는 굴레를 잡고 있는 사내에게 호통을 쳤다. "도대체 무슨 짓거리를 하고 있는 거야?"

덩치 큰 사내는 아무 대꾸도 하지 않았다. 그는 아무 잘못도 없었지만, 그저 솜즈를 멍하니 바라보고 있을 뿐이었다.

나는 숨을 깊이 들이마셨다.

"모든 징후가 한 가지를 가리키고 있습니다. 이 말은 분명히 장 염전을 일으켰어요."

"그럼 좋아요. 당신 마음대로 하시오. 장 염전이라면 제발 어떻게든 해봐요. 우리를 밤새도록 여기에 세워둘 작정이쇼?"

"아무도 손을 쓸 수 없습니다. 장 염전은 치료법이 없어요. 중요한 건 최대한 빨리 말의 고통을 없애주는 겁니다."

솜즈는 얼굴을 찌푸렸다.

"치료법이 없다고? 고통을 없애준다고? 도대체 무슨 헛소리를 늘어놓는 거야? 무슨 말을 하고 싶어서 그래?"

나는 자신을 억눌렀다.

"말의 고통을 누그러뜨릴 수단을 지금 당장 취할 수 있게 해주세요."

"그게 무슨 뜻이야?" 솜즈는 입을 딱 벌렸다.

"지금 당장 저 말을 쏘아 죽인다는 뜻입니다. 차 안에 무통 도살기가 있습니다."

솜즈는 금방이라도 폭발할 것 같은 표정을 지었다.

"말을 쏘아 죽인다고? 당신, 머리가 어떻게 된 거 아냐? 저 말이 얼마짜린지나 알고 있나?"

"솜즈 씨, 저 말이 얼마짜린지는 지금 문제가 되지 않습니다. 저 말은 온종일 지옥 같은 고통을 맛보고, 이제 죽어가고 있어요. 나를 좀 더 일찍 불렀어야죠. 앞으로 몇 시간은 살아 있겠지만, 결과는 마찬가집니다. 그리고 말은 무서운 고통에서, 끊임없는 고통에서 죽을 때까지 벗어나지 못합니다."

솜즈는 두 손으로 머리를 감싸 쥐었다.

"제기랄, 왜 나한테 이런 일이 일어나야 하지? 공교롭게도 지금 헐턴 경은 휴가를 얻어서 멀리 여행을 떠났어. 그렇지 않다면 헐턴 경한테 연락해서 당신이 어처구니없는 짓을 못하게 할 텐데. 파년 선생이 여기 있었다면 저 말을 관장해서 넉넉잡고 한 시간 반이면 말끔히 치료해버릴 텐데. 어때, 파년 선생이 오늘 밤에 돌아오기를 기다렸다가 그분한테 진찰을 받게 할 수는 없나?"

나는 문득 어떤 생각이 떠올라 갑자기 눈앞이 환해진 듯한 기분을 느꼈다. 그래, 모르핀을 주사해서 이 곤경을 넘기고 다른 사람한테 책임을 떠넘기는 거야. 그거라면 간단히 할 수 있어. 나는 다시 한 번 말을 바라보았다. 말은 고통에서 벗어나려고 비틀거리면서 또다시 마구간 안을 무턱대고 빙글빙글 돌기 시작한 참이었다. 내가 지켜보고 있을 때 말이 축 늘어뜨렸던 고개를 들고 작은 소리로 울었다. 그것은 애처롭고 필사적인 소리였고, 내가 마음을 정하는 데에는 그것만으로도 충분했다.

나는 얼른 밖으로 나가 차에서 무통 도살기를 꺼냈다.

"머리를 꽉 붙잡아주세요." 나는 덩치 큰 사내에게 말하고, 도살기의 총구를 말의 흐리멍덩한 눈과 눈 사이에 댔다. 쉭 하는 날카로운 소리가 나고 말의 다리가 꺾였다. 말은 물이끼 위에 털썩 쓰러져 움직이지 않았다.

나는 믿을 수 없다는 얼굴로 죽은 말을 내려다보고 있는 솜즈 쪽으로 돌아섰다.

"파년 원장이 내일 아침에 와서 검시를 하실 겁니다. 나는 내 진단이 옳았다는 것을 헐턴 경한테 증명하고 싶습니다."

나는 재킷을 걸치고 차를 세워둔 곳으로 나갔다. 차의 시동을 걸었을 때 솜즈가 문을 열고 얼굴을 차 안으로 들이밀었다. 조용한 말투였지만 목소리에는 분노와 위협이 담겨 있었다.

"오늘 밤 일은 허턴 경한테 자세히 보고하겠어. 그리고 파년 선생한테도. 그가 어떤 조수를 고용했는지 가르쳐주겠어. 그리고 내일 검시에서 당신이 틀렸다는 게 증명되면 곧바로 당신을 고소할 거야." 그는 문을 쾅 닫고 가버렸다.

병원으로 돌아오자 나는 파년이 돌아올 때까지 기다리기로 마음먹고 의자에 앉아서, 제대로 일을 시작하기도 전에 내 장래를 내 손으로 망쳐버렸다는 괴로운 생각을 잊으려고 애썼다. 하지만 돌이켜보면 달리 어떻게 할 수도 없었다. 아무리 생각해도 결론은 마찬가지였다.

파년은 자정이 훨씬 지나서야 돌아왔다. 어머니와 보낸 하룻밤은 파년에게 좋은 자극이었던 모양이다. 파년의 여윈 볼은 발그레하게 상기되었고 태도는 쾌활했고 진 냄새를 풍기고 있었다. 나는 파년이 야회복 차림인 것을 보고 놀랐다. 그 복장은 구식이었고 게다가 비쩍 마른 파년에게는 헐렁했지만, 그래도 파년은 마치 외교관처럼 보였다.

내가 말에 대해 이야기하자 파년은 말없이 듣고만 있었다. 이윽고 파년이 무언가 말을 하려고 했을 때 전화벨이 울렸다. "밤늦게 무슨 전화람." 파년은 중얼거리고 나서 전화를 받았다. "아아, 솜즈 씨." 파년은 나에게 고개를 끄덕여 보이고 자기 의자에 자리를 잡았다. 그 후 오랫동안 '예',

'아니', '그래요?' 하는 대답만 하고 있다가 자세를 바로하고 결연하게 말하기 시작했다.

"솜즈 씨, 전화해주셔서 고맙습니다. 헤리엇이 한 일은 매우 타당한 조치였던 것 같은데요. 아니, 그건 아닙니다. 말을 그대로 내버려두는 건 잔혹한 짓이지요. 우리 수의사의 의무 가운데 하나는 고통을 막는 거니까요. 물론 솜즈 씨가 그런 식으로 느끼는 것도 이해가 가지만, 헤리엇은 아주 유능한 수의사라고 생각합니다. 설령 내가 거기에 갔더라도 헤리엇과 같은 조치를 취했을 겁니다. 그럼 안녕히 주무세요, 솜즈 씨. 아침에 그리로 가겠습니다."

나는 마음의 응어리가 날아가버렸기 때문에 감사의 말을 하려고 했지만, 결국 내 입에서 나온 말은 "고맙습니다"라는 한마디뿐이었다.

파넌은 벽난로 위의 유리장 안으로 손을 뻗어 위스키 병을 꺼냈다. 그리고 커다란 컵에 절반쯤 술을 따라서 내 손에 쥐어주었다. 그리고 자기 컵에도 같은 분량을 따르고 팔걸이의자에 털썩 주저앉았다.

파넌은 술을 한 모금 쭈욱 들이켜고, 술잔 속의 호박색 액체를 잠시 바라보다가 미소를 지으며 얼굴을 들었다.

"오늘 밤에 지독한 꼴을 당했겠군. 자네가 처음 맡은 일인데 말이야. 게다가 상대가 솜즈라니!"

"그 사람을 잘 아십니까?"

"아, 그럼. 그 작자에 대해서라면 뭐든지 다 알고 있지. 불쾌한 놈이라서 모두 싫어해. 나는 그놈의 친구가 아니야. 소문에 따르면 상당한 악당인 모양이더군. 헐턴 경을 속여서 부지런히 제 배를 불리고 있다니까. 언젠가는 꼬리가 잡힐 거야."

물을 타지 않은 위스키가 목을 태우며 위로 내려갔지만, 지금 나에게 필요한 것은 바로 그것이었다.

"오늘 밤 같은 일은 별로 달갑지 않지만, 수의사의 일이 항상 그렇지는 않겠죠?"

"물론 항상 그렇지는 않아. 하지만 무슨 일이 일어날지는 알 수 없어. 수의사는 재미있는 직업이야. 남의 웃음거리가 되어 창피를 당할 기회도 다른 직업과는 비교할 수도 없을 만큼 많지."

"하지만 유능한 수의사라면 그렇게 걱정할 필요는 없을 것 같은데요?"

"어느 정도는 그렇지. 물론 능력은 좋은 수의사가 되는 데 도움이 되지만, 천재라고 부를 수 있을 만큼 능력이 뛰어난 사람에게도 굴욕과 조롱은 바로 옆에 잠복해 있다네. 언젠가 유명한 말 전문의가 와서 발육이 제대로 되지 않은 말을 수술한 적이 있는데, 수술 도중에 말의 호흡이 멈춰 버렸어. 그때 나는 말의 늑골 위에서 미친 듯이 춤추고 있는 그 전문의를 보고 중요한 진리 하나를 배웠지. 나도 수의사 생활을 하다 보면 이 사람과 마찬가지로 종종 바보 같은 짓을 하게 될 거라는……."

나는 웃었다.

"그렇다면 그런 일도 있게 마련이라고 처음부터 체념하는 편이 좋겠군요."

"그게 좋아. 동물이 전혀 방심할 수 없는 생물인 이상, 우리 수의사들의 생활도 예측할 수 없어. 수의사의 삶은 작은 승리와 재난으로 점철되는 긴 행로니까, 이 직업을 진심으로 좋아하지 않으면 견디기가 쉽지 않아. 오늘 밤은 솜즈였지만, 다른 날 밤에는 또 다른 일이 일어나겠지. 한 가지 말할 수 있는 것은 수의사 생활이 절대 따분하지는 않다는 거야. 자,

좀 더 마시게."

　나는 위스키를 마시고, 좀 더 따라 마시고, 파넌과 이야기를 나누었다. 어느새 거대한 아카시아의 검은 형체가 프랑스식 창문 너머에서 회색의 새벽빛 속에 떠올랐고, 지빠귀가 지저귀기 시작했다. 파넌은 아쉬운 듯 술병을 흔들어 마지막 남은 몇 방울을 술잔에 따르고 있었다.

　파넌은 하품을 하고, 검은 넥타이 매듭을 풀면서 시계를 보았다.

　"아니, 다섯 시라고? 벌써 시간이 이렇게 됐나? 하지만 함께 술을 마셔서 유쾌했네. 자네가 처음 일을 맡은 걸 축하한 거야. 그것도 제대로 된 일이었지. 안 그런가?"

6

두 시간 반의 수면은 충분하다고는 말할 수 없었지만, 나는 7시 반에 일어나 8시에는 면도를 하고 세수를 하고 아래층에 내려가 있었다.

하지만 아침 식탁에는 나 혼자뿐이었다. 홀 부인이 무표정한 얼굴로 달걀볶음을 내 앞에 놓으면서 파넌 원장은 헐턴 경의 말을 검시하러 좀 전에 나갔다고 말했다. 나는 파넌이 잠깐이라도 침대에 들어가 눈을 붙였을지 궁금했다.

파넌이 불쑥 들어왔을 때 나는 아직 마지막 토스트를 먹고 있었다. 나는 파넌이 방으로 뛰어 들어오는 데 익숙해져 있기 때문에, 그가 시끄러운 소리를 내며 문손잡이를 돌리고 허공을 날듯이 방 한복판으로 뛰어들었을 때에도 전혀 놀라지 않았다고 해도 좋을 정도였다. 파넌은 얼굴이 발그레한 게 기분이 무척 좋아 보였다.

"커피 좀 남아 있나? 한 잔 마시고 싶군." 파넌은 비명을 지르며 항의하는 의자에 털썩 주저앉았다. "자네는 아무것도 걱정할 거 없어. 검시해본 결과, 전형적인 장 염전이라는 걸 알았지. 창자 몇 군데가 뒤얽혀서 거무칙칙해졌고, 거기다 가스가 가득 차 있더군. 자네가 빨리 죽여준 게 다행이었어."

"솜즈 씨는 만나셨나요?"

"물론 만났지. 놈은 자네 험담을 하려고 했지만 나는 상대하지 않았어. 그 대신 나는 놈이 우리를 부르는 게 너무 늦었고, 말이 얼마나 괴로워했 는가를 헐틴 경이 들으면 별로 좋아하지 않을 거라는 점을 지적해주었 지. 나오면서 보니까 놈은 내 말을 곰곰 생각하고 있는 것 같았어."

그 말을 듣고 내 기분은 완전히 밝아졌다. 나는 책상으로 가서 일지를 집어 들었다.

"오늘 아침에 전화로 왕진을 요청한 사람들을 여기 적어두었습니다. 여 기서 제가 할 수 있는 게 뭘까요?"

파넌은 내가 왕진갈 곳을 몇 군데 골라낸 뒤, 종이에 그것을 적어서 나 에게 건네주었다.

"자, 이것만 맡아주게. 모두 별로 품이 들지 않는 간단한 것들이야."

내가 나가려고 할 때 파넌이 나를 불러 세웠다.

"미안하지만 하나 더 부탁하고 싶은 게 있는데, 실은 내 동생이 오늘 에든버러에서 오기로 되어 있다네. 동생은 그곳 수의대 재학생인데, 어 제 이번 학기가 끝났어. 이 근처에 오면 아마 전화를 걸어올 거야. 그러 면 차로 마중을 나가주지 않겠나?"

"좋습니다. 기꺼이 하죠."

"동생 이름은 트리스탄이야."

"트리스탄요?"

"그래. 자네한테 말해두었어야 하는 건데. 자네는 아마 내 이름을 이상 하게 생각했을 거야. 그건 우리 아버지 탓이라네. 아버지는 열렬한 바그 너 숭배자였지. 바그너가 아버지의 삶을 거의 지배하다시피 했어. 자나 깨나 음악만 듣고, 그것도 주로 바그너만 줄곧 들었다네."

"저도 바그너 팬입니다."

"아아, 그래? 하지만 자네는 우리처럼 아침부터 밤까지 온종일 바그너를 듣지는 않았을 거야. 그리고 자네 아버지는 자네한테 시그프리드(바그너의 오페라에 나오는 인물. 독일어로는 지그프리트. 다음에 나오는 이름들도 모두 바그너의 오페라에 나오는 인물들이다) 같은 이름을 붙여주지도 않았어. 하지만 그보다 더 나쁠 수도 있었어. 예를 들면 보탄이라든가."

"아니면 포그너라든가."

파넌은 깜짝 놀란 표정을 지었다.

"맙소사. 그렇군. 내가 포그너를 잊어버렸어. 포그너라니, 그런 이름이 붙지 않은 것만도 천만다행이지."

기다리고 있던 전화가 걸려온 것은 늦은 오후였다. 상대의 목소리는 좀 기분 나쁠 만큼 귀에 익었다.

"여보세요, 트리스탄 파넌인데요."

"목소리가 형님과 똑같군요."

쾌활한 웃음소리가 들려왔다.

"다들 그렇게 말해요. 정말 친절하네요. 차로 마중을 나와 주면 고맙겠는데요. 나는 지금 그레이트노스 가의 홀리트리 카페에 있습니다."

그 목소리를 들은 뒤라서 나는 파넌의 젊은 모습을 보게 될 거라고 기대했지만, 배낭 위에 앉아 있는 앳된 얼굴에 작은 체구는 파넌과는 딴판이었다. 그는 일어나서 이마로 흘러내린 검은 머리카락을 뒤로 쓸어 올리고 오른손을 내밀었다. 웃는 얼굴이 매력적이었다.

"많이 걸으셨나요?" 나는 물었다.

"꽤 많이 걸었지만, 나한테는 딱 좋은 운동이 되었어요. 어젯밤에 종강

파티를 해서 너무 많이 먹고 마셨거든요."

그는 자동차 문을 열고 배낭을 뒷좌석에 던졌다. 내가 시동을 걸자 그는 마치 호화로운 안락의자에라도 앉는 것처럼 동승석에 편안히 앉았다. 그리고 싸구려 담뱃갑을 꺼내 신중하게 담배에 불을 붙이고는 더없이 행복한 표정으로 담배 연기를 가슴 가득 빨아들였다. 그리고 주머니에서 《데일리 미러》지를 꺼내더니, 만족스러운 듯 안도의 한숨을 내쉬면서 한 손으로 신문지를 흔들어 펼쳤다. 오랫동안 가슴에 담아두었던 담배 연기가 콧구멍과 입에서 한 줄기 연기가 되어 나오기 시작했다.

넓은 간선도로에서 서쪽으로 구부러지자 차량들의 소음이 갑자기 뒤로 사라져갔다. 나는 트리스탄 쪽을 힐끗 바라보았다.

"시험이 막 끝났다면서요."

"예, 병리학과 기생충학 시험을 봤어요."

나는 하마터면 시험에 합격했느냐고 물어서 내 평소의 원칙에서 벗어날 뻔했지만, 간신히 그 충동을 억누를 수 있었다. 방심하면 안 된다. 하지만 어쨌든 화제는 부족하지 않았다. 트리스탄은 신문에 실린 기사들 대부분에 대해 일일이 의견을 말했고, 이따금 그 일부를 낭독하고 나와 의견을 교환했다. 나는 내 말상대가 나보다 훨씬 머리가 잘 돌아가고 활기찬 사람이라는 확신이 점점 강해지는 것을 느꼈다. 우리는 눈 깜짝할 사이에 병원에 도착했다.

우리가 도착했을 때 파넌은 병원에 없었고 해질녘에야 돌아왔다. 파넌은 프랑스식 창문으로 들어와서 나에게 상냥하게 인사를 하고 안락의자에 몸을 던졌다. 그리고 지금 자기가 치료하고 있는 환자의 증상에 대해 이야기하기 시작했을 때 트리스탄이 들어왔다.

실내 분위기가 마치 누군가가 스위치를 돌린 것처럼 싹 달라졌다. 파넌의 미소는 냉소로 변했고, 평가하는 듯한 눈으로 동생을 한참동안 찬찬히 바라보았다. 파넌은 "야아!" 하고 신음하듯 말하고 나서 손을 위로 뻗어 책꽂이에 꽂혀 있는 책을 손가락으로 쓸기 시작했다. 몇 분 동안 파넌은 그 작업에 몰두해 있는 것처럼 보였지만, 긴장이 고조되고 있는 것을 나는 피부로 느낄 수 있었다. 트리스탄의 표정도 완전히 달라져서 무표정한 얼굴이 되어버렸지만, 그 눈만은 빈틈없이 번득이고 있었다.

파넌은 마침내 찾고 있던 책을 책꽂이에서 빼내어 천천히 책장을 넘기기 시작했다. 그러다가 얼굴도 들지 않고 조용히 물었다.

"시험은 어땠냐?"

트리스탄은 신중하게 숨을 들이마시며 심호흡을 했다.

"기생충학은 잘 쳤어." 그는 무뚝뚝하고 단조로운 목소리로 대답했다.

파넌에게는 그 대답이 들리지 않은 것처럼 보였다. 파넌은 책에서 무언가 흥미로운 것을 발견한 듯 차분히 자리를 잡고 그 부분을 읽었다. 한참만에 다 읽자 책을 다시 책꽂이에 돌려놓았다. 파넌은 다시 책등을 손가락으로 쓰는 작업을 개시했고, 여전히 동생에게 등을 돌린 채 아까처럼 조용한 목소리로 물었다.

"병리학은 어땠어?"

트리스탄은 금방이라도 도망치려는 듯한 자세로 의자에 앉아 있었다. 그의 눈길은 형한테서 책꽂이로 이동했다가 다시 형에게 돌아왔다.

"잘 치지 못했어." 그는 억양이 없는 목소리로 대답했다.

파넌은 아무 반응도 보이지 않았다. 여전히 참을성 있게 책을 찾으면서, 이따금 책꽂이에서 책을 꺼내 대충 훑어본 뒤 주의 깊게 돌려놓곤 했다. 이윽고 파넌은 책 찾기를 단념하고 의자 등받이에 느긋하게 몸을 기대고는 팔을 바닥에 닿을 만큼 축 늘어뜨리고 트리스탄을 바라보았다.

"그러니까 병리학은 낙제했단 말이지?" 파넌은 스스럼없이 말했다.

문득 정신을 차리고 보니 놀랍게도 내가 신경질적인 목소리로 지껄이고 있었다.

"저어, 아시다시피 그건 아주 잘된 일입니다. 이번에 합격하지 못했으면 졸업반으로 넘어가니까, 크리스마스 때 병리학 시험을 치를 수 있을 거예요. 그렇게 되면 시간을 낭비하지 않을 테고, 어쨌든 병리학은 어려운 과목이에요."

파넌은 차가운 눈길로 나를 돌아보았다.

"그러니까 자네는 이게 아주 잘된 일이라고 생각하는군?" 긴 침묵이 이어졌지만, 전혀 예기치 않은 고함 소리가 그 침묵을 깼다. 파넌이 무서운 기세로 동생에게 호통을 친 것이다. "아니, 난 절대로 그렇게 생각지 않아! 그건 끔찍한 일이야. 수치스럽기 짝이 없는 망신이라고. 넌 이번 학기에 도대체 뭘 했지? 술을 퍼마시고, 여자 꽁무니나 쫓아다니고, 내가 보내준 돈을 펑펑 쓰면서 공부는 뒷전이었겠지. 그러고도 여기 와서 병리학은 떨어졌다고 잘도 뻔뻔스럽게 말할 수 있군. 낯짝이 두꺼워도 분수가 있지. 너의 게으름병에는 약도 없어. 정말 지독한 게으름뱅이야!"

파넌은 거의 딴 사람 같았다. 얼굴은 험악하게 붉어졌고 눈은 이글이글 타오르고 있었다. 파넌은 다시 동생에게 거칠게 고함을 질렀다.

"하지만 이번에는 나도 질렸어. 너한테 신물이 나. 꼴도 보기 싫어. 나는 너를 학교에 보내려고 몸도 아끼지 않고 뼈 빠지게 일했는데, 너는 거기서 빈둥거리며 시간을 낭비하고 있었다니. 이젠 끝이야. 너와는 인연을 끊겠어. 알았지? 지금 이 순간부터 너와 나는 남이야. 당장 여기서 나가! 더 이상 네가 주위에서 얼쩡거리는 건 보고 싶지 않아. 어서 꺼져!"

그동안 줄곧 자존심 상한 태도를 보이고 있던 트리스탄은 말없이 밖으로 나갔다.

나는 곤혹스러움에 몸을 떨면서 파넌을 바라보았다. 동생한테 호통을 치느라 피곤해 보였다. 안색은 붉으락푸르락했다. 그는 혼잣말로 무어라고 중얼거리면서 안락의자의 팔걸이를 손가락으로 톡톡 두드렸다.

나는 형제간의 불화를 직접 목격하고 기가 막혔지만, 고맙게도 파넌이 나에게 왕진을 지시했기 때문에 방을 나올 수 있었다.

왕진에서 돌아왔을 때는 거의 캄캄해져 있었다. 나는 좁은 뒷길로 돌아가서 정원 아래쪽에 있는 안마당으로 차를 몰고 들어갔다. 차고 문이 삐걱거리는 소리가 나자, 건물을 뒤덮고 있는 커다란 느릅나무에 앉아 있던 까마귀들이 소란을 피우기 시작했다. 그보다 훨씬 높은 어둠 속에서 희미하게 날개 치는 소리가 나고 까악까악 우는 소리가 들렸다. 그리고 다시 조용해졌다. 내가 멈춰 서서 귀를 기울이고 있으려니까, 안마당 문간에 서서 정원을 바라보고 있는 사람의 형체가 어둠 속에 떠올랐다. 그 얼굴이 내 쪽을 돌아보았다. 트리스탄이었다.

나는 또다시 곤혹스러움을 느꼈다. 혼자 조용히 생각에 잠기려고 와 있던 그를 내가 그만 방해해버린 것이다.

"일이 그렇게 돼서 유감이군요." 나는 더듬거리면서 말했다.

트리스탄이 담배를 깊이 빨아들이자 담배 끝이 밝게 빛났다.

"괜찮아요. 훨씬 나쁠 수도 있었거든요."

"훨씬 더 나빠요? 그 정도면 충분히 나쁘지 않은가요? 그래서 이제 어떻게 할 작정이죠?"

"어떻게 하다니, 그게 무슨 뜻이죠?"

"쫓겨났잖아요? 오늘 밤에는 어디서 묵을 작정인데요?"

"잘 모르시는군요." 트리스탄이 말했다. 그리고 입에서 담배를 떼고 씨익 웃었다. 새하얀 이가 반짝 빛나는 것이 보였다. "걱정할 필요 없어요. 나는 이 집에서 자고, 아침에는 식당에 내려갈 테니까요."

"하지만 원장님이 뭐라고 하실지?"

"형이요? 아아, 형은 내일 아침이면 다 잊어버려요."

"정말요?"

"그럼요. 형은 매번 나와 인연을 끊지만, 매번 또 금방 잊어버려요. 어쨌든 아주 잘됐어요. 약간의 솜씨를 필요로 했던 건 기생충학 시험에 대한 내 말을 형이 곧이듣게 하는 것뿐이었죠."

나는 내 옆에 서 있는 그림자 같은 형체를 뚫어지게 바라보았다. 또다시 높은 나뭇가지에서 까마귀들이 부스럭거리는 소리가 나다가 조용해졌다.

"기생충학이요?"

"그래요. 생각해보면 알겠지만, 나는 그저 시험을 잘 봤다고 말했을 뿐이에요. 그보다 구체적인 말은 한마디도 하지 않았어요."

"그럼 기생충학도……."

트리스탄은 조용히 웃으며 내 어깨를 탁 쳤다.

"그래요, 기생충학도. 두 과목 다 낙제했어요. 하지만 걱정 마세요. 크리스마스 때 두 과목 다 합격할 테니까."

7

귀에 거슬리는 전화벨 소리가 낡은 건물 안에 따르릉따르릉 울려 퍼지고 있었다. 그 소리를 들으면서 나는 더욱 몸을 움츠리고 담요 속으로 파고들었다.

트리스탄이 온 지 벌써 3주가 지났다. 병원 생활에도 어느 정도는 규칙적인 일과가 돌아와 있었다. 농부들은 아침에 일어나자마자 가축을 둘러본 뒤, 으레 7시에서 8시 사이에 전화를 걸어온다. 그래서 대개는 그 전화벨 소리로 병원의 하루가 시작되었다.

병원에는 전화가 한 대밖에 없다. 아래층의 타일 깔린 복도 한구석에 있는 전화대 위에 전화기가 놓여 있었다. 파넌은 이른 아침에 전화가 오면 일부러 일어나서 받지 않아도 좋다고 나에게 말했다. 그 일은 트리스탄에게 맡겼다. 그런 책임을 맡기는 편이 녀석에게 도움이 된다고 파넌은 단호한 어조로 말했다.

나는 전화벨 소리에 귀를 기울였다. 전화벨 소리는 전혀 멈출 기미가 없었다. 오히려 소리가 더욱 커지는 듯한 기분까지 들었다. 트리스탄의 방에서는 아무 소리도 나지 않았고 일어나 움직이는 낌새도 전혀 없었다. 나는 숨을 죽이고 다음에 일어날 일을 기다렸다. 아니나 다를까, 여느 때처럼 문의 경첩이 부서질 것 같은 요란한 소리가 나더니, 파넌이 층계참으로 뛰어나와 단숨에 계단을 세 단씩 뛰어 내려갔다.

그 후 한동안은 전화벨 소리도 멎어서 조용했다. 분명 파넌은 동물의 상태를 설명하는 농부의 느긋한 목소리에 초조하게 속을 태우며, 차가운 타일 바닥에 맨발이 얼어붙고 복도로 새들어오는 외풍에 덜덜 떨고 있을 터였다. 이윽고 수화기가 찰칵 놓이고 파넌은 계단을 쿵쿵 울리며 동생 방으로 맹렬하게 달려 올라갔다.

곧이어 문을 난폭하게 열어젖히는 소리가 나고, 화가 난 파넌이 고함을 지르기 시작했다. 하지만 그 말투에는 의기양양한 울림이 담겨 있었다. 드디어 트리스탄이 한창 자고 있을 때 그를 습격한 것이다. 그것은 파넌에게는 그야말로 회심의 승리였다. 파넌은 지금까지 승리와는 별로 인연이 없었다. 대개 트리스탄은 눈 깜짝할 사이에 옷을 입어버리는 재주를 발휘하여, 완전히 옷을 차려입은 모습으로 형과 마주서곤 했다. 형이 잠옷 바람으로 뛰어 들어왔을 때, 동생이 단정하게 넥타이를 매고 있으면 심리적으로 우위에 설 수 있었다.

그런데 오늘 아침에는 트리스탄이 자신을 지나치게 믿은 나머지, 마침내 형한테 항복하는 꼴이 되었다. 몇 초만 더 게으름을 피우려다가 침대 위에서 형한테 붙잡히고 만 것이다. 파넌이 서슬이 시퍼래서 마구 꾸짖고 있었다.

"전화가 그렇게 울려대는데, 왜 안 받아? 몇 번이나 말했을 텐데. 넌 게으름뱅이인 것도 모자라서 귀까지 먹었다고는 말하지 마. 자, 어서 침대에서 나와. 나오라고!"

하지만 트리스탄은 당장 태세를 만회해버릴 것이다. 침대에서 붙잡혔을 때는 대개 형이 식당에 들어오기 전에 아침식사를 반쯤 끝내는 수법으로 점수를 땄다.

트리스탄이 커피포트에 세워둔 《데일리 미러》지를 훑어보며 즐겁게 토스트를 먹고 있을 때, 식당에 들어와서 동생의 그런 모습을 본 파넌은 갑자기 이가 욱신욱신 쑤시기 시작한 듯한 표정을 지었다.

그래서 일촉즉발의 험악한 분위기가 조성되었기 때문에, 그 자리에 동석한 나는 오전 왕진에 필요한 물건을 챙겨야 한다는 핑계를 대고 식당을 빠져나오면서 안도의 한숨을 내쉬었다. 나는 이제 친숙해진 에테르와 석탄산의 자극적인 냄새가 풍기는 좁은 복도를 지나 높은 담장에 둘러싸인 화단으로 나왔다. 그곳을 빠져나가면 차들이 놓여 있는 안마당이었다.

아침마다 오는 화단인데도, 이 화단에 오면 나는 언제나 놀라움을 느꼈다. 햇빛과 꽃향기 속으로 나갈 때마다 처음 발을 들여놓은 듯한 기분이 들었다. 신선한 공기에는 바로 옆에 펼쳐져 있는 들판의 숨결이 가득 배어 있었다. 5년 동안 도시에 갇혀 있었던 뒤라서 그 모든 것을 한꺼번에 받아들이기는 어려웠다.

나는 이 화단을 서둘러 통과하지 않았다. 급한 일이 있을 때도 천천히 화단을 음미하려고 애쓰면서, 담쟁이에 뒤덮인 담장과 길쭉하게 튀어나온 병원 별채 사이의 좁은 통로를 지나갔다. 이 별채의 벽에는 등나무 덩굴이 기어 올라가, 덩굴손과 시든 꽃들이 창문을 통해 실내에까지 밀고 들어가 있었다. 더 나아가면 암석정원이 나타나는데, 거기에서 화단은 넓은 잔디밭으로 변한다. 잔디는 손질도 하지 않고 방치한 채였지만, 비를 맞아 퇴색한 벽돌벽에 서늘함과 부드러움을 더해주었다. 암석정원 주위에는 무성한 잡초와 경쟁하듯 가지각색의 꽃들이 만발해 있었다.

더 나아가면 장미정원이 있고, 그곳을 지나면 통통한 손가락 같았던 새싹이 지금은 길게 자라서 커다란 잎이 되어 있는 아스파라거스 온상이 있었다. 그다음은 딸기밭이었다. 도처에 과일나무가 있고, 주렁주렁 매달린 많은 열매로 무거워진 가지들이 통로에 낮게 드리워져 있었다. 복숭아나무, 배나무, 벚나무, 자두나무가 남쪽 담장을 등지고 늘어서 있었다. 담벼락에는 덩굴장미가 기세 좋게 얽혀 있어서, 과일나무들은 장미와 자리다툼을 하고 있는 듯이 보였다.

벌들은 꽃들 사이를 날아다니고, 지빠귀와 티티새들이 느릅나무 우듬지에서 울고 있는 까마귀들과 경쟁하듯 지저귀고 있었다.

병원에서의 내 생활은 충실했다. 내 나름대로 알아내거나 스스로 납득할 필요가 있는 것들이 아주 많았다. 시간이 쏜살같이 지나가고 도전적이어서 하루하루가 새로웠다.

하지만 이 화단에 오면 그런 인상은 단절되어버린다. 여기서는 오래전부터 모든 것이 정지되고, 옛 모습 그대로 남겨져 있는 것처럼 보였다. 샛문을 통해 안마당으로 나가기 전에 화단을 돌아보면, 옛날 책에 실려 있는 꽃밭 그림과 갑자기 마주친 듯한 기분이 들었다. 아무도 없는 황량한 정원 너머에 높은 집이 조용히 서 있는 그런 그림이 생각났다. 나는 그 그림에 묘사된 곳이 지금 눈앞에 있고, 내가 실제로 그 속에 서 있다는 것을 좀처럼 믿을 수 없었다.

안마당으로 들어가면 그 느낌이 더욱 강해졌다. 그곳은 네모꼴이고 둥근 자갈이 깔려 있고, 돌 틈에는 잔디가 빽빽하게 나 있었다. 마당 양쪽에는 건물이 서 있었다. 이 건물들에는 일찍이 마차 차고였지만 지금은 자동차 차고로 쓰이는 곳이 두 군데, 안장 두는 곳이 있는 마구간, 단독 축사, 그리고 돼지우리가 있었다. 한쪽 벽 앞에는 녹슨 철제 펌프가 돌로 만들어진 물통 위에 걸려 있었다.

마구간 2층은 건초 다락이었고, 한쪽 차고 위에는 비둘기집이 있었다. 그리고 보드먼 영감이 있었다. 특별히 하는 일도 없으면서 불편한 다리로 절룩거리며 돌아다니는 보드먼 영감도 옛날 화려했던 시절의 유물처럼 보였다.

그는 연장 몇 가지와 정원용 기구를 보관해두는 작은 헛간에서 투덜거리는 듯한 어조로 아침 인사를 했다. 그의 머리 위에는 전쟁을 생각나게 하는 것들, 즉 브루스 베언스파더의 채색 만화 장면들이 즐비하게 붙어 있었다. 그가 1918년에 유럽 전선에서 귀향했을 때 붙여놓은 그 종잇장들은 이제 먼지를 뒤집어쓰고 가장자리가 오그라들어 있었지만, 아직도 그 자리에서 카이저 빌(독일 황제 빌헬름 2세)과 포탄 구덩이와 진흙 참호에 대해 그에게 말해주었다.

이 노인은 이따금 차를 닦거나 정원을 손질하여 몇 푼을 벌면 이걸로 충분하다는 듯 이 안마당에 있는 자기 집으로 재빨리 돌아오곤 했다. 대개는 안장을 놓아두는 곳에서 그저 멍하니 앉아 있을 뿐이었고, 이따금 전에 마구가 걸려 있던 곳을 둘러보고는 손바닥으로 주먹을 어루만지곤 했다.

그는 옛날 좋았던 시절을 자주 이야기했다.

"옛날의 의사 선생님이 현관 층계참에 서서 마차가 돌아오기를 기다리시던 모습이 지금도 눈에 선해. 정말 멋진 모습이었지. 언제나 실크햇을 쓰고 프록코트를 입고 다녔어. 나도 그때는 젊었지. 그분이 마차를 기다리면서 장갑을 끼고 모자를 살짝 기울이시던 모습이 지금도 눈앞에 떠오르는군."

보드먼 영감의 표정이 누그러지고, 내가 아니라 자기 자신에게 말하는 것처럼 눈이 반짝거렸다.

"이 낡은 집도 그땐 지금과 달랐지. 가정부 한 사람에 하인이 여섯이나 있었는걸. 매사가 그런 식이었지. 정원사까지 있었으니까. 그 시절에는 정원에 잡초 하나 없었고 화단의 꽃들도 말끔히 손질되어 있었지. 이 안 마당은 그분이 제일 좋아하는 곳이었어. 선생님은 자주 여기 와서, 저기 문간에서 내가 여기 앉아 마구를 닦고 있는 것을 보면 조용히 말을 걸어 주시곤 했지. 그분은 정말로 신사였다네. 그렇게 다정하셨는데도 그분의 뜻을 거스를 수는 없었지. 이 근처에 티끌이 두세 개만 떨어져 있어도 미친 듯이 화를 내곤 했지. 하지만 전쟁으로 모든 게 끝났어. 지금은 모두 바빠서 정원 손질 같은 건 신경도 안 써. 시간이 없으니까. 전혀 그럴 여유가 없는 거지."

마당에 깔린 둥근 자갈 틈에서 자라나 돌들을 거의 덮어버린 잡초, 페인트가 벗겨진 채 흔들흔들하면서 간신히 경첩에 달라붙어 있는 차고 문, 빈 마구간, 물이 나오지 않는 펌프. 그는 믿을 수 없다는 표정으로 자주 그것들을 바라보고 있었다.

그는 나에게는 언제나 싹싹하고 친근하게 굴었다. 하지만 파년을 대할 때는 과거의 자신으로 돌아간 것처럼 자세를 바로하고 "네, 알았습니다" 하고 딱딱하게 말하거나 집게손가락을 꼿꼿이 세워 경례를 했다. 젊은 선생에게서 옛날의 선생이 갖고 있었던 어떤 힘과 권위 같은 것을 알아 차리고, 지금은 사라진 옛날 좋았던 시절로 열심히 손을 뻗고 있는 것 같았다.

"영감님, 안녕하세요?" 나는 차고 문을 열면서 말했다. "오늘은 기분이 어떠세요?"

"그저 그래." 그는 다리를 절름거리면서 안마당으로 나와, 내가 시동을 걸고 여느 때처럼 출발 준비를 하는 것을 바라보고 있었다. 나에게 배당된 차는 구형 '오스틴'(1922년부터 1939년까지 영국에서 대량 생산된 소형 자동차)이었는데, 이 차가 아무리 애를 써도 움직이지 않으면 보드먼 영감은 자진해서 차를 밀어주곤 했다. 그런데 오늘 아침에는 놀랍게도 여섯 번째 시동에 엔진이 캑캑거리는 소리를 내며 움직였다.

뒷골목의 모퉁이를 돌았을 때, 여느 때처럼 나는 '자, 드디어 일이 시작되는구나' 하고 생각했다. 성가신 일이나 괴로운 일이 나를 기다리고 있었다. 특히 지금 이 순간은 문제가 아주 많을 것 같았다.

나는 별로 좋지 않은 시기에 데일스에 왔다는 느낌이 들었다. 지난 30년 동안 농부들은 의료의 혜택에서 버림을 받다가 이제 막 선지자와도 같은 훌륭한 수의사인 파넌 선생을 새로 맞이한 참이었다. 파넌은 자기가 지나간 자리에 반드시 신기축을 남기고 가는 혜성 같았다. 유능하고 정력적이고 매력적이어서 농부들은 마치 처녀가 애인을 대하듯 그를 맞아들였다. 그리고 이제 그들과 파넌은 밀월의 절정에 있었기 때문에 나는 억지로 들어가 내 길을 개척하지 않으면 안 되었다. 게다가 나는 농부들한테 전혀 환영받지 못하고 있었다.

나는 다음과 같은 질문에 익숙해지기 시작했다. "파넌 선생은 어디 있나?" "파넌 선생은 병이라도 걸리셨나?" "파넌 선생이 와주시는 줄 알았는데." 부름을 받고 농장에 가면 그 집 사람들은 낙담한 표정을 지었다. 그 표정을 보면 나는 좀 기가 꺾였다. 그들은 혹시나 하는 기대가 담긴 눈으로 항상 내 뒤를 살피곤 했다. 개중에는 기다리고 있던 상대가 숨어 있는 건 아닐까 하고 일부러 밖으로 나가 차로 다가가서 차 안을 들여다보는 사람도 있었다.

병든 가축의 주인이 내 바로 뒤에서 내가 다른 사람이기를 간절히 바라면서 초조하게 애를 태우고 있는 상황에서 동물을 진찰하는 것은 참으로 힘든 일이었다.

하지만 그들이 나를 소홀히 대하지는 않았다. 물론 열렬히 환영한 것은 아니었고, 내가 병든 가축에 대한 진단 결과를 말하면 그들은 노골적으로 의심쩍은 표정을 띤 채 듣고 있었다. 하지만 내가 윗도리를 벗고 본격적으로 치료에 착수하면 그들도 조금은 마음을 터놓았다. 그리고 그들은 나를 잘 대접해주었다. 원장 대신 내가 온 것에 실망하면서도 나를 집에 불러들였다. "잠깐 들어와서 뭘 좀 드시고 가세요." 이 말을 듣지 않는 날은 거의 하루도 없었다. 나도 때로는 기꺼이 초대에 응하여 추억에 남을 만큼 즐거운 식사를 했다.

또한 내가 돌아갈 때 달걀 한 꾸러미나 버터 1파운드를 몰래 차 안에 넣어주는 경우도 많았다. 이런 환대는 데일스에서는 전통적인 것이었기 때문에 아마 어느 손님에게나 그렇게 했을 것이다. 그렇다 해도 그렇게 무뚝뚝한 표정 뒤에 이렇게 친절한 마음이 숨어 있는 것이 나를 기쁘게 했다.

농부들을 알게 될수록 그들의 좋은 점도 눈에 보였다. 그들의 강인하고 달관한 듯한 태도는 나에게는 상당히 신선하게 보였다. 도시에 사는 사람이라면 벽을 머리로 들이받고 싶어질 정도의 불행을 당해도 "뭐, 이런 일도 있게 마련이지" 하며 어깨를 으쓱해버리고 말았다.

또 더운 날이 될 것 같았기 때문에 차창을 최대한 열어두었다. 그날은 투베르쿨린 검사를 하러 가는 길이었다. 국가 시책이라면, 이 데일스에서도 비교적 진보적인 농부들은 자진해서 수의사에게 종합 진단을 부탁하게 되었다.

이제부터 내가 상대할 것은 단순한 가축이 아니었다. 콥필드 씨네 갤러웨이종 소라면 이 부근에서는 모르는 사람이 없었다. 나도 파넌한테 이야기를 들었다. "가장 상대하기 어려운 녀석들일 거야. 여든다섯 마리나 되는데, 한 마리도 묶여 있었던 적이 없어. 아니, 사람 손이 닿아본 적도 없을 거야. 고원에 방목하고 있는데, 놈들이 자기들끼리 들판에서 새끼를 낳아서 자기들끼리 키우고 있으니까. 여간해서는 아무도 가까이 가지 않으니까 사실상 들짐승이나 마찬가지야."

"병이라도 나면 어떻게 하죠?" 나는 물었다.

"그러면 프랭크와 조지의 도움을 받아야 돼. 둘 다 콥필드의 아들인데, 어릴 때부터 소들과 함께 자랐어. 걸음마를 시작했을 때부터 송아지와 짝을 지어주고, 자라면서 점점 큰 녀석을 다루게 되었지. 덕분에 프랭크와 조지는 갤러웨이종 소 못지않게 건장한 몸을 갖게 된 거야."

콥필드네 목장은 한적한 곳에 있었다. 듬성듬성한 목초지 너머에는 히스가 제멋대로 퍼져 있는 헐벗은 고원이 보였다. 이런 곳이라면 콥필드가 이 지방 특유의 더럼종 소보다 건장한 갤러웨이종 소를 선택한 이유를 쉽게 이해할 수 있었다. 그런데 오늘 아침에는 그 음울한 풍경도 햇빛 때문에 부드러워 보이고, 끝없이 이어지는 초록색과 갈색의 들판에는 황량한 평온함이 감돌고 있었다.

프랭크와 조지의 풍채는 내가 예상했던 것과는 달랐다. 이제까지 왕진할 때마다 도와준 마을 남자들은 검은 머리에 근육이 단단한 늠름한 체격을 갖고 있었지만, 콥필드네 아들들은 금발에 매끄러운 피부를 갖고 있었다. 나와 같은 또래의 잘생긴 젊은이들이었지만, 목은 머리가 작아 보일 만큼 굵고 어깨도 실팍하게 딱 바라져 있었다. 둘 다 키는 별로 크지 않지만, 셔츠 소매를 위까지 말아 올려 씨름 선수가 무색할 만큼 굵은 팔을 드러내고 있어서 만만찮아 보였다. 둘 다 각반으로 굵은 다리를 감싸고 나막신을 신고 있었다.

소들은 축사 안에 모여 있었고, 건물 안에서 이용할 수 있는 공간은 소들로 거의 가득 차 있었다. 울타리로 둘러싼 우리를 따라 길게 뻗어 있는 통로에도 소가 스물다섯 마리쯤 들어가 있었다. 가로대 너머로 바라보니, 비뚤비뚤 줄지어 서 있는 소들의 몸에서 김이 피어오르고 있었다. 낡은 축사에 스무 마리, 단독 우리가 있는 커다란 축사에도 소들이 스무 마리씩 두 무리로 나뉘어 들어가 있었다. 소들은 각각 무리를 이루어 축사 안을 빙글빙글 돌았다.

내가 거의 들짐승이나 다름없는 이 소들을 바라보고 있으려니, 소들도 내 쪽으로 고개를 돌리고 가장자리 장식처럼 얼굴에 늘어진 거친 털 사이로 충혈된 눈을 번득이며 나를 노려보았다. 그리고 나를 위협하려는 것처럼 심술궂게 꼬리를 휘저었다.

이런 놈들한테 한 마리씩 피하주사를 놓는 것은 결코 쉬운 일이 아니었다. 나는 프랭크에게 "소들을 붙잡아줄 수 있겠어요?" 하고 물었다.

"한번 해보죠 뭐." 그는 밧줄을 어깨에 둘러메면서 침착하게 대답했다. 형제는 울타리를 기어올라 제일 커다란 놈들이 모여 있는 통로로 들어가기 전에 담배에 불을 붙였다. 나는 그들을 따라갔다. 내가 콥필드네 갤러웨이종 소에 대해 들은 이야기가 결코 과장이 아니라는 것을 곧 알 수 있었다. 앞에서 놈들에게 다가가면 털이 난 커다란 머리를 앞세워 나에게 덤벼들었고, 뒤쪽에서 다가가면 당연한 일이지만 뒷다리를 들어 나를 걷어차려고 했다.

하지만 콥필드 형제한테는 나도 깜짝 놀랐다. 한 사람이 밧줄을 어깨에서 내려 소에게 걸고는 손가락을 콧구멍에 찔러 넣는 순간, 소는 로켓처럼 날아올라 그를 질질 끌면서 내달렸다. 두 사람은 커다란 인형처럼 휘둘리면서도 절대로 밧줄을 놓지 않았다. 검은 소의 등 위에서 금발이 휙휙 움직이고 있는 것은 좀 어울리지 않는 느낌이었다. 몸이 마구 뒤틀리는데도 그들은 끝까지 담배를 입에서 떼지 않았다. 나는 완전히 넋을 잃고 그 광경을 바라보았다.

축사 안의 온도는 점점 올라가서 결국에는 숯가마 안에 있는 듯한 기분이 들었다. 소들은 목초를 먹었기 때문에 변통이 좋아져서 끊임없이 김이 나는 자동온수기처럼 녹갈색 똥을 뿜어냈다.

콥필드 형제는 운동경기에서 자기편 선수를 격려하듯 고함을 지르며 일을 진행했다.

"그놈을 잡아, 프랭크."

"그놈한테 밧줄을 걸어, 조지."

일이 잘되지 않아도 그들은 실망하지 않고 조용히 욕설을 내뱉을 뿐이었다. "이 얼간이가 내 발을 밟았어."

내가 흠뻑 젖은 꼬리로 얼굴을 찰싹 얻어맞았을 때에는 둘 다 일을 멈추고 정말로 재미있다는 듯이 웃어댔다. 내가 두 팔을 올려 주사기에 약을 넣고 있을 때, 황소 한 마리가 밧줄에 놀라 뒷걸음치다가 바로 뒤에 있는 내 횡격막을 그 울퉁불퉁한 엉덩이로 들이받았을 때에도 두 형제는 껄껄 웃어댔다. 내가 숨이 막혀 캑캑거리자, 소는 좁은 통로에서 일부러 몸의 방향을 바꾸어 나를 파리처럼 울타리에 밀어붙였다. 나는 소가 몸부림치고 있는 동안 놀라서 눈을 동그랗게 뜨고 있었다. 삐걱삐걱 소리를 내고 있는 것이 내 갈비뼈인지, 아니면 내 등 뒤에 있는 나무 울타리인지 분간이 가지 않았다.

마지막은 가장 작은 송아지들이었지만, 정말 다루기가 어려워서 엄청 애를 먹었다. 털이 텁수룩한 송아지들은 발로 차고 머리로 치받고 공중으로 뛰어오르고 우리들 다리 사이로 돌진하고 벽에 정통으로 부딪치기도 했다. 형제가 송아지 위에 몸을 던져 땅바닥에 짓누른 뒤에야 겨우 주사를 놓을 수 있는 경우가 많았다. 주사바늘을 찌르면 송아지는 혀를 내밀고 귀가 먹먹해질 만큼 큰 소리로 울어댔다. 그러면 밖에서는 암소들이 새끼를 걱정하며 일제히 울어댔다.

내가 비틀거리며 축사를 나온 것은 한낮이었다. 숨 막힐 듯한 열기와 끊임없는 소음과 일제히 방출되는 똥물 속에서 한 달이나 있었던 것 같은 기분이었다.

내가 돌아가기 전에 프랭크와 조지는 물이 가득 든 양동이와 수세미를 이용하여 내 몸을 대충 씻어주었다. 콥필드네 농장에서 1킬로미터쯤 가자 울타리가 없는 길이 나왔기 때문에 나는 길가에 차를 세우고 밖으로 나와서 시원한 언덕 비탈을 내려갔다. 두 팔을 활짝 벌리고 어깨를 꿈틀거리고 땀에 흠뻑 젖은 셔츠를 벗어 신선한 풀 위에 내던지자 산들바람이 기분 좋게 알몸을 어루만지며 지나갔다. 나는 햇빛을 얼굴에 받으며 눈을 가늘게 뜨고 연푸른색 하늘을 쳐다보았다.

갈빗대가 아팠다. 두 다리도 십여 군데나 걷어차였다. 몸에서 나는 냄새도 좋은 냄새라고는 말할 수 없었다. 눈을 감자, 조금 전까지 그 농장에서 결핵을 진단하고 있었던 게 우스꽝스럽게 느껴져서 나도 모르게 킬킬 웃었다. 그게 과학적 절차를 실행하는 방법이라니 정말 이상했다. 사실 그게 생계를 꾸려나가는 방법이라는 것도 이상했다.

하지만 다음 순간, 어쩌면 나는 매연과 자동차 소음이 들어오지 않도록 창문을 꽁꽁 닫은 사무실에서 중산모를 벽에 걸어놓고, 스탠드가 켜진 책상 앞에 앉아 숫자들을 들여다보고 있었을지도 모른다는 생각이 들었다.

나는 다시 나른하게 눈을 뜨고, 골짜기 건너편의 푸른 언덕 비탈을 구름 그림자가 달려가는 광경을 바라보았다. 아니, 아니야…… 나는 불평하고 있었던 게 아니야.

8

왕진 때문에 날마다 험한 길을 고물차로 덜컹거리며 달리다보니 몇 주가 어떻게 지나버렸는지도 알아차리지 못할 지경이었다. 그래도 이 지역의 형편은 얼추 알게 되었고, 마을 사람들의 얼굴도 구별할 수 있게 되었다. 타이어는 거의 날마다 펑크가 났다. 타이어가 모두 닳아빠져서 그 안에 있는 천까지 드러났다. 어쨌든 이런 차를 타고 여기저기 돌아다닐 수 있다는 게 놀라웠다.

차에는 몇 가지 세련된 장치가 설치되어 있었는데, 그중 하나는 녹슨 '미닫이식 선루프'였다. 그것은 닫을 때 귀에 거슬리는 삐걱거리는 소리를 냈지만, 대개의 경우는 차창과 함께 열어놓은 채 셔츠 바람으로 운전했기 때문에 내 주위에는 계속 상쾌한 공기가 소용돌이쳤다. 비가 내리는 날에는 포장을 닫아도 별로 도움이 되지 않았다. 포장의 이음매로 비가 뚝뚝 떨어져 무릎 언저리와 동승석에 물웅덩이가 생겨버렸다.

길에 생긴 물웅덩이는 차를 지그재그로 몰아서 피할 수 있었다. 그것은 꽤 잘 되었다. 웅덩이를 피하지 않고 그대로 지나가면 바닥에 있는 틈새로 탁한 물이 분수처럼 솟아올라서 곤란했다.

하지만 여름날은 계속 쾌청했고 나는 야외에서 오랜 시간을 보냈기 때문에 농부들 못지않게 햇볕에 새까맣게 타고 말았다. 설령 타이어가 펑크 나도, 하늘에서 맴돌고 있는 마도요를 벗 삼아 골짜기에서 바람에 실려 오는 꽃과 나무의 향기를 맡으면서 울타리 하나 없는 고원 도로에서 타이어를 수리하는 것은 조금도 힘들지 않았다. 나는 다른 일을 핑계 삼아 차에서 내려 신선한 풀 위에 앉아서 요크셔의 광활한 하늘을 쳐다보곤 했다. 그것은 일하다가 잠시 짬을 내어 쉬는 휴식시간 같았다. 여러 가지 사물을 전체적인 전망 속에서 다시 보고, 내가 얼마나 성장했는가를 검토해보는 시간이었다. 여기서는 모든 것이 지금까지의 생활과는 너무나 동떨어져 있어서 당황할 때가 많았다. 혼잡한 도회지에서 몇 년을 보낸 끝에 겨우 시험과 공부에서 해방되고 보니, 이 시골에서 게다가 난생처음으로 다른 사람 밑에서 날마다 책임 있는 일을 하는 생활은 내가 기대한 것과는 사정이 다를 때가 많았다.

파년은 새벽부터 해질녘까지 맹렬하게 왕진을 다녔다. 왜 그렇게까지 할까? 돈 때문이 아닌 것은 확실했다. 파년은 돈에는 거의 관심이 없었다. 진료비가 들어오면 벽난로 위에 놓인 1파인트들이 맥주병에 넣어두고, 돈이 필요할 때는 아무렇게나 꺼내 썼다. 나는 파년이 지갑을 꺼내는 것을 본 적이 없다. 파년의 주머니는 은화나 꾸깃꾸깃 뭉친 지폐로 불룩했다. 주머니에서 체온계를 꺼내면, 그 돈들이 함께 딸려 나와 주위에 흩어지곤 했다.

파년은 1, 2주 동안 한눈도 팔지 않고 일한 뒤, 갑자기 모습을 감추어 버릴 때가 종종 있었다. 아무 말도 없이 나가서 밤이나 새벽까지 돌아오지 않았다. 홀 부인은 일단 2인분의 식사를 준비하지만, 내가 혼자 먹고 있는 것을 보면 불평도 하지 않고 치워버렸다.

아침마다 파년은 왕진할 곳을 서둘러 메모하기 때문에 나는 엉뚱한 곳으로 왕진을 가거나 실수를 저지를 때가 많았다. 나중에 내가 얼마나 당황했는지를 말하면 파년은 껄껄 웃곤 했다.

파년 자신이 착각한 적도 있었다. 그때 나는 브론셋의 히턴 씨로부터 죽은 양을 부검해달라는 전화를 받았다.

"제임스, 자네도 함께 가세." 파년이 말했다. "오늘 아침은 조용하고, 자네는 대학에서 부검 절차를 자세히 배웠을 테니까 자네가 배운 대로 실행하는 걸 보고 싶군."

우리는 차를 타고 브론셋 마을로 갔다. 마을에 도착하자 파년은 왼쪽으로 구부러져 문이 있는 샛길로 들어섰다.

"어디로 가는 거죠?" 내가 물었다. "히턴 씨네 농장은 마을 반대쪽 끝에 있는데요."

"하지만 자네는 시턴 씨라고 했잖아."

"아니, 저는 분명히……."

"이봐 제임스, 자네가 전화로 이야기하고 있을 때 나는 바로 옆에 있었어. 자네는 분명히 시턴이라고 말했어."

나는 파년이 잘못 들었다고 말하려 했지만 차는 계속 달려갔고 파년은 턱을 쑥 내밀고 핸들에 바싹 달라붙어 있었다. 그 모습을 보고 나는 파년이 스스로 납득할 때까지 내버려두기로 했다.

차가 끼익 소리를 내며 농가 밖에 멈춰 섰다. 파년은 차가 아직 흔들리고 있을 때 자리에서 일어나 트렁크 안을 휘저으며 무언가를 찾고 있었다.

"제기랄!" 파년은 소리를 질렀다. "부검용 나이프가 없어. 뭐, 괜찮아. 이 집에서 빌리면 돼."

파년은 뚜껑을 쾅 닫고 성큼성큼 현관으로 다가갔다.

그 집 주부가 나오자 파년은 그녀에게 미소를 지으며 말했다.

"안녕하세요, 아주머니. 고기 써는 칼 있지요?"

선량한 주부는 눈썹을 치켜 올렸다.

"뭐라고 하셨죠?"

"고기칼요. 고기 써는 칼 말입니다. 잘 드는 칼로 부탁합니다."

"고기칼이라고요?"

"네, 고기칼요." 가뜩이나 부족한 파년의 인내심이 바닥을 드러내려 하고 있었다. "서둘러주세요. 시간이 별로 없으니까."

당황한 주부가 부엌으로 들어가더니 안에서 소곤소곤 말을 나누는 소리가 들려왔다. 파년이 현관 계단 위에서 초조하게 발을 구르고 있는 동안 그 집 아이들이 이따금 밖을 내다보러 왔다. 잠시 후 딸아이 하나가 보기에도 무시무시할 만큼 커다란 칼을 받쳐 들고 조심조심 밖으로 나왔다.

파년은 소녀의 손에서 그것을 낚아채더니 칼날을 엄지손가락으로 쓱 쓸어보았다. "이렇게 무딘 칼은 아무 쓸모도 없어." 파년은 짜증을 내며 소리쳤다. "잘 드는 칼이 아니면 안 된다고 했잖아. 숫돌을 가져와."

딸아이가 부엌으로 도망쳐서 작은 소리로 불평을 늘어놓는 듯 투덜거리는 소리가 내 귀에까지 들려왔다. 몇 분이 지나자 다른 여자아이가 억지로 떠밀리듯 문 밖으로 나왔다. 그 아이는 파년에게 조심조심 다가와서 제 팔만 한 길이의 숫돌을 건네고는 서둘러 안전권 안으로 물러갔다.

파년은 칼을 가는 일에서는 누구한테도 뒤지지 않을 자신이 있었다. 우선 파년은 그 일을 좋아했다. 칼을 가는 동안 점점 흥분하여 마지막에는 입에서 노래가 튀어나왔다. 부엌에서는 아무 소리도 들리지 않았다. 박자가 맞지 않는 노랫소리를 반주삼아 쇠와 쇠가 스치는 소리만 울려 퍼졌다. 이따금 신중하게 칼날을 시험해볼 때는 잠시 조용해지지만, 곧 다시 칼을 가는 소리가 들렸다.

칼날이 만족스러울 만큼 날카로워지자 파년은 문 안을 들여다보며 소리쳤다.

"주인은 어디 있죠?"

대답이 없자 파년은 번쩍번쩍 빛나는 커다란 칼을 휘두르며 성큼성큼 부엌으로 들어갔다. 나도 파년을 따라갔다. 시턴 부인과 딸들은 깜짝 놀란 듯 눈을 크게 뜨고 파년을 뚫어지게 바라보면서 부엌 구석에 움츠리고 서 있었다.

파년은 그들을 향해 칼을 휘둘렀다.

"자아, 이제 준비가 끝났어요!"

"무슨 준비요?" 부인이 아이들을 힘껏 끌어안으며 작은 소리로 물었다.

"양을 검시할 준비가 끝났다고요. 양이 죽었지요?"

그제야 나는 자초지종을 설명했고, 파년은 그 집 사람들에게 진심으로 사과했다.

나중에 파년은 진지한 얼굴로 내 착각을 나무랐다.

"제임스, 앞으로는 좀 더 조심하지 않으면 안 돼. 그런 일은 아주 나쁜 인상을 주게 되거든."

나의 새로운 생활에서 또 하나 흥미로운 점은 병원에서 언제나 여자들의 모습을 볼 수 있다는 사실이었다. 그 여자들은 모두 상류층 부인이고 대부분 미인들이었는데, 파넌에 대해 열정을 갖고 있었다. 그들은 겉으로는 칵테일파티나 티타임이나 만찬에 파넌을 초대하러 오지만, 진짜 이유는 사막을 여행하면서 갈증을 느낀 사람이 오아시스를 발견했을 때처럼 파넌의 얼굴을 싫증도 내지 않고 바라보기 위해서였다.

그들의 눈길은 나에게 흥미를 보이기는커녕 내가 거기에 있다는 것조차 알아차리지 못하고 그냥 지나가버렸다. 그리고 파넌의 얼굴을 탐하듯이 바라본다. 나도 자존심이 상했다. 질투는 하지 않았지만 당혹스럽기는 했다. 나는 파넌이 지닌 매력의 비밀을 알아내려고 그의 태도를 몰래 살피곤 했다. 여윈 어깨에 축 늘어져 있는 낡은 상의, 닳아 해진 와이셔츠 칼라, 어디서 사온 것인지도 알 수 없는 넥타이를 보면, 옷차림은 그의 매력과는 관계없다고 결론짓지 않을 수 없었다.

여위고 길쭉한 얼굴이나 익살스러운 푸른 눈은 어딘지 모르게 매력적이었지만, 대개의 경우 병을 앓고 있는 게 아닐까 하고 여겨질 만큼 초췌하고 볼이 홀쭉했다.

여자들 중에서는 다이애나 브롬턴을 자주 보았는데, 그녀와 함께 있으면 나는 이따금 소파 밑으로 기어들어가 버리고 싶은 충동을 억누르느라 애를 먹곤 했다. 여학생처럼 키득거리며 금방이라도 녹아버릴 것처럼 황홀한 눈길로 파넌을 우러러보면서 그의 이야기에 귀를 기울이고 있는 그녀를 보노라면, 그날 오후의 그 건방진 미녀와 같은 인물이라는 것을 알아보기 어려웠다.

파넌이 수많은 여성 가운데 하필이면 그녀를 골라서 결혼할지도 모른다고 생각하면 나는 오싹 소름이 끼쳤다. 이 대러비가 겨우 좋아지기 시작했는데, 일이 그렇게 되면 나는 이곳을 떠날 수밖에 없을 터였다.

그런데 파넌은 그 여자들 가운데 누구와도 결혼할 기미를 보이지 않았다. 그래도 희망을 버리지 않은 여자들의 행렬은 여전히 계속되었다. 나는 마침내 거기에 익숙해져서, 쓸데없는 걱정은 하지 않게 되었다.

나는 파넌의 태도가 걸핏하면 변덕을 부리는 데에도 익숙해졌다. 어느 날 아침, 파넌은 가장자리가 붉어진 눈을 지친 듯이 한 손으로 문지르며 아침식사를 하러 내려왔다.

"새벽 네 시에 왕진을 다녀왔어." 그는 귀찮은 듯 토스트에 버터를 바르면서 말했다. "이런 말은 하고 싶지 않지만, 그건 모두 자네 탓이야."

"제 탓이라고요?" 나는 깜짝 놀라서 물었다.

"그래, 자네가 나빠. 상대는 혹위에 먹이를 너무 많이 채워 넣은 소였어. 주인은 소화를 시키려고 며칠 동안이나 쓸데없는 짓만 하고 있었지. 첫날은 아마인유를 1파인트나 먹였고 이튿날은 중탄산나트륨을 조금 먹이고 생강을 주었다는데, 그러고는 새벽 네 시가 되어서야 수의사를 불러야겠다고 결정한 거야. 내가 두세 시간 더 기다릴 수는 없었냐고 물었더니, 헤리엇 선생이 밤이든 낮이든 언제든지 주저하지 말고 전화해라, 언제라도 달려오겠다고 했다더군."

파넌은 식탁 위에 놓여 있는 삶은 달걀 하나를 집어 들더니, 수면 부족 때문에 달걀껍질을 까는 것조차 힘들다는 듯이 달걀로 식탁을 톡톡 두드렸다.

"양심적인 것은 아주 좋지만, 기왕에 며칠이나 기다렸으니까 아침까지는 기다려도 좋잖아. 자네는 이 마을 사람들 버릇을 잘못 들이고 있어.

그 불똥이 나한테 튀고 있는 거야. 시시한 일로 침대에서 끌려 나가는 데에는 이제 진저리가 나."

"정말 죄송합니다. 폐를 끼칠 생각은 추호도 없었어요. 어쨌든 제가 서투른 탓입니다. 제가 왕진을 가지 않으면 그 소가 죽는 게 아닐까 걱정이 돼서 그만. 아침까지 내버려두었다가 소가 죽어버리면 기분이 어떨까 생각하면……."

"그건 상관할 일이 아니야." 파넌은 조금 귀찮다는 어조로 말했다. "그 사람들이 정신을 차리게 하려면 가축이 죽는 것만큼 좋은 약이 없어. 그러면 다음에는 좀 더 일찍 전화를 걸어오겠지."

나는 파넌의 충고를 받아들여 그대로 행동하려고 했다. 일주일쯤 지나자 파넌은 나에게 할 말이 있다고 말했다.

"제임스, 이런 말 하기는 뭣하지만 오늘 섬너 영감이 불평을 하더라고. 요전 날 밤에 영감이 암소 문제로 자네한테 전화를 했더니 자네가 왕진을 거절했다고 하더군. 영감은 우리 병원의 단골이고 아주 좋은 분이야. 그런데 완전히 기분이 상했더라고. 그렇게 좋은 고객을 잃고 싶지는 않아."

"하지만 그 소는 단순한 만성 유선염입니다. 젖이 조금 진해졌을 뿐이에요. 그 영감님은 무언가 이상한 약을 일주일 동안이나 그 소한테 먹이고 있었어요. 소는 식욕이 있으니까 이튿날까지 내버려두어도 괜찮을 거라고 생각했지요."

파넌은 내 어깨에 손을 올려놓았지만, 그 표정으로 보아 그의 인내심이 한계에 도달한 것을 알 수 있었다. 나도 완고해졌다. 파넌의 급한 성질은 마음에 두지 않게 되었고, 이제 거기에도 익숙해졌기 때문에 참을 수 있다. 하지만 상대가 이렇게 참고 있다는 표정을 짓는 것은 견디기 어려웠다.

"제임스, 우리 일에는 다른 건 제쳐놓고라도 반드시 지켜야 할 규율이 하나 있는데, 그걸 가르쳐주지. 그건 바로 '현장 확인'이야. 이건 자네 마음속에 확실히 낙인을 찍어둬야 돼." 파넌은 짐짓 위엄 있게 집게손가락을 들어올렸다. "'현장 확인'을 잊지 말아주게. 이것이 모든 것의 기본이야. 상황이 어떻든, 날씨가 궂은 날이든 좋은 날이든 고객이 부르면 어디든 달려가야 돼. 그것도 기분 좋게. 이번에는 긴급한 환자가 아니었다고 자네는 말하지만, 결국 자네는 영감이 전화로 설명하는 것만 듣고 그렇게 판단했을 뿐이잖아. 영감은 긴급한지 어떤지 판단할 지식이 없어. 반드시 우리가 가지 않으면 안 돼. 주인이 직접 소를 치료하고 있어도 증세가 점점 나빠질지도 몰라. 이것만은 잊지 말아주게." 파넌은 엄격하게 손가락을 흔들며 말했다. "그 소가 죽을지도 모른다는 걸 말일세."

"하지만 마을 사람들을 정신 차리게 하려면 가축이 죽는 것만큼 좋은 약이 없다고 하셨잖아요." 나는 불평했다.

"뭐라고?" 파넌은 깜짝 놀라 소리쳤다. "그런 터무니없는 이야기는 들어본 적도 없어. 두 번 다시 그런 말은 입 밖에 내지 말게. 어쨌든 '현장 확인'을 명심해두게."

파넌은 때로는 나에게 인생론을 늘어놓았다. 내가 거칠게 수화기를 놓고 그 위에 몸을 구부리고 낮은 소리로 욕지거리를 하면서 벽을 뚫어지게 바라보고 있을 때, 파넌이 재빨리 내 마음을 알아차리고 얼빠진 듯한 미소를 지으며 물었다.

"제임스. 왜 그래?"

"지금 롤스턴과 전화로 10분쯤 입씨름을 한 참입니다. 롤스턴네 송아지들이 폐렴에 걸린 건 알고 계시죠? 나는 롤스턴의 송아지들을 몇 시간 동안이나 치료하고 비싼 약을 계속 먹였어요. 덕분에 송아지는 한 마리도 죽지 않았어요. 그런데 롤스턴은 치료비가 비싸다고 불평하는 겁니다. 고맙다는 말은 한마디도 하지 않고 말입니다. 제기랄, 정의는 다 어디로 간 거야."

파넌은 나에게 다가와서 두 어깨를 끌어안았다. 또다시 분노를 억누르는 표정을 짓고 있었다. 파넌은 상냥한 목소리로 말했다.

"잠깐 자네 얼굴을 보게. 얼굴이 완전히 굳어지고 새빨개. 그렇게 평정을 잃으면 안 돼. 침착해야지. 왜 전국의 의사들이 관상동맥혈전증이나 궤양에 시달리고 있는지 아나? 지금 자네가 흥분한 것처럼, 시시한 일로 손님과 다투고 흥분하기 때문이야. 나도 알아. 물론 잘 알고 있지. 그런 일을 당하면 화가 나는 게 당연해. 하지만 그걸 느긋하게 넘겨야 돼. 진정하게, 제임스, 진정해, 그렇게 흥분할 정도의 일도 아니잖아. 백년이 지나도 세상은 달라지지 않아."

파넌은 난폭한 환자를 달래는 정신과 의사처럼 내 어깨를 두드리며 격려하고, 부드러운 미소를 지으며 설교를 늘어놓았다.

며칠 뒤 내가 빨간 발포제 병에 라벨을 붙이고 있는데 파넌이 방으로 뛰어 들어왔다. 분명 문을 발로 걷어차서 열었을 것이다. 문은 고무 멈추개에 부딪쳤다가 되튀어서 하마터면 파넌의 얼굴을 정통으로 때릴 뻔했다. 파넌은 내가 앉아 있는 책상까지 달려오더니, 책상을 손바닥으로 탕탕 내리치기 시작했다. 붉게 상기된 얼굴 속에서 눈이 사납게 번득이고 있었다.

"홀트란 놈한테 갔다 오는 길이야." 파년이 소리쳤다.

"네드 홀트 말입니까?"

"그래, 그 빌어먹을 놈이야."

나는 깜짝 놀랐다. 홀트 씨는 군 위원회에서 도로를 관리하고 있는 작달막한 남자였고, 부업으로 암소 네 마리를 키우고 있었지만 수의사에게 한 번도 진료비를 지불한 적이 없었다. 하지만 쾌활한 성격이었기 때문에 파년은 불평도 하지 않고 몇 년 동안이나 무료로 그의 암소를 진료해 주었다.

"홀트 씨는 원장님이 좋아하는 분이잖아요?"

"아까까지는 그랬지. 아까까지는." 파년은 딱딱거리듯이 말했다. "나는 뮤리얼이라는 암소를 치료하고 있었어. 홀트네 축사 끝에서 두 번째 우리에 들어 있는 크고 붉은 암소 말이야. 그 소는 주기적으로 복부창만증을 일으켜. 매일 밤 목초지에서 돌아올 때마다 배가 잔뜩 팽창해 있지. 나는 온갖 방법을 다 써보았어. 하지만 전혀 효과가 없어. 그런데 문득 벌집위(소의 두 번째 위)의 유방선균증이 아닐까 하는 생각이 들어서 나트륨요오드를 정맥에 주사해두었지. 오늘 가보았더니 몰라볼 만큼 회복되었더군. 소는 건강하게 우뚝 서서, 마치 비가 내리는 듯한 요란한 소리를 내면서 되새김질을 하고 있었어. 나는 스스로 생각해도 재치 있는 진단을 했다 싶어서 내 등을 토닥여주고 싶을 만큼 우쭐했는데, 그 홀트란 놈이 뭐라고 한 줄 알아? 어젯밤에 자기가 소한테 사리염 반 파운드를 더운 물에 갠 밀기울에 섞여서 먹였기 때문에 오늘 소가 나으리라는 걸 자기는 다 알고 있었다는 거야. 바로 그게 소를 치료해주었다는 거지."

파넌은 주머니에서 빈 상자와 빈 약병을 꺼내더니 거친 손길로 쓰레기통에 내던지고 다시 고함을 지르기 시작했다.

"지난 2주 동안 그 소 때문에 내가 얼마나 골머리를 앓고 걱정했는지알아? 제기랄, 꿈까지 꿀 정도였어. 그러다가 겨우 질병의 원인을 알아내어 최신식 방법으로 치료했기 때문에 소가 회복된 거잖아. 그런데 뭐라고? 그 빌어먹을 놈은 내 의술에 감사하기는커녕 사리염 반 파운드 덕분에 나았다고 지껄이다니. 그럼 내가 한 일은 완전히 시간 낭비였다는 게되잖아?"

파넌은 내가 진저리가 날 만큼 격렬하게 책상을 내리쳤다.

"그래도 나는 그놈을 협박해주었어." 파넌은 눈을 부릅떴다. "정말이야. 놈이 사리염 이야기를 꺼낸 순간 '이 등신 같은 놈아!' 하고 호통을치면서 멱살을 잡았지. 놈을 목 졸라 죽이고 싶었지만, 놈이 집 안으로도망쳐 들어가서 나오지 않는 거야. 그리고 다시는 얼굴을 보이지 않았지."

파넌은 의자에 몸을 던지고 머리카락을 마구 휘젓기 시작했다.

"사리염이라고?" 그는 신음하듯 말했다. "맙소사, 이건 완전히 절망이야."

나는 진정하라고, 백년이 지나도 세상을 달라지지 않는다고 말해줄까생각했지만, 파넌은 아직도 한 손에 빈 혈청병을 든 채 마음이 들떠 있는것 같았다. 나는 아무 말도 하지 않기로 했다.

어느 날 마침내 파넌은 내 차를 수리해주기로 결단을 내렸다. 차의 기름 소비량이 하루에 1리터였을 때는 수리할 필요가 있다고 생각지 않았던 모양이지만, 차가 하루에 기름을 2리터나 먹게 되자 뭔가 조치를 취하지 않으면 안 되겠다고 생각한 것이다. 파넌이 마침내 결심한 것은 장날에 어떤 사람한테서 젊은 선생이 왕진을 올 때는 몇 킬로미터 앞에서부터 자동차가 뭉게뭉게 내뿜는 푸른 연기가 보이기 때문에 언제나 금방 알 수 있다고 말하는 것을 들었을 때였다.

작은 '오스틴'이 자동차 수리소에서 돌아오자 파넌은 늙은 암탉처럼 떠들어댔다.

"제임스, 이리 오게. 잠깐 할 얘기가 있어."

파넌이 또 인내심을 발휘하고 있는 것을 알고 나는 긴장했다.

"제임스." 고물차 주위를 돌면서 차체에 묻은 작은 티끌을 털어내며 파넌이 말했다. "이 차가 보이나?"

나는 고개를 끄덕였다.

"차를 수리하는 데 돈이 많이 들었어. 할 얘기란 그거야. 어쨌든 자네는 이제 새 차나 다름없는 차를 손에 넣었으니까." 파넌이 힘주어 멈춤쇠를 풀자 보닛이 열렸다. 그 바람에 녹과 진흙이 우수수 떨어졌다. 파넌은 꽃 장식처럼 툭툭 끊어진 전선과 고무관이 주위에 늘어져 있는 검은 기름투성이의 엔진을 가리켰다. "이 멋진 기계를 조심해서 다루어주게. 자네가 미치광이처럼 달리는 걸 보았지만, 그건 좋지 않아. 앞으로 2, 3천 킬로미터는 더 타주었으면 좋겠어. 시속 50킬로면 충분해. 새 엔진을 험하게 다루는 자들이 있는데, 그건 범죄 행위야. 그런 놈들은 유치장에 처넣어야 돼. 그러니까 이 차를 혹사하면 안 돼. 차를 함부로 다루면 가만두지 않을 테니까."

파넌은 주의 깊게 보닛을 닫고, 윗도리 소매로 금이 간 방풍유리를 북북 닦은 다음 차 옆을 떠났다.

이렇게 주의를 받자 나는 너무 신경이 쓰여서 온종일 거의 걷는 거나 다름없는 속도로 왕진을 다녔다.

그날 밤 내가 잠잘 준비를 하고 있을 때 파년이 농가의 젊은이 두 명을 데리고 들어왔다. 둘 다 히죽히죽 얼빠진 웃음을 짓고 있었다. 맥주 냄새가 물씬 풍겼다.

파년은 조금 혀가 꼬부라져 있었지만 그래도 위엄 있는 태도로 말했다.

"제임스, 오늘 밤에 내가 '블랙 불'에서 이 두 사람을 만나 멋진 도미노 게임을 몇 번 했지만, 불행히도 이 두 사람이 마지막 버스를 놓쳐버렸어. 그러니까 '오스틴'을 현관 앞에 갖다놔 주게. 내가 차를 운전해서 이 친구들을 집까지 데려다줄 테니까."

내가 차를 현관 앞에 대자 젊은이들 가운데 하나는 앞좌석에, 또 한 사람은 뒷좌석에 올라탔다. 파년이 비틀거리며 운전석에 앉는 것을 보고, 아무래도 내가 따라가야 할 것 같아서 나도 뒷좌석에 올라탔다.

그 두 사람은 멀리 노스무어 쪽에 있는 농가의 아들들이었다. 읍내에서 5킬로미터쯤 갔을 때 차가 큰길을 벗어났다. 헤드라이트는 어두운 언덕 비탈을 구불구불 꺾어 도는 좁은 길을 비추었다.

파년은 서두르고 있었다. 한쪽 발로 계속 가속기를 밟고 있었기 때문에 엔진 소리는 당장 괴로운 듯이 고조되었고, 작은 자동차는 요란한 소리를 내며 어둠 속을 질주했다. 나는 험악한 표정으로 좌석에 매달려 있다가 앞으로 몸을 구부려 파년의 귀에 대고 소리를 질렀다.

"이 차는 이제 막 수리를 끝냈다는 걸 잊지 마세요."

파년은 관대한 미소를 지으며 뒤를 돌아보았다.

"응, 잊지 않았어, 제임스. 자네는 왜 또 그렇게 법석을 떠나?" 파년이 그렇게 말하고 있는 동안에도 차는 기세 좋게 길에서 벗어나 콩콩 뛰어오르면서 시속 100킬로의 속도로 계속 달려갔다. 원래의 길로 돌아올 때까지 우리는 좌석 위에서 코르크처럼 튀어올랐다. 파년은 전혀 속도를 늦추지 않고 태연히 운전을 계속했다. 젊은이들의 얼굴에서도 웃음이 사라졌다. 그들은 몸을 긴장시키고 좌석에 매달려 있었다. 아무도 입을 열지 않았다.

조용한 농가에 도착하여 손님을 내려주자, 드디어 집으로 돌아갈 수 있었다. 줄곧 내리막길이니까, 생각해보면 올 때보다 더 빨리 달릴 수 있다. 엔진이 우는 듯한 소리를 내고 울퉁불퉁한 지면을 덜그럭덜그럭 뛰어오르면서 차는 쏜살같이 달렸다. 몇 번이나 주위 들판으로 돌진하여 등골을 오싹하게 했지만, 어떻게든 겨우 집에 도착했다.

파년이 또다시 조수를 괴롭힌 것은 한 달 뒤의 일이었다.

"이봐, 제임스, 자네는 훌륭한 남자지만……" 파년은 자못 슬픈 듯이 말했다. "차를 너무 거칠게 다뤄. 이 '오스틴'을 좀 봐. 얼마 전에 수리했고 그때는 상태도 최고였는데, 지금은 어때? 휘발유를 너무 많이 먹어. 도대체 차를 어떻게 몰았는지는 모르지만, 자넨 정말 지독한 친구야."

9

"첫 번째로 오신 분, 들어오세요."

나는 대기실을 들여다보며 외쳤다. 고양이를 골판지 상자에 넣어서 데려온 노부인, 이리저리 돌아다니고 있는 토끼를 어떻게든 끌어안으려고 애쓰는 두 사내아이, 그리고 또 한 사람이 있다. 처음에는 알아차리지 못했지만 나는 그가 누구인지 생각해냈다. 바로 솜즈였다.

자기 차례가 되자 그는 진찰실로 들어왔지만 내가 아는 솜즈와는 딴 사람 같았다. 비위를 맞추려고 알랑거리는 웃음을 띠고, 입을 열 때마다 머리를 위아래로 까딱거렸다. 내 환심을 사고 싶은 열망이 온몸에서 사방으로 뿜어져 나왔다. 가장 흥미를 끈 것은 그의 오른쪽 눈이 퉁퉁 부어서 감겨 있고, 그 주위에 검푸른 멍이 생겨 있는 것이었다.

"선생님을 뵈러 왔는데, 방해가 되진 않겠지요? 실은 주인 나리께 해고를 당해서 다른 일자리를 찾고 있습니다. 선생님이나 파넌 선생님이 혹시라도 다른 데서 사람 구한다는 소식을 들으면 저를 추천해주실 수 없을까 해서 이렇게 찾아왔습니다."

나는 그의 변모에 너무 놀라서 말문이 막혔다. 나는 우리가 할 수 있는 일이 있으면 기꺼이 하겠다고 대답했고, 솜즈는 몇 번이나 고맙다고 말하고 굽신굽신 절을 하면서 나갔다.

그가 나가자마자 나는 파넌을 돌아보았다.

"어떻게 생각하세요?"

"나는 무슨 일이 있었는지 알고 있지." 파넌은 싱긋 웃으며 나를 바라보았다. "저 친구가 한두 가지 수상쩍은 부업을 하고 있다고 언젠가 말한 걸 기억하나? 곡식 몇 자루나 비료 몇십 킬로를 찔끔찔끔 빼내서 여기저기 팔고 다닌 거야. 그게 상당한 양에 이르렀지만 오래가지는 못했어. 녀석이 좀 경솔하게 굴다가 결국은 들통이 나서 쫓겨나고 말았지."

"그런데 그 멍든 눈은 어떻게 된 겁니까?"

"토미한테 맞았지. 자네도 거기 갔을 때 봤을 거야. 말 시중꾼 말이야."

나는 그 불쾌한 저녁과 그때 말의 머리를 붙잡고 있던 조용한 남자를 생각해냈다.

"예, 기억납니다. 덩치가 크고 뚱뚱한 사람 말이죠?"

"그래. 나는 그런 거인한테 눈을 얻어맞고 싶지 않을 거야. 솜즈는 토미를 들볶고 괴롭혔지. 그래서 솜즈가 해고되었다는 소식을 듣자마자 토미가 찾아가서 그동안 쌓인 원한을 푼 거야."

나는 어느덧 병원 생활에도 익숙해져서 쾌적하게 지내고 있었다. 처음에는 병원에서 트리스탄의 역할이 무엇인지 잘 알지 못했다. 수의사가 하는 일을 보면서 수습할 작정인지, 휴가를 즐길 작정인지, 아니면 뭔가 일을 하려는 것인지? 하지만 오래지 않아 그가 약을 조제하여 배달하고, 차를 세차하고, 전화를 받고, 급할 때는 왕진까지 하는 잡역부라는 게 분명해졌다.

적어도 파넌은 동생을 그렇게 보고 있었고, 그 점에서 동생이 잠시도

방심하지 못하게 하는 요령도 많이 알고 있었다. 동생이 아무 일도 않고 게으름을 피우고 있는 현장을 잡으려고 예기치 않게 돌아와서 방으로 뛰어들거나 하는 방법이었다. 방학이 벌써 끝났으니 트리스탄은 마땅히 대학으로 돌아갔어야 한다는 명백한 사실을 파넌은 알아차리지 못한 것 같았다. 그 후 몇 달이 지나는 동안 나는 출석일수 문제와 관련하여 트리스탄과 대학 당국 사이에 융통성 있는 합의가 이루어진 게 분명하다는 결론에 도달했다. 트리스탄이 학생치고는 놀랄 만큼 많은 시간을 집에서 보내는 것 같았기 때문이다.

그는 병원에서의 자기 역할을 형과는 좀 다르게 해석했고 대러비에 있는 동안 되도록 일을 적게 하기 위해 그 날카로운 지성의 상당량을 사용했다. 사실 트리스탄은 대부분의 시간을 의자에서 잠을 자면서 보냈다. 우리가 왕진을 나간 동안 약을 조제하도록 병원에 남겨지면 그가 반드시 따르는 절차가 있었다. 우선 그는 16온스짜리 병에 물을 반쯤 채우고 클로로딘 몇 드램과 토근을 조금 첨가한 다음, 코르크 마개를 닫아서 거실로 가져가서는 자기가 좋아하는 의자 옆에 세워놓곤 했다. 등받이가 높고 양쪽에 머리를 받쳐주는 날개가 달린 그 구식 안락의자는 그의 목적에 딱 들어맞는 멋진 의자였다.

그는 《데일리 미러》지를 꺼내고 '우드바인' 담배에 불을 붙이고 잠이 올 때까지 의자에 편안히 앉아 있곤 했다. 그가 빈둥거리는 현장을 잡으려고 파넌이 뛰어 들어오면 그는 얼른 병을 움켜쥐고 간간이 내용물을 점검하면서 미친 듯이 병을 흔들기 시작했다. 그런 다음 조제실로 가서 병을 가득 채우고 라벨을 붙였다.

그것은 확실하고 충분히 실행할 수 있는 방법이었지만, 한 가지 큰 장애가 있었다. 문이 열렸을 때 들어온 사람이 파년인지 나인지 알 수 없었기 때문에, 거실에 들어가면 그가 의자에 반쯤 드러누운 채 병을 마구 흔들면서, 깜짝 놀랐으면서도 잠이 덜 깨어 흐리멍덩한 눈으로 나를 바라보는 것을 발견할 때가 많았다.

저녁이면 대개 선술집 '드로버스 암스'의 카운터 앞에 놓인 높은 의자에 앉아서 여종업원과 시시한 대화를 나누면서 시간을 보냈다. 다른 때는 지방 병원의 젊은 간호사와 데이트를 즐기곤 했는데, 그는 지방 병원을 그에게 데이트 상대를 공급해주는 대리점 정도로 여기는 것 같았다. 대체로 그는 상당히 충실한 생활을 하고 있었다.

토요일 밤, 10시 반이었다. 내가 업무 일지를 쓰고 있을 때 전화벨이 울렸다. 나는 투덜거리면서 액땜을 위해 손가락을 교차시킨 다음 수화기를 들었다.

"네, 헤리엇입니다."

"아아, 당신이군?" 퉁한 목소리가 심한 요크셔 사투리로 고함치듯 말했다. "파년 선생을 바꿔주쇼."

"죄송하지만 원장님은 외출하셨습니다. 제가 도와드릴 수 있을까요?"

"그랬으면 좋겠지만, 원장이 와주면 훨씬 좋겠는데. 나는 빌클로즈에 사는 심스요."

(맙소사! 토요일 밤에 빌클로즈라니. 빌클로즈는 언덕마루에 있어서 도중에 문을 여덟 개쯤 통과해야 하고 좁고 험한 길을 몇 마일이나 올라가야 하잖아.)

"네, 심스 씨. 무슨 일입니까?"

"그럼 들어보쇼. 문제가 좀 생겼소. 여기에 장애물 경주에 내보내는 말 한 마리가 있는데, 키가 170센티미터가 넘는 커다란 녀석이오. 그런데 뒷다리를 심하게 베었소. 무릎 바로 위를. 상처를 당장 꿰매야 할 것 같은데⋯⋯."

(맙소사! 무릎 위라고? 말의 뒷다리 무릎 바로 위를 꿰매야 하다니, 정말 매력적인 부위로군! 말이 아주 얌전하지 않다면 이건 진짜 피크닉이 되겠는걸.)

"상처가 얼마나 큽니까, 심스 씨?"

"크냐고? 길이가 30센티미터쯤 되는 아주 큰 상처라서, 피가 마구 쏟아져 나오고 있소. 그리고 이 말은 뱀장어처럼 사나워서 파리의 눈알도 걷어찰 수 있지. 나는 녀석한테 가까이 가지도 못해요. 녀석은 누군가를 보면 당장 흥분해서 발끈 화를 낸다오. 요전 날에는 녀석을 대장장이한 테 데려갔는데, 대장장이는 녀석한테 완전히 겁을 먹어버렸지. 아주 크고 사나운 놈이라서."

(빌어먹을 심스, 빌어먹을 빌클로즈, 빌어먹을 말.)

"당장 가겠습니다. 말을 눕혀야 할 경우에 대비해서 사람 몇 명을 가까이에 대기시켜주세요."

"눕힌다고? 녀석을 눕혀요? 그 말은 절대로 눕히지 못할 거요. 눕히려고 하다가는 녀석이 먼저 당신을 죽일 거요. 어쨌든 이곳에는 사람이 아무도 없으니까 선생 혼자 해내야 할 거요. 파넌 선생이라면 도와줄 사람을 그렇게 많이 필요로 하지 않을 거요."

(멋지군, 정말 멋져. 이건 왕진 일지에 쓸 만한 가치가 있겠어.)

"좋습니다. 그럼 지금 바로 떠나겠습니다, 심스 씨."

"아, 깜박 잊을 뻔했는데, 어제 홍수가 나서 길이 빗물에 쓸려가 버렸소. 마지막 1킬로미터 정도는 걸어와야 할 거요. 그러니까 얼른 서두르쇼. 밤새도록 기다리게 하지 말고."

(이건 좀 지나치군.)

"이보세요, 심스 씨, 말투가 별로 마음에 안 드는군요. 나는 지금 바로 떠나겠다고 말했고, 최대한 빨리 도착할 겁니다."

"내 말투가 맘에 안 든다고? 나도 풋내기 조수가 내 훌륭한 말을 실습 상대로 삼는 건 마음에 안 드니, 당신한테 그런 건방진 소리는 듣고 싶지 않소. 어쨌든 당신은 그 일에 대해 아무것도 모르잖아."

(이젠 더 이상 못 참아!)

"내 말 잘 들어요, 심스. 말을 위해서가 아니라면 나는 왕진을 거절할 거요. 도대체 당신은 자기를 뭘로 생각하는 거요? 나한테 또다시 그 따위로 말하면……."

"자, 자, 진정해, 제임스. 마음을 가라앉히라고. 그런 식으로 계속하면 혈관이 터져버릴 거요."

"당신은 도대체 누구……?"

"아아, 짐, 진정하라니까. 그 급한 성질머리하고는. 당신 정말로 조심해야 돼."

"트리스탄! 도대체 어디서 말하고 있는 거지?"

"'드로버스 암스' 밖에 있는 공중전화야. 내 몸속에 맥주 5파인트가 들어가 있어서 좀 장난을 치고 싶어졌어. 그래서 전화를 걸어야겠다고 생각했지."

"맙소사. 이런 장난을 그만두지 않으면 조만간 너를 죽일 거야. 정말 짜증이 나. 이따금 장난을 치는 건 괜찮지만, 이번 주에만 이게 벌써 세 번째야."

"아, 하지만 이번 게 단연 최고였어. 정말 굉장했지. 네가 완전히 흥분해서 소리를 지르기 시작했을 때는 너무 우스워서 죽는 줄 알았어. 네가자기 목소리를 들을 수 있었다면 얼마나 좋을까." 그는 참지 못하고 웃음을 터뜨렸다.

그 후 나는 몇 번 복수를 시도했다. 한적한 곳에 있는 공중전화 부스로 살금살금 들어가 덜덜 떨면서 전화를 걸었다.

"파넌 선생님 동생인가요?" 나는 목쉰 소리로 말했다. "나는 하이우즈에 사는 틸슨인데요. 지금 당장 와주셔야겠습니다. 우리 황소가 지독한병에······."

"말을 잘라서 미안해, 짐. 하지만 네 편도선에 문제가 생긴 거 아냐?아, 좋아. 아까 하던 말을 계속해. 아주 재미있을 것 같은데."

그래도 녀석을 골탕 먹인 적이 딱 한 번 있었다. 그날은 화요일—내가오전만 근무하는 반공일—이었는데, 오전 11시 반에 전화가 걸려왔다.암소의 자궁탈이었다. 이것은 시골의 개업 수의사에게는 힘든 일이고,나는 여느 때처럼 등골이 오싹해졌다.

자궁탈은 암소가 새끼를 낳은 뒤에도 계속 긴장하여 자궁 전체를 밖으로 밀어낼 때 일어난다. 그러면 자궁은 암소의 무릎까지 내려와서 대롱대롱 매달리게 된다. 자궁은 거대한 기관이고, 게다가 암소는 일단 자궁을 밀어낸 뒤에는 다시 받아들이려 하지 않기 때문에 제자리에 돌려놓기가 무척 어렵다. 인간과 동물의 정면 대결에서는 암소가 훨씬 우세했다.

나이가 많은 노련한 수의사들은 승산을 조금이라도 높이기 위해 암소의 뒷다리를 묶어서 달아 올리곤 했다. 그중에서도 좀 더 창의적인 사람은 자궁을 압착하여 부피를 조금이라도 줄이기 위해 자궁낭 같은 온갖 종류의 기구를 생각해냈다. 하지만 결과는 대개 똑같았다. 몇 시간 동안 등이 부러질 만큼 힘든 중노동을 하는 것은 이러나저러나 마찬가지였다.

경막외 마취제가 도입되어 자궁의 감각을 없애고 암소가 긴장하는 것을 막아서 일이 훨씬 쉬워졌지만, 그래도 수화기에서 '아기집이 밖으로 나왔다'는 말이 들려오면 어떤 수의사도 얼굴에서 웃음기가 사라졌다.

나는 자궁을 밀어 넣을 손이 더 필요할 경우에 대비하여 트리스탄을 데려가기로 했다. 그는 나를 따라왔지만 내 계획에 별로 열의를 보이지 않았다. 우리에 아무 근심걱정도 없는 것처럼 태평하게 누워 있는 뚱뚱한 더럼종 암소를 보았을 때는 트리스탄에게 그나마 남아 있던 열의가 더욱 줄어들었다. 암소 뒤에는 피투성이가 된 거대한 자궁과 태가 있고 오물과 지푸라기가 도랑 속으로 넘쳐 들어가 있었다.

암소는 전혀 일어나고 싶어 하지 않았지만, 우리가 소리를 지르면서 어깨를 밀자 따분한 표정을 지으며 일어섰다.

지방 덩어리 사이에서 경막외 공간을 찾기가 어려웠기 때문에 마취제를 모두 제자리에 주입했는지 확신할 수가 없었다. 어쨌든 나는 태를 제거하고 자궁을 깨끗이 씻어서 농부와 그의 동생이 들고 있는 깨끗한 시트 위에 놓았다. 그들은 허약한 남자들이어서 할 수 있는 일이라고는 시트를 흔들지 않고 수평으로 들고 있는 게 고작이었다. 그들이 많은 도움이 될 거라고 기대할 수는 없었다.

나는 트리스탄에게 고개를 끄덕였다. 우리는 셔츠를 벗고 깨끗한 자루를 허리에 감아 묶고 자궁을 두 팔로 끌어안았다.

자궁은 심하게 충혈되고 부풀어 올라서 제자리에 돌려놓는 데 꼬박 한 시간이 걸렸다. 일을 시작한 지 한참 지나도 전혀 진전이 없을 때는 그 거대한 기관을 작은 구멍 속으로 밀어 넣는다는 생각이 소시지를 바늘구멍에 꿰려고 애쓰는 것처럼 어리석게 느껴졌다. 그러다가 몇 분 동안은 일이 순조롭게 되어가고 있다는 생각이 들었지만, 알고 보니 시트의 찢어진 틈새로 자궁을 밀어 넣고 있었다. (언젠가 파넌은 소의 항문에다 자궁을 밀어 넣으려고 애쓰면서 아침 한 나절을 보낸 적이 있다고 말한 적이 있다. 그가 정말로 걱정한 것은 자궁을 하마터면 소의 직장으로 밀어 넣는 데 성공할 뻔했다는 것이었다.) 마침내 희망이 사라지기 시작했을 때, 자궁 전체가 안으로 미끄러져 들어가는 행복한 순간이 왔다. 믿을 수 없는 일이지만 자궁은 곧 시야에서 사라졌다.

자궁이 반쯤 들어갔을 때 우리는 둘 다 동시에 허리를 펴고 일어나서 한숨 돌리며 얼굴이 거의 맞닿은 상태로 숨을 헐떡거렸다. 트리스탄의 볼에는 소의 동맥에서 뿜어져 나온 피가 아름다운 무늬를 그리고 있었다. 나는 그의 눈을 깊이 들여다볼 수 있었고, 거기에서 이 모든 일에 대한 깊은 혐오감을 읽었다.

나는 양동이의 물로 몸을 씻고 비누칠을 하면서 어깨와 등이 쑤시는 것을 느끼고, 어깨 너머로 트리스탄을 돌아보았다. 그는 마지막 남은 힘을 쥐어짜내는 것처럼 머리 위로 뒤집어쓴 셔츠를 힘들게 아래로 잡아당기고 있었다. 암소는 건초를 한 입 가득 물고 만족스럽게 씹고 있었다. 일을 가장 잘 해낸 것은 그 암소였다.

밖으로 나와서 차에 올라타자 트리스탄이 신음하듯 말했다.

"그런 일은 나한테 좋지 않아. 증기롤러에 치인 기분이야. 제기랄, 때로는 정말 살기 힘들어."

점심을 먹은 뒤에 나는 식탁에서 일어났다.

"지금 나는 브로턴에 갈 건데, 아무래도 이 말은 해둬야겠어. 그 암소를 마지막으로 본 게 아닐지도 모른다는 거야. 그렇게 증상이 심한 경우는 이따금 재발하니까, 자궁이 또다시 밀려나올 가능성이 있어. 그러면 그 일은 네가 혼자서 처리해야 돼. 원장님은 몇 시간 뒤에나 돌아올 테고, 나는 반공일 오후에는 무슨 일이 있어도 쉴 테니까."

이번만은 트리스탄의 유머감각이 그를 저버렸다. 그는 초췌해졌고 갑자기 늙어버린 것 같았다.

"맙소사." 그는 신음을 토했다. "그 이야기는 하지도 마. 나는 완전히 녹초가 됐어. 한 번 더 그런 일을 되풀이하면 나는 살아남지 못할 거야. 게다가 나 혼자서? 분명히 말하지만 그러면 나는 끝장이야."

"글쎄." 나는 가학적으로 말했다. "걱정하지 않도록 애써봐. 그런 일은 일어나지 않을지도 몰라."

문득 좋은 생각이 떠오른 것은 브로턴을 향해 10마일쯤 가다가 공중전화 부스가 눈에 띄었을 때였다. 나는 속도를 줄이고 차에서 내렸다.

"이번만은…… 이번만은 성공할 수 있지 않을까?"

부스 안에 들어가자 강한 영감이 번득였다. 나는 손수건으로 전화기의 송화구를 싸고 병원 전화번호를 돌렸다. 트리스탄이 전화를 받자 나는 목청껏 소리쳤다.

"오늘 아침에 우리 농장에 와서 암소의 아기집을 도로 밀어 넣은 젊은 선생인가요?"

"네, 그 중 한 사람입니다." 트리스탄의 목소리가 갑자기 긴장했다. "뭐가 잘못됐나요?"

"그래요, 뭔가가 잘못됐어요." 나는 고함을 질렀다. "자궁이 다시 빠져나왔어요."

"다시 빠져나왔다고요? 전부 다요?" 그는 거의 비명을 지르고 있었다.

"완전히 엉망이에요. 피를 쏟고, 자궁은 오늘 아침보다 두 배나 커졌어요. 어서 와서 어떻게 좀 해줘야겠는데요."

긴 침묵이 흘렀다. 나는 그가 기절한 게 아닐까 생각했다. 한참 뒤에야 다시 그의 목소리가 들렸다. 좀 쉬었지만 단호한 목소리였다.

"좋습니다. 곧 가지요."

또 잠깐 침묵이 흐르다가 거의 속삭이는 목소리로 다시 말했다.

"자궁이 완전히 나왔나요?"

그 말에 나는 무너졌다. 그 말에는 간절한 울림이 담겨 있었다. 그는 농부가 사태를 과장하고 있을지도 모른다는 희망, 자궁이 조금 엿보일 뿐일지도 모른다는 기대를 넌지시 비추고 있었다. 나는 웃음을 터뜨렸다. 내 장난의 희생자를 좀 더 오래 골려주고 싶었지만, 그것은 불가능했다. 나는 더 큰 소리로 웃으면서 트리스탄이 내 목소리를 들을 수 있도록 손수건을 송화구에서 벗겼다.

나는 트리스탄이 퍼부어대는 욕지거리를 몇 초 동안 듣고 있다가 조용히 수화기를 돌려놓았다. 그런 일은 아마 두 번 다시 일어나지 않겠지만 즐겁고 통쾌했다. 정말로 통쾌했다.

10

나는 왕진할 곳을 적은 쪽지를 다시 한 번 들여다보았다.

'톰프슨 야드 3번지, 딘, 늙은 개.'

대러비에는 '야드'가 아주 많은데, 실제로는 찰스 디킨스의 소설에 나오는 뒷골목처럼 좁은 길이었다. 시장으로 통하는 길도 있지만 대개는 시내의 옛 큰길 뒤쪽에 흩어져 있었다. 밖에서 보면 아치 길밖에 보이지 않는다. 그런데 좁은 길을 따라 걸어가다 보면 갑자기 작은 집들이 불규칙하게 늘어선 동네가 나타나서 놀라곤 했다. 집들의 모양은 가지각색이었고, 자갈이 깔린 2미터 너비의 골목을 사이에 두고 서로 창문을 맞대고 있었다.

어떤 집 앞에는 손바닥만 한 땅을 일구어 만든 정원이 있고, 금잔화와 한련이 울퉁불퉁한 돌 틈새로 줄기를 뻗고 있었다. 하지만 골목 끝에 있는 집들은 금방이라도 무너질 것 같았고, 창문에 널빤지가 박힌 채 버려진 집도 있었다.

3번지는 그런 막다른 골목 끝에 있었다. 다 쓰러져가는 집은 그리 오래 버틸 수 있을 것 같지 않았다.

나무가 다 썩어버린 문을 노크하자 벗겨진 페인트 조각이 바르르 떨렸다. 바깥쪽 돌벽은 길게 갈라져 있고, 틈새 양쪽이 위태롭게 불거져 나와 있었다.

작달막한 백발노인이 문을 열었다. 얼굴은 가난에 찌들어 주름져 있었지만, 쾌활한 두 눈이 얼굴에 생기를 주었다. 누덕누덕 기운 모직 카디건과 무릎에 헝겊조각을 댄 바지를 입고 슬리퍼를 신고 있었다.

"개를 보러 왔는데요."

내가 말하자 노인은 미소를 지었다.

"와줘서 고맙소. 우리 개 때문에 좀 걱정이오. 어서 들어와요."

노인은 나를 작은 거실로 안내했다.

"지금은 나 혼자 살고 있다오. 작년에 집사람이 먼저 저세상으로 가버려서. 집사람은 우리 늙은 개를 둘도 없는 보물처럼 애지중지했지."

가난의 증거는 곳곳에 있었다. 닳아빠진 리놀륨 바닥, 불 꺼진 난로, 눅눅한 곰팡내. 습기 찬 벽에서는 벽지가 떨어져 나왔고, 식탁에는 노인의 쓸쓸한 점심식사가 차려져 있었다. 베이컨 한 조각, 튀긴 감자 몇 토막, 그리고 차 한 잔. 이것이 노령연금으로 살아가는 노인의 생활 모습이었다.

방구석에 담요가 깔려 있고 그 위에 내 환자가 누워 있었다. 래브라도 잡종이었다. 한창때는 크고 힘센 개였겠지만, 입 주위의 하얀 털과 눈 속의 희끄무레한 백태에는 나이든 증거가 나타나 있었다. 개는 조용히 엎드려서 나를 쳐다보았다. 적대감은 전혀 보이지 않았다.

"나이가 제법 들었군요."

"그렇소. 열네 살이 다 되었지. 하지만 몇 주 전까지만 해도 강아지처럼 뛰어다녔다오. 이름이 보비인데, 나이에 비해 건강하고 평생 한 번도 사람을 공격한 적이 없어요. 어린애들이 무슨 짓을 해도 점잖게 다 받아주지요. 녀석은 이제 내 유일한 친구요. 빨리 고칠 수 있으면 좋겠는데.”

“음식을 전혀 안 먹습니까?”

“입에도 안 대요. 정말 이상하지. 전에는 이가 없어도 잇몸으로 먹을 수 있었는데. 식사 때는 늘 내 곁에 앉아서 무릎에다 머리를 올려놓곤 했는데, 요즘에는 그런 적이 없어요.”

개를 바라보는 동안 나는 점점 불안해졌다. 배가 심하게 부풀어 있고, 고통스러워하는 기색이 역력했다. 호흡 곤란, 오므라든 입술, 무언가에 마음을 빼앗기고 있는 듯한 불안한 눈빛.

주인이 말하는 동안 개는 꼬리로 담요를 두어 번 내리쳤다. 희끄무레한 눈 속에 잠깐 흥미를 보이는 기색이 나타났지만, 그것은 곧 사라지고 골똘히 생각에 잠긴 듯 멍한 표정이 되돌아왔다.

나는 배를 조심스레 만져보았다. 복수가 가득 차서 배를 심하게 압박하고 있었다.

“자, 돌아누울 수 있는지 볼까.”

나는 이렇게 말을 걸면서 개의 몸을 반대쪽으로 천천히 굴렸다. 개는 내가 몸을 굴릴 때는 아무 저항도 하지 않았지만, 그 일이 끝나자 낑낑거리며 주위를 둘러보았다. 문제의 원인은 쉽게 찾을 수 있었다.

나는 가만히 배를 만져보았다. 얇은 뱃가죽을 통해 쭈글쭈글 주름진 단단한 덩어리가 만져졌다. 비장암이나 간암이 분명했다. 종양이 너무 커서 수술은 불가능했다. 나는 늙은 개의 머리를 쓰다듬으며 생각을 정리하려고 애썼다. 이 일은 쉽지 않을 것 같았다.

“치료가 오래 걸릴까요?” 노인이 물었다. 그러자 또다시 꼬리가 바닥을 두어 번 내리쳤다. 사랑하는 사람의 목소리를 들은 개의 반사적인 동작이었다. "내가 집안일을 할 때 녀석이 따라다니지 않으면 얼마나 쓸쓸한지 몰라요."

"유감이지만 아주 심각한 병입니다. 이 커다란 혹이 보이시죠. 몸속에 종양이 생겼기 때문입니다."

"그럼…… 암이란 말인가요?" 노인은 머뭇거리며 물었다.

"그런 것 같습니다. 너무 많이 진행돼서 손쓸 방법이 없습니다. 제가 도와줄 수 있으면 좋겠지만, 아무것도 해줄 수가 없군요."

노인은 당황한 표정을 지었다. 입술이 바들바들 떨리고 있었다.

"그럼 죽는단 말이오?"

나는 마른침을 삼켰다.

"그냥 죽게 내버려둘 수는 없지요. 지금도 상당히 고통스럽겠지만, 조금 있으면 통증이 훨씬 심해질 겁니다. 보비를 잠재우는 게 최선이라고 생각지 않으십니까? 어쨌든 보비는 오랫동안 행복하게 살았으니까요."

이럴 때면 언제나 사무적으로 말하려고 애썼지만, 그 진부한 말이 내 귀에도 너무나 공허하게 들렸다.

노인은 한참 동안 잠자코 있다가 겨우 입을 열었다.

"잠깐만 기다려주시오."

그러더니 개 옆에 천천히 힘들게 무릎을 꿇었다. 노인은 아무 말도 하지 않고 회색 주둥이와 귀를 몇 번이고 쓰다듬었다. 꼬리가 천천히 마룻바닥을 때렸다. 털썩, 털썩, 털썩.

노인은 오랫동안 거기에 무릎을 꿇고 있었다. 그동안 나는 일어나서 음울한 방을 둘러보았다. 벽에 걸려 있는 빛바랜 사진, 낡아빠진 더러운 커튼, 스프링이 망가진 안락의자.

마침내 노인이 몸을 일으키고는 한두 번 침을 꿀꺽 삼켰다. 그러고는 나를 외면한 채 쉰 목소리로 말했다.

"됐어요. 지금 해주시겠소?"

나는 주사기를 채우고, 이럴 때 늘 하는 말을 했다.

"걱정하지 마세요. 전혀 아프지 않으니까요. 마취제를 좀 많이 투여하는 것뿐입니다. 문자 그대로 안락하게 개를 보내는 방법이지요."

주사바늘을 찔러도 개는 꼼짝하지 않았다. 마취제가 혈관으로 흘러 들어가자 개의 얼굴에서 불안한 표정이 사라지고 근육이 풀리기 시작했다. 주사가 끝났을 때쯤에는 이미 호흡이 멈춰 있었다.

"끝났소?" 노인이 속삭였다.

"예, 다 끝났습니다. 이제 고통에서 벗어났습니다."

노인은 꼼짝 않고 서서 두 손만 계속 쥐었다 폈다 했다. 나를 돌아보았을 때 노인의 눈은 밝아져 있었다.

"맞아요. 보비가 고통을 받도록 내버려둘 수는 없지요. 녀석이 편히 잠들게 해줘서 정말 고맙소. 그런데 얼마를 드리면 될까요?"

"괜찮습니다, 영감님." 나는 서둘러 말했다. "대수롭지 않은 일입니다. 마침 이 근처를 지나는 길에 잠깐 들렀으니까요. 별로 애쓴 것도 없습니다."

노인은 깜짝 놀랐다.

"하지만 공짜로 그런 일을 해주실 수는 없지요."

"그런 말씀 마세요. 아까도 말했듯이 이 근처를 지나가던 길이었으니까요."

나는 작별 인사를 하고 그 집을 나와서 좁은 골목을 지나 큰길로 나왔다. 북적거리는 사람과 찬란한 햇빛 속에서도 내 눈에는 여전히 을씨년 스러운 작은 방과 노인과 죽은 개밖에 보이지 않았다.

길가에 세워둔 자동차 쪽으로 걸어가고 있을 때 뒤에서 외치는 소리가 들렸다. 노인이 슬리퍼를 질질 끌면서 열심히 달려오고 있었다. 뺨은 눈 물로 얼룩져 있었지만 노인은 웃고 있었다. 손에는 작은 갈색 물건을 들 고 있었다.

"그렇게 친절을 베풀어주셨는데 그냥 보내기가 섭섭해서……."

노인이 손에 든 것을 내밀었다. 나는 그것을 내려다보았다. 비록 너덜 너덜해지긴 했지만 그것은 옛날 어느 경사스러운 날의 소중한 기념품이 분명했다.

"어서 받으시오." 노인이 말했다. "자, 시가나 한 대 태워요."

11

파넌이 장부 정리를 동생한테 맡기기로 마음먹은 것은 불운이었다. 스
켈데일 하우스의 생활은 한동안 평화로운 상태였고, 그런 상황이 나로서
는 만족스러웠기 때문이다.

파넌은 지난 2주 동안 언성을 높이거나 성난 말을 내뱉지도 않았지만,
집에 들어왔다가 동생이 자전거를 타고 복도를 지나가는 것을 발견했을
때 딱 한 번 유쾌하지 못한 분위기가 연출된 적이 있었다. 트리스탄은 형
이 왜 그렇게 화를 내며 고함을 지르는지 전혀 이해하지 못했다. 그에게
는 식탁을 차리는 일이 맡겨져 있었는데, 부엌에서 식당까지는 꽤 먼 거
리였다. 그러니 자전거를 실내로 들여오는 것은 너무나 자연스러운 일로
여겨졌다.

바람이 매서워지면서 가을이 왔고, 밤마다 커다란 방에서는 장작불이
환하게 타오르면서 우아한 벽감과 장식이 새겨진 천장에 어른거리는 그
림자를 보냈다. 하루 일과를 마치고 우리 셋이 낡아빠진 안락의자에 기
대앉아 두 발을 불길 쪽으로 쭉 뻗고 있는 시간은 언제나 행복한 시간이
었다.

트리스탄은 밤마다 그랬듯이 《데일리 텔리그래프》지의 십자말풀이에
열중해 있었다. 파넌은 책을 읽고 있었고 나는 꾸벅꾸벅 졸고 있었다. 십

자말풀이에 끌려드는 것은 나에게는 무척 당혹스러운 일이었다. 파넌은 대개 1분쯤 생각한 뒤 정답을 말해줄 수 있었지만, 내가 첫 번째 힌트와 씨름하는 동안 트리스탄은 문제를 다 풀 수 있었던 것이다.

우리 발치에 있는 카펫은 개들의 몸뚱이에 가려져 있었다. 모두 다섯 마리나 되는 개들은 서로 겹겹이 포개져서 거친 숨을 몰아쉬며, 친밀하고 만족스러운 분위기를 자아내고 있었다.

파넌이 입을 연 순간, 실내의 안락한 공기를 서늘한 바람 한 줄기가 꿰뚫고 지나간 듯한 느낌이 들었다.

"내일은 장날이고 청구서를 보냈기 때문에, 사람들이 돈을 내려고 줄을 설 거야. 그래서 트리스탄 네가 내일은 사람들한테서 돈을 받는 일을 맡아주면 좋겠다. 제임스와 나는 바쁠 테니까 그 일은 너 혼자 책임지고 맡아야 돼. 네가 할 일은 사람들한테 수표를 받고 영수증을 써준 다음 장부에 이름을 적어 넣는 것뿐이야. 어때, 일을 엉망으로 만들지 않고 잘 해낼 수 있겠지?"

나는 움찔했다. 그런 불협화음을 들은 게 오랜만이어서 더욱 깊게 울려퍼졌다.

"그 정도는 그럭저럭 해낼 수 있을 거야." 트리스탄은 오만하게 대답했다.

"좋아. 그럼 이제 자러 가자."

하지만 이튿날이 되자 그 임무가 트리스탄의 취향에 딱 들어맞는 일이라는 것을 알 수 있었다. 책상 뒤에 앉은 그는 한 줌씩 돈을 받았다. 그리고 계속 지껄였다. 하지만 아무렇게나 되는 대로 말하지는 않았다. 상대에 따라 가장 적당한 말로 접근했다.

상대가 강직한 감리교도일 때는 날씨와 암소 값과 마을회관의 활동을 화제로 삼았다. 모자를 한쪽으로 기울여서 삐딱하게 쓰고 장터에서 파는 맥주 냄새를 물씬 풍기는 건달 타입은 트리스탄이 봉투 뒷면에 적어둔 최신 소식을 들었다. 하지만 상대가 부인들일 때 트리스탄은 최고의 능력을 발휘했다. 여자들은 그의 천진난만하고 소년 같은 얼굴 때문에 처음부터 그의 편이었고, 그가 자신의 매력을 한껏 발휘하자 그에게 완전히 굴복하고 말았다.

나는 문 뒤에서 들려오는 킬킬거리는 소리에 놀랐다. 트리스탄이 잘 해나가고 있는 것을 보고 나는 기뻤다. 이번에는 아무 잘못도 없을 거야.

트리스탄은 점심시간에는 거드름을 피웠고 차를 마실 때는 의기양양했다. 파년도 동생이 제시한 그날 하루의 수입에 만족했다. 트리스탄은 받은 액수를 적고, 맨 밑에 총액을 정확하게 적어놓았다.

"고맙다, 트리스탄. 실력이 대단한데." 만사가 유쾌했다.

그날 저녁, 나는 마당에서 다 쓴 약병을 내 자동차의 트렁크에서 꺼내 쓰레기통에 던지고 있었다. 바쁜 하루여서 빈 약병이 여느 때보다 많이 쌓여 있었다.

그때 트리스탄이 정원에서 헐떡거리며 들어왔다.

"짐, 장부를 잃어버렸어."

"너는 항상 나를 놀리려고만 들어. 네 유머감각에 잠시 휴식을 주는 게 어때?"

나는 실컷 웃고 연고를 담아두었던 빈 병을 다른 병들 사이로 던졌다.

그는 내 소매를 확 잡아당겼다.

"농담이 아니야, 짐. 정말이야. 정말로 그 빌어먹을 장부를 잃어버렸다니까."

이번만은 트리스탄도 냉정을 잃은 모습이었다. 그의 눈은 크게 뜨였고 얼굴은 창백했다.

"하지만 그게 그냥 사라졌을 리가 없잖아. 틀림없이 나타날 거야."

"절대로 나타나지 않을 거야." 트리스탄은 두 손을 쥐어짜면서 자갈 위를 잠시 돌아다녔다. "나는 두 시간 동안이나 찾아다녔어. 집을 샅샅이 뒤졌는데 없어. 정말로 사라진 거야."

"하지만 그건 중요하지 않아. 안 그래? 너는 이름을 모두 대장에 옮겨 적었을 테니까."

"바로 그게 문제라고. 옮겨 적지 않았거든. 오늘 밤에 할 작정이었지."

"그럼 오늘 너한테 돈을 지불한 농부들은 모두 내달에 같은 청구서를 받게 된다는 얘기야?"

"그런 것 같아. 두세 명밖에는 이름이 기억나지 않아."

나는 돌로 만든 여물통 위에 털썩 주저앉았다.

"그렇다면 하느님이 우리 모두를 구해주셔야겠군. 특히 너를 말이야. 요크셔 사람들은 돈과 한 번 헤어지는 것도 좋아하지 않는데 두 번 헤어지라고 요구하면…… 아이고, 맙소사!"

또 다른 생각이 머리에 떠올랐다. 나는 약간 잔인하게 말했다.

"그리고 원장님은 어떡하고? 형님께는 말씀드렸어?"

트리스탄의 얼굴에 경련이 일어났다.

"아니. 형은 방금 들어왔는걸. 지금 말할 작정이야." 그는 어깨를 으쓱 하고 마당을 떠났다.

나는 그를 따라 집으로 가지 않기로 결심했다. 곧 벌어질 장면에 입회

할 용기가 나지 않았다. 나는 집으로 가는 대신 뒷골목으로 나가서 집 뒤를 돌아 시장으로 갔다. '드로버스 암스'의 불 켜진 입구가 어스름 속에서 나를 부르고 있었다.

내가 1파인트 맥주잔을 앞에 놓고 앉아 있을 때 트리스탄이 들어왔다. 피를 반 갤런쯤 뽑아낸 것처럼 보였다.

"어떻게 됐어?" 내가 물었다.

"너도 알잖아. 평소 때와 마찬가지지. 이번에는 아마 조금 더 나빴을 거야. 하지만 이것만은 말할 수 있어, 짐. 오늘부터 한 달 뒤를 낙으로 삼고 기다리지는 않을 거야."

장부는 끝내 발견되지 않았고, 한 달 뒤에 모든 청구서가 여느 때처럼 장날 아침에 도착하도록 다시 발송되었다.

병원은 그날따라 조용했다. 나는 정오가 되기 한참 전에 왕진을 끝냈다. 하지만 많은 농부들이 대기실 벽을 따라 빙 둘러앉아 있는 것이 창문으로 보였기 때문에 나는 안으로 들어가지 않았다. 농부들은 모두 하나같이 화난 표정을 짓고 있었다.

나는 몰래 시장으로 갔다. 시간이 있을 때면 나는 오래된 광장에 늘어서 있는 노점 사이를 돌아다니는 것을 즐겼다. 거기서는 과일이나 생선, 헌책, 치즈, 옷을 비롯해서 사실상 거의 모든 것을 살 수 있었다. 하지만 도자기 노점이 내가 제일 좋아하는 가게였다.

그곳은 리즈 출신의 유대인 신사가 운영하고 있었는데, 그는 뚱뚱해서 땀을 많이 흘리지만 자신만만하고 최면술 같은 판매술을 갖고 있었다. 그를 아무리 보고 있어도 싫증이 나지 않았다. 나는 그에게 매혹되었다.

오늘 그는 원기 왕성한 모습으로 산더미처럼 쌓인 도자기에 둘러싸인 채 작은 빈터에 서 있었다. 그를 빙 둘러싼 도자기 더미 너머에서는 농부의 아내들이 입을 벌리고 그의 웅변에 귀를 기울이고 있었다.

"저는 잘생긴 미남도 아닙니다. 영리하지도 않습니다. 하지만 맹세코 말하건대 말은 청산유수로 잘합니다. 지겹도록 지껄여댈 수 있지요. 자, 여길 보세요." 그는 싸구려 컵 하나를 집어서 높이 들어 올렸지만, 굵은 엄지와 집게손가락으로 부드럽게 컵을 잡고는 새끼손가락을 우아하게 뻗었다. "아름답지 않습니까? 사랑스럽지 않아요?" 그렇게 말한 다음 컵을 손바닥으로 공손하게 받쳐 들고 관중에게 보여주었다. "숙녀분들께 분명히 말씀드리지만, 이것과 똑같은 찻잔 세트를 브래드퍼드에 있는 코너스 상점에서는 3파운드 15실링에 사실 수 있습니다. 저는 농담하는 것도 아니고 익살을 부리고 있는 것도 아니에요. 거기서는 정말로 그 값에 팔려요. 하지만 제가 부르는 가격은 얼마일까요?"

이쯤에서 그는 손잡이가 쪼개진 낡은 지팡이를 꺼냈다.

"이 아름다운 찻잔 세트에 제가 매긴 가격은?"

그는 지팡이 끝을 잡고 빈 찻잔 상자를 딱 하고 내리쳤다.

"3파운드 15실링—은 가라!"

딱!

"3파운드—도 가라."

딱!

"2파운드—도 가라!"

딱!

"30실링—도 가라!"

딱!

"아직 끝난 게 아닙니다. 자, 자, 누가 저한테 1파운드(20실링)를 주시겠습니까?"

아무도 나서지 않았다.

"좋습니다, 좋아요. 오늘은 제가 임자를 만난 것 같군요. 이걸 몽땅 17실링 6펜스에 드리겠습니다."

마지막으로 그가 상자를 지팡이로 내리치자 부인들은 자기가 사겠다는 신호를 보내며 핸드백을 뒤지기 시작했다. 노점 뒤에서 작달막한 사내가 나타나 찻잔 세트를 부인들에게 건네주기 시작했다. 의식은 치러졌고, 모두 만족했다.

나도 깊이 만족하여 골동품에 정통한 그가 내놓을 다음 물건을 기다리고 있을 때, 군중 언저리에서 체크무늬 모자를 쓴 덩치 큰 사내가 나에게 미친 듯이 손을 흔들고 있는 것이 보였다. 그는 한쪽 손을 재킷 안에 집어넣고 있었고, 나는 그가 무엇을 찾고 있는지 당장 알아차렸다. 나는 망설이지 않고 재빨리 돼지 여물통과 철망이 놓여 있는 노점 뒤로 몸을 숙였다. 하지만 내가 몇 걸음 가기도 전에 또 다른 농부가 의미심장한 표정으로 나를 소리쳐 불렀다. 그는 봉투 하나를 머리 위로 쳐들고 있었다.

나는 순간 덫에 걸린 듯한 기분을 느꼈지만, 탈출구가 보였다. 나는 싸구려 보석을 진열해놓은 판매대를 재빨리 지나서 '드로버스 암스'로 뛰어들었다. 그리고 농부들이 북적대고 있는 술청을 피해 지배인실로 슬쩍 숨어들었다. 이제 나는 안전했다. 여기는 내가 언제라도 환영받는 곳이었다.

지배인은 책상 앞에 앉은 채 고개를 들어 나를 보았지만 미소를 보이지 않았다.

"이것 보세요." 그가 날카롭게 말했다. "나는 일전에 우리 강아지를 선생한테 데려갔고, 얼마 후에 청구서를 받았어요." 나는 몰래 몸을 움츠렸다. "나는 청구서를 받는 즉시 돈을 지불했는데 오늘 아침에 청구서가 또다시 날아온 것을 보고 깜짝 놀랐어요. 여기 영수증도 있다고요. 서명한 사람이⋯⋯."

나는 더 이상 버틸 재간이 없었다.

"정말 죄송합니다, 브룩 씨. 하지만 실수가 있었어요. 제가 바로잡겠습니다. 제발 우리의 사과를 받아주세요."

그 후 며칠 동안 이런 일이 되풀이되었지만, 가장 난처한 꼴을 당한 것은 파넌이었다. 일은 그가 좋아하는 술집인 '블랙 스완'에서 일어났다. 대러비의 명사인 친절하고 익살맞은 빌리 브레컨리지라는 작달막한 인물이 파넌에게 다가왔다.

"이봐요, 당신 진료실에서 3실링 6펜스를 지불한 걸 기억하죠? 그런데 청구서가 다시 날아왔단 말이오."

파넌은 세련된 사과를 했고(그는 사과를 많이 해서 이미 숙달되어 있었다), 그 남자에게 술을 한 잔 샀다. 그들은 기분 좋게 헤어졌다.

그런데 딱하게도 건망증이 심한 파넌은 이 일을 기억하지 못했다. 한 달 뒤, 역시 '블랙 스완'에서 또다시 빌리 브레컨리지를 만났다. 이번에는 빌리가 그렇게 익살맞지 않았다.

"이봐요, 나한테 청구서를 두 번이나 보낸 걸 기억하죠? 그런데 같은 청구서가 또 날아왔단 말이오."

파넌은 최선을 다했지만, 그의 매력도 그 작달막한 남자한테는 통하지 않았다. 상대는 기분이 상해 있었다.

"내가 지불했다는 걸 안 믿는 모양인데, 당신 동생한테 영수증을 받았지만 잃어버렸소." 그는 파넌의 항의를 무시했다. "아니, 아니야. 이 문제를 해결하는 방법은 딱 하나뿐이오. 나는 3실링 6펜스를 지불했다고 주장하고, 당신은 내가 지불하지 않았다고 주장하니까, 좋아요, 우리 동전 던지기로 결정합시다."

파넌은 딱한 얼굴로 이의를 제기했지만 빌리는 완강했다. 그는 1페니짜리 동전을 꺼내 엄지손가락 손톱 위에 올려놓았다.

"자, 어느 쪽이오?"

"앞." 파넌이 중얼거렸고, 앞면이 나왔다. 작달막한 남자는 표정 하나 바꾸지 않고 여전히 위엄 있게 파넌에게 3실링 6펜스를 건네주었다.

"그럼 이걸로 문제는 해결된 거요."

그는 술집 밖으로 나갔다.

건망증에도 여러 가지가 있지만, 파넌의 건망증은 영감을 받은 건망증이었다. 그는 이 마지막 거래에 대해서도 적어두는 것을 또 잊어버렸고, 월말에 빌리 브레컨리지는 그가 이미 두 번이나 지불한 액수를 또 지불하라는 네 번째 청구서를 받았다. 파넌이 단골 술집을 바꾸어 '크로스 키스'로 다니기 시작한 것은 그 무렵이었다.

12

돌이켜보면 우리가 약을 조제하는 데 그렇게 많은 시간을 보냈다는 게 믿어지지 않는다. 하지만 그때는 지금처럼 약들이 완제품으로 포장되어 오는 게 아니었기 때문에, 우리는 다양한 치료약을 용도에 맞게 조제해 둔 다음, 왕진을 나갈 때는 그 약들을 차에 잔뜩 실어야 했다. 하지만 현장에 가서 보면 그 약들은 거의 쓸모가 없었다.

그날 아침 파넌이 들어왔을 때 나는 350시시들이 병을 눈높이로 들어 올려 코실라나 시럽을 따르고 있었다. 트리스탄은 우울한 얼굴로 소화제 가루를 약절구에 넣고 공이로 섞고 있다가, 형의 눈길이 자기한테 못 박혀 있는 것을 알고는 얼른 속도를 올렸다. 그의 주위에는 가루약 봉지가 널려 있었고, 벤치에는 그가 셀로판 실린더에 붕산을 채워서 만든 페서리가 가지런히 쌓여 있었다.

트리스탄은 부지런해 보였다. 그의 팔꿈치는 탄산암모늄과 마전자를 빻느라 격렬하게 움직였다. 파넌은 너그러운 미소를 지었다.

나도 빙긋 웃었다. 형제 사이가 틀어졌을 때는 나도 심한 중압감을 느꼈지만, 오늘은 유쾌한 아침이 되리라는 것을 알 수 있었다. 크리스마스 때 트리스탄이 뜻밖에 대학으로 슬며시 돌아가서 별로 공부를 한 것 같지도 않은데 다시 시험을 쳐서 합격한 이후 분위기가 눈에 띄게 좋아졌다. 그리고 오늘 파넌에게는 또 다른 무언가가 있었다. 그는 좋은 일이 일어나리라는 것을 확실히 알고 있는 것처럼 내면의 만족감으로 얼굴이 환하게 빛나는 것 같았다. 그는 방으로 들어와서 문을 닫았다.

"좋은 소식이 있어."

나는 코르크 마개를 병 속으로 밀어 넣었다.

"애태우지 말고, 우리도 알려주세요."

파넌은 우리를 번갈아 바라보았다. 거의 능글맞게 웃고 있었다.

"트리스탄이 청구서 일을 맡았을 때 벌어진 그 혼란을 기억하지?"

그의 동생은 눈길을 돌리고 더 빨리 가루약을 빻기 시작했지만, 파넌은 동생의 어깨에 다정하게 한 손을 올려놓았다.

"걱정 마. 그 일을 너한테 또 시키려는 건 아니니까. 사실 너는 이제 두 번 다시 그 일을 할 필요가 없어. 그 일은 전문가가 맡아서 할 테니까." 그는 잠시 말을 끊고 헛기침으로 목청을 가다듬었다. "우리한테 비서가 생길 거야."

우리가 놀라서 멍하니 그를 바라보자, 그는 다시 말을 이었다.

"그래, 내가 직접 뽑았는데, 아주 완벽한 것 같아."

"어떤 여잔데요?" 내가 물었다.

파넌은 입술을 오므렸다.

"으음, 그건 좀 설명하기가 어렵군. 하지만 생각해봐. 여기서 우리한테 필요한 게 어떤 사람이지? 빈둥대면서 시간이나 축내는 젊은 애는 필요 없어. 저 책상 뒤에 앉아서 콧잔등에 분이나 처바르고 누구한테나 눈웃음을 던지는 예쁜 금발 아가씨도 필요 없어."

"필요 없다고?" 트리스탄이 분명히 어리둥절한 모습으로 형의 말에 끼어들었다.

"그래, 필요 없어!" 파넌이 대꾸했다. "그런 여자는 남자 친구들 생각만 하면서 근무시간의 절반을 보낼 테고, 우리 방식에 익숙해지자마자 결혼 한다고 달아나버릴 거야."

트리스탄은 여전히 납득할 수 없다는 표정이었고, 그것이 형을 화나게 한 것 같았다. 파넌의 얼굴이 붉어졌다.

"그리고 또 다른 이유가 있지. 집에 너 같은 녀석이 있는데 어떻게 매력적인 아가씨를 데려올 수 있겠냐? 넌 절대로 그 여자를 그냥 내버려두지 않을 거야."

트리스탄은 화가 났다.

"형은 어떻고?"

"나는 내가 아니라 너에 대해 말하고 있는 거야!" 파넌은 으르렁거리는 투로 말했다.

나는 눈을 감았다. 평화는 오래 지속되지 않았다. 나는 사이에 끼어들기로 결심했다.

"됐어요. 새로 올 비서에 대해 말해주세요."

파넌은 간신히 감정을 억눌렀다.

"나이는 50대고, 브래드퍼드의 그린앤물턴 회사에서 30년 동안 일한 뒤 퇴직한 여자야. 거기서는 총무부장으로 일했대. 그 회사에서 추천서를 보내왔는데, 대단히 훌륭한 분이래. 능률의 귀감이라고까지 칭찬했어. 우리 병원에 필요한 것도 바로 그거야. 능률. 우리는 너무 주먹구구식이야. 그 여자가 대러비에 와서 살기로 결정한 건 우리한테 큰 행운이지. 어쨌거나 몇 분 뒤에는 그 여자를 만나볼 수 있을 거야. 오늘 아침 열 시에 오기로 되어 있거든."

교회종이 10시를 알리고 있을 때 초인종이 울렸다. 파넌은 서둘러 현관으로 나갔다가 자신의 위대한 발견물을 모시고 방으로 의기양양하게 들어왔다.

"신사 여러분, 하보틀 양을 소개합니다."

그녀는 덩치가 크고 가슴도 큰 여자였다. 건강해 보이는 둥그스름한 얼굴에 금테 안경을 쓰고 있었다. 모자 밑으로 그녀와 잘 조화되지 않는 새까만 곱슬머리가 엿보였다. 그 머리는 염색한 것처럼 보였고, 그녀의 수수한 옷차림이나 투박한 구두와는 전혀 어울리지 않았다.

그녀가 결혼한다고 도망칠 걱정은 할 필요가 없겠다는 생각이 문득 떠올랐다. 그녀가 못생겼다는 뜻이 아니라, 불쑥 내민 턱과 힘들이지 않고 남을 휘어잡아 좌지우지하는 태도를 보면 어떤 남자도 죽을힘을 다해 도망칠 거라는 뜻이다.

나는 하보틀 양과 악수할 때 그녀의 손아귀 힘에 놀랐다. 우리는 서로 눈을 들여다보고 몇 초 동안 우호적인 힘겨루기를 했다. 승부는 막상막하여서 무승부라고 부를 만했다. 그녀는 만족한 듯 손을 놓고 돌아섰다. 트리스탄은 마음을 놓고 있다가 그녀에게 손을 덥석 잡히자 경악한 표정이 얼굴에 퍼져갔다. 그는 무릎이 구부러지기 시작했을 때에야 겨우 풀려났다.

그녀는 사무실을 둘러보았고, 파넌은 마치 단골 고객을 안내하는 매장지배인처럼 두 손을 맞비비며 그 뒤를 졸졸 따라다녔다. 그녀는 책상 앞에 잠시 멈춰 섰다. 책상 위에는 들어오는 청구서와 나가는 청구서, 농무부의 서식, 제약회사에서 보내온 회보 따위가 높이 쌓여 있었고, 환약과 암소 젖통에 바르는 연고가 담긴 상자들이 여기저기 흩어져 있었다.

그녀는 못마땅한 얼굴로 너저분한 책상을 휘젓다가 모서리가 접힌 낡은 장부를 꺼내 집게와 엄지손가락으로 들어올렸다.

"이건 뭐죠?"

파넌은 종종걸음을 쳐서 앞으로 나아갔다.

"아아, 그건 우리 장부예요. 왕진한 내용을 업무 일지에서 거기로 옮겨 적지요. 일지도 어딘가에 있을 텐데." 그는 책상 위를 헤집으며 일지를 찾았다. "아, 여기 있군. 이건 전화가 걸려왔을 때 적어두는 일지예요."

그녀는 놀란 표정으로 장부와 일지를 잠시 조사했다. 그 표정은 곧 엄격한 표정으로 바뀌었다.

"제가 장부를 관리하려면 여러분은 우선 글씨 쓰는 법부터 배워야 할 것 같군요. 여기에는 세 가지 다른 필체가 있는데, 이 필체가 단연 최악이에요. 정말 지독해요. 누가 쓴 거죠?"

그녀는 하나의 긴 줄로 이루어져 있는 항목을 가리켰다. 그 줄은 중간에 몇 군데 끊어진 데가 있고 이따금 파도처럼 굽이치고 있었다.

"내가 쓴 겁니다." 파넌이 발을 질질 끌면서 말했다. "아마 그날은 바빠서 그랬을 거예요."

"하지만 파넌 선생님, 전부 다 이런 식이에요. 여길 보세요. 여기도, 여기도, 그리고 여기도. 이래서는 어떻게 해볼 도리가 없어요."

파넌은 두 손을 뒷짐 지고 고개를 숙였다.

"편지지와 봉투는 여기 들어 있겠죠?"

그녀는 책상 서랍 하나를 열었다. 서랍은 오래된 씨앗 봉지로 가득 차 있는 것 같았다. 게다가 봉지는 대부분 터져 있었다. 완두콩과 강낭콩 몇 개가 무더기 위에서 천천히 굴러 떨어졌다. 다음 서랍에는 암소 분만용 밧줄이 놓여 있었는데, 그 밧줄은 누군가가 세척하는 것을 잊어버린 듯 오물로 더러워져 있었고 냄새도 고약했다. 하보틀 양은 급히 뒤로 물러섰다. 하지만 그녀는 단념하지 않고 기대에 찬 얼굴로 세 번째 서랍을 잡아당겼다. 그 서랍은 음악적인 짤그랑 소리를 내면서 열렸고, 서랍을 내려다본 그녀는 먼지투성이의 빈 맥주병이 한 줄로 늘어서 있는 것을 보았다.

그녀는 천천히 허리를 펴고 참을성 있게 말했다.

"금고는 어디 있는지 물어봐도 될까요?"

"우리는 그냥 저기다가 돈을 쑤셔 넣습니다." 파넌은 벽난로 구석에 놓여 있는 1파인트들이 단지를 가리켰다. "금고라고 부를 만한 것은 없지만, 저것도 충분히 금고 역할을 하고 있지요."

하보틀 양은 망연자실한 눈으로 단지를 바라보았다.

"저기에 그냥 쑤셔 넣는단 말이죠……."

구겨진 수표와 지폐들이 단지 가장자리로 넘쳐나 있는 것이 보였다. 그 밑의 벽난로 바닥에 떨어져 있는 수표와 지폐들도 많았다.

"날이면 날마다 돈을 저렇게 내버려둔 채 외출한다는 얘긴가요?"

"그래도 문제는 없었는데요." 파넌이 대답했다.

"잔돈은 어디에다 두죠?"

파넌은 어색하게 킬킬거렸다.

"그것도 모두 저 안에…… 그러니까 현금은 모두…… 잔돈이든 아니든 모두 저기에 넣어둡니다."

하보틀 양의 불그스름한 얼굴이 조금 창백해졌다.

"파넌 선생님, 이건 정말로 너무 심해요. 그렇게 오랫동안 어떻게 이런 식으로 해왔는지 모르겠군요. 정말 모르겠어요. 하지만 문제를 곧 해결할 수 있을 거라고 자신해요. 선생님의 업무에는 복잡한 게 전혀 없어요. 간단한 카드 색인 체제가 선생님한테는 딱 맞을 거예요. 그 밖에 사소한 문제들……." 그녀는 믿을 수 없다는 눈으로 단지를 흘끗 돌아보았다. "그것도 금방 바로잡겠어요."

"좋습니다, 하보틀 양. 아주 좋아요." 파넌은 두 손을 여느 때보다 더 맹렬하게 맞비볐다. "월요일 아침에 오시기를 기다리고 있겠습니다."

"아홉 시 정각에 올게요."

그녀가 떠난 뒤 한동안 침묵이 흘렀다. 트리스탄은 그녀의 방문을 즐겼던지, 지금은 생각에 잠긴 얼굴로 미소를 짓고 있었지만, 나는 왠지 불안한 기분이 들었다.

"원장님, 저분은 능률의 귀감인지는 모르겠지만, 좀 드센 것 같지 않아요?"

"드세다고?" 파넌은 큰 소리로 웃었다. 약간 쉰 목소리였다. "전혀 안 그래. 그 여자는 나한테 맡겨. 내가 잘 다룰 수 있으니까."

13

그날은 시작부터 안 좋았다. 트리스탄이 새벽 4시에 '종지기들의 소풍'에서 돌아오다가 형한테 붙잡힌 것이다.

이 모임은 이 지역 교회의 종지기들이 해마다 버스 한 대를 전세 내어 모어컴(영국 잉글랜드 북서부 랭커셔 주 해안에 있는 도시)으로 여행을 가는 연례 행사였다. 하지만 그쪽 해변에는 잠시 머물렀을 뿐이고, 이 술집 저 술집 옮겨 다니거나, 이동하지 않을 때에는 버스에 몇 상자나 실어온 맥주를 공격하면서 시간을 보냈다.

자정이 지나서 버스가 대러비로 들어왔을 때 승객들은 대부분 인사불성이었다. 이 모임에 명예 손님으로 참여한 트리스탄은 스켈데일 하우스의 뒷골목에 버려졌다. 그는 멀어져가는 버스를 향해 힘없이 손을 흔들었지만, 창문으로 보이는 얼굴들은 그를 보고 있지 않았고, 결국 그는 그들에게서 아무런 반응도 끌어내지 못했다. 정원 오솔길을 비틀거리며 걸어오던 그는 형의 방 창문에 불이 켜져 있는 것을 보고 등골이 오싹해졌다. 도망칠 길은 없었다. 어디 갔다 왔는지 말해보라는 요구를 받고 그는 '종지기들의 소풍'이라는 말을 한 음절씩 똑똑히 발음하려고 여러 번 시도했지만 끝내 성공하지 못했다.

파넌은 시간 낭비라는 것을 알고 아침식사 시간까지 분노를 아껴두었다. 트리스탄이 나에게 사정을 털어놓은 것은 그때, 그러니까 파넌이 식당에 들어와서 동생을 꾸짖기 직전이었다.

하지만 여느 때처럼 그것은 트리스탄보다 파넌을 더 지치게 한 것 같았다. 파넌은 고함을 지르느라 목이 쉰 채 언짢은 얼굴로 왕진을 하러 나갔다. 그가 나간 지 10분 뒤에 나는 트리스탄이 쾌활한 얼굴로 보드먼 영감의 아늑하고 기분 좋은 방에 틀어박혀 있는 것을 발견했다. 보드먼 영감은 트리스탄이 봉투 뒷면에 적어놓은 새로운 이야깃거리에 귀를 기울이면서 재미있다는 듯 킬킬거리고 있었다.

트리스탄이 집에 온 뒤로 영감은 많이 쾌활해졌다. 두 사람은 어두운 방에서 많은 시간을 함께 보냈다. 작은 창문으로 들어오는 햇빛은 녹슬어가는 연장을 더욱 돋보이게 해주었고, 베언스파더의 만화가 벽에서 그들을 내려다보고 있었다. 그 방은 평소에는 대개 잠겨 있었고 손님은 환영받지 못했지만, 트리스탄은 언제나 환영받는 손님이었다.

나는 그 앞을 지나갈 때면 종종 안을 들여다보고, 보드먼 영감이 장황하게 지껄이는 동안 트리스탄이 담배를 피우면서 참을성 있게 귀를 기울이고 있는 것을 보곤 했다.

"우리는 6주 동안 전선에 있었어. 프랑스군은 우리 오른쪽에 있었고 스코틀랜드군은 우리 왼쪽에 있었지…… 가엾은 프레드는 조금 전까지만 해도 분명 내 옆에 서 있었는데 다음 순간 흔적도 없이 사라져버렸어. 바지 단추 한 개도 찾아내지 못했지……."

오늘 아침에 트리스탄은 활기차게 인사를 했고, 나는 불운의 바람 앞에 서는 버드나무가지처럼 휘었다가 아무 상처도 입지 않고 다시 튀어 오르는 그의 성격과 정신력에 새삼 경탄했다. 그는 표 두 장을 높이 꺼내 들었다.

"오늘 밤 마을에서 댄스파티가 있는데, 틀림없이 재미있을 거야. 그건 내가 보증할 수 있어. 나와 친한 간호사도 몇 명 갈 테니까 너도 심심하지 않을 거야. 그것만이 아니야. 이걸 봐." 그는 안장을 넣어두는 방으로 들어가서 헐거운 널빤지를 들어 올리더니 셰리주 한 병을 꺼냈다. "춤추는 틈틈이 이것도 한 모금씩 마실 수 있다고."

나는 입장권이나 셰리주를 어디서 구했느냐고 묻지 않았다. 나는 마을 무도회를 좋아했다. 사람들로 가득 찬 홀의 한쪽 끝에는 피아노와 바이올린과 드럼으로 구성된 3인조 밴드가 있고, 반대쪽 끝에는 간단한 음식과 음료를 담당한 나이든 부인네들이 있었다. 우유와 샌드위치, 햄, 집에서 만든 소금에 절인 돼지고기, 포도주에 적신 뒤 크림을 듬뿍 얹은 스펀지케이크…….

그날 저녁, 트리스탄은 마지막 왕진을 나가는 나와 함께 병원을 나왔고, 차 안에서 우리의 화제는 오로지 마을 무도회 이야기뿐이었다. 마지막 환자는 눈에 염증이 생긴 암소였고 치료는 아주 간단했다. 하지만 그 농장은 골짜기를 따라 한참 올라간 고지대에 있었고, 일을 끝냈을 때는 어느새 땅거미가 지고 있었다. 나는 기분이 좋았고, 모든 것이 분명하게 두드러져 보이고 의미심장해 보였다. 외줄기로 뻗어 있는 텅 빈 회색 돌길, 하늘에 남아 있는 마지막 붉은 햇살, 주위를 둘러싸고 있는 보랏빛 산들, 황무지에서 불어오는 부드러운 산들바람. 그 황무지의 숨결은 감미롭고 신선하고 희망으로 가득 차 있었다. 집들 사이에서 피어오르는 장작 연기, 몸에 스며드는 듯한 그 연기 냄새가 도처에 퍼져 있었다.

우리가 병원으로 돌아가 보니 파넌은 외출했지만 트리스탄에게 남긴

메모가 벽난로 위에 세워져 있었다. 메모 내용은 간단했다.

'트리스탄, 집에 가라. 형.'

이런 일은 전에도 있었다. 스켈데일 하우스에는 모든 물자가 부족했는데, 특히 침대와 담요가 모자랐다. 그래서 예기치 않은 손님이 오면 트리스탄은 브로턴에 있는 집으로 쫓겨나서 어머니와 함께 지내야 했다. 평소에는 그도 군말 없이 기차를 탔지만 오늘 밤에는 달랐다.

"제기랄, 누군가가 자러 오는 모양이야. 물론 사라져야 할 사람은 당연히 나겠지. 하지만 너무 심한 거 아냐? 그리고 저 쪽지 좀 봐. 얼마나 매력적이야? 그래, 내가 오늘 밤 어떤 약속이 있는지는 문제도 안 된다는 거잖아. 빌어먹을! 여길 떠날 형편이 되냐고 물어보지도 않아. 그냥 '트리스탄, 집에 가라.' 그것뿐이야. 아무리 형이지만 이건 너무해."

트리스탄이 이렇게 흥분하는 것은 흔치 않은 일이었다. 나는 달래듯이 말했다.

"이봐 트리스, 이번 무도회는 건너뛰는 게 어때? 또 열릴 텐데 뭐."

트리스탄은 두 주먹을 불끈 쥐었다.

"형이 나를 이렇게 함부로 다루는 걸 내가 왜 참고 견뎌야 돼?" 그는 화가 나서 씨근거렸다. "나도 사람이야. 안 그래? 나한테도 나름대로 꾸려나가야 할 내 생활이 있다고. 분명히 말하지만 나는 오늘 밤 브로턴에 가지 않을 거야. 나는 무도회에 가기로 결정했고, 무슨 일이 있어도 무도회에 갈 거야."

이것은 도전적인 말이었지만, 나는 강한 불안을 느꼈다.

"잠깐만 기다려. 원장님은 어떻게 하고? 원장님이 돌아와서 네가 아직 여기 있는 걸 알면 뭐라고 하실까?"

"형이 뭐라든 내가 알 게 뭐야!"

나는 더 이상 아무 말도 하지 않았다.

파넌이 집에 온 것은 우리가 위층에서 옷을 갈아입고 있을 때였다. 내가 먼저 아래층으로 내려가서 난롯가에 앉아 책을 읽고 있는 파넌을 발견했다. 나는 아무 말도 하지 않고 의자에 앉아서 폭탄이 터지기를 기다렸다.

몇 분 뒤에 트리스탄이 들어왔다. 그는 몇 벌 안 되는 옷가지 중에서 신중하게 고른 진회색 양복을 입고 있어서 눈이 부실 만큼 멋져 보였다. 북북 문질러서 깨끗이 씻은 얼굴은 정성껏 빗은 머리카락 밑에서 반짝반짝 빛났다. 그는 깨끗한 칼라를 달고 있었다.

파넌은 책에서 눈을 들어 동생을 본 순간 얼굴이 시뻘게졌다.

"너 여기서 뭐 하고 있는 거야? 브로턴에 가라고 했잖아. 오늘 밤에 조 래미지가 올 거야."

"못 갔어."

"왜?"

"기차가 없어서."

"도대체 무슨 소리야? 기차가 없다니."

형제의 말다툼은 언제나처럼 나를 긴장시켰다. 대화는 여느 때와 같은 방식으로 진행되었다. 형은 격분하여 동생을 닦달하고, 동생은 무표정하게 단조로운 어조로 대꾸했다. 얼굴이 시뻘게진 파넌은 동생을 공격하고, 동생은 오랜 훈련으로 익힌 기술을 총동원하여 방어전을 치르고 있었다.

파넌은 잠시 당황하여 의자에 등을 기댔다. 하지만 눈을 가늘게 뜨고 여전히 동생을 노려보고 있었다. 멋진 양복, 말끔하게 빗은 머리, 반짝반짝 윤이 나게 닦은 구두, 이 모든 것이 그를 더욱 화나게 만든 것 같았다.

"좋아." 갑자기 그가 말했다. "어쩌면 네가 그냥 여기 있어도 괜찮을지 몰라. 그 대신 나를 위해 한 가지 해주었으면 좋겠어. 찰리 덴트네 돼지 귀에 난 혈종을 절개해줄 수 있겠지?"

이것은 그야말로 날벼락이었다. 찰리 덴트네 돼지 귀에 난 혈종 따위는 우리 화제에 오른 적도 없었다.

몇 주 전, 파넌은 귀가 통통 부은 돼지를 진찰하러 교외에 있는 소규모 농장을 찾아갔다. 돼지의 귀가 통통 부은 원인은 혈종이었고 유일한 치료법은 그것을 절개하는 것이었지만, 무엇 때문인지 파넌은 자기가 직접 그 일을 하지 않고 이튿날 나를 거기로 보냈다.

나는 의아하게 생각했지만 그것도 오래가지는 않았다. 내가 돼지우리로 들어가자, 지금까지 본 돼지들 가운데 가장 거대한 암돼지가 짚단 위에서 일어나 엄청나게 큰 소리로 꿀꿀거리더니 그 거대한 입을 쩍 벌리고 나에게 돌진해왔다. 상대를 설득하고 자실 여유는 없었다. 나는 돼지보다 15센티미터쯤 먼저 울타리에 도달하여, 훌쩍 뛰어넘었다. 나는 통로에 서서 그 조그맣게 비열한 붉은 눈과 침을 질질 흘리고 있는 입과 길쭉하고 누런 이빨을 생각에 잠긴 눈으로 바라보며 내가 놓여 있는 처지를 곰곰 생각해보았다.

나는 돼지들이 나를 향해 꿀꿀거려도 평소에는 전혀 신경을 쓰지 않았지만, 이 돼지는 정말로 나를 공격할 작정인 것 같았다. 다음에 취해야 할 조치를 생각하고 있을 때 돼지가 성난 듯 으르렁거리더니 뒷다리로 일어서서 울타리를 넘으려고 했다. 나는 재빨리 결단을 내렸다.

"필요한 기구를 미처 가져오지 못했네요, 덴트 씨. 나중에 다시 와서 귀를 절개해드리죠. 심각한 문제는 아닙니다. 아주 사소한 거예요. 그럼 안녕히 계세요."

그것으로 문제는 해결되었고, 그 후 지금까지 아무도 굳이 그 이야기를 꺼내려 들지 않았다.

트리스탄은 경악했다.

"오늘 밤에 거기까지 가라고? 토요일 밤에? 다른 날 가도 되잖아. 나는 무도회에 갈 거야."

파넌은 의자에 깊숙이 몸을 묻은 채 신랄한 미소를 지었다.

"지금 해야 돼. 이건 명령이야. 무도회는 일을 끝낸 뒤에 가면 되잖아."

트리스탄은 뭐라고 말하기 시작했지만, 자기가 이미 행운을 멀찌감치 밀어낸 것을 알았다.

"알았어. 갔다 올게."

그가 위엄 있게 방을 나가자 파넌은 다시 책을 읽기 시작했고, 나는 난롯불을 바라보며 트리스탄이 이 일을 어떻게 처리할 작정인지 궁금해 하고 있었다. 그는 꾀가 많은 친구이긴 했지만, 아무래도 이번만은 꽤나 고초를 겪을 것 같았다.

그는 10분도 지나기 전에 돌아왔다. 파넌은 의심스러운 눈초리로 그를 바라보았다.

"그 돼지 귀를 절개했니?"

"아니."

"왜?"

"농장을 찾지 못했어. 형이 가르쳐준 주소가 틀렸나 봐. 98번지라고 했잖아."

"89번지야. 그건 너도 잘 알고 있어. 당장 돌아가서 일을 끝내."

트리스탄이 나가고 문이 닫혔다. 나는 또 기다렸다. 15분 뒤에 문이 다시 열리고 트리스탄이 약간 의기양양한 표정으로 다시 나타났다. 그의 형이 책에서 눈을 들었다.

"했어?"

"아니."

"왜?"

"덴트네 가족이 모두 영화를 보러 가서 집에 아무도 없어. 토요일 밤이잖아."

"가족이 어디에 있든 무슨 상관이야. 그냥 돼지우리에 들어가서 그 돼지 귀를 절개하면 되잖아. 자, 어서 가. 이번에는 일을 마치고 와."

트리스탄은 또다시 물러났고, 또 새로운 기다림이 시작되었다. 파넌은 한마디도 하지 않았지만 나는 긴장이 점점 고조되고 있음을 느낄 수 있었다. 20분이 지났을 때 트리스탄이 돌아왔다.

"귀를 절개했니?"

"아니."

"왜?"

"돼지우리 안이 너무 캄캄해. 그런데 어떻게 일을 할 수 있겠어? 나는 손이 두 개뿐이야. 한 손은 칼을 쥐어야 하고 한 손은 호롱불을 들어야 돼. 그런데 어떻게 그 돼지 귀를 잡을 수 있겠어?"

파넌은 지금까지 분노를 억누르고 있었지만 이제 자제심이 바닥났다.

"더 이상 핑계대지 마." 그는 의자에서 벌떡 일어나면서 고함을 질렀다. "어떻게 하든 상관없지만, 무슨 수를 써서라도 오늘 밤에 그 돼지 귀를 절개해. 안 그러면 너와 인연을 끊고 말겠어. 당장 나가서 일을 끝낼 때까지는 돌아오지 마!"

나는 트리스탄이 가여웠다. 그는 형편없는 패를 받아서 보기 드문 기술로 멋지게 자기 카드를 썼지만, 이제 그에게 남은 카드는 아무것도 없었다. 그는 잠시 문간에 말없이 서 있다가 돌아서서 밖으로 나갔다.

그 후 한 시간은 무척 길게 느껴졌다. 파넌은 책을 즐기고 있는 것처럼 보였고, 나도 책을 읽어보려고 애썼지만 낱말의 뜻을 전혀 파악할 수가 없었고, 글자를 들여다보며 앉아 있으려니까 머리가 지끈거렸다. 카펫 위를 이리저리 걸어 다닐 수 있었다면 도움이 되었겠지만 파넌이 있는 방에서 그럴 수도 없는 노릇이었다. 내가 파넌에게 양해를 구하고 산책하러 나가기로 막 결심했을 때, 바깥문이 열리는 소리에 이어 복도를 걸어오는 트리스탄의 발소리가 들렸다.

잠시 후 운명을 지배하는 사나이가 들어왔지만, 코를 찌르는 지독한 돼지 냄새가 그보다 한 발 앞서서 방으로 들어왔다. 그가 난롯가로 걸어오자 자극적인 악취의 파동이 그의 주위에서 소용돌이치는 것 같았다. 돼지 분뇨가 그의 멋진 양복과 깨끗한 칼라, 그리고 그의 얼굴과 머리카락에도 잔뜩 튀어 있었다. 그의 바지 엉덩이 부분에도 오물이 묻어서 커다란 얼룩을 이루었지만, 그렇게 끔찍한 모습에도 불구하고 그는 여전히 평정을 유지하고 있었다.

파넌은 의자를 서둘러 뒤로 밀었지만 표정은 변하지 않았다.

"귀를 절개했니?" 그가 조용히 물었다.

"응."

파넌은 아무 말도 하지 않고 다시 책을 읽기 시작했다. 문제는 종결된 것 같았고, 트리스탄은 책 위에 고개 숙인 형의 머리를 잠깐 바라본 뒤 돌아서서 방을 나갔다. 하지만 그가 나간 뒤에도 돼지우리 냄새는 구름처럼 방 안에 감돌았다.

잠시 후 나는 '드로버스 암스'에서 트리스탄이 세 번째 잔을 비우고 있는 것을 보았다. 그는 옷을 갈아입은 터라 초저녁만큼 인상적인 모습은 아니었지만, 그래도 최소한 말쑥했고 냄새도 거의 나지 않았다. 나는 아직 아무 말도 하지 않았지만 그의 눈에는 예전의 활기가 돌아와 있었다. 나는 술청으로 가서 맥주 반 파이트 두 잔을 주문했다. 나는 두 번째 잔이었고 트리스탄에게는 네 번째 잔이었다. 나는 술잔을 탁자 위에 놓으면서, 지금이 사정을 물어보기에 적당한 때라고 생각했다.

"그래, 어떻게 된 거야?"

트리스탄은 술을 한 모금 길게 들이켜더니 만족스러운 얼굴로 담배에 불을 붙였다.

"대체로 순조로운 수술이었지만, 처음부터 말할게. 넌 내가 칠흑 같은 어둠 속에서 돼지우리 밖에 혼자 서 있는 광경을 상상할 수 있을 거야. 울타리 너머에서는 그 빌어먹을 놈의 거대한 돼지가 꿀꿀대며 으르렁거리고 있었지. 사실 기분이 썩 좋지는 않았어.

내가 호롱불로 얼굴을 비추자 그놈은 벌떡 일어나더니 사자 같은 소리를 내면서 그 더러운 이빨을 모두 드러내고 나한테 달려오는 거야. 나는 일이고 뭐고 당장 집어치우고 집으로 오고 싶었지만, 무도회 등등을 생각하고는 얼떨결에 울타리를 뛰어넘었지.

2초 뒤에 나는 벌렁 누워 있었어. 녀석이 나를 공격한 게 분명했지만,

나를 물어뜯을 수 있을 만큼 잘 보이지는 않았나 봐. 나는 돼지가 짖는 소리를 들은 뒤, 내 두 다리에 엄청난 무게가 부딪치는 것을 느끼고 벌렁 나자빠졌어.

정말 이상한 일이야, 짐. 알다시피 나는 난폭한 사람이 아니지만, 누워 있는 동안 두려움은 모두 사라졌고, 내가 느낀 건 그 녀석에 대한 미움 뿐이었어. 문득 이 모든 고생이 그 녀석 때문이라는 생각이 들었고, 나도 모르는 사이에 벌떡 일어나 녀석의 엉덩이를 걷어차면서 돼지우리 안에서 녀석을 쫓아다녔어. 그런데 녀석은 전혀 투지를 보이지 않았어. 그 돼지는 실제로는 지독한 겁쟁이였던 거야."

나는 여전히 어리둥절했다.

"하지만 귀는? 어떻게 혈종을 절개했지?"

"간단해. 저절로 잘 됐어."

"설마……."

"맞아." 트리스탄은 술잔을 불빛 쪽으로 들어 올려 바닥에 떠 있는 작은 이물질을 유심히 살펴보면서 말했다. "그래, 정말 운이 좋았어. 그 녀석이 어둠 속에서 갈팡질팡 허둥대다가 벽에 부딪쳤는데, 그 바람에 혈종이 터져버린 거지. 정말 뛰어난 솜씨였어."

14

나는 봄이 왔다는 것을 갑자기 깨달았다. 3월 말이었고, 나는 언덕 비탈에 있는 우리에서 양들을 진찰하고 있었다. 일을 마치고 언덕을 내려오는 길에 바람이 미치지 않는 작은 소나무 숲에서 나무에 등을 기대고 있을 때, 내 감은 눈꺼풀을 따뜻하게 내리쬐는 햇볕과 종달새들이 요란하게 지저귀는 소리, 높은 나뭇가지를 스치는 파도 같은 바람 소리를 나는 갑자기 의식했다. 담장 뒤의 긴 도랑에는 아직 눈이 남아 있고 풀은 생기를 찾지 못해 누런 겨울 빛을 띠고 있었지만, 거기에도 변화가 느껴졌다. 나는 몇 달 동안 계속될 혹독한 겨울에 대비하여 갑옷 같은 차림으로 몸을 감싸고 있었기 때문에, 그것은 해방감이라고 해도 좋은 느낌이었다.

따뜻한 봄은 아니었고, 하얀 눈발이 흩날리고 마을의 풀밭에 무리지어 피어 있는 수선화가 허리를 숙일 만큼 모진 바람이 몰아치는 메마른 봄이었다. 4월에는 갓 피어난 노란 앵초가 길가 제방을 화려하게 수놓았다.

4월에는 새끼 양들도 태어났다. 그것은 거대한 해일처럼 밀려왔고, 수의사에게는 1년 중 가장 활기차고 흥미로운 시기였다. 1년 주기의 절정이라고 말할 수 있다. 늘 그렇듯이 우리가 다른 일로 가장 바쁠 때이기도 했다.

봄이 되면 가축은 긴 겨울의 영향을 강하게 느낀다. 소들은 사방 몇 미터밖에 안 되는 좁은 외양간에 몇 달 동안이나 서 있었기 때문에 싱싱한 풀을 뜯고 등허리에 햇볕을 쬐고 싶은 간절한 욕구에 사로잡혔지만, 송아지들은 질병에 대한 저항력이 거의 없었다. 우리가 소들의 기침과 감기, 폐렴과 아세톤 혈증에 어떻게 대처할 수 있을지를 걱정하고 있을 때, 양들이 일제히 새끼를 낳는 그 거대한 물결이 우리를 덮쳤다.

이상한 것은 1년 중 약 열 달 동안은 양들이 우리의 생활계획표에 거의 들어오지 않는다는 것이다. 그들은 그저 언덕 위의 털북숭이에 지나지 않았다. 하지만 나머지 두 달 동안은 다른 놈들을 압도하다시피 그 존재감을 과시한다.

우선 초기의 질병인 임신 중독증과 탈장이 찾아온다. 이어서 새끼들이 집중적으로 태어나면 어미들은 칼슘 결핍증에 시달리거나 젖퉁이 검게 변하고 살갗이 벗겨지는 무서운 괴저성 유선염에 걸린다. 그리고 새끼들은 척주 만곡증이나 콩팥이 펄프처럼 걸쭉해지는 신장 연화증이나 설사병에 걸린다. 이 질병의 홍수는 차츰 잦아들어 졸졸 흐르는 개울이 되고, 5월 말쯤에는 거의 다 말라붙게 된다. 그러면 양들은 다시 언덕 위의 털북숭이가 된다.

수의사로 일하기 시작한 첫 해에 나는 이 일에서 매력을 느꼈고, 아직도 그 매력에서 벗어나지 못하고 있다. 양의 출산을 돕는 일은 암소의 출산을 돕는 일처럼 중노동을 요구하지 않으면서도 나에게는 송아지를 받는 것만큼 짜릿하고 흥미롭게 느껴졌다. 양의 출산은 대개 야외에서 이루어지기 때문에 별로 쾌적하지는 않았다. 양들은 짚단과 문짝으로 즉석에서 대충 만든 임시 우리에서 새끼를 낳기도 했지만, 그보다는 바람막이도 없는 들판에서 낳는 경우가 더 많았다. 암양이 따뜻한 곳에서 새끼를 낳고 싶어 할지도 모른다는 생각이나, 수의사가 셔츠 바람으로 비를 맞으며 한 시간 동안 무릎을 꿇고 있는 것을 즐겁게 여기지 않을 수도 있다는 생각은 농부들의 머리에 전혀 떠오르지 않는 것 같았다.

하지만 실제로 하는 일은 노래를 부르는 것만큼이나 쉬웠다. 더구나 송아지의 잘못된 태위를 바로잡아본 경험이 있는 나로서는 새끼 양처럼 작은 동물을 다루는 것은 즐거운 일이었다. 새끼 양은 대개 두세 마리씩 태어나는데, 어미의 자궁 속에서 이따금 이상한 혼란이 일어난다. 자기가 먼저 나가려고 하다가 머리와 다리가 서로 뒤엉키는 것이다. 그것들을 분류하여 어느 다리가 어느 머리에 속하는지를 판단하는 것이 수의사의 일이다. 나는 이 일을 즐겼다. 이번만은 내가 환자보다 힘도 세고 덩치도 크다는 것을 실감할 수 있었다. 그것은 유쾌한 기분전환이 되었지만, 그렇다고 내가 이 우월함을 지나치게 강조한 것은 아니었다. 그 당시 나는 양의 출산에서 수의사가 명심해야 할 것은 딱 두 가지—청결과 참을성—라는 생각을 갖게 되었는데, 이 생각은 지금도 바뀌지 않았다.

어린 짐승들은 모두 매력적이지만, 특히 새끼 양들은 불공평할 정도로 많은 매력을 타고났다. 몇몇 순간이 기억에 생생히 되살아난다. 모진 바람이 휘몰아치는 언덕 비탈에서 쌍둥이를 받은 어느 혹독하게 추운 저녁. 새끼 양들은 경련하듯 머리를 흔들었고, 몇 분도 지나기 전에 한 녀석이 비틀거리며 일어나더니 안짱다리로 휘우뚱거리면서 어미 젖통을 향해 다가갔고, 또 한 녀석은 무릎걸음으로 단호하게 그 뒤를 따라갔다.

양치기는 귀까지 끌어올린 두꺼운 외투로 비바람에 거칠어진 자줏빛 얼굴을 가린 채 천천히 키득거렸다.

"저 녀석들은 어떻게 아는 걸까?"

이런 장면을 수천 번이나 보았는데도 그는 여전히 신기하게 생각했다. 그건 나도 마찬가지였다.

어느 따뜻한 오후에 새끼 양 200마리가 헛간 하나에 모여 있던 기억도 떠오른다. 새끼 양들에게 신장 연화증 예방주사를 놓는 중이었는데, 새끼들은 새된 소리로 항의하듯 울어대고 헛간 밖에서는 100여 마리의 암양들이 불안한 듯 맴돌며 굵고 낮은 소리로 끊임없이 울어댔기 때문에 우리는 대화조차 나눌 수 없었다. 이 어미 양들이 똑같아 보이는 그 작은 새끼 양들 속에서 어떻게 제 자식을 가려낼 수 있는지, 나는 상상도 할 수 없었다. 우리 같으면 몇 시간은 걸리지 않을까.

그런데 어미 양은 25초 정도 걸렸다. 우리는 주사 놓는 일을 마치자 헛간 문을 열었고, 새끼 걱정에 마음이 초조해진 어미들이 일제히 달려와 헛간에서 쏟아져 나오는 새끼들을 맞이했다. 처음에는 귀청이 터질 만큼 시끄러웠지만, 뿔뿔이 흩어진 양들을 모두 몰아서 한데 모으면 그 소리는 곧 잦아들어 이따금 매애 하고 우는 소리가 들릴 뿐이었다. 그러면 어미와 새끼가 질서정연하게 짝을 지은 양떼는 침착하게 목초지로 향했다.

5월부터 6월 초까지 나의 세계는 점점 더 부드럽고 따뜻해졌다. 찬바람은 그치고, 바다처럼 신선한 공기는 목초지를 점점이 수놓은 수많은 야생화의 은은한 향기를 실어왔다. 때로는 내가 돈을 받고 일하는 것이 부당하다는 생각이 들 정도였다. 들판이 어슴푸레한 새벽 햇살을 받아 반짝이고 조각구름 같은 안개가 아직도 높은 산꼭대기에 걸려 있는 이른 아침에 차를 몰고 나가는 대가로 보수를 받다니.

스켈데일 하우스에는 옅은 자주색 등꽃이 만발하여 열린 창문으로 밀고 들어왔다. 나는 아침마다 면도를 하면서 거울 옆에 늘어진 기다란 꽃 송이에서 물씬 풍겨오는 향기를 들이마시곤 했다. 삶은 목가적이었다.

이런 생활에도 귀에 거슬리는 불협화음이 딱 하나 있었다. 그것은 말을 다룰 때였다. 1930년대에는 트랙터가 이미 보편화되었지만, 그래도 농 장에서는 아직도 많은 말들이 일하고 있었다. 경작지가 상당히 많은 데 일 기슭의 농장에 즐비하게 늘어선 마구간은 이제 절반이 비어 있었지 만, 수의사의 5월과 6월을 괴롭게 만들 정도의 말은 충분히 남아 있었다. 이때가 말을 거세하는 시기였다.

그 전에 말이 새끼를 낳는 시기가 왔고, 암말 옆에서 망아지가 종종걸 음을 치거나 어미가 풀을 뜯는 동안 땅바닥에 길게 드러누워 있는 광경 을 흔히 볼 수 있었다. 요즘에도 들판에서 짐마차를 끄는 암말과 망아지 를 보면 나는 차를 세우고 녀석들을 돌아보곤 한다.

말의 출산과 관련된 일은 많고 다양했다. 암말을 씻기고, 망아지의 꼬 리를 자르고, 갓 태어난 망아지의 질병—관절염과 망아지의 몸속에 남아 있는 태변—을 치료해야 했다. 힘들지만 흥미로운 일이었다. 하지만 날 씨가 점점 따뜻해지면 농부들은 한 살 된 말을 거세시킬 생각을 하기 시 작한다.

나는 그 일을 좋아하지 않았고, 거세해야 할 말이 100마리나 될 수도 있기 때문에 그것은 올 봄만이 아니라 앞으로 이어질 수많은 봄에 그림 자를 던졌다. 거세 수술은 대대로 망아지를 내던지듯 쓰러뜨리고, 닭의 날개와 다리를 몸통에 꽁꽁 묶는 것처럼 망아지의 다리를 묶는 방법으로 이루어졌다. 그것은 꽤 힘든 중노동이었지만, 그렇게 하면 망아지의 움 직임이 완전히 억제되기 때문에 거세 작업에 주의를 집중할 수 있었다.

하지만 내가 수의사 자격증을 딸 무렵에는 망아지를 세워둔 채 거세 수술을 하는 방법이 크게 부각되었다. 그것은 수술 중에 망아지가 날뛰지 못하도록 망아지의 윗입술에 비념봉(코를 비트는 기구)을 대고, 양쪽 고환에 국소마취제를 주사하고 바로 수술을 진행하는 방법이었다. 이 방법이 훨씬 빠른 것은 의심할 여지가 없었다.

이 방법이 지닌 명백한 결점은 수술하는 사람과 조수들이 다칠 위험이 열 배나 늘어난다는 것이지만, 그럼에도 불구하고 이 방법은 빠른 속도로 보급되었다. 진보적 사상가라고 자처하는 케니 브라이트라는 이 지역의 농부가 이 수술 방법을 맨 먼저 소개했는데, 그는 말 전문가인 팔리 소령을 고용하여 그의 망아지 한 마리에게 시범을 보이게 했고, 많은 농부들이 구경하러 모여들었다. 자만심으로 가득 찬 케니는 소령이 수술 부위를 소독할 준비를 하는 동안 비념봉을 들고 환하게 미소를 지으며 주위에 둘러서 있는 구경꾼들을 둘러보았다. 하지만 소령이 소독약을 음낭에 바르는 순간 망아지는 뒷다리로 일어서더니 앞발로 케니의 머리통을 내리쳤다. 그는 두개골이 골절된 상태로 문까지 날아갔고, 오랫동안 병원 신세를 져야 했다. 농부들은 몇 주 동안 웃음을 참지 못했지만, 그런 선례도 그들을 단념시키지는 못했다. 망아지를 세워둔 채 거세 수술을 하는 방법이 널리 유행하게 되었다.

아까 나는 이 방법이 더 빠르다고 말했다. 물론 만사가 순조롭게 진행될 때는 그렇지만, 망아지가 발길질을 하거나 사람들을 공격하거나 그냥 전반적으로 미쳐 날뛸 때가 있었다. 열에 아홉은 수월하지만, 나머지 한 번은 로데오가 되곤 했다. 이런 사태에 대해 다른 수의사들은 얼마나 불안감을 느꼈는지 모르지만, 내 경우에는 수술하는 날이면 아침마다 영락

없이 긴장하곤 했다.

물론 그 이유 중의 하나는 내가 예나 지금이나 승마인이 아니고 앞으로도 영원히 그럴 것이기 때문이다. 승마인이라는 용어를 정의하기는 어렵지만, 승마인은 타고나거나 어렸을 때 그 재능을 습득하게 되는 거라고 나는 확신한다. 뒤늦게 승마를 시작하려 해도 아무 소용이 없다는 것을 나는 20대 중반에 알았다. 나는 말의 질병에 대한 지식이 있고 아픈 말을 효과적으로 치료할 능력도 있다고 믿었지만, 진정한 승마인이 말을 달래고 진정시키고 정신적으로 지배하기 위해 갖고 있는 그 능력은 내가 도저히 따라갈 수 없었다. 그래서 나는 기분 좋자고 나 자신을 속이는 짓은 하지 않았다.

불운한 것은, 말들이 상대가 승마인인지 아닌지를 알아챈다는 사실이다. 소의 경우는 전혀 다르다. 소는 이렇든 저렇든 관심이 없다. 걷어차고 싶으면 거리낌 없이 걷어찬다. 상대가 전문가든 아니든 조금도 개의치 않는다. 하지만 말은 알고 있다.

그래서 거세 수술을 하는 날 아침에 뒷좌석의 트레이(의료 기구를 담아두는 쟁반)에서 이리저리 구르며 대그락거리는 수술 기구를 싣고 차를 몰고 갈 때 내 사기가 높았던 적은 한 번도 없었다. 이번 망아지는 사나울까 온순할까? 몸집은 얼마나 클까? 나는 동료들이 큰 말을 더 좋아한다고 젠체하며 말하는 것을 들은 적이 있다. 한 살배기보다 두 살 된 말이 훨씬 쉽다고, 고환을 더 쉽게 붙잡을 수 있다고 그들은 말했다. 하지만 내 마음속에는 어떤 의심도 존재하지 않았다. 나는 작은 망아지를 좋아했고, 작을수록 더 좋았다.

거세 수술 시즌이 한창이어서 내가 말이라는 족속에 거의 신물이 나 있던 어느 날 아침, 파년이 왕진을 나가면서 소리쳤다.

"제임스, 화이트크로스의 윌킨슨 씨네 농장에 배에 종양이 생긴 말 한 마리가 있어. 가서 제거해주게. 가능하다면 오늘 해주면 좋지만, 오늘 형편이 안 되면 자네가 직접 시간을 정해, 그 일은 자네한테 맡길 테니까."

거세 시즌이라 한창 바쁠 때 또 다른 일을 나한테 떠맡긴 운명이 좀 불만스러웠지만, 나는 메스와 종양 제거용 스푼과 주사기를 끓는 물로 소독하고, 국소마취제와 요드팅크와 파상풍 항독소 혈청과 함께 내 트레이에 담았다.

차를 몰고 농장으로 가는 동안 내 뒤에서는 트레이가 불길하게 덜거덕거렸다. 그 소리는 항상 나에게 불운을 암시했다. 나는 환자가 어떤 말인지 궁금했다. 어쩌면 한 살 된 어린 말일지도 모른다. 때로는 어린 망아지한테도 배에 매달려 대롱거리는 작은 종양이 생길 수 있었다. 농부들은 그것을 '꼬마딸기'라고 불렀다. 10킬로미터를 가는 동안 나는 배에 종양이 매달려 흔들거리는 부드러운 눈의 작은 망아지를 상상하며 위안을 얻었다. 그 망아지는 겨울 동안 잘 지내지 못했고, 아마 몸에 벌레가 득실거릴 거야. 사실은 몸이 너무 쇠약해서 간신히 비틀거리며 서 있을 거야.

윌킨슨네 농장은 조용했다. 마당에는 열 살쯤 된 사내아이 말고는 아무도 없었고, 그 아이는 주인이 어디 있는지 알지 못했다.

"좋아. 말은 어디 있지?"

아이는 마구간을 가리켰다.

"저기 있어요."

나는 안으로 들어갔다. 마구간 한쪽 끝에 벽이 높고 지붕이 없는 칸막이 우리가 하나 있었다. 나무 벽 위에 쇠창살이 끼워져 있었다. 그 우리 안에서 목구멍 깊숙한 곳에서 울려나오는 듯한 말 울음소리와 코를 불며 거칠게 숨을 쉬는 소리에 이어 우리의 벽을 들이받는 듯 쿵쿵거리는 무시무시한 소리가 들려왔다. 나는 오싹 소름이 돋았다. 그것은 결코 작은 망아지가 아니었다.

나는 위아래로 나뉘어 있는 문 가운데 위쪽 문을 열어보았다. 우리 안에는 거대한 동물이 나를 내려다보고 서 있었다. 나는 말이 이만큼 크게 자라는 줄은 미처 몰랐다. 그 밤색 종마는 머리에서 목까지 자랑스러운 아치를 이루었고, 발은 맨홀 뚜껑 같았다. 어깨와 엉덩이에서는 물결치는 듯한 띠 모양의 근육이 빛났다. 말은 나를 보더니 귀를 뒤로 눕히고 눈의 흰자위를 드러내며 고약하게 벽을 걷어찼다. 거대한 말발굽이 널빤지에 부딪치자 30센티미터 길이의 널조각이 공중으로 날아갔다.

"이거 야단났군." 나는 낮게 중얼거리고 서둘러 반쪽 문을 닫았다. 그러고는 문에 등을 기대고 내 심장이 고동치는 소리를 들었다.

나는 사내아이를 돌아보았다.

"저 말은 몇 살이냐?"

"여섯 살이 넘었어요."

나는 침착하게 생각해보려고 애썼다. 사람을 잡아먹는 이런 동물과 어떻게 맞붙으면 좋을까? 나는 그런 말을 본 적이 없었다. 몸무게가 1톤은 넘을 게 분명했다. 나는 용기를 냈다. 내가 떼어내도록 되어 있는 종양도 아직 보지 못했다. 나는 빗장을 들어 올리고 문을 5센티미터쯤 열고 우리 안을 들여다보았다. 나는 배에 대롱대롱 매달려 있는 종양을 분명히 볼 수 있었다. 아마 유두종일 것이다. 크기는 크리켓 공만 했고, 표면이 작은 열편으로 덮여 있어서 꼭 작은 콜리플라워처럼 보였다. 말이 이리저리 움직일 때마다 종양은 좌우로 천천히 흔들렸다.

종양을 떼어내는 것은 문제가 아니었다. 다행히 붙어 있는 부분이 좁아져 있었다. 거기에 국소마취제를 몇 시시(cc) 주사하면 스푼으로 쉽게 비틀어 떼어낼 수 있을 터였다.

무엇이 난관인지는 명백했다. 마취제를 주사하려면 그 거대한 발이 쉽게 닿을 수 있는 그 빛나는 몸통 아래로 들어가서 몇 센티미터나 되는 그 두꺼운 피부에 주사바늘을 찔러야 한다. 그것은 결코 즐거운 생각이 아니었다.

하지만 나는 실제적인 문제로 생각을 돌렸다. 뜨거운 물을 담은 양동이 하나, 비누, 그리고 수건과 비눗봉을 붙잡고 있을 힘센 남자도 한 명 필요할 거야. 나는 집 쪽으로 걸어갔다.

문을 두드렸지만 응답이 없었다. 다시 한 번 두드렸지만 마찬가지였다. 집에는 아무도 없었다. 다른 날로 미루는 게 세상에서 가장 자연스러운 일로 여겨졌다. 누군가를 찾을 때까지 건물과 목초지를 둘러본다는 생각은 전혀 떠오르지 않았다.

나는 뛰다시피 차로 돌아가서 올라탄 다음, 차를 후진시켜 방향을 바꾸었다. 타이어가 끼익 소리를 냈다. 나는 쏜살같이 마당 밖으로 달려 나갔다.

파넌은 깜짝 놀랐다.

"아무도 없었다고? 그거 참 이상하군. 오늘 자네가 오기를 기다리고 있었을 거야. 하지만 괜찮아. 그 일은 자네가 맡았으니까. 되도록 빨리 그 집에 전화해서 날을 다시 잡게."

그 후 며칠이 지나고 몇 주가 지나는 동안 나는 이상하게도 그 종마를 잊고 있었다. 하지만 내 방어 태세가 약해질 때는 예외였다. 하룻밤에 적어도 한 번은 그 말이 콧구멍을 크게 벌리고 갈기를 휘날리며 내 꿈속을 지나가곤 했다. 그래서 나는 새벽 5시에 잠에서 깨어나 당장 그 말을 수술하러 출발하는 불편한 습관이 생겼다. 나는 아침마다 식사를 하기 전에 평균 스무 번은 그 종양을 떼어냈다.

나는 날짜를 정해서 그 일을 해치우면 훨씬 편해질 거라고 나 자신을 타일렀다. 도대체 나는 무엇을 기다리고 있었던 것일까? 그 일을 미루고 있으면 어떤 일이 일어나 내가 책임에서 벗어날 수 있을 거라는 잠재의식적인 기대가 있었을까? 어쩌면 그 종양이 저절로 떨어지거나 오그라들거나 사라질지도 모르고, 말이 털썩 쓰러져서 죽을지도 모르는 일이었다.

그 모든 일을 파년에게 넘겨버릴 수도 있었을 것이다. 그는 말을 잘 다루었으니까. 하지만 그렇게 하지 않아도 내 자신감은 이미 바닥까지 내려가 있었다.

어느 날 아침 윌킨슨 씨가 전화를 받았을 때 내 의구심은 모두 풀렸다. 그는 수술이 오래 지연된 것에 대해서는 조금도 걱정하지 않았지만, 더 이상 기다릴 수는 없다는 점을 분명히 했다.

"나는 그 말을 팔고 싶소, 젊은 선생. 하지만 그런 게 몸에 달려 있는 상태로 보낼 수는 없잖소?"

윌킨슨네 농장으로 가는 동안, 뒷좌석에서 트레이가 달그락거리는 익숙한 소리가 나는데도 나는 전혀 기운이 나지 않았다. 그 소리는 내가 지난번에 그 농장으로 가면서 어떤 일이 나를 기다리고 있을까 하고 궁금해 했던 때를 생각나게 했다. 이번에는 거기에서 어떤 일이 나를 기다리고 있는지 알고 있었다.

차에서 내리면서 나는 현실에서 유리된 듯한 기분을 느꼈다. 땅에서 한 뼘쯤 올라간 공중을 걷고 있는 것 같았다. 마구간 안의 우리에서 울려 퍼지는 요란한 소리가 나를 맞이했다. 내가 전에 들은 것과 똑같은 성난 울음소리와 널빤지를 걷어차서 쪼개는 소리였다. 농부가 다가오는 것을 보고 나는 긴장한 얼굴을 억지로 비틀어 미소를 지으려고 애썼다.

"우리 애들이 녀석의 굴레를 잡고 있소." 그가 말했지만, 그 순간 우리에서 들려온 성난 울음소리와 나무 벽을 쿵쿵 치는 소리가 그의 말을 가로막았다. 나는 입 안이 바싹 마르는 것을 느꼈다.

소음이 점점 가까이 다가왔다. 잠시 후 마구간 문이 홱 열리고 거대한 말이 마당으로 뛰쳐나왔다. 덩치 큰 두 남자가 굴레 손잡이 끝을 잡은 채 질질 끌려왔다. 남자들이 주르르 미끄러지자 부츠가 자갈에 부딪혀 불꽃이 튀었다. 하지만 그들은 종마가 퇴각했다가 앞으로 돌진하는 것을 막을 수 없었다. 나는 말발굽이 땅을 밟을 때마다 내 발 밑에서 땅이 진동하는 것을 느낄 수 있었다.

한참동안 씨름한 뒤에야 겨우 두 남자는 말을 헛간 벽에 우측 옆구리를 대고 세울 수 있었다. 그들 가운데 하나가 비념봉을 말의 윗입술에 대고 능숙한 솜씨로 단단히 조였다. 또 한 사람은 굴레를 단단히 움켜잡고 나를 돌아보았다.

"자, 준비됐어요."

나는 코카인 병의 고무마개에 주사바늘을 찔러 넣고 주사기의 플런저를 잡아당기면서 유리통 속에 맑은 액체가 흘러 들어가는 것을 지켜보았다. 7시시, 8시시, 10시시. 그 마취제를 주사할 수만 있다면 나머지 일은 쉬울 것이다. 하지만 내 손이 바들바들 떨렸다.

　말에게 다가가는 것은 마치 영화의 한 장면을 보는 것 같았다. 걷고 있는 것은 사실 내가 아니었다. 모든 것이 비현실적이었다. 내가 왼손을 들어 말의 목 위를 지나고 바르르 떨리는 매끄러운 옆구리를 지나서 종양을 움켜잡을 때까지 복부를 따라 내려가는 동안, 말은 왼쪽 눈을 위협적으로 깜박거리며 나를 노려보았다. 나는 이제 종양을 손에 쥐었다. 종양 표면을 뒤덮은 작은 열편이 내 손가락 밑에서 딱딱하고 우툴두툴하게 느껴졌다. 나는 그것을 살며시 아래쪽으로 잡아당겨 종양과 몸을 연결하고 있는 갈색 피부를 잡아 늘였다. 나는 그 부위에 국소마취제를 주사할 작정이었다. 어떻게든 잘될 것 같았다. 종마는 두 귀를 뒤로 눕히고 경고하는 듯한 울음소리를 냈다.

　나는 조심스럽게 숨을 한 번 길게 들이마시고, 오른손으로 주사기를 들어 피부에 주사바늘을 대고 안으로 쑥 밀어 넣었다.

　발길질은 마치 폭발하는 것처럼 빨라서, 처음에 나도 그렇게 거대한 동물이 그렇게 빨리 움직일 수 있다는 데 그저 놀랄 뿐이었다. 나는 지금까지 그렇게 번개 같은 일격을 본 적이 없었다. 말은 바깥쪽으로 발을 휙 들어올렸다. 말발굽이 내 오른쪽 넓적다리 안쪽을 강타했고, 나는 팽이처럼 무력하게 뱅글뱅글 돌았다. 땅바닥에 나가떨어지자 나는 그저 멍한 상태로 가만히 누워 있었다. 내가 느낀 것은 온몸이 마비된 듯한 야릇한 무감각뿐이었다. 이윽고 나는 몸을 움직이려고 했다. 그러자 찌르는 듯한 통증이 다리를 꿰뚫었다.

　내가 눈을 뜨자 윌킨슨 씨가 내 위로 허리를 숙이고 있었다.

"괜찮소, 헤리엇 선생?" 걱정스러운 목소리였다.

"괜찮은 것 같지 않은데요." 나는 내 목소리가 지극히 사무적으로 들리는 데 놀랐다. 하지만 더 이상한 것은 몇 주 만에 처음으로 나 자신과 화해한 느낌이었다. 나는 침착했고, 이 상황을 완전히 장악하고 있었다.

"괜찮은 것 같지 않아요, 윌킨슨 씨. 말을 당분간 우리에 집어넣는 게 좋겠습니다. 나중에 다시 와서 수술을 시도해보겠습니다. 그리고 파넌 원장한테 전화해서 나를 데려가 달라고 부탁해주세요. 아무래도 차를 운전할 수 없을 것 같아서요."

내 다리는 부러지지 않았지만 얻어맞은 부위에 거대한 혈종이 생겼고, 다리 전체가 미묘한 오렌지색에서 새까만 색깔에 이르기까지 믿을 수 없을 만큼 다양한 색깔로 변했다. 2주가 지난 뒤에도 나는 여전히 크림 전쟁(1853년 제정 러시아가 흑해로 진출하기 위해 터키·영국·프랑스 연합군과 벌인 전쟁)에서 다친 상이군인처럼 절뚝거리며 걸어 다녔지만, 파넌과 함께 소규모 지원부대를 데리고 가서 종마를 밧줄로 꽁꽁 묶고 클로로포름으로 마취시키고 그 작은 종양을 제거하는 데 성공했다.

내 넓적다리 근육에는 그날을 생각나게 하는 구멍이 나 있지만, 그 사건에서 좋은 교훈도 얻었다. 두려움은 실제보다 더 나쁘다는 것을 깨달았고, 그 후 나는 말을 상대하는 일을 별로 두려워하지 않게 되었다.

15

살풍경한 마당에 세 명이 서 있었다. 아이작 크랜퍼드, 제프 맬록, 그리고 나. 편안해 보이는 사람은 맬록뿐이지만, 어떤 의미에서는 주인이니까 편안한 게 당연했다. 그는 도축장 소유주였고, 그가 방금 해체한 암소의 사체를 들여다보고 있는 우리를 상냥한 눈으로 바라보고 있었다.

대러비에서 맬록이라는 이름은 저승사자의 울림을 갖고 있었다. 그것은 가축의 묘지인 동시에, 농부들의 포부와 수의사들의 희망이 묻혀 있는 묘지이기도 했다. 동물이 중병에 걸리면 누군가는 이렇게 말하게 마련이었다. "오래지 않아 맬록한테 가겠군." 또는 "결국에는 제프 맬록의 처분에 맡겨지겠군." 그리고 도축장 모습은 사람들이 상상하는 그림에 딱 들어맞았다. 밭 몇 뙈기를 사이에 두고 도로와 떨어져 있는 도축장 구내에는 우중충한 붉은 벽돌 건물들이 무리지어 서 있고, 굵고 짧은 굴뚝에서는 가슴 아픈 검은 연기가 끊임없이 흘러나왔다.

비위가 강하지 않으면 맬록의 도축장에 너무 가까이 접근하는 것은 이롭지 않았다. 그래서 읍내 사람들은 그곳을 피했지만, 과감하게 골목을 지나 금속 미닫이문 틈으로 안을 들여다보면 악몽 같은 세계를 볼 수 있었다. 죽은 동물들이 도처에 누워 있었다. 대부분은 사지가 절단되어 있었고, 커다란 고깃덩어리가 갈고리에 꿰인 채 걸려 있었지만, 제프조차도 칼을 댈 마음이 나지 않을 만큼 배가 잔뜩 부풀어 오른 양이나 몸이 초록빛을 띠고 퉁퉁 부은 돼지도 여기저기에서 볼 수 있었다.

두개골과 마른 뼈들이 군데군데 지붕까지 쌓여 있고, 구석에는 갈색 고기가 무더기를 이루고 있었다. 냄새는 언제라도 고약했지만, 제프가 동물의 사체를 삶고 있을 때는 무어라 형언할 수 없는 냄새가 났다. 맬록 가족이 사는 방갈로는 건물들 한복판에 서 있었는데, 모르는 사람은 거기에 말라빠진 도깨비들이 모여 산다고 상상해도 너그럽게 봐줄 수 있을 정도였다. 하지만 제프는 천사처럼 퉁퉁하고 귀여운 분홍색 얼굴을 가진 40대 남자였고, 그의 아내는 아름다운 얼굴에 항상 미소를 짓고 있는 포동포동한 여자였다. 자녀는 열아홉 살 된 아름다운 딸부터 다섯 살의 개구쟁이 아들까지 모두 여덟이었고, 그 아이들은 결핵에 걸린 폐와 살모넬라균부터 탄저균에 이르는 다양한 박테리아 속에서 놀았다. 그들은 그 지역에서 가장 건강한 아이들이었다.

선술집에서는 제프가 대러비에서 제일가는 부자라고 쑥덕거렸지만, 이 고장 사람들은 맥주를 홀짝거리면서 그가 돈을 많이 버는 것도 당연하다고 인정할 수밖에 없었다. 밤이든 낮이든 상관없이 언제라도 덜컹거리는 트럭을 몰고 시골로 나가서 동물의 사체를 윈치로 들어 올려 짐칸에 싣고는 도축장으로 돌아와서 각을 뜨는 것이다. 개 사료업자가 일주일에 두 번씩 브로턴에서 트럭을 몰고 와서 신선한 고기를 샀다. 팔다 남은 고기는 보일러에 넣고 끓이는데, 이렇게 만들어진 육수 분말은 돼지 사료와 닭 사료에 들어가는 재료로 날개 돋친 듯이 팔렸다. 뼈는 비료 공장으로 갔고, 생가죽은 무두장이에게 갔고, 이름도 없는 나머지 잡동사니들은 이름도 없이 '부산물업자'로만 알려진 눈이 큰 사람이 모아서 가져갔다. 이따금 약간의 변화를 주기 위해 제프는 이상한 냄새가 나는 납작하고 기다란 비누를 만들곤 했는데, 이 비누는 가게 바닥 청소용으로 잘 팔렸다. 제프가 돈을 잘 벌고 있는 것은 의심할 여지가 없다고 사람들은 말했다. 하지만 그는 그만한 보상을 충분히 받을 만했다.

나는 제프 맬록과 상당히 자주 만난 편이었다. 도축장 마당은 수의사에게 유용한 기능을 갖고 있었는데, 그곳은 수의사가 치명적인 질병으로 죽은 가축을 부검하여 자신의 진단 결과를 확인할 수 있는 장소로 쓰였다. 그리고 이따금 수의사가 무슨 병인지 진단을 내리지 못해 당황했을 경우에는 제프의 칼질로 비밀이 밝혀지곤 했다.

물론 농부들은 내가 치료하고 있던 가축이 죽으면 제프에게 사체를 보내고 '왜 죽었는지' 알려달라고 부탁하는 경우가 많았다. 상당한 마찰이 일어나는 것은 이런 경우였다. 제프는 힘을 가진 입장에 있었고, 그 힘을 행사하고 싶은 유혹을 거의 억누르지 않았기 때문이다. 그는 글을 읽지도 쓰지도 못했지만, 자기 직업에 강한 자부심을 갖고 있었다. 그는 '도축업자'라고 불리는 것을 좋아하지 않았고, 그보다는 '모피상'이라고 불리기를 좋아했다. 그는 20년이 넘도록 죽은 동물을 해체했기 때문에 이 세상의 어떤 수의사보다도 동물을 더 잘 안다고 생각했고, 농부들도 주저 없이 그에게 동조했기 때문에 상황이 더욱 골치 아프게 되었다.

어떤 농부가 병원을 찾아와서 또다시 제프 맬록이 내 진단을 뒤집었다고 말하면, 나는 그날 하루를 완전히 망칠 수밖에 없었다.

"이봐 젊은 선생, 당신이 마그네슘 결핍증으로 치료하고 있던 그 암소 기억하지? 그 암소는 끝내 좋아지지 않았고 결국 죽어서 맬록네 도축장으로 보내졌어. 그런데 사실은 뭐가 문제였는지 알아? 꼬리에 벌레가 들었던 거야. 제프가 그러는데, 당신이 꼬리를 잘라주기만 했다면 그 암소는 벌떡 일어나서 걸어 나갔을 거래."

암소 꼬리에 벌레 같은 게 있을 리가 없다고 주장하거나 말해봤자 아무 소용도 없었다. 제프는 뭐든지 다 알아요—그것으로 끝이었다.

제프가 경험을 통해 상식적인 지식을 얻기만 했어도 상황이 그렇게 나쁘지는 않았을 것이다. 하지만 그는 그렇게 하지 않고 자기 나름대로 독특하고 불가사의한 병리학을 확립했고, 농부들 중에서도 좀 더 고루한 농부들과 만나면서 조금씩 수집한 마술 같은 치료법으로 자신의 병리학을 뒷받침했다. 그의 가축 질병 목록에 올라 있는 네 가지는 허파가 활기를 잃은 허파부전증, 흑균병, 위궤양, 그리고 골프 스톤이었는데, 사방 몇 킬로미터 이내에 사는 수의사들을 떨게 만든 4대 질병이었다.

수의사들이 짊어져야 했던 또 하나의 십자가는 농장에서 죽은 동물을 한 번 보자마자 즉각 사인을 알아맞힐 수 있는 제프의 독특한 능력이었다. 그의 능력에 놀란 농부들은 나한테, 왜 당신은 그렇게 못하느냐고 물었다. 하지만 나는 그를 싫어할 수 없었다. 중요한 인물이 될 수 있는 기회를 뿌리치는 것은, 초인이 아닌 이상 어려운 일이었을 테고, 그의 행동에는 악의가 전혀 없었다. 그래도 때로는 그의 행동이 상황을 곤란하게 만들었고, 나는 가능하면 현장에 직접 입회하고 싶었다. 특히 아이작 크랜퍼드가 관련되어 있을 경우에는 더욱 그러했다.

크랜퍼드는 엄격한 내핍 생활을 하는 구두쇠였다. 빈틈없는 흥정꾼이어서 무슨 수를 써서라도 반드시 이득을 챙기는 성격이었고, 대다수 사람들이 검소한 생활을 하는 지역에서도 그는 인색한 수전노로 호가 나 있었다. 그는 데일 저지대에서 가장 좋은 밭을 가지고 그의 더럼종 소들은 경진대회에서 정기적으로 상을 탔지만, 그에게는 친구가 없었다. 그의 농장 북쪽에 사는 베이트슨 씨는 그를 다음과 같이 평했다.

"그 사람은 아마 가죽을 얻기 위해서라면 벼룩의 가죽이라도 벗길 거요."

그의 농장 남쪽에 사는 딕슨 씨는 그를 조금 다르게 표현했다.

"그 사람이 1파운드짜리 지폐 한 장을 손에 넣었다 하면, 그 지폐는 영영 세상 구경을 못할 거요."

이날 아침의 회동은 그 전날 일어난 사건이 발단이었다. 오후가 절반쯤 지났을 때 크랜퍼드한테서 전화가 걸려왔다.

"우리 암소 하나가 벼락 맞아 죽었는데, 지금 목초지에 나자빠져 있소."

나는 깜짝 놀랐다.

"벼락이라고요? 확실합니까? 오늘은 폭풍우가 없었는데요."

"그쪽에는 없었을지 몰라도 이쪽엔 폭풍우가 있었단 말이오."

"좋습니다. 곧 가겠습니다."

농장으로 차를 몰고 가는 동안 나는 나를 기다리고 있는 일에 별로 열의를 느낄 수 없었다. 소가 벼락 맞아 죽은 일은 골칫거리가 될 수도 있었다. 농부들은 모두 낙뢰 피해에 대비하여 보험을 들었고(보통은 화재보험에 포함되어 있었다), 심한 뇌우가 쏟아진 뒤 죽은 가축을 검사해달라고 부탁하는 전화가 수의사에게 걸려오는 것은 흔한 일이었다.

보험회사는 합리적인 태도를 취했다. 낙뢰가 가축의 사인으로 여겨진다는 수의사의 증명서를 받으면 보험회사는 대개 군말 없이 보험금을 지급하곤 했다. 의심스러운 경우에는 부검을 요청하거나 다른 수의사에게 참고 의견을 요청했다. 문제는 벼락 맞아 죽은 경우에는 부검을 해도 확실한 진단을 내리는 데 도움이 되는 뚜렷한 특징이 전혀 없다는 것이었다. 이따금 피하조직에 멍이 들어 있을 뿐, 그 밖에는 거의 아무런 특징이 없었다. 가장 운 좋은 상황은 가축이 귀에서 다리를 거쳐 땅속 흙까지 이어지는 그슬린 자국과 함께 발견되는 경우였다. 그런 가축은 분명히 벼락을 맞아 부러지고 찢어진 나무 밑에서 발견될 때가 많았고, 그러면 진단은 아주 쉬웠다.

99퍼센트의 농부들은 공정한 조처를 요구할 뿐이었고, 수의사가 다른 명백한 사인을 찾아내면 수의사의 의견을 담담하게 받아들이곤 했다. 하지만 나머지 1퍼센트는 아주 다루기가 어려웠다.

나는 가축이 벼락 맞아 죽은 것을 확인해달라고 전화를 걸어온 어느 늙은 농부에 대해 파넌이 말하는 것을 들은 적이 있다. 가축의 사체에 길게 나 있는 그슬린 자국은 완전히 전형적이었고, 그것을 본 파넌은 거의 흥분하여 말했다.

"좋습니다, 영감님. 아주 좋아요. 이보다 더 전형적인 자국은 본 적이 없어요. 하지만 딱 한 가지 문제가 있군요." 파넌은 찰리 노인의 어깨에 한 팔을 둘렀다. "가죽에 촛농을 떨어뜨린 건 정말 안됐어요."

노인은 좀 더 자세히 살펴본 뒤, 주먹으로 자기 손바닥을 탁 때렸다.

"제기랄, 선생 말이 맞아! 내가 일을 망쳐버렸군. 이것 때문에 그렇게 고생했는데, 거의 한 시간이나 걸렸어."

노인은 투덜거리면서 가버렸다. 자신의 기술 부족에 짜증을 냈을 뿐, 곤혹스러운 기색도 전혀 보이지 않았다.

하지만 이번은 사정이 전혀 다를 것 같다고, 돌담이 차창을 스쳐 지나가는 것을 보면서 나는 생각했다. 크랜퍼드는 옳든 그르든 자기 하고 싶은 대로 하는 버릇이 있었고, 오늘 일이 자기 뜻대로 되지 않으면 골치 아프게 될 터였다.

나는 농장 문을 지나 목초지를 가로지르는 길을 따라 차를 몰았다. 길은 아스팔트로 말끔하게 포장되어 있었다. 크랜퍼드는 마당 한복판에 꼼짝도 않고 서 있었다. 처음 있는 일도 아니지만, 이번에도 나는 그가 굶주린 큰 새와 닮았다는 인상을 받았다. 구부정한 좁은 어깨, 새의 부리처럼 앞으로 튀어나온 얼굴, 비쩍 마른 몸에 헐렁하게 걸친 검정 외투. 그가 날개를 펴고 헛간 지붕 위로 퍼덕이며 날아갔다 해도 나는 놀라지 않았을 것이다. 하지만 그는 날아가는 대신 나를 향해 초조하게 고개를 끄덕이고, 서둘러 집 뒤쪽의 목초지를 향해 가볍게 종종걸음을 쳤다.

그곳은 넓은 목초지였고, 죽은 암소는 거의 한복판에 나자빠져 있었다. 나무도 없고 산울타리도 없고 작은 덤불조차도 없었다. 나는 벼락을 맞은 나무 아래 가축이 누워 있기를 바랐지만 내 희망은 당장 사라지고 그 빈자리에는 불안만 남았다.

우리는 암소 옆에 멈춰 섰다. 크랜퍼드가 먼저 입을 열었다.

"벼락을 맞은 게 분명해요. 다른 원인은 있을 수 없으니까. 폭풍우가 심하게 몰아치더니 이 녀석이 털썩 쓰러져서 죽어버렸소."

나는 덩치 큰 더럼종 암소 주위의 풀을 살펴보았다. 풀은 무언가로 휘저은 것처럼 군데군데 뜯겨나가 맨땅이 드러나 있었다.

"하지만 정확히 말하면 털썩 쓰러져서 바로 죽은 건 아니군요. 한참 동안 경련하다가 죽었는데요. 암소가 발로 풀을 걷어찬 곳이 보이시죠?"

"확실히 경련을 일으키긴 했지만, 그 경련의 원인은 벼락이었다니까."

크랜퍼드는 작지만 사나운 눈으로 내 셔츠 칼라와 방수 외투의 벨트와 부츠를 노려보듯 훑어보았다. 그는 누구의 눈도 똑바로 바라볼 마음이 나지 않는 것 같았다.

"그건 의심스러운데요. 가축이 벼락을 맞아 죽었다는 증거 가운데 하나는 짐승이 몸부림치지 않고 그냥 쓰러져서 즉사한다는 겁니다. 심지어는 입에 풀을 문 채 죽는 경우도 있어요."

"그건 나도 다 알아요." 크랜퍼드는 여윈 얼굴을 붉히며 딱딱거리듯 말했다. "나는 반세기를 가축과 더불어 살았으니까 벼락 맞아 죽은 가축을 본 것도 이번이 처음은 아니지만, 선생도 알다시피 그 가축들이 모두 똑같은 모습으로 죽는 건 아니잖소."

"그건 저도 압니다. 하지만 이 암소가 죽은 원인은 아주 다양할 수 있어요."

"어떤 원인 말이오?"

"우선 탄저병일 수도 있겠고, 마그네슘 결핍이거나 심장병일 수도 있죠. 원인을 대자면 한도 끝도 없어요. 부검을 해서 정확한 사인을 확인해야 한다고 생각합니다."

"이것 보쇼. 그러니까 선생은 지금 내가 해서는 안 될 일을 하려는 거란 말이오?"

"천만에요. 제가 사망 증명서를 써드리기 전에 정확한 사인을 확인해야 한다고 말하고 있을 뿐입니다. 맬록네 도축장에 가서 배를 갈라보기만 하면 돼요. 다른 명백한 사인이 발견되지 않으면 당신한테 유리하게 해석해드리죠. 보험회사 사람들은 그 점에 대해서는 아주 관대해요."

크랜퍼드의 맹금류 같은 얼굴이 코트 깃 속으로 내려갔다. 그는 두 손을 주머니 속에 심술궂게 찔러 넣었다.

"나는 전에도 이런 일로 수의사를 부른 적이 있었소. 경험이 많은 훌륭한 수의사들이었지." 작은 눈이 내 왼쪽 귀 쪽으로 홱 움직였다. "그 수의사들은 절대 이런 식으로 일을 복잡하게 만들지 않았소. 일부러 그런 짓을 해봤자 무슨 소용이 있다는 거요? 꼭 그렇게 까다롭게 굴어야 하는 이유가 도대체 뭐요?"

정말 왜 그럴까? 나는 생각했다. 왜 이 사람을 적으로 만들어야 하는가? 그는 이 지역에서 힘깨나 행사하고 있었다. 지역 농민조합의 간부일 뿐 아니라 사방 몇 킬로미터 이내에 있는 모든 농업 관련 위원회의 위원이기도 했다. 그는 부유하고 성공한 사람이었다. 그를 좋아하지 않는 사람들도 그의 지식을 존중하고 그의 말에 귀를 기울였다. 그는 젊은 수의사에게 엄청난 해코지를 할 수도 있었다. 그냥 증명서나 써주고 집에 가면 되지 않는가? 나는 위에 기록된 가축을 조사했으며, 내 의견으로는 벼락을 맞은 것이 사인이었음을 이에 증명합니다. 그런 증명서를 쓰기는 쉬울 것이고, 크랜퍼드는 마음도 누그러질 것이다. 그러면 모든 게 끝난다. 왜 쓸데없이 이 위험한 인물의 반감을 사려고 드는가? 어쩌면 이 암소는 정말로 벼락을 맞아 죽었는지도 모르지 않는가.

나는 크랜퍼드에게 얼굴을 돌리고, 항상 마지막 순간에 외면하는 그의 눈을 똑바로 들여다보려고 애썼지만, 이번에도 헛수고로 끝났다.

"죄송하지만 아무래도 이 암소의 몸속을 들여다봐야 할 것 같습니다. 와서 이 암소를 실어가라고, 제가 맬록한테 전화하겠습니다. 그러면 내일 아침에 검시를 할 수 있을 겁니다. 거기서 10시에 만납시다. 괜찮으시겠죠?"

"괜찮지 않으면 어쩌겠소." 크랜퍼드는 내뱉듯이 말했다. "터무니없는 짓이지만 당신 비위를 맞춰야겠지. 하지만 이건 잊지 마시오. 이 암소는 값이 무려 80파운드나 나가는 우수한 암소였다는 걸 말이오. 그렇게 큰 돈을 잃을 수는 없지, 나도 내 권리를 주장하겠소."

"당신이 권리를 빼앗기는 일은 없을 겁니다, 크랜퍼드 씨. 이 암소를 옮기기 전에 탄저병일 가능성을 배제하기 위해 혈액 표본을 채취해두는 게 좋겠군요."

농부는 점점 커지는 압박감에 시달리고 있었다. 감리교회의 기둥 같은 인물로서 그가 사용할 수 있는 어휘는 제한되어 있었기 때문에, 그는 죽은 암소를 사납게 걷어차는 방법으로 쌓인 울분을 배출했다. 그의 발가락이 단단한 등뼈에 닿았는지, 그는 고통을 참지 못해 몇 초 동안 한 쪽 다리로 폴짝폴짝 뛰어다녔다. 그런 다음 다리를 질질 끌면서 집으로 돌아갔다.

혼자 남은 나는 죽은 소의 귀에 칼자국을 내고 유리 슬라이드에 혈액 표본을 채취했다. 즐거운 시간은 아니었고, 내일도 즐거운 시간이 될 가망은 별로 없었다. 나는 혈액 표본을 골판지 상자 속에 조심스럽게 집어넣고 현미경으로 검사하기 위해 스켈데일 하우스로 향했다.

이튿날 아침 도축장 마당에 모인 사람들은 별로 유쾌한 표정이 아니었다. 제프는 여느 때처럼 부처 같은 표정을 유지하고 있었지만, 그런 제프조차도 사실은 몹시 감정이 상해 있었다. 내가 도축장 마당에 처음 도착했을 때 제프가 나에게 해준 이야기는 단편적이었지만, 나는 그 단편들을 이어 맞추어 무슨 일이 있었는지를 대충 짐작할 수 있었다. 제프는 크랜퍼드네 농장에 도착하여 트럭에서 뛰어내린 뒤, 암소의 사체를 날카로운 눈으로 훑어보고 즉석에서 훌륭한 진단을 내린다.

"허파부전증이군. 눈에 나타난 표정과 털이 등을 따라 누워 있는 걸 보면 알 수 있지."

그리고는 그가 즉석에서 사인을 알아맞히는 놀라운 묘기를 부린 뒤에는 으레 따라오는 경탄과 찬사를 기대하고 있었다.

그런데 크랜퍼드는 화가 나서 날뛰다시피 했다.

"빌어먹을 주둥아리 좀 닥쳐. 알지도 못하면서. 이 암소는 벼락에 맞아 죽었어. 그걸 기억해두는 게 좋을 거야."

그리고 지금 나는 암소의 사체 위로 고개를 숙였지만 어떤 단서도 찾을 수 없었다. 가죽을 벗겼지만 멍든 자국도 없었다. 내장도 깨끗하고 정상적이었다.

나는 허리를 펴고 손가락으로 머리를 쓸어 넘겼다. 보일러가 조용히 부글부글 끓는 소리를 내면서, 이미 악취로 가득한 공기 속에 고약한 냄새가 나는 증기를 내뿜고 있었다. 개 두 마리가 수북이 쌓인 육수 가루를 부지런히 핥고 있었다.

그때 오싹한 공포가 내 등줄기를 꿰뚫고 지나갔다. 개들에게는 경쟁자가 있었다. 곱슬 금발을 가진 어린 남자아이가 가루 더미에 집게손가락을 찔러 넣었다가 그 손가락을 입에 넣고 황홀한 표정으로 핥아먹고 있었다.

"저것 좀 보세요!" 나는 떨리는 목소리로 말했다.

도축장 주인의 얼굴이 환해졌다. 아들을 자랑스럽게 여기는 아버지의 표정이었다.

"아, 예." 그는 유쾌하게 말했다. "우리 사료를 좋아하는 건 네 발 달린 짐승들만이 아니지요. 영양분이 듬뿍 들어 있는 훌륭한 식품이니까요!"

좋은 기분이 되살아났는지, 제프는 성냥을 켜서 파이프에 불을 붙이고, 그의 섬뜩한 직업의 증거가 두껍게 덮여 있는 파이프를 맛있게 피우기 시작했다.

나는 해야 할 일에 다시 주의를 돌렸다.

"심장을 열어주세요, 제프."

제프는 그 커다란 기관을 위에서 아래로 능숙하게 절개했고, 나는 탐색이 끝났음을 당장 알 수 있었다. 심이와 심실이 판막에서 자라난 콜리플라워 같은 덩어리로 거의 완전히 막혀 있었다. 돼지한테 흔하지만 소한테도 드물게 나타나는 사마귀 모양의 돌기로 덮인 심장 내막염이었다.

"당신 암소를 죽인 게 저기 있군요, 크랜퍼드 씨."

내 말에 크랜퍼드는 소의 심장을 코로 가리켰다.

"뭐라고! 저렇게 작은 것들이 저렇게 큰 짐승을 죽일 수 있다고 말하는 건 아니겠지?"

"그렇게 작은 게 아닙니다. 혈류를 막아버릴 만큼 커요. 미안하지만 의심할 여지가 없습니다. 당신 암소는 심장병으로 죽었어요."

"그럼 벼락은 어떻게 되는 거요?"

"벼락을 맞은 증거는 전혀 없는 것 같은데요. 직접 보세요."

"그럼 내 80파운드는 어떻게 되는 거요?"

"그건 정말로 유감이지만, 그렇다고 해서 사실이 바뀌지는 않습니다."

"사실이라고? 무슨 사실? 나는 오늘 아침에 일부러 여기까지 왔지만, 당신은 내가 의견을 바꿀 만한 증거를 아무것도 보여주지 않았어."

"글쎄요, 더 이상 드릴 말씀이 없군요. 너무도 명백한 경우라서요."

크랜퍼드는 새가 횃대에 앉아 있는 자세로 몸이 뻣뻣하게 굳어버렸다. 그는 코트 앞에 두 손을 들어올리고, 제 손에서 빠져나가고 있는 소중한 지폐를 어루만지는 것처럼 엄지손가락과 나머지 손가락들을 끊임없이 맞비볐다. 코트 깃 속에 깊이 파묻은 그의 얼굴은 아까보다 윤곽이 더욱 날카로워 보였다.

이윽고 그는 나를 돌아보며 미소를 지으려고 애썼다. 내 옷깃에 꽂힌 그의 눈길은 용감하게 위쪽으로 조금씩 올라가려고 애썼다. 그 눈이 내 눈과 잠깐 마주치는 순간이 있었지만, 그는 흠칫 놀라서 눈길을 피했다.

그는 나를 한쪽으로 끌고 가서 내 목의 후두에 대고 쉰 목소리로 속삭였다. 나를 살살 꾀려는 말투였다.

"이봐요, 헤리엇 선생. 우리는 둘 다 세상 물정에 밝은 사람들이잖소. 이 손실이 나한테는 엄청 크지만 보험회사에는 아무것도 아니라는 걸 선생도 잘 알고 있을 거요. 그러니까 그냥 벼락을 맞아 죽었다고 말해줄 수 없겠소?"

"벼락을 맞아 죽은 게 아니라고 생각하는데도요?"

"도대체 그게 뭐가 그렇게 중요해요? 그냥 벼락 맞아 죽었다고 말할 수 있잖소? 아무도 모를 텐데."

나는 머리를 긁적거렸다.

"하지만 저는 알고 있잖습니까. 그게 나를 괴롭힐 거예요."

"당신이 알고 있다고?" 농부는 어리둥절했다.

"그렇습니다. 이래 봤자 아무 소용도 없어요. 저는 이 암소에 대한 사망 증명서를 써줄 수 없습니다. 이젠 더 드릴 말씀이 없군요."

당황, 불신, 좌절이 크랜퍼드의 얼굴을 차례로 스치고 지나갔다.

"이것만은 분명히 말해두겠소. 나는 이 문제를 이대로 끝내지 않을 거요. 당신네 원장한테 다 말할 거요." 그는 홱 돌아서서 암소를 가리켰다. "저 암소가 병에 걸렸다는 증거는 전혀 없소. 당신은 저 암소가 죽은 게 모두 심장에 난 그 작은 것들 때문이라고 말하려는 모양인데, 당신은 당신 일을 몰라! 저게 뭔지도 모르고 있어!"

제프 맬록이 말로 표현할 수 없는 그 지독한 파이프를 입에서 뗐다.

"하지만 나는 알아요. 내가 말한 게 그거예요. 허파부전증은 유선에서 밖으로 나와야 할 우유가 도로 몸속으로 들어가서 생기는 병이지요. 그 우유는 결국 심장으로 가고, 그러면 끝장이지. 당신이 보고 있는 게 바로 그 우유가 엉긴 덩어리란 말이오."

크랜퍼드가 그를 돌아보았다.

"입 닥쳐, 이 멍청아! 너도 여기 있는 이 자랑 다를 게 없어. 내 암소를 죽인 건 벼락이었어, 벼락!" 그는 비명을 지르고 있었다. 그러다가 자신을 억제하고 나에게 조용히 말했다. "이 일은 여기서 끝나지 않을 거요. 똑똑한 친구, 내 한 가지만 말해두지. 당신은 이제 두 번 다시 내 농장에 들어오지 못할 거요."

그는 홱 돌아서서 빠른 걸음으로 서둘러 멀어져갔다.

나는 제프에게 작별 인사를 하고 지친 몸으로 내 차에 올라탔다. 어쨌든 모든 게 잘 해결되었다. 수의사가 하는 일이 아픈 동물을 치료하는 것뿐이라면 얼마나 좋을까. 하지만 그 일만이 아니었다. 수의사가 하는 일은 그것 말고도 아주 많았다. 나는 시동을 걸고 도축장을 떠났다.

16

크랜퍼드가 협박을 실행에 옮기기까지는 오랜 시간이 걸리지 않았다. 그는 바로 그 이튿날 점심식사가 끝나자마자 병원을 찾아왔다. 파넌과 내가 거실에서 식후의 담배를 즐기고 있을 때 현관에서 초인종이 울리는 소리가 들렸다. 우리는 굳이 일어나지 않았다. 농부들은 대개 초인종을 울린 다음 누구의 안내도 받지 않고 알아서 들어왔기 때문이다.

하지만 개들은 여느 때처럼 짖기 시작했다. 개들은 그날 아침 고원을 오랫동안 달렸고, 방금 밥그릇을 깨끗이 핥아 먹은 참이었다. 지치고 배가 부른 개들은 파넌의 발치에 쓰러져 코를 골고 있었다. 개들은 하다못해 10분만이라도 평화를 누릴 수 있기를 무엇보다 간절히 바랐지만, 집을 지키는 맹견의 역할을 스스로 떠맡아 그 역할에 충실했기 때문에 조금도 망설이지 않고 행동을 개시했다. 그들은 깔개에서 벌떡 일어나더니 요란하게 짖어대면서 복도로 달려 나갔다.

사람들은 파넌이 왜 개를 다섯 마리나 키우는지 궁금해 할 때가 많았다. 파넌은 개를 키울 뿐만 아니라 어디든 데리고 다녔다. 차를 몰고 왕진을 다닐 때는 털북숭이 머리와 흔들리는 꼬리에 가려 파넌의 모습을 보기가 어려웠다. 그리고 누구든 차에 접근하는 사람은 차 안에서 사납게 짖는 소리가 들리고 드러난 엄니와 이글거리는 눈이 차창으로 보이면 두려워서 움찔하곤 했다.

"나는 도저히 이해할 수가 없어." 파넌은 주먹으로 제 무릎을 치면서 말하곤 했다. "사람들이 왜 개를 반려동물로 키우는지 말이야. 개는 유용한 역할을 가져야 돼. 농장 일을 하거나 사냥을 하거나 길을 안내하는 일을 시켜야 돼. 그런데 왜 사람들은 개들이 할 일 없이 집 안을 어슬렁거리면서 시간을 보내게 내버려두는지 전혀 모르겠어."

파넌은 계속 그렇게 공언했고, 자기 차에 앉아 있을 때는 종종 펄럭이는 귀와 축 늘어진 혀에 얼굴이 가려진 상태로 그렇게 말하는 경우가 많았다. 그 말을 듣는 사람은 거대한 그레이하운드와 작은 테리어, 스패니얼과 휘피트와 스코티시테리어 같은 다양한 종류의 개를 의아한 눈으로 바라보곤 했다. 하지만 왜 개를 키우느냐고 파넌에게 직접 물어본 사람은 아무도 없었다.

나는 개들이 복도 모퉁이에서 크랜퍼드를 덮칠 거라고 판단했다. 소심한 사람은 개들이 달려들면 도망쳤을 것이다. 하지만 나는 그가 집요하게 개들을 뚫고 전진하는 소리를 들을 수 있었다. 거실 문을 통과했을 때 그는 모자를 벗어 들고 개들을 물리치려 애쓰고 있었다. 그것은 현명한 행동이 아니었고, 개 짖는 소리는 더욱 높아졌다. 남자는 개들을 노려보면서 입술을 계속 움직였지만 아무 소리도 들리지 않았다.

파넌은 여느 때처럼 예의바르게 일어나서 의자를 가리켰다. 입술도 움직이는 것으로 보아 환영의 말도 몇 마디 했을 터였다. 크랜퍼드는 검은 코트를 펄럭이며 카펫을 가로질러 달려와서 의자에 앉았다. 개들은 그 주위에 둥글게 둘러앉아 그의 얼굴을 향해 요란하게 짖어댔다. 개들은 힘든 일을 한 뒤에는 대개 쓰러졌지만, 크랜퍼드의 외모나 냄새에는 개들의 마음에 들지 않는 무언가가 있었다.

파넌은 안락의자에 등을 기대고 두 손의 손가락을 맞대고는 재판관 같은 표정을 지었다. 그는 이따금 알았다는 듯이 고개를 끄덕이거나 흥미로운 점을 포착하려는 것처럼 눈을 가늘게 뜨곤 했다. 실제로 크랜퍼드의 말은 전혀 알아들을 수 없었지만 이따금 한두 마디가 개들이 짖는 소리를 뚫고 들려왔다.

"……진지하게 말씀드릴 불만이……."

"……그 사람은 자기 일을 몰라……."

"……그럴 만한 여유가…… 부자도 아니……."

"……이 빌어먹을 개새끼들……."

"……다시는 그 사람을……."

"……조용히 해, 이 개새끼야. 어떻게든 해보세요……."

"……날강도나 마찬가지……."

파넌은 개 짖는 소리 따위는 안중에도 없는 것처럼 느긋한 태도로 주의 깊게 귀를 기울였지만, 몇 분이 지나자 나는 긴장이 크랜퍼드에게 영향을 주기 시작한 것을 알았다. 그의 눈은 누구멍에서 튀어나오기 시작했고, 소음 속에서 어떻게든 제 뜻을 전달하려고 애쓰는 그의 야윈 목에 혈관이 도드라졌다. 마침내 그는 더 이상 견디지 못하고 벌떡 일어났다. 그러자 개들도 벌떡 일어나 갈색 물결처럼 그를 문 쪽으로 몰고 갔다. 그는 마지막으로 도전적인 외침 소리를 지르고는 다시 모자로 개들을 후려치면서 나가버렸다.

몇 주 뒤, 내가 조제실 문을 열자 파넌이 연고를 섞고 있었다. 그는 끈

적끈적한 덩어리를 대리석판 위에서 몇 번이나 뒤집으면서 신중하게 일하고 있었다.

"뭐 하세요?"

파넌은 주걱을 내던지고 허리를 폈다.

"수퇘지용 연고를 만드는 중이야."

그의 눈길이 나를 지나쳐서 방금 방에 들어온 트리스탄에게 옮겨갔다.

"누구는 팔자 좋게 빈둥거리는데 도대체 내가 왜 이 일을 하고 있는지 모르겠다니까." 그는 주걱을 가리켰다. "자 트리스탄, 네가 한번 해봐라. 물론 그 담배를 다 피운 뒤에."

트리스탄이 담배를 서둘러 비벼 끄고 대리석판에서 일하기 시작하자 파넌의 표정이 부드러워졌다.

"아주 끈적거리는 조합물이니까 잘 섞어야 돼." 파넌은 대리석판 위에 고개를 숙이고 있는 동생을 바라보면서 흡족한 표정으로 말했다. 그러고는 나를 돌아보았다. "제임스, 저 연고를 누구한테 보낼 건 줄 아나? 자네의 옛 친구 크랜퍼드에게 보낼 약이야. 어때, 흥미가 동하나? 크랜퍼드네 농장에 있는 그 훌륭한 수퇘지를 위한 약이거든. 돼지 등짝에 고약한 종기가 났는데 크랜퍼드는 그것 때문에 몹시 걱정하고 있어. 그 돼지 덕분에 경진대회에서 큰돈을 버는데, 몸에 흠이라도 생기면 재난이겠지."

"그럼 크랜퍼드는 아직 우리 병원 고객이군요?"

"이상한 일이지만 우리는 그 녀석을 떼어낼 수 없어. 나는 고객을 잃고 싶지 않지만 그 녀석만은 예외로 하고 싶어. 녀석은 그 벼락 사건 이후 자네를 자기네 농장 근처에도 얼씬거리지 못하게 할 테고, 나도 대단치 않게 여긴다는 점을 아주 분명히 했지. 내가 자기네 가축한테 전혀 도움이 안 된다느니, 나를 부르지 않았다면 훨씬 좋았을 거라느니…… 그리고 청구서를 받으면 끙끙 앓는 소리를 내지. 녀석이 우리한테 주는 이익보다 우리를 성가시게 하는 게 훨씬 커. 게다가 나는 녀석을 보면 오싹 소름이 끼쳐. 그런데 녀석은 우리를 떠나려 하질 않아. 우리와 관계를 끊으려 하지 않는다고."

"그 사람은 어느 쪽이 자기한테 이로운지 잘 알고 있는 영악한 사람이에요. 일급 서비스를 받으면서 그렇게 투덜대고 불평하는 건 청구서 금액을 깎으려는 수법이라고요."

"자네 말이 맞을지도 몰라. 하지만 그 사람을 떼어낼 간단한 방법이 있으면 좋겠어." 파년은 트리스탄의 어깨를 토닥였다. "됐어. 너무 무리하지 마. 그 정도면 충분해. 그걸 이 통에 담고, '수퇘지 등에 하루에 세 번씩 듬뿍 바르고 손가락으로 잘 문질러주세요'라고 쓴 라벨을 붙여서 크랜퍼드한테 소포로 보내. 그리고 이건 요네병(결핵균에 의해 소나 양의 창자에 생기는 전염병으로, 만성 설사를 일으킨다) 검사에 필요한 배설물 표본인데, 우체국에 가는 길에 이걸 리즈 연구소에 보내줄래?"

그는 고약한 냄새가 나는 설사똥이 넘칠 듯이 가득 들어 있는 당밀통을 내밀었다.

요네병 검사나 기생충 검사를 위해 그런 표본을 채집하여 보내는 것은 흔한 일이었고, 모든 표본의 공통점이 하나 있었는데, 표본의 양이 아주 많다는 것이었다. 검사에 필요한 것은 티스푼으로 두어 숟가락뿐이지만, 농부들은 배설물을 아끼지 않았다. 수의사가 필요로 하는 것은 가축 분뇨가 흘러내리는 하수구에서 떠낸 약간의 거름일 뿐이라는 사실을 알면 농부들은 유쾌한 놀라움을 느끼는 것 같았다. 그들은 타고난 조심성을 던져버리고, 가축 배설물을 삽으로 퍼서 눈에 띄는 가장 큰 통에 담았다. 수의사가 뭐라고 말해도 소용이 없었다. "넉넉히 가져가쇼. 우리는 많으니까"라는 것이 그들의 태도였다.

트리스탄은 조심스럽게 그 통을 들고 선반을 살펴보기 시작했다.

"표본을 담는 작은 유리병이 하나도 없는 것 같은데."

"그래, 맞아. 그 유리병이 다 떨어졌어." 파넌이 말했다. "좀 더 주문할 작정이었지만, 상관없어. 그 통에 뚜껑을 닫고 눌러서 단단히 고정시킨 다음, 갈색 종이로 잘 포장해. 그러면 연구소까지 무사히 갈 거야."

크랜퍼드의 이름이 다시 화제에 오르기까지는 사흘밖에 걸리지 않았다. 파넌은 오전에 배달된 우편물을 뜯어서, 광고 전단은 한쪽에 던지고 청구서와 영수증은 차곡차곡 쌓아올리고 있다가 갑자기 동작을 멈추었다. 그는 파란색 편지지를 내려다보며 얼어붙은 듯이 꼼짝도 하지 않았다. 그리고 그 편지를 다 읽을 때까지 조각상처럼 앉아 있었다. 마침내 그가 고개를 들었다. 얼굴은 무표정했다.

"제임스, 이렇게 신랄한 편지를 받아보기는 내 평생 처음이야. 크랜퍼드한테서 온 편지인데, 우리와 영원히 인연을 끊고, 우리에 대해 법적으로 소송을 제기할 생각을 하고 있대."

"이번에는 또 우리가 뭘 어쨌다는 거죠?"

"우리가 자기를 심하게 모욕하고 수퇘지의 건강을 위험에 빠뜨렸다고 비난하고 있어. 우리가 쇠똥이 가득 든 당밀통을 자기한테 보내면서 그것을 하루에 세 번씩 수퇘지 등에 문질러 바르라고 지시했다는 거야."

눈을 반쯤 감고 앉아 있던 트리스탄은 잠에서 완전히 깨어났다. 그는 서두르지 않고 천천히 일어나 문 쪽으로 걸어갔다. 그의 손이 손잡이를 잡은 순간 형의 목소리가 천둥처럼 울려 퍼졌다.

"트리스! 이리로 돌아와! 거기 앉아. 아무래도 우리가 차분히 이야기해야 할 게 있는 것 같으니까."

트리스탄은 결연히 고개를 들고 폭풍이 몰아치기를 기다렸지만, 파넌은 뜻밖에 침착했고 그의 목소리는 부드러웠다.

"그러니까 또 일을 저질렀군. 너한테는 아주 간단한 일도 믿고 맡길 수 없다는 것을 나는 언제쯤이면 깨닫게 될까? 사실 그건 대단한 부탁도 아니었잖아? 작은 소포 두 개를 부치는 건 별로 어려운 임무가 아니야. 하지만 너는 그렇게 쉬운 일에서도 실수를 저질렀어. 주소를 바꿔 쓴 데다 라벨도 엉뚱한 통에다 붙였어."

트리스탄은 의자에서 몸을 꿈틀거렸다.

"미안해. 어떻게 그런 실수를 했는지 잘 모르……."

파넌이 손을 들었다.

"걱정 마. 너를 늘 따라다니는 행운이 이번엔 너를 도우러 온 거야. 상대가 다른 사람이라면 이게 그야말로 파국적인 실수겠지만, 크랜퍼드가 상대라면 그건 신의 섭리나 마찬가지야." 그는 잠시 말을 끊었다. 꿈꾸는 듯한 표정이 그의 눈에 떠올랐다. "그 라벨에는 손가락으로 잘 문질러 바르라고 쓴 것 같은데, 크랜퍼드는 아침 식탁에서 그 소포를 열었나 봐. 그래, 트리스, 네가 방법을 제대로 찾은 것 같아. 이건 확실히 효과가 있었어."

"하지만 소송은 어떻게 하죠?" 내가 말했다.

"그런 건 잊어버려도 될 것 같아. 크랜퍼드는 체면을 중하게 여기는 사람이야. 법정에서 이런 이야기가 나오면 어떻게 될지 생각해봐." 그는 편지를 구겨서 휴지통에 던졌다. "자, 일이나 하러 가세."

그는 앞장서서 밖으로 나가다가 복도에서 갑자기 우뚝 멈춰 섰다. 그리고 고개를 돌려 우리를 바라보았다.

"한 가지 문제가 있긴 있는데, 연구소에서는 그 연고로 요네병 검사를 해서 과연 어떤 결론을 내릴까? 정말 궁금하군."

17

나는 화들짝 놀라 잠에서 깨어났다. 끈질기게 울려대는 전화벨 소리에 맞춰 심장이 쿵쿵 두근거렸다. 침대 옆에 있는 이 전화기는 아래층으로 뛰어 내려가 복도 타일 위에 맨발로 서서 덜덜 떨면서 받아야 했던 구식 전화기에 비하면 훨씬 좋아진 것이지만, 기운도 없고 체력도 바닥난 꼭 두새벽에 귀에서 몇 센티밖에 떨어지지 않은 곳에서 폭발하듯 울려대는 소리는 내 신경을 산산조각 내고도 남았다.

그런데 수화기에서 들려온 목소리는 화가 날 만큼 쾌활했다.

"우리 암말이 새끼를 낳고 있는데, 아무래도 순조로운 것 같지 않아요. 망아지가 잘못 들어앉은 모양인데, 와서 좀 도와줄 수 있겠소?"

내 위장이 골프공만 한 크기로 오그라들었다. 이건 너무 심했다. 한밤 중에 침대에서 한 번 나가는 것도 짜증나는 노릇인데 두 번씩이나 끌려 나가다니, 불공평할 뿐만 아니라 사실 잔인하다고까지 말할 수 있었다. 나는 힘든 하루를 보낸 뒤 자정에 행복한 마음으로 침대에 들어왔다. 그런데 밤 1시에 끌려 나가 송아지를 받아내고 3시가 다 되어서야 겨우 집에 돌아왔다. 그런데 지금 몇 시지? 3시 15분. 맙소사. 나는 몇 분밖에 자지 못했다. 게다가 이번엔 암말의 난산이라고? 망아지를 받는 것은 송아지를 받는 것보다 갑절이나 힘들다. 이게 뭐람! 아이고 맙소사!

나는 전화기에 대고 중얼거렸다.

"알았습니다, 딕슨 씨. 곧 가겠습니다."

나는 하품을 하고 기지개를 켰다. 그리고 어깨와 팔이 쑤시는 것을 느끼면서 발을 질질 끌며 방을 가로질렀다. 나는 의자에 무더기로 쌓여 있는 옷을 내려다보았다. 오늘 밤에 그 옷들을 벗었다가 다시 입고 좀 전에 또 벗어놓은 참이었다. 그런데 그 옷을 또다시 입을 생각을 하자 내 안의 무언가가 반란을 일으켰다. 나는 지친 얼굴로 투덜거리며 문 뒤에 걸려 있는 방수코트를 집어서 잠옷 위에 걸치고 아래층으로 내려갔다. 고무장화가 놓여 있는 조제실 문 밖으로 가서, 내 발을 장화 속에 밀어 넣었다. 따뜻한 밤이었다. 옷을 다 차려입어봤자 무슨 의미가 있는가. 어차피 농장에 가면 또 벗어야 할 텐데.

나는 뒷문을 열고 발을 질질 끌면서 길쭉한 정원을 천천히 걸어갔다. 내 지친 마음은 어둠 속에서 풍겨오는 향기를 어렴풋이 의식했을 뿐이다. 마당 끝에 이르자 양쪽으로 열리는 문을 열고 골목으로 들어가 차고에서 자동차를 꺼냈다. 조용한 시내로 들어가서, 덧문이 닫힌 가게 정면과 단단히 닫힌 커튼을 헤드라이트 불빛이 스치고 지나가자 건물들이 희뿌옇게 빛났다. 모두 잠들어 있었다. 욱신욱신 쑤시는 지친 몸을 이끌고 또 한바탕 중노동을 하기 위해 차를 몰고 가는 제임스 헤리엇만 빼고는 모두 편안히 자고 있었다. 도대체 나는 왜 시골 수의사가 되기로 결심했던 것일까? 일주일에 일곱 날을 일하고 밤샘까지 하는 직업을 고르다니, 내가 미쳤던 게 분명하다. 때로는 수의사 업무가 악의를 가진 생명체처럼 느껴지기도 했다. 나를 저울질하고 시험하고 내가 언제 쓰러져 죽을지 알기 위해 점점 더 강한 압력을 가하는 생명체……

나를 자기연민의 늪에서 끌어올린 것은 순전히 무의식적인 반응이었다. 나는 늪에서 올라온 뒤에도 여전히 늪 가장자리에 남아서 물을 뚝뚝 떨어뜨리며, 바로 코앞에 닥쳐온 미래를 바라보았다. 그러자 타고난 낙천성이 얼마간 돌아왔다. 첫째, 딕슨네 농장은 간선도로에서 조금 떨어진 골짜기 기슭에 있었고, 건물 안에는 여느 농장에서는 보기 힘든 전등이 달려 있었다. 게다가 나는 잠도 모자라고 피곤한 처지일망정, 사지육신 멀쩡한 스물네 살의 젊은이가 아닌가. 죽도록 힘든 일이라도 조금은 더 할 수 있다고 마음을 다잡았다.

나는 혼자 미소를 짓고 반쯤 인사불성인 상태에 빠져들었다. 당시에는 그런 상태가 오히려 정상이었다. 당면한 일에 필요한 감각을 제외한 나머지 감각은 모두 담요를 덮고 잠들어 있는 상태였다. 지난 몇 달 동안 나는 잠이 덜 깬 상태로 침대에서 빠져나와 멀리 떨어진 시골로 차를 몰고 가서 내 일을 효율적으로 해내고 침대로 돌아온 적이 많았다.

딕슨네 농장은 생각한 대로였다. 얌전한 암말은 불이 환하게 켜진 우리에 들어가 있었고, 나는 고마운 마음으로 밧줄과 기구를 꺼냈다. 나는 양동이 안에서 김을 모락모락 피워 올리고 있는 더운 물에 소독약을 타면서, 암말이 다리를 뻗대고 노를 젓듯 휘젓고 있는 것을 관찰했다. 암말의 그런 노력은 아무 소용이 없었다. 음문에서는 발이 전혀 튀어나와 있지 않았다. 망아지의 태위가 정상이 아닌 것은 확실했다.

나는 여전히 머리를 쥐어짜듯 열심히 생각하면서 방수코트를 벗었다. 그런데 농부가 갑자기 큰 소리로 웃는 바람에 깜짝 놀라 상념에서 깨어났다.

"맙소사. 그게 뭐요?"

나는 빨간색 줄무늬가 있는 연푸른색 잠옷을 내려다보았다.

"이거요? 잠옷입니다." 나는 점잖게 대답했다. "옷을 갈아입기가 귀찮아서……."

"그렇구먼." 농부의 눈이 장난스럽게 반짝거렸다. "내가 엉뚱한 사람을 불렀나 했지. 작년에 블랙풀에서 당신과 꼭 닮은 사람을 보았는데, 양복은 당신과 똑같지만 줄무늬 실크해트에 지팡이를 짚고 있었소. 그리고 아주 멋진 춤을 추었지."

"그 소원은 들어드릴 수 없겠는데요." 나는 희미한 미소를 지으며 말했다. "지금은 춤출 기분이 아니거든요."

나는 두어 시간 전에 송아지 이빨 때문에 생긴 붉은 자국을 흥미롭게 살펴보면서 옷을 벗었다. 그 이빨은 면도날 같아서, 내가 팔을 밀어 넣을 때마다 내 팔의 피부를 말끔히 벗겨냈다.

내가 자궁 속으로 팔을 집어넣자 암말은 바르르 몸을 떨었다. 아무것도 없었다. 아무것도. 꼬리와 골반과 몸통과 뒷다리는 내 손이 닿지 않는 곳으로 사라져버렸다. 골반위(엉덩이나 뒷다리가 질구 쪽으로 향해 있는 태위)였다. 암소가 이런 태위라면 경험 있는 수의사에게는 쉬운 일이지만, 암말의 경우에는 망아지의 다리가 엄청나게 길기 때문에 아주 까다로웠다.

나는 무려 30분 동안이나 땀을 뻘뻘 흘리고 숨을 헐떡거린 뒤에야 낭창낭창한 막대기 끝에 달린 갈고리와 밧줄을 사용하여 망아지의 첫 번째 다리를 꺼내는 데 성공했다. 두 번째 다리는 좀 더 쉽게 나왔고, 암말은 이제 장애물이 없다는 것을 알아차린 것 같았다. 그래서 암말이 한 번 용을 쓰자 망아지가 불쑥 튀어나와 밀짚 위에 떨어졌다. 나도 망아지 몸뚱이를 두 팔로 끌어안은 채 벌렁 나자빠졌다. 나는 망아지의 작은 몸이 경련하듯 씰룩거리는 것을 느끼고 기뻤다. 일하는 동안은 어떤 움직임도 느끼지 못했기 때문에 망아지가 죽었을지도 모른다고 생각했는데, 망아지는 펄떡펄떡 살아서 고개를 흔들며, 천천히 세상으로 나오는 동안 들이마신 양수를 코로 내뿜었다.

나는 몸을 수건으로 닦은 뒤 농부를 돌아보았다. 딕슨 씨는 이상하게 진지한 얼굴로 하인처럼 내 화려한 잠옷을 내밀었다.

"여기 있사옵니다, 나리." 그는 엄숙하게 말했다.

"알았어요, 알았어." 나는 웃음을 터뜨렸다. "다음에는 제대로 옷을 입고 올게요."

내가 물건을 자동차 트렁크에 넣고 있을 때 농부가 뒷좌석에 꾸러미 하나를 던져 넣었다.

"버터를 좀 쌌어요." 그가 중얼거렸다. 내가 시동을 걸자 그는 창문 높이로 허리를 숙였다. "그 암말은 내가 상당히 아끼는 녀석이어서, 그놈한테서 망아지를 하나 얻고 싶었다오. 고맙소, 젊은 선생. 정말 고마워요."

그는 차를 몰고 떠나는 나에게 손을 흔들었다. 그가 뒤에서 외치는 소리가 들렸다.

"켄터키 유랑극단원 치고는 잘했어요!"

나는 시트에 등을 기대고 무거운 눈꺼풀을 통해 희미한 새벽 햇살 속에 구불구불 뻗어 있는 텅 빈 도로를 바라보았다. 해는 이미 떠 있었다. 둥근 진홍빛 덩어리가 안개 낀 들판 위에 낮게 걸려 있었다. 나는 깊은 만족감을 느꼈다. 긴 다리를 아직 통제하지 못해서 무릎을 딛고 일어나려고 버둥거리던 망아지를 생각하자 마음이 따뜻해졌다. 그 작은 녀석이 결국 살아난 것은 굉장한 일이었다. 생명 잃은 새끼를 어미 몸에서 꺼내는 것만큼 우울한 일은 없었다.

딕슨네 농장은 데일 골짜기가 점점 넓어져서 요크의 대평원으로 통하는 저지대에 자리 잡고 있었다. 나는 웨스트라이딩을 북동부의 산업지대와 연결하는 번잡한 길을 가로질러야 했다. 거기에 밤새 영업하는 간이식당이 있었다. 그 식당 굴뚝에서 가느다란 연기가 덩굴손 모양으로 피어오르고 있었다. 내가 모퉁이를 돌려고 속도를 늦추자 코를 찌르는 음식 냄새가 차 안에까지 흘러들었다. 잠깐 냄새를 맡았을 뿐이지만 볶은 소시지와 콩과 토마토와 감자칩이 눈앞에 떠올랐다.

배가 고파 죽을 지경이었다. 나는 손목시계를 보았다. 5시 15분이었다. 아침을 먹으려면 아직도 멀었다. 나는 넓은 포장도로에 세워져 있는 트럭들 사이에 차를 세웠다.

불이 켜져 있는 건물로 서둘러 걸어가면서 나는 식탐을 부리지 말자고 다짐했다. 이것저것 화려한 음식은 무시하고 맛있는 샌드위치 한 개만 먹자. 전에도 몇 번 와본 적이 있었는데 샌드위치가 아주 맛있었다. 밤새 중노동을 한 뒤니까 조금은 영양을 보충할 자격이 있었다.

따뜻한 실내로 들어가자 트럭 운전수들이 접시에 수북이 담긴 음식 뒤에 모여 앉아 있었다. 하지만 내가 식당을 가로지르자 분주하게 달그락거리던 소리가 잠잠해지고 대신 긴장한 침묵이 내리덮였다. 가죽 재킷 차림의 뚱뚱한 사내는 포크를 입으로 가져가다가 도중에 멈추고는 얼어붙은 듯이 꼼짝도 하지 않았다. 그 옆에 앉아 있는 사람은 기름때 묻은 손에 홍차가 담긴 머그잔을 움켜쥔 채 퉁방울눈으로 내 차림새를 노려보았다.

그제야 새빨간 줄무늬 잠옷과 고무장화가 이런 환경에서는 꽤나 이상해 보일지도 모른다는 생각이 떠올랐다. 나는 내 뒤에서 크게 굽이치고 있는 방수코트를 끌어당겨 서둘러 단추를 채웠다. 단추를 채워도 코트가 좀 짧았기 때문에 고무장화 위로 잠옷 바지가 30센티미터는 드러나 보였다.

나는 단호하게 카운터로 걸어갔다. 가슴 주머니에 '도라'라는 이름이 새겨진 하얀색 작업복 차림의 금발 아가씨가 무표정한 얼굴로 멍하니 나를 바라보았다.

"햄샌드위치하고 보브릴(소고기 육즙의 상표명. 뜨거운 물에 타서 마시거나 요리 첨가물로 쓴다) 한 잔 주세요." 나는 쉰 목소리로 말했다.

금발 아가씨가 보브릴 한 숟갈을 컵에 넣고 뜨거운 물을 컵에 채우는 동안 나는 내 뒤에 퍼져 있는 침묵과 내 다리에 쏠려 있는 눈길을 불편하게 의식했다. 나는 오른쪽에 앉아 있는 가죽 재킷 차림의 사내를 보았다. 그는 음식을 입 안 가득 채우고 몇 분 동안 마냥 씹고 있었다.

"세상에는 별의별 놈이 다 있어, 어니스트. 안 그래?" 그는 마치 재판관 같은 어조로 말했다.

"정말 그래, 케네스. 정말이야." 그의 친구가 대답했다.

"이봐 어니스트, 저게 요크서 신사분들이 올 봄에 입을 옷차림이라는 건가?"

"그럴지도 모르지. 그럴 수도 있겠어."

뒤에서 킥킥거리는 소리를 듣고 나는 그 두 사람이 이 식당에서 인정받는 익살꾼이라고 짐작했다. 빨리 먹고 나가는 게 상책이었다. 도라는 두꺼운 고기를 끼운 샌드위치를 카운터 너머로 밀어주고 몽유병 환자처럼 멍하게 말했다.

"1실링인데요."

나는 코트 안으로 손을 집어넣었지만, 거기서 발견한 것은 주머니가 없는 플란넬 잠옷이었다. 맙소사. 돈은 대러비에 있는 바지 주머니에 들어 있었다. 코트를 미친 듯이 뒤지기 시작했을 때 구역질나는 공포의 물결이 밀려왔다. 흥분한 눈으로 금발을 바라보자 그녀는 샌드위치를 카운터 밑으로 슬쩍 내려놓았다.

"이런, 돈을 안 갖고 왔네요. 전에도 여기 온 적이 있는데, 내가 누군지 아시죠?"

도라는 따분하다는 얼굴로 딱 한 번 고개를 가로저었다.

"몰라도 상관없어요." 나는 더듬거리며 말했다. "다음에 지나갈 때 돈을 갖고 들를게요."

도라는 표정 하나 바꾸지 않고 한쪽 눈썹을 조금 들어올렸다. 샌드위치를 감추어둔 곳에서 다시 꺼낼 기미는 전혀 보이지 않았다.

지금 내 마음속에 있는 생각은 오로지 탈출뿐이었다. 나는 뜨거운 음료를 절망적인 심정으로 홀짝거렸다.

케네스가 접시를 밀어 놓더니 성냥으로 이를 쑤시기 시작했다.

"어니스트." 그는 중대한 결론에 도달한 것처럼 말했다. "내가 보건대 여기 있는 이 신사는 괴짜인 게 분명해."

"괴짜라고?" 어니스트는 차를 마시면서 킬킬거렸다. "괴짜라기보다는 또라이 같은데."

"아아, 하지만 음식을 먹고 돈을 안 내는 걸 봐선 그렇게 또라이는 아니야."

"맞아, 케네스. 바로 그거야."

"녀석은 지금 맛있는 보브릴을 공짜로 마시고 있어. 주머니를 너무 일찍 뒤지는 실수를 저지르지 않았다면 샌드위치도 먹고 있겠지. 도라가 좀 더 빨랐기에 망정이지, 5초만 늦었어도 녀석은 샌드위치를 이빨로 물어뜯었을 거야."

"맞아, 맞아." 어니스트는 희극배우의 조연 역할에 만족한 것처럼 중얼거렸다.

케네스는 성냥을 치우고 시끄러운 소리를 내면서 이빨을 혀로 핥고는 의자 등받이에 몸을 기댔다.

"우리가 고려하지 않은 가능성이 또 하나 있는데, 어쩌면 도망자일지도 몰라."

"탈옥수라는 얘기야?"

"그래, 바로 그거야."

"하지만 죄수복에는 화살표가 그려져 있지 않나?"

"일부는 그렇지. 하지만 어떤 감옥에서는 줄무늬 죄수복을 특색으로 삼고 있다는 말을 어디선가 들은 적이 있어."

이제 충분했다. 나는 보브릴 잔을 기울여 남아 있는 몇 방울을 목구멍에 털어 넣었다. 새벽 햇살 속으로 나올 때 케네스의 마지막 견해가 내 귀에 들려왔다.

"아마 감옥의 작업반에서 도망쳤을 거야. 저 장화를 보라고……."

18

핸드쇼 씨가 내 말을 한마디도 믿지 않는다는 것을 알 수 있었다. 그는 암소를 내려다보면서 고집스럽게 입을 꾹 다물었다.

"골반이 부러졌다고? 이 암소가 더 이상 일어나지 못할 거라고 말하려는 거요? 이 녀석이 되새김질하고 있는 걸 좀 보쇼! 이봐요 젊은 선생, 분명히 말하는데, 우리 아버지가 지금 살아 계셨다면 당장 일으켜 세웠을 거요."

지난 1년 동안 수의사 생활을 하면서 몇 가지 배운 게 있는데, 그 중 하나는 농부들을 설득하기가 쉽지 않다는 것이었다. 특히 요크셔 데일스의 농부들을 설득하기는 여간 어려운 게 아니었다.

그리고 아버지를 들고 나오면 설득은 물 건너간 거나 마찬가지였다. 핸드쇼 씨는 50대 중늙은이였는데, 고인이 된 아버지의 기술과 판단에 대한 그의 믿음은 차라리 감동적이었다. 하지만 그게 없었다면 나는 훨씬 능숙하게 일을 해낼 수 있었을 것이다.

가뜩이나 골치 아프게 느껴지는 상황에서 그것은 나를 더욱 초조하게 만드는 자극제 역할을 했다. 일어나려 하지 않는 암소보다 더 심하게 수의사를 애태우는 것은 별로 없기 때문이다. 원래의 질병이 겉보기에는 분명히 나았는데도 바닥에서 일어나지 못하는 것은 문외한에게는 이상해 보일지 모르지만, 그런 일은 실제로 일어난다. 그리고 바닥에 드러누운 젖소는 살아날 가망이 전혀 없다는 것도 충분히 알 수 있다.

사건은 파년이 유열을 앓고 있는 젖소를 치료하라고 나를 보냈을 때 시작되었다. 갑작스럽게 일어나는 이 칼슘 결핍증은 송아지를 낳은 직후여서 저항력이 약해진 암소를 공격하여 주저앉게 만들고 진행성 혼수상태를 일으킨다. 내가 핸드쇼 씨의 암소를 처음 보았을 때 그 소는 옆으로 드러누워 다리를 쭉 뻗은 채 꼼짝도 하지 않았다. 나는 유심히 살펴본 뒤에야 그 암소가 죽지 않은 것을 확인할 수 있었다.

나는 운 좋게도 이 치명적인 질병을 수의학이 마침내 정복했을 무렵에 수의사 자격증을 땄기 때문에 자신 있게 칼슘이 든 약병을 꺼냈다. 오래전 젖통 팽창술이 개발되면서 돌파구가 열렸고, 나는 아직도 바람을 불어넣어 젖통을 팽창시키는 작은 기구를 갖고 다녔지만(농부들은 자전거용 펌프를 사용했다), 칼슘 요법이 출현하면서 다 죽어가는 동물을 불과 몇 분 만에 벌떡 일어나게 하여 전혀 힘들이지 않고 찬사를 받을 수 있었다. 필요한 기술은 별로 없었지만, 농부들 눈에는 아주 대단해 보인 것이다.

내가 칼슘 두 병을 주사하고(한 병은 혈관에, 또 한 병은 피하에), 핸드쇼 씨가 나를 도와서 옆으로 누워 있는 암소를 굴려서 가슴이 바닥에 닿도록 일으켰을 때쯤에는 벌써 눈에 띄게 상태가 좋아지고 있었다. 암소는 지난 몇 시간 동안 어디 있었는지 궁금해 하는 것처럼 주위를 둘러보고 고개를 저었다. 나는 잠시 꾸물거릴 시간이 있다면 암소가 일어서는 것을 볼 수 있을 거라고 확신했다. 하지만 다른 일들이 기다리고 있었다.

"점심때까지 일어나지 않으면 전화 주세요." 말은 그렇게 했지만, 사실은 의례적인 말에 불과했다. 이 암소를 다시 볼 일은 없을 거라고 생각했으니까.

정오에 핸드쇼 씨가 전화를 걸어와서 암소가 아직도 일어나지 않는다고 말했을 때도 나는 좀 성가시다는 기분이 들었을 뿐이다. 칼슘을 추가로 한 병 더 주사할 필요가 있는 경우도 있다. 그러면 문제없다. 나는 다시 가서 암소에게 칼슘을 추가로 주사했다.

이튿날에도 암소가 일어나지 않았다는 것을 알았을 때도 사실 나는 별로 걱정하지 않았다. 하지만 핸드쇼 씨는 두 손을 주머니에 찔러 넣고 암소를 굽어보면서 내 치료법이 성공하지 못한 것에 대해 강한 실망감을 표출하고 있었다.

"이 녀석이 일어날 때가 된 것 같은데 이렇게 누워만 있으니 원. 선생이 할 수 있는 일이 뭔가 있을 거요. 오늘 아침에 이 녀석 귀에다 물을 한 병 부어넣었지만 아무 소용이 없었소."

"뭘 했다고요?"

"귓구멍에 물을 부었다니까. 우리 아버지는 그런 식으로 암소를 일으켜 세우곤 했지. 아버지는 가축을 아주 잘 아는 분이었소."

"물론 그러셨겠지요. 그 점은 의심하지 않습니다. 하지만 주사를 한 대더 놓는 게 암소한테는 더 도움이 될 것 같은데요."

내가 칼슘을 피하에 또 한 병 주사하는 동안 농부는 뚱한 얼굴로 지켜보았다. 이 치료법은 이제 그에게 매력을 잃어버린 것이다.

나는 장비를 치우면서 친절하게 굴려고 최선을 다했다.

"걱정하실 거 없습니다. 하루나 이틀 동안 누워 있는 소도 많아요. 내일 아침이면 일어나 걸어 다니는 걸 보시게 될 겁니다."

아침 식전에 전화벨이 울렸고, 수화기에서 핸드쇼 씨의 목소리가 들렸을 때는 내 위장이 급격하게 오그라들었다. 그 목소리는 몹시 우울했다.

"차도가 전혀 없어요. 바닥에 드러누운 채 하는 일도 없이 먹어대기만 하고, 일어날 생각도 하지 않아요. 이젠 어떻게 할 거요?"

정말 어떻게 해야 할까? 나는 농장으로 차를 몰고 가면서 생각했다. 암소는 벌써 48시간 동안 누워 있었다. 나는 그게 좀 꺼림칙했다.

농부는 당장 공격을 시작했다.

"우리 아버지는 소가 이렇게 누워 있으면 꼬리에 벌레가 있는 거라고 말씀하셨소. 꼬리 끝을 자르면 효험이 있다고 하셨지."

내 사기는 더욱 떨어졌다. 나는 전에도 이런 미신 때문에 골치를 앓은 적이 있었다. 방심할 수 없는 것은 아직도 이 미개한 방법을 쓰는 사람들이 있고, 이 방법이 정말로 효과가 있었다고 주장할 수 있는 경우가 종종 있다는 것이었다. 사실 그것은 꼬리 끝이 잘리면 잘린 부분이 땅에 닿을 때 통증을 느끼게 되고, 그래서 많은 암소가 마지못해 네 발로 일어서기 때문이다.

"꼬리에 벌레 같은 건 없습니다, 아저씨. 암소 꼬리를 자르는 게 잔인한 짓이라고 생각지 않으세요? 지난주에 '동물학대방지협회'가 그런 짓을 했다는 이유로 한 농부를 고발해서 법정에 세웠다는 소식을 들었습니다만."

핸드쇼 씨는 눈을 가늘게 떴다. 그는 내가 빠져나갈 구멍을 만들고 있다고 생각한 게 분명했다.

"꼬리를 자르지 않겠다면, 도대체 어쩔 작정이오? 이 암소를 어떻게든 일으켜 세워야 할 거 아니오."

나는 숨을 깊이 들이마셨다.

"이 암소는 먹기도 잘 먹고 아주 행복해 보이니까 유열은 다 나은 게 분명합니다. 그런데도 계속 누워 있는 것은 병을 앓고 난 뒤 가벼운 마비가 온 것 같습니다. 틀림없어요. 더 이상 칼슘을 투여하는 것은 의미가 없으니까 이번엔 흥분제를 주사해보겠습니다."

나는 암담한 기분으로 주사기를 채웠다. 나는 흥분제 주사의 효과를 전혀 믿지 않았지만, 손 놓고 있을 수는 없는 노릇이었다. 나는 부득불 최후의 방편에 기대고 있었다.

내가 가려고 돌아서는데 핸드쇼 씨가 뒤에서 나를 불렀다.

"이봐요, 젊은 선생. 우리 아버지가 전에 썼던 비법이 또 하나 생각났는데, 소의 귀에다 대고 소리를 지르는 거요. 아버지는 그 방법으로 많은 소를 일으켜 세웠지. 내 목소리는 별로 크지 않으니까 선생이 한번 해보는 게 어떻겠소?"

체면을 차리기에는 좀 늦었다. 나는 소에게 다가가 소의 귀를 잡았다. 그리고 허파를 최대한 부풀린 뒤, 허리를 숙이고 털로 덮인 귓구멍에 입을 대고 목청껏 고함을 질렀다. 암소는 잠시 되새김질을 멈추고 어리둥절한 눈으로 나를 바라보다가, 눈을 내리깔고 다시 만족스럽게 되새김질을 하기 시작했다.

"이 녀석한테 하루 더 여유를 줍시다." 나는 지친 얼굴로 말했다. "내일도 여전히 누워 있으면 한번 들어 올려봅시다. 도와줄 이웃 사람을 몇 명 모을 수 있을까요?"

그날 다른 농장에 왕진을 다니면서도 내 마음은 완전한 좌절감에 빠져 있었다. 빌어먹을 녀석 같으니라고! 도대체 왜 계속 누워 있는 거야? 내가 또 할 수 있는 일이 뭐지? 때는 1938년이었고, 내가 쓸 수 있는 방법은 한정되어 있었다. 30년 뒤에도 유열에 걸린 뒤 일어나려 하지 않는 암소들은 있었지만, 칼슘이 효과가 없을 경우 수의사들이 쓸 수 있는 무기는 훨씬 다양하다. 골반을 압박하여 소를 자연스럽게 일으켜 세우는 방법, 인을 주사하는 방법, 심지어는 전기 충격을 주는 방법도 있다. 엉덩이에 전기 쇼크를 가하면 소들은 당장 충격을 받고, 바닥에 편안히 앉아 있던 많은 소들이 성난 소리로 으르렁거리며 벌떡 일어나곤 했다.

예상한 대로 암소는 이튿날도 전혀 변화를 보이지 않았다. 내가 핸드쇼 씨네 마당에 차를 세우고 내리자 그의 이웃들이 나를 둘러쌌다. 그들은 축제 분위기였다. 농부들이 다른 사람의 가축에 대해서는 으레 그러듯이, 그들은 싱글싱글 웃으며 자신만만하게 유용한 조언을 늘어놓았다.

우리가 암소의 몸뚱이 밑에 자루를 밀어 넣자 그들은 웃음을 터뜨리며 못된 장난을 쳤고 이상야릇한 제안을 홍수처럼 쏟아냈지만, 나는 귀를 막고 듣지 않으려고 애썼다. 우리는 마침내 모두 힘을 합쳐 암소를 들어올렸지만 결과는 충분히 예측할 수 있었다. 암소는 주인이 점점 더 우울해지는 눈으로 우리를 지켜보는 동안 네 다리를 대롱거리며 평화롭게 공중에 떠 있었다.

우리는 한참 동안 숨을 헐떡거리고 투덜거린 뒤, 자루 위에 축 늘어진 채 움직이지 않는 소를 땅바닥에 내려놓았다. 모두 다음에는 어떻게 할거냐고 묻는 듯한 눈으로 나를 바라보았다. 내가 필사적으로 다음에 쓸 방법을 궁리하고 있을 때 핸드쇼 씨가 또 지껄이기 시작했다.

"우리 아버지는 낯선 개를 데려오면 암소를 일으켜 세울 수 있다고 하셨지."

거기 모인 농부들 가운데 몇 명이 웅얼거리는 소리로 동의했고, 너도나도 당장 개를 데려오겠다고 나섰다. 나는 한 마리면 충분할 거라고 말하려 했지만 내 권위는 이미 떨어져 있었고, 농부들은 모두 암소를 일으켜 세우는 자기네 개의 능력을 보여주고 싶어서 안달이 난 것 같았다. 갑자기 흥분한 농부들의 집단 대이동이 시작되었고, 마을의 구멍가게 주인인 스메들리 씨까지도 집에서 키우는 보더테리어를 데려오려고 맹렬한 속도로 자전거 페달을 밟으며 달려갔다. 몇 분도 지나지 않아서 외양간은 서로 으르렁대는 개들로 활기를 띠게 되었지만, 암소는 가까이 다가오는 개들에게 경고라도 하듯 뿔을 흔드는 것을 제외하면 그 개들을 깨끗이 무시했다.

핸드쇼 씨의 양몰이개가 임무를 수행하고 있던 목초지에서 외양간으로 들어오자 일촉즉발의 위기가 찾아왔다. 그 개는 비쩍 말랐고 완고해서 다루기가 만만치 않았다. 반사 능력은 번개처럼 빨랐고 성미도 불같이 급했다. 녀석은 털을 곤두세우고 뻣뻣한 다리로 성큼성큼 외양간으로 들어오더니, 제 세력권에 들어와 있는 낯선 개들을 놀란 눈으로 바라보고는 악의에 찬 눈빛으로 말없이 행동을 개시했다.

몇 초도 지나기 전에 이제까지 내가 본 개싸움 가운데 가장 멋진 개싸움이 시작되었다. 나는 뒤로 한 걸음 물러나서 전혀 쓸모없는 사람이 된 듯한 기분으로 그 광경을 바라보았다. 농부들의 고함 소리가 개들이 짖는 소리와 으르렁거리는 소리보다 더 크게 들렸다. 대담무쌍한 한 사내가 그 난투극 속으로 뛰어들었다가 다시 나타났을 때는 잭러셀 하나가 그의 장화 뒤꿈치를 꽉 물고 있었다. 클로버힐에 사는 레이놀즈 씨는 짧은 막대기 두 개 사이에 암소 꼬리를 끼우고 세게 문지르면서 "쿠시! 쿠시!" 하고 외쳤다. 그런 장면을 무력하게 바라보고 있을 때, 웬 낯선 사내가 내 소매를 잡아당기면서 속삭였다.

"김빠진 맥주 1파인트에 제이스 액을 한 숟갈 타서 소한테 먹여보면 어떨까요?"

온갖 마술의 힘이 돌파구를 열고 홍수처럼 밀려와 나를 집어 삼키고 있는 것 같았다. 내 빈약한 과학 지식으로 제방이 무너지지 않게 지킬 가망은 전혀 없었다. 그 소음 사이로 그 삐걱거리는 소리를 어떻게 들었는지는 모르지만, 아마 레이놀즈 씨가 꼬리 문지르는 것을 단념시키려고 그쪽으로 몸을 낮게 숙이고 있었기 때문일 것이다. 하지만 바로 그 순간 암소가 자세를 약간 바꾸었고, 나는 그 소리를 분명히 들었다. 그것은 암소의 골반에서 난 소리였다.

내가 사람들의 주의를 끌기까지는 좀 시간이 걸렸다. 그들은 모두 내가 거기에 있다는 것도 잊어버렸을 것이다. 하지만 마침내 개들을 떼어내 수많은 개줄로 묶고 모두 소리 지르는 것을 멈추고 누군가가 레이놀즈 씨를 암소 꼬리에서 끌어내자 이제는 내가 주목의 대상이 되었다.

나는 핸드쇼 씨에게 말했다.

"뜨거운 물 한 양동이와 비누와 수건을 좀 갖다 주시겠습니까?"

그는 새로운 작전에도 별로 기대를 걸지 않는 것처럼 투덜거리면서 발을 질질 끌며 천천히 걸어갔다. 나의 신용은 형편없이 낮았다.

나는 윗옷을 벗고 두 팔에 비누칠을 하고 한 손을 암소의 직장에 넣어 단단한 골반이 닿을 때까지 깊숙이 밀어 넣었다. 나는 직장 벽을 통해 그 골반을 잡고는 관중을 둘러보았다.

"두 분이 갈고리뼈를 잡고 암소를 좌우로 천천히 흔들어주시겠습니까?"

그렇다. 또 그거였다. 거기에는 어떤 실수도 있을 리가 없었다. 나는 그것을 듣고 느낄 수 있었다. 헐거움, 희미하게 삐걱거리는 소리, 뼈가 맞부딪칠 때 나는 거슬리는 소리.

나는 일어나서 팔을 씻었다.

"이 암소가 왜 일어나려 하지 않는지, 그 이유를 알았습니다. 골반이 부러졌어요. 아마 첫날 밤 유열 때문에 비틀거리며 돌아다닐 때 그랬을 겁니다. 신경도 손상되었다고 생각할 수밖에 없어요. 가망이 전혀 없는 것 같습니다."

나는 나쁜 소식을 전하고 있었지만, 합리적인 해답을 찾아낸 것은 그나마 위안이었다.

핸드쇼 씨가 나를 뚫어지게 바라보았다.

"가망이 없다고? 그게 무슨 소리요?"

"안됐지만 그게 사실입니다. 아저씨가 할 수 있는 일은 도축업자를 부르는 것뿐입니다. 뒷다리에 힘이 전혀 없어요. 다시는 일어서지 못할 겁니다."

핸드쇼 씨가 화가 나서 일장 연설을 시작한 것은 그때였다. 그는 불쾌하게 굴거나 욕설을 퍼붓지는 않았지만 내 결점을 단호하게 지적하고, 모든 것을 바로잡을 수 있는 아버지가 그 자리에 없다는 사실을 또다시 한탄했다. 다른 농부들은 눈을 크게 뜨고 빙 둘러서서 그의 말을 한마디도 빼놓지 않고 즐겁게 듣고 있었다.

장광설이 끝나자 나는 서둘러 떠났다. 내가 할 수 있는 일은 더 이상 아무것도 없었고, 어쨌든 핸드쇼 씨는 결국 내 생각에 동의할 수밖에 없을 것이다. 시간이 지나면 내가 옳다는 게 입증될 터였다.

나는 이튿날 아침에 잠에서 깨어나자마자 그 암소를 생각했다. 유쾌한 일은 아니었지만, 적어도 내 진단에 의심할 여지가 없다는 것을 알고 어느 정도는 마음의 평화를 느꼈다. 나는 무엇이 잘못 되었는지를 알았고, 가망이 전혀 없다는 것도 알았다. 더 이상 걱정할 일은 아무것도 없었다.

핸드쇼 씨한테서 그렇게 빨리 전화가 걸려왔을 때 나는 깜짝 놀랐다. 자기가 틀렸다는 것을 깨달으려면 사나흘 걸릴 거라고 생각했기 때문이다.

"헤리엇 씨요? 아, 안녕하쇼. 우리 암소가 네 발로 일어나 멀쩡하게 돌아다니고 있다는 걸 알려드리려고 전화했소이다."

나는 수화기를 두 손으로 꽉 움켜쥐었다.

"뭐라고요? 뭐라고 하셨습니까?"

"우리 암소가 일어났단 말이오. 오늘 아침에 보니 외양간을 돌아다니고 있더라니까. 아주 건강하게. 녀석을 보면 지금까지 한 번도 병에 걸린 적이 없다고 생각할 거요." 그는 잠깐 말을 끊었다가 학생을 나무라는 선생처럼 엄숙하게 말을 이었다. "그런데 당신은 나를 바라보면서 녀석이 다시는 일어나지 못할 거라고 말했잖소."

"하지만…… 하지만……."

"내가 어떻게 해냈는지 궁금하겠군. 우리 아버지의 비법을 또 하나 생각해냈소. 도축장에 가서 갓 잡은 양의 가죽을 구해다가 암소 등에 씌워 놓았지. 그랬더니 바로 일어납디다. 선생도 여기 와서 보아야 할 거요. 우리 아버지는 정말 대단한 분이셨지."

나는 망연자실한 상태로 식당에 들어갔다. 이 문제에 대해 원장과 의논해야 했다. 파넌은 송아지를 받느라 새벽 3시에 잠에서 깨어났기 때문에 30대인 실제 나이보다 훨씬 늙어 보였다. 그는 아침을 먹으면서 말없이 내 이야기를 들은 다음 접시를 밀어내고, 마지막으로 커피를 또 한 잔 따랐다.

"운이 안 좋았군. 늙은 양 가죽이라고? 정말 기묘한 일이야. 자네는 데일스에 온 지 벌써 1년이 지났지만 그런 일을 겪은 건 처음이지? 지금은 한물 간 비법이지만, 오래된 민간요법이 대부분 그렇듯이 그 비법에도 조금은 일리가 있어. 갓 잡은 양 가죽 밑에서 많은 열이 발생한다는 건 자네도 상상할 수 있을 거야. 그걸 암소 등에 씌우면 더운찜질 같은 효과를 내게 되지. 얼마 후에는 정말로 암소를 자극하여 일으켜 세우고, 암소가 순전히 고집을 부리느라 누워 있을 뿐이라면 단지 양 가죽에서 벗어나기 위해 일어나는 경우도 많을 거야."

"하지만 부러진 골반은 어떻게 된 거죠? 분명히 골반 전체가 삐걱삐걱 소리를 내고 흔들렸단 말입니다!"

"제임스, 그런 식으로 걸려든 게 자네가 처음은 아니야. 송아지를 낳은 뒤 며칠 동안 골반 인대가 단단히 조여지지 않을 때가 있지. 그러면 이런 결과가 생긴다네."

"맙소사." 나는 식탁보를 뚫어지게 내려다보면서 신음 소리를 냈다. "내가 일을 완전히 망쳐버렸군요."

"사실은 망치지 않았네." 파넌은 담배에 불을 붙이고 의자에 등을 기댔다. "핸드쇼 씨가 양 가죽을 등에 씌웠을 때, 마침 그 암소는 일어나서 산책을 해볼까 하는 생각을 하고 있었을 거야. 자네가 주사를 놓은 직후에도 암소는 그만큼 쉽게 일어날 수 있었을 테고, 그랬다면 그 공은 자네한테 돌아갔겠지. 자네가 여기 처음 왔을 때 내가 한 말을 잊었나? 현명한 수의사처럼 보이는 것과 영원한 바보로 보이는 것은 종이 한 장 차이라고. 그 양쪽을 구분하는 선은 아주 가늘다고. 이런 일은 우리 모두에게 일어난다네. 그러니까 그 일은 잊어버리게, 제임스."

하지만 잊는 것은 그렇게 쉽지 않았다. 그 암소는 이 지역의 명사가 되었다. 핸드쇼 씨는 우체부와 경찰관, 곡물 상인과 비료 상인들, 트럭 운전수들, 농산부 관리들한테 그 암소를 자랑스럽게 보여주었고, 그들은 모두 나에게 와서 만면에 미소를 지으며 그 이야기를 들려주었다. 핸드쇼 씨는 낭랑하게 울려 퍼지는 목소리로 의기양양하게 항상 똑같은 말을 되풀이하더라는 것이다.

"헤리엇 씨가 다시는 일어나지 못할 거라고 말한 암소가 바로 저 녀석이오!"

그의 행동에 무슨 악의가 있었다고는 생각지 않는다. 그는 똑똑한 체하는 젊은 수의사를 골려먹은 것이고, 그가 좀 우쭐댄다고 해서 그를 나무랄 수도 없는 노릇이었다. 그리고 어떤 점에서 나는 그 암소에게 큰 도움을 준 셈이었다. 다시 말하면 그 암소의 수명을 상당히 늘려준 것이다. 핸드쇼 씨는 암소의 통상적인 근무연한이 끝난 뒤에도 오랫동안 그 암소를 순전히 전시용으로 계속 살려두었기 때문이다. 하루에 2갤런 이상의 우유를 생산하지 못하게 된 뒤에도 몇 년 동안이나 그 암소는 여전히 길가 목초지에서 행복하게 풀을 뜯고 있었다.

그 암소는 한쪽 뿔이 묘하게 위를 향하고 있어서 쉽게 알아볼 수 있었다. 나는 종종 차를 세우고 '다시는 일어나지 못할 터였던' 그 암소를 담장 너머로 바라보곤 했다.

19

마지막 통용문이었다. 트리스탄이 운전을 하고 있었기 때문에 내가 차에서 내려 그 문을 열고 저 멀리 아래쪽에 있는 농장과, 우리 자동차가 풀로 뒤덮인 가파른 비탈에 만들어놓은 타이어 자국을 돌아보았다. 정말 색다른 곳이었다. 여기 데일스에는 이런 곳에 자리 잡은 농장이 몇 개 있었지만, 이 농장은 이어지는 길이 전혀 없었다. 사람이나 자동차나 수레가 지나다녀서 생긴 자국조차 없었다. 그곳에서 골짜기 위의 간선도로로 가려면 목초지를 가로질러 차를 몰면서 도중에 통용문을 몇 개나 지나야 했다. 그리고 이것이 마지막 통용문이었다. 이제 10분만 더 가면 집에 도착할 터였다.

트리스탄은 내 자가용 운전사 역할을 했다. 내가 난산하는 송아지를 받다가 왼손에 염증이 생기는 바람에 왼팔을 팔걸이 붕대로 매달고 있었기 때문이다. 트리스탄은 통용문을 지나 위로 올라가지 않고 차에서 내려 문기둥에 등을 기대고는 담배에 불을 붙였다.

그는 서둘러 떠날 마음이 없는 듯했다. 목덜미에 닿는 햇살이 따뜻하고 맥주 두 병이 그의 배 속에 편안하게 들어 있었기 때문에 나는 그의 기분이 아주 좋을 거라고 짐작했다. 생각해보면 농장에서는 만사가 순조로웠다. 그는 어린 처녀소의 젖꼭지에서 사마귀를 몇 개 제거했고, 농부는 그가 젊은이치고는 일을 잘한다고("젊은이는 정말로 이 일에 적임자군!") 말하면서 날이 너무 더우니까 집에 들어가서 맥주나 한 병 마시라고 우리를 불러들였다. 트리스탄은 무아지경에 빠져 단숨에 맥주를 들이켰고, 그 놀라운 속도에 깊은 인상을 받은 농부는 맥주를 또 한 병 내주었다.

그것은 좋았다. 나는 트리스탄도 그렇게 생각하고 있다는 것을 알 수 있었다. 그는 흐뭇한 미소를 지으며 황무지의 공기와 담배 연기를 가슴 깊이 길게 들이마시고 눈을 감았다.

그때 차에서 삐걱거리는 소리가 나자 그의 눈이 번쩍 뜨였다.

"맙소사! 차가 구르고 있어, 짐!" 그가 외쳤다.

작은 '오스틴'은 비탈을 따라 천천히 후진하고 있었다. 기어가 풀린 게 분명했고, 이 차에는 원래 브레이크라고 할 만한 것도 없었다. 우리는 둘 다 차를 향해 몸을 날렸다. 트리스탄이 그나마 가까웠고, 한 손가락이 간신히 보닛에 닿았지만 차의 속도가 너무 빨랐다. 우리는 포기하고 지켜볼 뿐이었다.

비탈은 가팔랐고, 그 작은 차는 울퉁불퉁한 땅바닥 위에서 미친 듯이 뛰어 오르면서 빠르게 추진력을 얻었다. 나는 트리스탄을 힐끗 쳐다보았다. 그의 머리는 오히려 위기 속에서 신속하고 명쾌하게 작동했다. 나는 그가 무슨 생각을 하고 있는지 알 수 있었다. 무도회가 끝나고 여자를 차에 태워 집까지 바래다주다가 '힐먼' 자동차를 전복시킨 게 불과 보름 전이었다. 차는 완전히 망가져서 수리할 수도 없을 정도였고, 보험회사 직원들은 거기에 대해 좀 심통 맞게 굴었다. 그리고 화가 난 파넌은 참다 못해 트리스탄을 해고해버렸다. 두 번 다시 네놈 얼굴을 보고 싶지 않다고 말했던 것이다.

하지만 트리스탄은 그동안 해고를 당한 게 한두 번이 아니었다. 잠시만 형의 눈길을 피하면 형은 그 일을 곧 잊어버리리라는 것을 알고 있었다. 게다가 이번에는 그가 운이 좋았다. 파넌은 은행 지점장을 설득하여 새 '로버'를 구입할 자금을 구했고, 이것이 그의 마음속에서 다른 것을 모조리 지워버렸기 때문이다.

하필이면 트리스탄이 운전사로서 '오스틴'을 맡고 있을 때 이런 일이 일어난 것은 분명 불운이었다. 차는 이제 풀로 덮인 언덕 비탈을 시속 100킬로미터 정도의 속도로 무섭게 돌진하고 있었다. 자동차 문이 하나씩 열려 급기야는 문 네 짝이 모두 퍼덕거렸고, 차는 꼴사나운 거대한 새처럼 아래로 급강하했다.

열린 문을 통해 약병과 기구, 붕대, 탈지면 따위가 풀밭으로 쏟아져 나와, 차가 지나간 자리에 띄엄띄엄 이어진 기다란 흔적을 남겼다. 이따금 마전자와 위장병 약으로 쓰는 중탄산나트륨 가루를 담은 통이 튀어나와 폭탄처럼 터져서 초록빛 풀밭에 하얀색 가루를 뿌리곤 했다.

트리스탄은 두 팔을 번쩍 들어올렸다.

"저것 좀 봐! 빌어먹을 차가 오두막으로 돌진하고 있어." 그는 담배를 더 힘껏 빨았다.

헐벗은 비탈에는 장애물이 정말로 딱 하나밖에 없었다. 지형이 평탄해진 언덕 기슭에 작은 건물이 하나 있었는데, 오스틴은 마치 자석에라도 끌린 것처럼 그 건물을 향해 돌진하고 있었다.

나는 차마 그것을 볼 수가 없었다. 충돌이 일어나기 직전에 나는 고개를 돌리고 트리스탄의 담배 끝에 주의를 집중했다. 그 담배 끝부분은 충돌이 일어났을 때 새빨간 빛을 내고 있었다. 내가 언덕 기슭을 돌아보았을 때, 아까 보았던 건물은 더 이상 그곳에 없었다. 건물은 완전히 납작해져 있었고, 카드로 지은 집에 대해 지금까지 들은 이야기가 모두 내 마음속으로 밀어닥쳤다. 산산이 부서진 목재 위에 그 작은 차가 평화롭게 옆으로 누워 있었다. 자동차 바퀴는 아직도 나른하게 돌고 있었다.

우리가 비탈을 전속력으로 달려 내려갈 때 트리스탄이 무슨 생각을 하고 있는지는 쉽게 짐작할 수 있었다. '오스틴'을 망가뜨렸다고 파년에게 이실직고하는 순간을 즐겁게 기다리고 있지는 않을 것이다. 사실 그는 형에게 이 사고를 털어놓을 생각조차 않았다. 하지만 도중에 널려 있는 주사기와 메스와 유리병에 든 백신을 지나 참화의 현장에 가까워지자 다른 결과를 상상하기는 어려웠다.

차에 도착하자 우리는 불안한 마음으로 살펴보았다. 차체는 원래 여기저기 부딪히고 우그러든 경험이 있어서 새로 생긴 자국을 알아보기는 쉽지 않았다. 꽁무니는 확실히 움푹 들어가 있었지만 별로 눈에 띄지 않았다. 손상되었음을 명백하게 알 수 있는 부위는 깨진 후미등뿐이었다. 우리는 희망이 살아나는 것을 느끼면서 농장으로 도움을 청하러 갔다.

농부는 친절하게 우리를 맞아주었다.

"맥주를 더 마시려고 돌아왔소?"

"그것도 좋겠군요." 트리스탄이 대답했다. "사실은 사고가 있었어요."

우리는 집 안으로 들어갔고 친절한 농부는 맥주를 몇 병 더 땄다. 그는 오두막이 무너졌다는 말을 듣고도 놀라거나 화가 난 것 같지 않았다.

"그건 내 오두막이 아니라 골프클럽 소유요. 말하자면 클럽하우스지."

트리스탄이 눈썹을 치켜 올렸다.

"세상에! 설마 우리가 대러비 골프클럽 본부를 무너뜨렸다는 말은 아니겠죠?"

"아니, 그걸 무너뜨린 게 분명해요. 목초지에 있는 목조건물은 그것뿐이니까. 원래는 내 땅인데, 골프클럽에서 일부를 임대해서는 9홀짜리 골프장을 만들었지. 아니, 걱정 마쇼. 거기서 골프를 치는 사람은 거의 없으니까. 이따금 은행 지점장이 와서 골프를 치는데, 나는 그 사람을 별로 좋아하지 않아요."

프레스콧 씨가 마구간에서 말 한 마리를 꺼내주었기 때문에 우리는 그 말을 끌고 언덕 기슭으로 돌아가서 자동차를 끌어내어 다시 똑바로 세웠다. 트리스탄은 몸을 좀 떨면서 차에 올라타고 시동을 걸었다. 작지만 튼튼한 엔진은 당장 큰 소리를 내며 돌아가기 시작했다. 트리스탄은 쓰러진 널벽을 조심스럽게 넘어서 풀밭으로 차를 몰았다.

"정말 고맙습니다, 프레스콧 씨." 그가 외쳤다. "무사히 끝난 것 같습니다."

"멋지군. 아주 멋져. 차가 새것 같구려." 농부는 윙크를 하고 손가락 하나를 치켜세웠다. "자, 당신들도 이 일에 대해 아무 말 마쇼. 나도 아무 말 하지 않을 테니까. 알았소?"

"알았습니다. 짐, 어서 타." 트리스탄은 액셀을 밟았고, 우리는 고맙게도 다시 한 번 언덕을 급히 올라갔다.

가는 동안 트리스탄은 생각에 잠긴 것 같았고, 길로 나갈 때까지 입을 열지 않았다. 길에 이르자 나를 돌아보았다.

"그나마 다행이야. 그래도 후미등에 대해서는 말해야 돼. 그러면 나는 또 야단을 맞겠지. 형의 자동차에 일이 생기면 그걸 모두 내 탓으로 돌리는 건 좀 심하다고 생각지 않아? 너도 그런 장면을 몇 번이나 보았을 거야. 형은 낡아빠진 고물차를 나한테 몰게 하고, 차가 망가지면 그건 항상 내 탓이야. 빌어먹을 타이어는 속에 들어 있는 천이 드러나 보일 만큼 낡았지만, 내가 펑크라도 내면 그 대가를 단단히 치러야 돼. 그건 공정하지 않아."

"너도 알다시피 원장님은 말없이 속으로만 끙끙 앓는 사람이 아니야. 화가 나면 욕설을 퍼부어야 직성이 풀리는 양반이라고. 더구나 네가 가장 가까운 사람이니까."

트리스탄은 잠시 입을 다물고 있다가 담배 연기를 한 번 더 깊이 빨아들여 두 볼을 불룩하게 만들고 재판관 같은 표정을 지었다.

"'힐먼'에 대해서는 나한테 전혀 책임이 없다고는 말하지 않겠어. 몸집 작은 간호사의 어깨를 한 팔로 끌어안은 채 시속 100킬로로 드링글리의 그 급커브를 돌았으니까. 하지만 대체로 말하면 나는 재수가 없었던 거야. 사실 나는 편견에 희생된 억울한 피해자라고."

우리가 병원에 돌아갔을 때 파넌은 기분이 언짢은 상태였다. 그는 여름 감기에 걸려서 코를 훌쩍거리고 몸이 느른해지기 시작한 참이었지만, 그래도 우리가 전한 소식을 듣고 어떻게든 분노를 폭발시킬 만한 정력은 남아 있었다.

"이 미친놈아! 이번에는 후미등이냐? 내가 뼈 빠지게 일하는 게 너 때문에 늘어난 자동차 수리비를 대려고 그러는 것 같냐? 너는 죽기 전에 나를 파산시킬 거야. 어서 꺼져. 꼴도 보기 싫어. 이제 너하고는 끝이야."

트리스탄은 위엄 있게 퇴각하여 형의 눈에 띄지 않게 조용히 숨어서 때를 기다리는 여느 때의 방침에 따랐다. 그는 이튿날 아침까지 형의 눈앞에 나타나지 않았다. 파넌의 건강 상태는 더욱 나빠졌다. 감기가 그의 약점인 목에 자리를 잡았고, 그는 후두염으로 몸져누웠다. 그는 식초에 적신 습포를 목에 대고 붕대를 친친 감았다. 내가 트리스탄과 함께 침실에 들어갔을 때 파넌은《대러비 타임스》지를 힘없이 뒤적이고 있었다.

그는 괴로운 듯 속삭이는 소리로 말했다.

"이거 봤나? 골프장 클럽하우스가 어제 무너졌는데, 그런 일이 어떻게 일어났는지 알려주는 단서가 전혀 없다는군. 정말 이상한 일이야. 거긴 프레스콧의 땅이잖아?" 파넌은 갑자기 베개에서 머리를 들어 동생을 노려보았다. "너 어제 거기 있었지!" 그는 쉰 목소리로 말한 다음 다시 침대에 쓰러져 중얼거렸다. "아니야. 아니야. 미안해. 그건 너무 터무니없는 일이야. 그리고 무엇이든 네 탓으로 돌리는 건 잘못이야."

트리스탄은 형을 뚫어지게 바라보았다. 지금까지 그가 형에게 이런 말을 들은 적은 한 번도 없었다. 나도 강한 불안을 느꼈다. 원장이 섬망증으로 헛소리를 한 게 아닐까?

파넌은 고통스럽게 침을 삼켰다.

"방금 소턴의 아미티지한테서 급한 전화가 걸려왔어. 암소 한 마리가 유열로 쓰러졌대. 네가 제임스를 태우고 당장 가주면 좋겠다. 어서 가. 꾸물거리지 말고 빨리 움직여."

"못 갈 것 같은데." 트리스탄은 어깨를 으쓱했다. "짐의 차는 수리공장에 들어가 있어. 어제 깨진 후미등을 고치고 있지. 한 시간은 걸릴 거야."

"아, 참 그렇지. 그런데 어떡하지? 아미티지는 지금 겁을 먹고 공포 상태에 빠져 있어. 그 암소는 한 시간 안에 죽을 수도 있대. 도대체 어떻게 하면 되지?"

"'로버'가 있잖아." 트리스탄이 조용히 말했다.

파넌의 몸이 담요 밑에서 갑자기 뻣뻣해지고 격렬한 공포가 눈 속에 어른거렸다. 그는 잠시 베개 위에서 머리를 이리저리 굴리고, 뼈만 앙상한 손가락이 신경질적으로 이불을 잡아당겼다. 이윽고 그는 간신히 몸을 반쯤 일으켜 동생의 눈을 들여다보았다. 그리고 천천히 입을 열었다. 고통스럽게 갈라지는 목소리 때문에 그의 말이 더욱 위협적으로 들렸다.

"좋아. 어쩔 수 없이 네가 '로버'를 몰아야겠다. 너 같은 난폭 운전자한테 '로버'를 맡기는 날이 올 줄은 꿈에도 몰랐지만, 이 말만은 명심해둬. 그 차에 긁힌 자국 하나라도 내면 죽을 줄 알아. 내 손으로 너를 죽여 버릴 테니까."

오래된 패턴이 되풀이되고 있었다. 파넌의 눈이 튀어나오기 시작했다. 트리스탄의 얼굴은 모든 표정을 잃고 완전히 무표정해진 반면, 파넌의 두 볼은 시뻘게지고 있었다.

파넌은 마지막 남은 힘을 짜내어 몸을 좀 더 높이 들어올렸다.

"어때? '로버'를 박살내지 않고 소턴까지 10킬로를 무사히 갔다 올 수 있겠어? 그럴 자신 있어? 그렇다면 좋아. 어서 갔다 와. 그리고 내가 한 말 잊지 마."

트리스탄은 기분이 상한 듯 말없이 물러났고, 나는 그를 따라가면서 침대에 누워 있는 파넌에게 마지막 눈길을 던졌다. 파넌은 반듯이 드러누운 채 열에 들뜬 눈으로 천장을 노려보고 있었다. 그의 입술은 기도를 드리고 있는 것처럼 힘없이 달싹거리고 있었다.

방에서 나오자 트리스탄은 기쁜 듯이 두 손을 맞비볐다.

"이런 행운이 오다니! 평생 다시 오지 않을 기회야. 100년 동안은 그 '로버' 운전석에 앉아보지 못할 줄 알았어." 그는 목소리를 낮추어 속삭이는 소리로 덧붙였다. "그러니까 세상만사가 결국은 가장 좋은 방향으로 일어나게 마련인 거야."

5분 뒤에 그는 신중하게 차를 후진시켜 마당을 빠져나가 골목길로 들어섰다. 일단 소턴으로 가는 길에 접어들자 나는 그가 운전을 즐기기 시작했다는 것을 알 수 있었다. 3킬로미터 정도는 앞길이 곧게 뻗어 있었고, 저 멀리서 다가오는 우유 트럭 말고는 아무것도 없이 텅 비어 있었다. '로버'의 성능을 시험해보기에는 안성맞춤인 곳이었다. 그는 고급 가죽시트에 편안히 기대어 액셀을 힘껏 밟았다.

우리가 어렵지 않게 시속 100킬로로 달리고 있을 때 우유 트럭을 추월하기 시작한 승용차 한 대가 보였다. 그것은 바퀴 위에 비스킷 통처럼 생긴 네모난 지붕의 차체가 얹혀 있는 고물차여서, 무언가를 추월하려고 애쓰는 것은 애당초 주제넘은 짓이었다. 나는 그 차가 뒤로 물러나기를 기다렸지만 계속 다가왔다. 그리고 우유 트럭은 아마 내기를 좋아하는 모험가인 듯 그 고물차와 경주를 벌이려고 더욱 분발하고 있는 것 같았다.

나는 점점 불안해지는 마음으로 두 자동차가 나란히 달려오는 것을 보았다. 이윽고 그 차들은 우리한테서 300미터 정도 떨어진 곳까지 다가왔고, 두 차의 간격은 50센티미터도 채 되지 않았다. 나는 고물 승용차가 속도를 늦추어 우유 트럭 뒤로 물러날 거라고 생각했다. 마땅히 그래야 했다. 다른 방법은 없었다. 하지만 그 차는 속도를 늦추는 데 시간이 많이 걸렸다. 트리스탄은 브레이크를 힘껏 밟았다. 우유 트럭도 똑같이 브레이크를 밟으면 고물 승용차는 트럭과 '로버' 사이로 아슬아슬하게 빠져나갈 수 있을 터였다. 하지만 몇 초도 지나기 전에 나는 그런 일은 일어나지 않으리라는 것을 깨달았다. 우유 트럭과 고물차가 요란한 소리를 내면서 나란히 다가왔기 때문에 나는 공포에 질려 아무 말도 못한 채 정면충돌을 피할 수는 없겠다고 체념했다.

나는 눈을 감기 직전에 고물차 핸들 뒤에 앉아서 깜짝 놀란 표정을 짓고 있는 커다란 얼굴을 얼핏 보았다. 다음 순간, 무언가가 깨지는 듯한 요란한 소리와 함께 '로버' 왼쪽에 무언가가 부딪쳤다.

내가 눈을 떴을 때 우리 차는 멈춰 있었다. 도로에는 앞만 똑바로 바라보고 있는 트리스탄과 나뿐이었다. 조용하게 텅 빈 길은 우리 앞에서 구부러져 평화로운 초록빛 언덕들 속으로 들어가고 있었다.

나는 꼼짝도 않고 앉아서 두근거리는 심장 소리에 귀를 기울였다. 잠시 후 어깨 너머로 뒤를 돌아보니 우유 트럭이 멀리 떨어진 커브를 돌아서 사라져갔다. 나는 내친김에 트리스탄의 얼굴을 살펴보았다. 그렇게 새파란 얼굴을 나는 지금까지 본 적이 없었다.

한참 뒤에 나는 왼쪽에서 외풍이 들어오는 것을 느끼고 돌아보았다. 그쪽에는 문이 하나도 없었다. 하나는 몇 미터 뒤쪽 길가에 뒹굴었고, 또 하나는 망가진 경첩 하나에 간신히 매달려 있었다. 하지만 내가 보고 있는 동안 이 문도 경첩에서 떨어져나가 요란한 소리와 함께 길바닥에 떨어졌다. 나는 마치 꿈속을 거니는 것처럼 천천히 차에서 내려 손상 부위를 조사했다. '로버'의 왼쪽은 차체가 뒤틀려 황량한 상태였다. 마지막 순간에 틈새를 찾아 돌진한 고물차가 헤치고 지나간 흔적이었다.

트리스탄은 멍한 얼굴로 풀밭에 털썩 주저앉았다. 차체의 도장 부분이 조금만 긁혔어도 그는 공황 상태에 빠졌을 테지만, 이 대규모 파손은 그의 감각을 완전히 마비시킨 것 같았다. 하지만 이 상태는 오래 지속되지 않았다. 그는 눈을 깜박거리기 시작했고, 이어서 눈이 가늘어졌다. 그는 담배를 더듬어 찾았다. 그의 기민한 머리가 다시 작동하기 시작했고, 그의 생각을 읽기는 어렵지 않았다. 이제 무엇을 하려는 것일까?

내가 상황을 잠깐 평가해보니 그가 취할 수 있는 행동 방침은 세 가지로 여겨졌다. 첫 번째이자 가장 매력적인 방침은 대러비를 영원히 떠나는 것인데, 필요하다면 해외로 이민을 가버릴 수도 있을 터였다. 둘째, 기차역으로 곧장 가서 브로턴행 열차를 탈 수도 있었다. 브로턴에 가면, 이 사건이 잠잠해질 때까지 어머니와 함께 조용히 살 수 있을 터였다. 세 번째는 생각하는 것조차 참을 수 없는 일이지만, 스켈데일 하우스로 돌아가서 형에게 '로버'를 박살냈다고 털어놓는 것이었다.

이 세 가지 가능성을 비교 고찰하고 있을 때 우리와 충돌한 고물차가 눈에 들어왔다. 그 차는 길에서 50미터쯤 내려간 도랑에 처박혀 있었다. 그쪽으로 서둘러 달려가던 나는 차 안에서 시끄럽게 꼬꼬댁거리는 소리가 나는 것을 들었다. 오늘이 장날이라는 게 생각났다. 많은 농부들이 암탉 몇 마리를 넣은 나무상자와 여남은 꾸러미의 달걀을 장에 내다 팔려고 시내로 들어오고 있을 터였다. 우리는 창문으로 안을 들여다보았다. 트리스탄이 놀라서 숨을 헐떡거렸다. 겉으로는 다친 데가 없어 보이는 뚱뚱한 남자가 깨진 달걀 웅덩이 속에 누워 있었다. 그는 우리를 안심시키려는 듯 미소를 띠고 있었다. 그의 얼굴을 뒤덮은 달걀 가면을 통해 볼 수 있는 한, 그는 우리의 비위를 맞추려는 것처럼 알랑거리는 표정을 띠고 있었다. 차의 내부는 충돌할 때 나무상자에서 탈출하여 미친 듯이 출구를 찾고 있는 암탉들로 가득 차 있었다.

사내는 달걀 웅덩이에서 행복한 미소를 지으며 뭐라고 외쳤지만, 닭들이 시끄럽게 꼬꼬댁거리는 소리 때문에 그의 말을 알아듣기가 어려웠다. 나는 이따금 토막 난 말들을 간신히 포착했다. "정말 죄송…… 완전히 제 잘못…… 피해 보상은 충분히 해드리겠습니다." 암탉들이 환하게 웃는 사내의 얼굴을 가로질러 이리저리 뛰어다니고 달걀노른자가 그의 옷을 타고 흘러내리는 상황에서 그의 말은 쾌활하게 떠올랐다.

트리스탄은 간신히 문짝 하나를 떼어냈지만, 당장 몰려나온 암탉들 때문에 뒤로 밀려났다. 몇 마리는 사방팔방으로 달아나 시야에서 사라졌고, 그보다 모험심이 덜한 녀석들은 달관한 듯 길가에서 모이를 쪼아 먹기 시작했다.

"괜찮으세요?" 트리스탄이 외쳤다.

"아, 예, 괜찮은 것 같군요. 내 걱정은 마시오." 뚱뚱한 남자는 철벅거리는 달걀 웅덩이에서 일어나려고 버둥거렸지만 허사였다. "아아, 이 일은 정말 미안하게 됐소. 하지만 젊은이가 손해를 보지는 않게 할 거요. 그건 믿어도 좋아요."

그는 달걀물이 뚝뚝 떨어지는 손을 들어 올렸고, 우리는 그가 차 밖으로 나오도록 도와주었다. 그의 옷은 흠뻑 젖었고 달걀껍질 조각이 머리카락과 콧수염에 달라붙어 있었지만 그는 평정을 잃지 않았다. 사실 그는 온몸으로 자신감을 발산하고 있었다. 그 고물차로 빠르게 달리는 트럭을 추월할 수 있다는 생각을 그에게 불어넣은 것도 바로 그 자신감이었을 것이다.

그는 트리스탄의 어깨에 한 손을 올려놓았다.

"사고 원인은 아주 간단하게 설명할 수 있어요. 햇빛이 내 눈에 들어왔던 거요."

때는 정오였고, 뚱뚱한 남자는 정북 쪽을 향해 달리고 있었지만, 여기서 논쟁을 벌여봤자 별로 의미가 없을 것 같았다.

우리는 박살난 문짝들을 '로버'에 싣고 소턴으로 가서 유열에 걸린 암소를 치료하고 대러비로 돌아왔다. 트리스탄은 나에게 절망 어린 눈길을 던진 다음, 어깨를 펴고 형의 방으로 곧장 걸어갔다. 나는 그 뒤를 바싹 따라갔다.

파넌은 상태가 더 나빠져 있었다. 얼굴은 고열로 벌게지고, 움푹 들어간 눈은 이글이글 타오르는 것처럼 빛났다. 트리스탄이 침대 발치로 다가갈 때까지 파넌은 꼼짝도 하지 않았다.

"그래, 어땠냐?" 파넌은 거의 알아들을 수 없을 만큼 작은 소리로 속삭였다.

"잘 됐어. 암소는 우리가 떠날 때 제 발로 일어나 있었지. 하지만 한 가지 문제가 있는데…… 차를 살짝 부딪쳤어."

그때까지 파넌은 코를 고는 듯한 소리를 내면서 씨근거리고 천장을 뚫어지게 바라보며 누워 있었지만, 그의 호흡이 마치 스위치라도 끈 것처럼 멈추었다. 무시무시한 침묵이 흘렀다. 이윽고 꼼짝도 않는 형체에서 목 졸린 듯한 두 마디가 새어나왔다.

"무슨 일이야?"

"내 잘못이 아니었어. 어떤 사람이 트럭을 추월하려고 했는데 못했어. 그래서 '로버' 한쪽을 긁었어."

또다시 침묵이 흐르고 또다시 속삭이는 소리가 새어나왔다.

"많이 망가졌냐?"

"앞뒤 펜더는 심하게 망가진 것 같아. 그리고 왼쪽 문짝이 둘 다 떨어져 나갔어."

파년은 강력한 용수철이 달린 인형처럼 침대에 벌떡 일어나 앉았다. 시체가 되살아난 것처럼 놀라웠다. 습포를 고정시키려고 머리에 둘둘 감았던 붕대가 풀려서 수의에 달린 꽃줄처럼 초췌한 얼굴에 늘어져 있는 것이 그 효과를 더욱 높였다. 파년은 입을 딱 벌리고 비명을 질렀지만, 아무 소리도 나오지 않았다.

"이 머저리 놈아! 넌 모가지야!"

그는 기계장치가 거꾸로 돌아간 것처럼 베개에 털썩 쓰러져 꼼짝도 않고 누워 있었다. 우리는 좀 걱정이 되어서 잠시 그를 지켜보았지만, 다시 씨근거리는 숨소리가 나는 것을 듣고는 발꿈치를 들고 살금살금 방을 나왔다.

층계참에서 트리스탄은 두 볼을 부풀리고 담뱃갑에서 담배 한 개비를 꺼냈다.

"좀 어려운 상황이지만, 내가 늘 하는 말을 알고 있겠지?" 그는 성냥을 켜서 담배에 불을 붙이고 더없이 행복한 표정으로 연기를 깊이 빨아들였다. "세상만사는 결국 좋은 방향으로 일어나게 마련이야."

 데일스 지방의 농장들은 대부분 이름이 없었지만, 이번에 찾아가는 농장은 아주 분명하게 이름이 밝혀져 있어서 큰 도움이 되었다. 통용문 위에 걸린 간판에는 굵고 검은 글씨로 '허스턴 그레인지'라고 쓰여 있었다.

 나는 차에서 내려 빗장을 열었다. 출입문도 훌륭해서, 어깨를 맨 위 가로대 밑에 대고 힘주어 끌어당기지 않아도 경첩을 축으로 순조롭게 움직였다. 회색 돌로 지은 훌륭한 농가가 눈 아래 서 있었다. 활 모양으로 튀어나온 한 쌍의 창문은 빅토리아 시대에 어느 재산가가 원래의 건조물에 덧붙인 것이었다.

 그 집은 대러비 강의 만곡부에 있는 지협의 평평한 풀밭에 서 있었다. 싱그러운 초록빛 풀과 조용하고 비옥한 주위 목초지는 그 뒤쪽에 솟아 있는 헐벗은 언덕들과 뚜렷한 대조를 이루고 있었다. 높이 자란 참나무와 너도밤나무들이 집을 가리고, 산비탈 아래쪽은 울창한 소나무 숲에 덮여 있었다.

 농장을 찾아가면 언제나 그렇듯이 나는 큰 소리로 사람들을 부르면서 건물들 주위를 돌아다녔다. 내가 집으로 가서 농부가 안에 있는지 물어보는 것을 왠지 모욕으로 여기는 사람도 있었기 때문이다. 훌륭한 농부는 식사 시간에만 집에 있어야 한다고 생각하는 것이다. 하지만 내가 아무리 외쳐도 응답이 없었다. 그래서 나는 집으로 가서, 비바람에 풍화한 돌들 사이에 깊이 박혀 있는 문을 두드렸다.

어떤 목소리가 대답했다.

"들어오세요."

나는 문을 열고 판석이 깔린 널찍한 부엌으로 들어갔다. 햄과 베이컨용 옆구리살이 갈고리에 꿰어져 천장에 매달려 있었다. 체크무늬 블라우스에 초록색 리넨 바지를 입은 까무잡잡한 여자가 밀가루를 반죽하고 있다가 고개를 들어 나를 보고는 방긋 웃었다.

"문을 열어드리지 못해서 죄송해요. 손이 바빠서요." 젊은 여자는 팔꿈치까지 하얀 밀가루가 묻어 있는 두 팔을 들어올렸다.

"괜찮습니다. 헤리엇이라고 합니다. 송아지를 보러 왔습니다. 송아지가 다리를 전다고 들었는데요."

"네, 아무래도 다리가 부러진 것 같아요. 여기저기 뛰어다니다가 구멍에 발이 빠졌겠죠. 잠시만 기다려주시면 제가 안내할게요. 아버지와 일꾼들은 목초지에 있어요. 저는 헬렌 올더슨이에요."

그녀는 팔을 씻고 물기를 닦은 다음 짧은 고무장화를 신었다. 그러고는 안쪽 방에서 들어온 노파에게 말했다.

"이 빵을 대신 맡아줘요, 메그. 나는 헤리엇 씨를 송아지가 있는 곳으로 안내해야 하니까."

밖으로 나오자 그녀가 나를 돌아보며 소리 내어 웃었다.

"꽤 먼 거리를 걸어야 할 거예요. 송아지는 언덕 꼭대기에 있는 헛간에 있어요. 보세요. 저기 보이시죠?"

그녀는 언덕마루에 웅크리고 있는 돌집을 가리켰다. 나는 그런 고지대에 있는 건물에 대해서라면 뭐든지 다 알고 있었다. 그런 건물은 구릉지 전역에 흩어져 있었고, 나는 그런 곳을 돌아다니면서 건강에 좋은 운동을 충분히 하고 있었다. 그 건물들은 건초 따위를 저장하는 헛간이나 언덕 목초지에서 풀을 뜯는 짐승들의 피난처로 쓰였다.

나는 잠시 그녀를 바라보았다.

"아니, 괜찮습니다. 상관없어요. 전혀 상관없습니다."

우리는 목초지를 넘어 강에 걸려 있는 좁은 다리에 이르렀다. 나는 그녀를 따라 강을 건너다가 문득 어떤 생각이 떠올랐다. 여자가 바지를 입는 이 새로운 패션은 좀 혁명적일지 모르지만, 그것을 옹호하는 말도 많았다. 샛길은 소나무 숲을 지나 위로 뻗어 있었는데, 여기서는 햇빛이 검은 나무줄기들 사이에 밝은 섬을 이루고 있었다. 강물 소리가 희미해졌다. 우리는 솔잎이 양탄자처럼 깔려 있는 곳을 조용히 걸어갔다. 숲속은 서늘했고, 새들이 지저귀는 소리가 나무들 사이에서 메아리칠 때를 제외하고는 조용했다.

10분 동안 힘겹게 걸어가자 우리는 다시 뜨거운 햇볕이 내리쬐는 탁 트인 황무지로 나왔다. 샛길은 땅 위로 드러난 바위들을 돌면서 더욱 가파르게 구부러졌다. 나는 숨을 헐떡거리기 시작했지만 그녀는 활기차고 편안한 걸음걸이로 경쾌한 속도를 유지했다. 언덕 꼭대기의 평탄한 땅에 이르러 다시 헛간이 시야에 들어오자 나는 반가웠다.

나는 허리까지 올라오는 헛간 문을 열었지만, 천장까지 쌓아올린 건초 냄새가 자욱한 헛간이 어두워서 환자의 모습이 잘 보이지 않았다. 송아지는 아주 작아 보였고, 걸으려고 애를 써보아도 대롱거리는 앞다리가 짚이 깔린 바닥에 쓸데없이 질질 끌리기만 하기 때문에 몹시 낙담한 것 같았다.

"내가 진찰하는 동안 송아지 머리를 잡고 있어줄래요?" 내가 말했다.

그녀는 능숙하게 송아지를 잡았다. 오른손으로는 송아지 턱 밑을 잡고 왼손으로는 귀를 잡았다. 내가 다리를 더듬는 동안 작은 송아지는 덜덜 떨면서 서 있었다. 송아지의 얼굴은 비애의 화신이었다.

"진단이 정확했네요. 요골과 척골이 완전히 부러졌지만 뼈의 위치는 바뀌지 않았으니까 깁스를 대면 괜찮아질 겁니다."

나는 가방을 열고 석고붕대를 꺼낸 다음, 가까운 샘에 가서 양동이에 물을 채웠다. 그리고 붕대 하나를 물에 적셔 다리에 대고, 두 번째와 세 번째 붕대를 다리에 감았다. 이윽고 다리가 무릎부터 발까지 빠르게 굳어가는 하얀 덮개에 싸였다.

"굳을 때까지 2, 3분만 기다렸다가 놓아주면 돼요." 나는 깁스가 돌처럼 단단해졌다고 만족할 때까지 계속 깁스를 톡톡 두드렸다. 그러고는 마침내 말했다. "됐습니다. 이제 송아지를 놓아줘도 돼요."

그녀는 송아지의 머리를 놓았고, 작은 동물은 종종걸음으로 멀어져갔다.

"보세요!" 그녀가 외쳤다. "벌써 다리에 체중을 싣고 있어요! 아까보다 훨씬 행복해 보이지 않나요?"

나는 미소를 지었다. 내가 정말로 대단한 일을 해낸 듯한 기분이 들었다. 부러진 뼈의 끝부분이 움직이지 않도록 고정되었기 때문에 송아지는 이제 고통을 느끼지 않았다. 그리고 다친 동물의 사기를 떨어뜨리는 두려움도 마술처럼 사라졌다.

"예, 그렇군요. 정말이지 빨리 원기를 회복했어요."

그러나 내 말은 요란한 소 울음소리에 삼켜졌고, 헛간 문 위로 보이던 푸른 하늘이 갑자기 커다란 머리에 가려졌다. 물기 어린 커다란 두 눈이 걱정스러운 듯이 어린 송아지를 내려다보았다. 송아지는 가락이 높은 울음소리로 대답했다. 곧 귀가 먹먹해지는 이중창이 시작되었다.

 "어미예요." 그녀가 소들이 내는 소음보다 큰 소리로 외쳤다. "우리가 제 새끼한테 무슨 짓을 했는지 궁금해서, 가엾게도 아침 내내 이 근처를 어슬렁거리고 있었답니다. 새끼와 떨어져 있는 걸 싫어해요."

 나는 허리를 펴고 문의 빗장을 잡아당겼다.

 "이젠 어미를 들여보내도 됩니다."

 커다란 암소는 내 옆을 지나 돌진하면서 하마터면 나를 쓰러뜨릴 뻔했다. 이어서 암소는 코를 킁킁거리며 새끼를 세심하게 조사하기 시작했다. 그리고 주둥이로 새끼를 마구 밀어대고 목구멍 깊숙한 곳에서 나오는 듯한 소리로 음매하고 울었다.

 작은 송아지는 이 모든 소동을 행복하게 감수했고, 세심한 조사가 끝나서 어미가 마침내 만족하자 송아지는 절뚝거리며 어미젖을 찾아가 기운차게 빨기 시작했다.

 "식욕도 금세 되찾았군요." 내가 말했고, 우리는 함께 웃었다.

 나는 빈 통들을 내 가방에 던져 넣고 가방을 닫았다.

 "한 달 동안은 깁스를 해야 할 겁니다. 그러니까 그때 전화를 주시면 내가 다시 와서 깁스를 떼겠습니다. 송아지를 계속 지켜보고 붕대 위쪽 다리에 염증이 생기지 않도록 신경을 써주세요."

 우리가 헛간을 나오자 햇볕과 달콤하고 따뜻한 공기가 높은 파도처럼 우리를 맞이했다. 나는 고개를 돌려 골짜기 너머에 높이 솟아 있는 푸른 언덕을 바라보았다. 매끄럽고 거대한 언덕들은 정오의 열기 속에서 안개에 싸인 것처럼 흐릿해 보였다. 내 발밑의 풀밭은 나무들 사이로 어른거리는 강물을 향해 가파르게 비탈져 있었다.

"이렇게 높이 올라오니까 전망이 멋지네요." 나는 말했다. "저기 저 협곡을 보세요. 그리고 저 높은 언덕—저건 산이라고 부를 수도 있겠는데요." 나는 히스가 점점이 흩어져 있는 언덕배기가 다른 언덕들보다 높이 올라가 있는 거대한 언덕을 가리켰다.

"저건 헤스킷 산이에요. 높이가 750미터나 된답니다. 그리고 그 너머에 있는 저 산은 에들턴 산, 그 반대쪽에 있는 게 웨더 산, 그리고 저게 콜버 산과 세너 산이에요."

야생적인 북유럽적 울림을 가진 이름들이 그녀의 입에서 술술 나왔다. 그녀는 오랜 친구처럼 그 산들에 대해 이야기했고, 나는 그녀의 목소리에서 다정한 감정을 느낄 수 있었다.

우리는 언덕 비탈의 따뜻한 풀밭에 앉았다. 부드러운 산들바람이 황무지의 꽃들을 잡아당기고 어디선가 마도요가 울었다. 대러비와 스켈데일 하우스와 수의사 일은 천 마일 밖에 있는 것처럼 여겨졌다.

"이런 데서 살다니, 정말 운이 좋군요. 하지만 내가 굳이 그런 말을 할 필요는 없겠죠?"

"네, 나는 이 고장을 사랑해요. 세상 어디에도 이런 곳은 없을 거예요." 그녀는 말을 끊고 주위를 천천히 둘러보았다. "당신 마음에도 들었다니 기뻐요. 이곳을 너무 황량하다고 생각하는 사람이 많거든요. 그런 사람들은 이곳 풍경에 두려움을 느끼는 것 같아요."

나는 소리 내어 웃었다.

"나도 압니다. 하지만 나로 말하자면, 요크셔 데일스에서 일하지 않는 수천 명의 수의사들에게 동정심을 느끼지 않을 수 없네요."

나는 내가 하는 일에 대해 이야기하기 시작했고, 그런 뒤에는 나도 모르는 사이에 내 학창시절로 돌아가 즐거웠던 시절과 친구들, 그리고 희망과 포부에 대해 이야기하고 있었다.

나는 내 입에서 말이 술술 나오는 데 스스로 놀랐다. 나는 평소에 수다쟁이가 아니었다. 나는 상대가 따분해하고 있을 게 분명하다고 느꼈다. 하지만 그녀는 초록빛 바지를 입은 두 다리를 두 팔로 끌어안고 조용히 앉아서 골짜기를 바라보며, 이해한다는 듯이 이따금 고개를 끄덕였다. 그리고 웃어야 할 때는 어김없이 웃어주었다.

그날 남은 임무를 모두 잊어버리고 여기 양지바른 언덕 비탈에 계속 머물고 싶다는 생각이 든 것도 나를 놀라게 했다. 이렇게 차분히 앉아서 내 나이 또래의 여자와 대화를 나눈 지도 꽤 오래되었다는 것을 깨달았다. 그게 어떤 것인지도 잊어버릴 정도였다.

나는 서두르지 않고 일부러 천천히 샛길로 돌아가 향기로운 소나무 숲을 지나갔지만, 나무다리를 건너고 목초지를 지나 농장까지 걸어가는 시간이 눈 깜짝할 사이에 지나간 것 같았다.

나는 자동차 문에 손을 대고 그녀를 돌아보며 말했다.

"한 달 뒤에 오겠습니다." 한 달이 엄청나게 긴 시간처럼 여겨졌다.

그녀는 방긋 웃었다.

"오늘은 여러 가지로 고마웠어요."

내가 시동을 걸자 그녀는 손을 흔들고 집으로 들어갔다.

"헬렌 올더슨?" 파년은 나중에 점심을 먹으면서 말했다. "물론 알고 있지. 사랑스러운 아가씨야."

식탁 건너편에 앉아 있던 트리스탄은 아무 논평도 하지 않았지만, 포크와 나이프를 식탁에 내려놓고 경건하게 천장을 쳐다보며 낮은 소리로 길게 휘파람을 불었다. 그러고는 다시 먹기 시작했다.

파년이 말을 이었다.

"그래, 나는 그 아가씨를 잘 알고 있어. 그리고 훌륭한 아가씨라고 찬탄하고 있지. 몇 년 전에 어머니가 돌아가신 뒤로 그 아가씨가 집안일을 도맡아 한다네. 요리도 하고 아버지와 남동생과 여동생을 보살피고 있지." 파년은 숟가락으로 감자 샐러드를 접시에 조금 덜어 넣었다. "남자친구가 있냐고? 그 지역 젊은이의 절반이 그 아가씨를 쫓아다니고 있지만 정해진 상대가 있는 것 같진 않아. 데이트 상대를 고르는 데 까다로운 여자인 모양이야."

21

오늘은 일이 순조롭지 않을 것 같다는 생각이 들기 시작한 것은 케이씨네 농장을 향해 아홉 번째로 비탈길을 터벅터벅 올라가고 있을 때였다. 나는 얼마 전에 농산부 소속의 '지방 수의 검사관(L.V.I.)'으로 위촉되었는데, 그것은 내가 가축에 대한 일상적인 임상 검사와 투베르쿨린 검사 같은 여러 가지 업무에 관여하게 되었다는 뜻이다. 또한 그것은 내가한때 의심했던 것—데일스의 농부들은 시간에 대해 나와는 다른 관념과태도를 갖고 있는 게 아닐까—을 더욱 두드러지게 해주었다.

내가 아픈 짐승을 보려고 그들의 농장을 찾아갈 때는 괜찮았다. 그들은 대개 나를 기다리고 있었고, 내가 도착했을 때는 아픈 동물들이 우리에 갇혀 있곤 했다. 하지만 내가 그들의 젖소를 검사하거나 가축을 검사하러 가겠다는 안내장을 보낸 경우에는 사정이 전혀 달랐다. 안내장에는동물들을 축사에 모아두어야 한다는 말이 명확히 적혀 있었고, 내가 몇시에 도착할 예정인지도 명시되어 있었다. 그리고 나는 거기에 따라 그날의 업무 계획을 세웠다. 임상 검사를 하는 데에는 15분쯤 걸리고, 투베르쿨린 검사는 가축의 규모에 따라 몇 시간이 걸릴 때도 있었다. 내가 임상 검사를 하러 갈 때마다 그들이 목초지에서 암소를 데려오는 동안 10분씩 기다려야 한다면, 농장 여섯 곳을 방문한 뒤에는 단순히 계산해도 일정이 계획보다 한 시간이나 늦어진다는 것을 의미했다.

그래서 나는 투베르쿨린 검사를 하러 케이 씨네 농장으로 차를 몰고 가서 그의 암소들이 우리 안에 모여 있는 것을 보았을 때 안도의 한숨을 내쉬었다. 우리는 눈 깜짝할 사이에 검사를 끝냈고, 오늘은 출발이 좋구나 생각하고 있을 때 케이 씨가 어린 처녀소 여섯 마리만 더 검사하면 일이 다 끝난다고 말했다. 내가 또다시 불길한 예감을 느낀 것은 축사를 나와서 회색 얼룩무늬가 있는 밤색 털과 붉은색 털로 덮인 소들이 드넓은 목초지 끝에서 만족스럽게 풀을 뜯고 있는 것을 보았을 때였다.

"저 소들도 축사 안에 넣어두었을 줄 알았는데요." 나는 걱정스럽게 말했다. 케이 씨는 파이프에 남아 있는 눅눅한 담배 찌꺼기를 손바닥에 탁탁 털어낸 다음, 그것을 꼰 담배 몇 가닥과 섞어서 파이프 대통에 다시 채워 넣었다.

"그렇지 않아요." 그는 맛있게 담배를 뻐끔뻐끔 피우면서 말했다. "이렇게 더운 날에는 소들을 축사에 넣어두고 싶지 않았소. 저 작은 헛간으로 소들을 몰고 갑시다."

그는 담배 연기를 구름처럼 토해내면서, 가파른 비탈을 이룬 길쭉한 목초지 꼭대기를 가리켰다. 그곳에는 다 무너져가는 회색 돌집 한 채가 서 있었다.

그의 마지막 말을 들은 순간 나는 차가운 손이 나를 움켜잡은 것처럼 오싹했다. 이 무서운 말은 전에도 수없이 들었다. 하지만 이번에는 어쩌면 괜찮을지도 모른다. 우리는 목초지 기슭으로 가서 어린 암소들 뒤로 돌아갔다.

"워! 워!" 케이 씨가 외쳤다.

"워어! 워어!" 나도 두 손으로 내 넓적다리를 때리면서 응원했다.

암소들은 풀을 뜯는 것을 멈추고 천천히 턱을 움직이면서 흥미롭게 우리를 바라보다가, 우리가 계속 소리를 지르며 몰아대자 무심하게 언덕을 올라가기 시작했다. 우리는 소들을 살살 달래가면서 간신히 헛간 문까지 데려갔지만, 거기서 짐승들은 걸음을 딱 멈추었다. 무리의 우두머리는 헛간 안으로 머리를 잠깐 집어넣었다가 획 돌아서더니 언덕을 단숨에 달려 내려갔다. 그러자 나머지 소들도 당장 그 뒤를 따랐다. 우리는 이리저리 뛰어다니며 두 팔을 휘둘렀지만 소들은 우리를 완전히 무시하고 우리 옆을 지나 달려갔다. 나는 요란한 소리를 내며 비탈을 달려 내려가는 어린 소들을 생각에 잠긴 눈으로 바라보았다. 소들은 꼬리를 높이 쳐들고 야생마처럼 뒤꿈치를 높이 차 올리고 있었다. 녀석들은 이 새로운 놀이를 즐기고 있는 게 분명했다.

다시 언덕을 내려온 우리는 또다시 소들을 어르고 달래어 헛간 문까지 천천히 몰고 갔지만, 거기서 또다시 갑작스러운 탈출극이 벌어졌다. 이번에는 무리 가운데 한 마리가 제멋대로 혼자 탈출을 시도했고, 내가 녀석을 다시 헛간 쪽으로 몰려고 이리저리 뛰어다니며 애를 쓰는 동안 다른 녀석들이 빈틈으로 돌진하여 또다시 신나게 비탈을 내려가 버렸다.

그것은 길고 가파른 언덕이었고, 쨍쨍 내리쬐는 햇빛을 등에 가득 받으면서 세 번째로 비탈을 올라갈 때 나는 옷차림에 너무 양심적이었던 것을 후회하기 시작했다. 농산부는 새로 'L.V.I.'가 된 사람들에게 내린 지시에서 우리가 임무를 수행할 때는 복장을 제대로 갖추어야 한다고 명시했다. 나는 그 지시를 마음에 새기고 규정된 제복을 입었지만, 기다란 방수코트와 고무장화는 우리가 맡은 일에 알맞은 복장이 아니라는 것을 이제야 깨달았다. 땀이 뚝뚝 떨어져 눈 속으로 들어가고 내 셔츠는 몸에 찰싹 달라붙어 있었다.

세 번째로 언덕을 즐겁게 달려 내려가는 소들의 엉덩이를 바라보면서 나는 무슨 수를 써야 할 때가 되었다고 생각했다.

"잠깐만요." 나는 케이 씨에게 외쳤다. "내 몸이 좀 뜨거워지고 있는데요."

나는 코트를 벗고 그것을 돌돌 말아서 헛간에서 한참 떨어진 풀밭 위에 내려놓았다. 그리고 주사기와 투베르쿨린 상자, 측경기, 가위, 노트와 연필을 가지런히 쌓아올리고 있을 때, 어떤 면에서는 내가 속고 있다는 생각이 내 마음속으로 밀고 들어왔다. 어쨌든 농산부 일은 편하다—수의사라면 누구나 그렇게 말할 것이다. 한밤중에 일어나지 않아도 되고, 근무 시간은 정해져 있고, 힘들게 일할 필요도 없었다. 사실 그것은 손쉬운 돈벌이였고, 본격적인 일을 하다가 잠시 숨을 돌릴 수 있는 유쾌한 휴식 시간이었다. 나는 땀이 줄줄 흘러내리는 이마를 닦고 숨을 헐떡거리며 잠시 서 있었다.

우리는 다시 출발했고, 네 번째로 헛간에 도착했을 때는 우리가 이겼다고 생각했다. 한 마리를 빼고는 모든 암소가 헛간 안으로 들어갔기 때문이다. 하지만 그 마지막 한 녀석은 헛간에 들어가려 하지 않았다. 우리는 애원하듯 어르고 달래고 팔을 휘두르고 뒤로 다가가서 엉덩이를 쿡쿡 찌르기까지 했지만, 녀석은 문간에 버티고 서서 잔뜩 미심쩍은 눈으로 헛간 안을 바라보고 있을 뿐이었다. 그러자 녀석의 친구들 머리가 문간에 다시 나타나기 시작했고, 나는 우리가 또다시 진 것을 알았다. 내가 미친 듯이 뛰어다니며 소리를 질렀는데도 녀석들은 한 마리씩 밖으로 나와서 언덕 아래로 돌진하는 대열에 다시 합류했다. 나도 이번에는 고통스러운 좌절감에 사로잡혀 소들을 따라 전속력으로 언덕을 뛰어 내려갔다.

우리는 몇 번을 더 시도했고, 그때마다 소들은 다양한 수법을 도입하여 때로는 언덕 중턱에서 도망치기도 하고 때로는 헛간 뒤로 돌아가 낡은 돌집 뒤에서 우리를 엿보다가 다시 언덕 아래로 달려 내려가기도 했다.

여덟 번째로 언덕을 내려간 뒤에 나는 호소하듯 케이 씨를 바라보았다. 그는 차분하게 파이프에 다시 불을 붙이고 있었는데, 조금도 난감해하거나 걱정하는 것 같지 않았다. 내 일정표는 무용지물이 되어버렸지만, 그는 우리가 한 시간 가까이 이런 일을 되풀이했다는 것을 알아차리지 못한 것 같았다.

"이런 식으로는 성공할 가망이 없어요. 게다가 저는 해야 할 일이 많거든요. 뭔가 다른 방법이 없을까요?"

농부는 꼬인 담배를 파이프 대통에 엄지손가락으로 꾹꾹 눌러 담고 만족스럽게 몇 번 깊이 연기를 빨아들인 다음 약간 놀란 눈으로 나를 바라보았다.

"글쎄요, 개를 데려올 수도 있겠지만, 그 녀석은 별로 도움이 안 될 거요. 아직 어린 강아지라서."

그는 어슬렁어슬렁 농가로 돌아가서 문을 열었다. 털북숭이 잡종개 한 마리가 즐겁게 짖으면서 뛰쳐나왔다. 케이 씨는 그 개를 목초지로 데려왔다. "저리 가!" 하고, 그는 다시 풀을 뜯기 시작한 소들을 가리키며 외쳤다. 개는 소들 뒤로 번개같이 달려갔다. 소떼 속으로 돌진하여 뒤꿈치를 깨물면서 헛간 쪽으로 몰아대는 그 작은 털북숭이와 함께 언덕을 올라가면서 나는 다시금 희망을 품기 시작했지만, 헛간에 이르자 갑자기 또 모든 게 엉망이 되었다. 나는 어린 암소들이 강아지의 미숙함을 느끼기 시작한 걸 알 수 있었다. 개가 다가가자 암소 한 마리가 개의 턱 아래쪽을 가볍게 걷어찼다. 강아지는 깨갱거리며 꼬리를 내렸다. 녀석은 불안한 표정으로 멈춰 서서, 위협적으로 뿔을 흔들며 다가오는 소들을 쳐다보다가 마침내 결정을 내린 듯 슬금슬금 달아나버렸다. 어린 암소들은 점점 더 빠른 속도로 개를 따라갔고, 오래지 않아서 나는 강아지가 언덕을 전속력으로 달려 내려가고 어린 암소들이 요란하게 발을 구르며 그 뒤를 쫓아가는 희한한 광경을 구경하고 있었다. 언덕 기슭에서 강아지는 통용문 뒤로 사라졌고 우리는 더 이상 녀석을 보지 못했다.

내 머릿속에서 무언가가 무너진 것 같았다.

"맙소사." 나는 고함을 질렀다. "우리는 절대로 저 빌어먹을 소들을 검사하지 못할 거예요! 그냥 내버려둘 수밖에 없겠어요! 농산부에서 뭐라고 할지 모르지만, 나는 할 만큼 했어요!"

케이 씨는 생각에 잠긴 눈으로 나를 바라보았다. 그는 내가 한계점에 다다른 것을 알아차린 것 같았다.

"그건 좋지 않아요." 그는 파이프를 구두 뒤꿈치에 탁탁 두드려 담뱃재를 털어내면서 말했다. "아무래도 샘을 데려와야겠군."

"샘요?"

"샘 브로드벤트. 이웃 농장에서 일하는 사람인데, 그 친구라면 소들을 모두 헛간에 넣어줄 거요."

"어떻게요?"

"그 사람은 파리 흉내를 낼 수 있거든."

잠시 내 머리가 빙빙 돌았다.

"파리 흉내를 낸다고 하셨나요?"

"그렇소. 그냥 파리가 아니라 쇠파리(소의 살갗에 파고들어 피를 빨아먹고 알을 낳아 유충은 그 피하조직에서 기생한다. 소들은 그 소리만 들어도 겁에 질린다)요. 샘은 좀 아둔한 녀석이지만, 파리 흉내를 낼 수 있다오. 내가 가서 데려오리다. 이 길을 따라 목초지 두 개만 지나가면 녀석이 있을 거요."

나는 멀어져가는 케이 씨의 뒷모습을 미심쩍은 눈으로 지켜보다가 풀밭에 몸을 던졌다. 다른 때라면 언덕 비탈에 누워 땀이 밴 등에 와 닿는 시원한 풀과 얼굴을 간질이는 햇살의 감촉을 즐기고 있었을 것이다. 바람은 잔잔하고 클로버 향기가 코를 찔렀다. 눈을 뜨면 골짜기 바닥의 부드러운 기복이 평화로워 보였다. 하지만 내 마음은 어지러웠다. 농산부 일을 끝내려면 꼬박 하루가 걸렸다. 아직도 많은 일이 나를 기다리고 있는데 벌써 예정보다 한 시간이나 지체되어버렸다. 나는 이제나저제나 내가 오기만을 기다리며 욕을 퍼붓고 있을 농부들의 긴 행렬을 상상할 수 있었다. 긴장이 점점 고조되어 더 이상 참을 수 없는 단계에 이르렀다. 나는 벌떡 일어나 언덕 기슭의 통용문으로 달려 내려갔다. 거기서는 길을 볼 수 있었고, 케이 씨가 돌아오고 있는 것을 발견하고는 안도의 한숨을 내쉬었다.

케이 씨 바로 뒤에 덩치 큰 뚱보 사내가 작은 자전거를 타고 천천히 올라오고 있었다. 뒤꿈치를 페달에 올려놓고, 발과 무릎은 자전거에서 직각으로 튀어나와 있었다. 기름기가 번들거리는 검은 머리카락이 낡은 중산모 밑으로 아무렇게나 삐죽삐죽 튀어나와 있었다.

"샘이 우리를 도와주러 왔네요." 케이 씨는 은근히 우쭐한 태도로 말했다.

"안녕하세요." 내가 인사를 하자 덩치 큰 사내는 천천히 고개를 돌려 나를 보고 고개를 끄덕였다. 수염을 깎지 않은 둥근 얼굴 속의 눈은 퀭하고 호기심이 전혀 없어 보였다. 나는 샘이 정말로 좀 아둔해 보인다고 판단했다. 어떻게 그런 사람이 조금이라도 도움이 될 수 있을지는 상상하기도 어려웠다.

가까이에 서 있던 암소들은 우리가 통용문으로 들어가자 께느른한 눈으로 흥미롭게 우리를 지켜보았다. 녀석들은 오늘 아침의 오락을 매순간 마음껏 즐긴 게 분명했고, 우리가 허락만 하면 좀 더 즐길 마음이 있는 것 같았다. 물론 그것은 우리한테 달려 있었다. 소들은 어느 쪽으로 결판이 나든 걱정하지 않았다.

샘은 자전거를 담벼락에 기대어 세워놓고 근엄하게 앞으로 걸어갔다. 그리고 엄지와 검지로 동그라미를 만들어 입술에 댔다. 그는 모든 것을 제자리에 정리하고 있는 것처럼 두 볼을 움직인 다음, 숨을 한 번 깊이 들이마셨다. 그러자 어디선가 성난 듯한 소리가 나더니, 그 소리가 갑자기 커지는 것 같았다. 사악하게 윙윙거리는 소리와 붕붕거리는 소리였다. 나는 놀라서, 적에게 마지막 일격을 가하려고 부웅 하고 날아오는 격분한 곤충을 찾으려고 주위를 둘러보았다.

그 소리는 어린 암소들에게 전격적인 영향을 주었다. 잘난 체 우쭐거리던 태도는 말끔히 사라졌고 불안이 그 자리를 대신 차지했다. 소음이 점점 커지자 소들은 홱 돌아서서 언덕 위로 돌진했다. 하지만 전처럼 떠들어대며 장난에 열중해 있는 모습이 아니었다. 머리를 흔들지도 않았고 꼬리를 휘두르지도 않았고 뒤꿈치를 차올리지도 않았다. 소들이 이번에는 잔뜩 겁을 먹고 한데 모여서, 서로 어깨를 맞대고 달렸다. 케이 씨와 나는 양쪽에서 종종걸음을 치면서 소들을 다시 한 번 헛간으로 인도했고, 거기서 녀석들은 한 무리를 이루어 불안한 듯 주위를 둘러보았다.

우리는 샘이 도착할 때까지 잠시 기다려야 했다. 그는 자신의 속도를 처음부터 끝까지 고수하는 사람이 분명했다. 그는 서두르지 않고 천천히 비탈을 올라왔다. 꼭대기에 이르자 잠시 멈춰 서서 숨을 돌린 다음, 멍한 눈으로 소떼를 바라보면서 입술에 댄 손가락을 조심스럽게 조정했다. 잠시 긴장된 침묵이 흐른 뒤에 다시금 윙윙거리는 소리가 시작되었다. 이번에는 전보다 훨씬 더 격렬하고 끈질긴 소리였다.

어린 암소들은 일제히 놀란 듯이 큰 소리로 울면서 몸을 돌려 헛간 안으로 돌진했다. 소들이 다 들어간 뒤에 나는 헛간 문을 닫았다. 내 고난이 끝난 것을 믿을 수가 없어서, 나는 헛간 문에 기대어 서 있었다. 샘이 내 곁으로 와서 어두운 헛간 안을 들여다보았다. 그는 자신의 기술을 결정적으로 입증하려는 것처럼 이번에는 손가락을 사용하지 않고 갑자기 날카로운 소리를 냈다. 그에게 잔뜩 겁을 먹은 소들은 문에서 가장 멀리 떨어진 벽에 더 가까이 모여들었다.

잠시 후, 샘이 우리를 떠난 뒤 나는 기분 좋게 소들의 목에 난 털을 깎아내고 거기에 주사를 놓았다. 나는 케이 씨를 쳐다보며 말했다.

"아까 본 걸 아직도 믿을 수가 없네요. 마술 같았어요. 그 사람은 정말 놀라운 재능을 갖고 있더군요."

케이 씨는 허리까지 올라오는 헛간 문 너머로 밖을 내다보았다. 나도 그의 시선을 따라 비탈진 풀밭과 길을 바라보았다. 자전거를 탄 샘이 멀어져갔다. 기묘하게 생긴 검은 모자가 까딱거리며 담장 위를 따라가는 것이 보였다.

"그 녀석은 파리를 아주 잘 흉내 낼 수 있지요. 하지만 녀석이 잘하는 거라곤 그것뿐이라오."

22

케이 씨네 농장을 떠나 두 번째 투베르쿨린 검사를 할 농장으로 서둘러 가면서, 내가 약속 시간보다 한 시간 이상 늦어야 한다면 다음에 찾아갈 곳이 허길 씨네 농장인 게 그나마 다행이라고 생각했다. 네 형제와 가족은 송아지까지 합하여 200마리에 이르는 소들을 키웠고, 나는 그 짐승들을 모두 검사해야 했다. 하지만 허길 씨네 가족은 남에게 예의를 지키는 데일스의 전통을 놀랄 만큼 준수하는 사람들이었기 때문에 내가 좀 늦었다고 해서 나한테 맞대놓고 불평을 하지는 않으리라는 것을 알고 있었다. 그들의 문 안에 들어간 손님은 누구나 왕 같은 대접을 받았다.

내가 마당으로 차를 몰고 들어가자 그들은 모두 하던 일을 멈추고 환하게 웃는 얼굴로 다가왔다. 네 형제가 선두에 서 있었다. 그들을 볼 때마다 그랬듯이 그렇게 건강해 보이는 남자들은 본 적이 없다고 생각했다. 나이는 맏이인 월터가 예순 살쯤 되었고, 토머스와 펜윅을 거쳐 막내인 윌리엄이 40대 후반 정도였다. 그들의 평균 몸무게는 90킬로그램 정도 될 것이다. 그들은 별로 뚱뚱하지 않았고, 단지 환하게 빛나는 새빨간 얼굴과 맑은 눈을 가진 덩치 크고 튼튼한 남자들이었다.

윌리엄이 무리 속에서 앞으로 나왔다. 나는 다음에 어떤 일이 일어날지 알고 있었다. 이것은 항상 그의 임무였다. 그는 갑자기 진지한 표정을 지으며 몸을 앞으로 기울이고 내 얼굴을 들여다보았다.

"오늘은 어떠세요?" 그가 물었다.

"아주 좋습니다, 허길 씨. 고맙습니다." 나는 대답했다.

"그거 잘 됐군요!" 윌리엄이 말했다. 그러자 다른 형제들도 모두 만족스러운 얼굴로 그 말을 되풀이했다. "잘 됐군요. 잘 됐네요. 잘 됐어요!"

윌리엄은 숨을 한 번 깊이 들이마셨다.

"파넌 원장은 어떠신가요?"

"아주 건강합니다."

"잘 됐군요!" 그러자 윌리엄의 뒤쪽에서 속사포 같은 반응이 연이어 터져 나왔다. "잘 됐군요. 잘 됐네요. 잘 됐어요."

윌리엄은 아직 끝나지 않았다. 그는 헛기침을 했다.

"젊은 파넌 씨는요?"

"아주 쌩쌩합니다."

"잘 됐군요!" 하지만 윌리엄은 이번에는 온화한 미소를 띠었고, 그의 뒤쪽에서도 품위 있는 호호 소리가 몇 번 들렸다. 윌리엄은 눈을 감았다. 딱 바라진 그의 어깨가 조용히 흔들렸다. 그들은 모두 트리스탄을 알고 있었다.

윌리엄은 자신에게 맡겨진 임무를 끝냈기 때문에 형제들의 대열로 돌아갔고, 우리는 모두 헛간으로 들어갔다. 나는 길게 늘어서 있는 엉덩이를 보고 마음을 다잡았다. 소들은 파리를 쫓느라 연신 꼬리를 흔들었다. 여기에는 앞으로 할 일이 많았다.

"너무 늦게 와서 죄송합니다." 나는 투베르쿨린을 주사기로 빨아들이면서 말했다. "여기 오기 전에 들른 농장에서 일이 늦어졌어요. 이 검사를 끝내는 데 시간이 얼마나 걸릴지는 예측하기 어렵습니다."

네 형제는 이구동성으로 대답했다.

"예, 맞아요. 어렵지요. 어려워요. 정말 어려워요."

나는 주사기를 다 채우고 가위를 꺼낸 다음, 맨 앞에 있는 암소 두 마리 사이로 들어갔다. 틈이 너무 좁아서 몸이 꽉 끼였고, 나는 숨 막힐 듯한 공기 속에서 조금 헐떡거렸다.

"여긴 좀 덥군요."

그러자 네 형제는 또 다시 이구동성으로 대답했다.

"예, 맞아요. 좀 덥지요. 더워요. 정말 더워요."

그들은 내가 뭔가 대단한 발견이라도 한 것처럼 힘차게 고개를 끄덕이면서 강한 확신을 가지고 그렇게 말했다. 나는 여전히 내 발언을 곰곰 생각하고 있는 엄숙하고 진지한 얼굴들을 바라보면서 긴장이 차츰 풀리기 시작하는 것을 느꼈다. 내가 여기서 일하게 된 건 행운이었다. 이런 사람들을 만날 수 있는 곳이 요크셔의 데일스 말고 또 어디 있겠는가?

나는 암소를 밀고 앞으로 나아가 귀를 잡았지만, 월터가 가벼운 헛기침으로 나를 막았다.

"헤리엇 선생, 귀를 들여다볼 필요는 없을 거요. 내가 번호를 모두 적어 두었거든."

"잘됐군요. 그러면 시간이 많이 절약될 겁니다."

귀에 새겨진 문신을 찾기 위해 귀지를 긁어내는 것은 과대평가된 기분 전환이라고 나는 늘 생각했다. 그리고 허길 형제가 이런 사무적인 면에 신경을 쓰고 있다는 말을 들으니 기분이 좋았다. 농산부에 제출해야 할 서류에는 '가축에 대한 기록이 잘 정리되어 있는가?'라는 항목이 있었고, 나는 항상 '그렇다'라고 썼지만 그때마다 액을 막기 위해 집게손가락 위에 가운뎃손가락을 포개곤 했다. 낡은 청구서나 착유기록용지 뒷면에 소의 등록번호가 아무렇게나 휘갈겨져 있는 것이 생각났기 때문이다.

"나는 소의 등록번호를 장부에 모두 제대로 적어놓거든." 월터가 말했다.

"훌륭해요! 그럼 가서 그 장부를 좀 갖다 주실 수 있겠습니까?"

"그럴 필요 없어요. 여기 있으니까." 네 형제 가운데 맏이인 월터가 우두머리였다. 그들은 모두 사이좋게 지내는 것 같았지만, 사정이 급할 때는 자동적으로 월터가 이어받았다. 그는 조직자였고, 이 집안의 두뇌로 인정받고 있었다. 다른 형제들이 챙 없는 모자를 쓰고 있는 것과는 달리 월터는 항상 낡아빠진 중절모를 쓰고 있었는데, 그 덕분에 그의 태도에는 더욱 권위가 있어 보였다.

그가 안주머니에서 안경집을 꺼내는 동안 모두 존경스러운 눈으로 그를 지켜보았다. 그는 안경집을 열고 낡은 쇠테 안경을 꺼낸 다음, 안경집 안에 들어 있던 건초 부스러기와 왕겨를 입김으로 후우 불어냈다. 그가 전혀 서두르지 않고 안경다리를 귀에 걸고 모든 것을 제자리에 밀어 넣으려고 약간 얼굴을 찡그리며 서 있는 모습은 조용한 위엄과 관록을 갖추고 있었다. 이어서 그는 조끼 주머니에 손을 집어넣었다.

주머니에서 손을 꺼냈을 때 그는 무언가를 손에 쥐고 있었지만, 그의 커다란 엄지손가락에 거의 가려져 있어서 그게 무엇인지 확인하기는 어려웠다. 이윽고 나는 그것이 가로세로의 길이가 5센티미터쯤 되는 검은 표지의 소형 다이어리인 것을 알았다. 사람들이 크리스마스 때 선물로 주고받는 상품이었다.

"그게 가축 기록부인가요?" 내가 물었다.

"그래요, 이게 가축 기록부요. 여기 다 적혀 있지요." 월터는 뿔처럼 단단한 집게손가락으로 책장을 훌훌 넘기면서 눈을 가늘게 뜨고 안경을 통해 책장을 들여다보았다. "어디 보자. 첫 번째 암소니까 84번이군."

"훌륭합니다! 이것만 대조해서 확인하면 나머지는 장부로 처리할 수 있습니다." 나는 암소의 귀 속을 들여다보았다. "이상하군요. 여긴 26이라고 되어 있는데요."

형제들이 귀 속을 들여다보았다. "그렇군. 맞아. 26이야."

월터는 입술을 오므렸다. "그건 블루벨의 새끼잖아?"

"아니, 늙은 버터컵이 낳은 새끼야." 펜윅이 말했다.

"그럴 리가 없어." 토머스가 중얼거렸다. "버터컵은 이 녀석이 태어나기 전에 팀 제퍼슨한테 팔았잖아. 이건 브렌다의 새끼야."

윌리엄이 고개를 저었다. "보브 애슈비가 어린 처녀소를 경매할 때, 거기서 산 게 분명해."

그것은 말다툼이 아니라 한가로운 토론이었지만, 한동안 계속될 것처럼 보였다. 그래서 내가 끼어들 수밖에 없었다.

"됐습니다." 나는 한 손을 들어 올리며 말했다. "26이라고 해둡시다." 나는 그 번호를 내 노트에 적고 그 암소에게 주사를 놓았다. "이 다음 암소는 어떻습니까?"

"그건 내가 확실히 알고 있지." 월터는 다이어리에 적힌 항목 하나를 손가락으로 찌르면서 자신 있게 말했다. "절대로 실수할 리가 없지. 그 암소는 5번이오."

나는 귀 속을 들여다보았다.

"137번이라고 되어 있는데요."

또다시 토론이 시작되었다.

"저 암소는 사들인 거지?" "아니야, 드리블러가 낳은 새끼야." "난 그렇게 생각지 않아. 드리블러는 수놈만 낳았어……."

나는 다시 손을 들어올렸다.

"모든 소의 귀를 들여다보는 게 더 빠를 것 같습니다. 시간이 지나가고 있어요."

"맞아요. 시간이 지나가고 있어요."

월터는 달관한 표정으로 가축 기록부를 조끼 주머니에 집어넣었고, 우리는 모든 암소의 털을 깎고 치수를 재고 주사를 놓는 일을 시작했다. 게다가 숫자들은 희미해져서, 서로 관계가 없는 몇 개의 점으로 보이는 경우가 많았다. 그런 경우는 숫자들을 확인하기 위해 알코올에 적신 헝겊으로 귀 안쪽을 문질러야 했다. 이따금 월터는 자신의 장부를 참고했다.

"아아, 그게 맞아요. 92번. 나도 그렇게 생각했소. 여기에 다 적혀 있다니까."

마당 주위의 우리 속에 풀어놓은 소들과 씨름하는 것은 방수복을 입고 흙투성이 한증탕에 들어가 증기목욕을 하는 것과 비슷했다. 네 형제는 덩치 큰 소도 쉽게 잡았고, 가장 힘센 거세우조차도 그들의 힘센 팔에 잡히면 금세 용기를 잃고 저항을 포기하곤 했다. 하지만 나는 한 가지 기묘한 현상을 알아차렸다. 형제들의 손가락은 너무 두껍고 거대해서, 그것을 소의 콧구멍에 집어넣으면 전혀 움직이지 않게 되어 콧구멍에서 저절로 미끄러져 나올 때가 많았다.

시간이 오래 걸렸지만 우리는 마침내 일을 끝냈다. 마지막 어린 송아지의 목에서 털을 깎아내고 주사바늘을 찌르자 녀석은 큰 소리로 고함을 질렀다. 나는 달콤한 공기 속으로 나와 자동차 트렁크에 내 방수코트를 던져 넣었다. 시계를 보니 3시였다. 예정 시간보다 벌써 두 시간 가까이 늦었고, 이미 더위와 피로로 녹초가 되어 있었다. 게다가 암소 한 마리에 밟힌 오른쪽 발가락들은 살갗이 벗겨졌고, 유난히 격렬한 난투극이 벌어 졌을 때 펜윅의 거대한 신발 바닥에 박힌 징이 갑자기 내려오는 바람에 내 왼쪽 발등에 시퍼런 멍이 들었다. 나는 트렁크를 닫고 다리를 절뚝거리며 운전석 쪽으로 돌아가면서 이 편한 농산부 업무에 대해 의문을 품기 시작했다.

월터가 나에게 다가와 우아하게 고개를 기울이면서 말했다.

"안에 들어가서 차라도 한잔하고 가시오."

"고맙습니다. 저도 그럴 수 있다면 좋겠지만, 검사해야 할 농장이 줄줄 이 기다리고 있어서요. 그 많은 농장을 언제 다 돌 수 있을지 모르겠어 요. 약속을 너무 많이 잡아놓았는데, 여기서 검사하는 데 필요한 시간을 너무 적게 계산했어요. 제가 이렇게 멍청하다니까요."

그러자 네 형제는 진지하게 이구동성으로 대답했다.

"네, 맞아요. 정말 그래요. 맞습니다."

오늘은 더 이상 투베르쿨린 검사를 할 데는 없었지만, 임상 검사할 곳 이 아직 열 군데나 남아 있었고, 그 첫 번째 농장에는 두 시간 전에 갔어 야 했다. 나는 시간과 싸우고 있을 때는 항상 그렇듯이 내 위장 속에 있 는 그 골프공 같은 덩어리가 단단해지는 것을 느끼면서 차를 출발시켰 다. 한 손으로 핸들을 움켜잡고 다른 손으로는 점심 꾸러미를 뒤져서 홀 부인이 만들어준 햄에그파이 한 조각을 꺼내, 먹기 시작했다.

하지만 오래지 않아 나는 제정신을 차렸다. 이건 좋지 않아. 아주 맛있는 파이니까 제대로 맛을 즐기면서 먹는 게 좋겠어. 나는 울타리가 없는 길에서 조금 벗어난 풀밭에 차를 세우고, 시동을 끄고 자동차 창문을 활짝 열었다. 뒤에 있는 농장은 평화로운 풍경 속에서 유일하게 활기가 넘치는 섬 같았고, 이제 축사의 소음과 갑갑한 공기를 떠난 나를 조용하고 텅 빈 공간이 마음을 진정시키는 담요처럼 감싸주었다. 나는 시트에 머리를 기대고 언덕 비탈을 따라 바둑판무늬를 이루고 있는 초록빛 목초지들을 내다보았다. 목초지는 담장 사이에서 위로 뻗어 나가다가, 돌출한 바위와 눈에 거슬리는 갈색 히스가 뒤섞인 황무지로 변했다. 그 위쪽에 있는 황량한 땅에는 히스가 홍수를 이루고 있었다.

다시 차를 몰고 떠날 때는 기분이 한결 나아져 있었고, 임상 검사를 하러 간 첫 번째 농장에서 농부가 찡그린 얼굴로 나를 맞았을 때도 별로 신경을 쓰지 않았다.

"지금은 한 시가 아니오." 그는 딱딱거리며 말했다. "우리 암소들은 오후 내내 축사에 갇혀 있었소. 소들이 축사를 얼마나 엉망으로 만들어놓았는지 좀 보시오. 내가 아무리 애를 써도 이 축사를 다시 깨끗하게 만들지 못할 거요!"

나는 암소들 뒤에 수북이 쌓여 있는 거름을 보고 그의 말에 동의할 수밖에 없었다. 그것은 풀이 한창 자라는 시기에 가축을 축사에 넣어두었을 때 생기는 뜻하지 않은 장애 가운데 하나였다. 그리고 대부분의 소가 우리를 환영하듯 꼬리를 곧추세우고 똥무더기에 똥을 또 한 층 쌓아올리자 농부의 표정은 더욱 험악해졌다.

"시간이 그렇게 오래 걸리진 않을 겁니다." 나는 쾌활하게 말하고 늘어서 있는 소들을 검사하기 시작했다.

투베르쿨린 검사를 하기 전에 실시하는 이 임상 검사는 결핵에 걸린 소를 찾아내는 유일한 방법이었고, 나는 젖통이 이상하게 딱딱해진 소를 찾기 위해 소들의 젖을 차례로 만져보면서 지나갔다. 판에 박힌 이 검사를 우리 수의사들은 익살스럽게 '젖통 만지기'나 '암소 때리기'라고 불렀고, 그것은 곧 따분해지는 일이었다.

미쳐버릴 만큼 지루해지는 것을 막는 방법은 내가 거기에 간 목적을 계속 떠올리는 것이었다. 그래서 젖통 하나가 흔들거리며 매달려 있는 수척한 암소한테 이르자 나는 허리를 펴고 농부를 돌아보며 말했다.

"이 놈한테서 우유 표본을 채취하겠습니다. 저 왼쪽 뒷부분이 좀 딱딱해요."

농부는 콧방귀를 뀌었다.

"좋을 대로 하쇼. 그 녀석은 아무 문제도 없지만 누군가는 그런 일로 밥벌이를 하겠지."

딱딱해진 젖꼭지에서 50시시들이 유리병에 젖을 짜 넣으면서 나는 파넌의 수의사 친구를 생각했다. 그 수의사는 점심으로 가져간 샌드위치와 함께 먹으려고, 항상 그날 검사한 젖통 가운데 가장 건강한 젖에서 우유 표본을 반 리터씩 짠다고 한다.

나는 유리병에 라벨을 붙이고 차에 실었다. 스켈데일 하우스에는 전기로 작동하는 작은 원심분리기가 있었다. 오늘 밤에는 이 우유를 회전시켜 넬센 염색법으로 염색한 뒤 침전된 앙금을 슬라이드에 올려서 검사할 작정이었다. 아마 아무것도 발견하지 못하겠지만, 때로는 현미경 밑에서 새빨간 무지갯빛 결핵균 덩어리를 발견하고 야릇한 흥분에 사로잡힐 때도 있었다. 그런 일이 일어나면 그 암소는 당장 살처분되었고, 그때마다 나는 어떤 아이가 사형 선고를 받는 것을 막아주었을지도 모른다고 생각하곤 했다. 당시에는 사형 선고나 다름없는 뇌막염이나 척수염이나 폐렴이 너무 흔했다.

나는 외양간으로 돌아가서 각 암소의 앞에 있는 벽을 살펴보는 것으로 임상 검사를 끝냈다.

농부는 뚱한 얼굴로 나를 지켜보았다.

"지금 뭐하는 거요?"

"소가 기침을 하면 벽에서 침을 발견할 수 있는 경우가 많거든요." 사실 나는 다른 어떤 방법보다도 바로 이 방법으로 결핵에 걸린 암소를 가장 많이 찾아냈다. 유리 슬라이드 위에 가래침을 문질러 바른 다음, 우유를 염색하듯 그것을 염색하는 방법이다.

오늘날의 젊은 수의사들은 다행히도 결핵에 걸린 소를 별로 보지 못하지만, 30년 전에는 '쇠약한 가축'이 너무 흔했다. 고지대인 페나인 산맥에는 드물었지만, 저지대 평야지방에서는 많이 볼 수 있었다. '상태가 안 좋은' 그런 소들은 가볍게 기침을 하고 숨이 좀 가빴다. 그 소들은 대체로 우유를 많이 내는 좋은 젖소였고 먹이도 잘 먹었지만, 다른 소한테 병을 옮겨서 죽이는 킬러였다. 나는 그런 소를 찾아내는 법을 배우고 있었다. 그리고 겉으로 보기에는 덩치가 크고 살찌고 윤기가 흐르지만 폐는 병으로 구멍투성이가 된 소들도 있었다. 그런 소들은 더욱 음험한 킬러였고, 아무도 그들을 가려내지 못했다. 그런 잠행성 킬러를 가려내려면 투베르쿨린 검사를 할 필요가 있었다.

그 후 나는 농장 네 곳을 더 방문했지만, 내가 갔을 때는 농부들이 나를 기다리다 지쳐서 이미 암소들을 축사 밖으로 내보낸 뒤였다. 그래서 소들을 다시 모두 방목장에서 축사로 데려와야 했고, 소들은 마지못해 천천히 움직였다. 내가 케이 씨의 어린 암소들을 상대로 벌인 로데오 같은 장면은 없었지만, 그보다 훨씬 많은 시간이 허비되었다. 내가 양치기 개처럼 소떼를 따라 뛰어다니는 동안, 소들은 계속 목초지로 돌아가려고 애썼다. 내가 숨을 헐떡이며 이리저리 뛰어다니면 농부들은 모두 똑같은 말을 했다. 암소들은 젖 짜는 시간에만 축사에 들어가고 싶어 한다는 것이다.

마침내 젖 짜는 시간이 왔고, 나머지 농장 가운데 세 곳에는 마침 소들이 젖을 짜고 있을 때 도착했다. 내가 지치고 허기진 상태로 마지막에서 두 번째인 벨 씨네 농장에 도착했을 때는 이미 저녁 6시가 지나 있었다. 그 농장은 쥐죽은 듯 조용했고, 나는 축사 주위를 돌면서 큰 소리로 주인을 불렀지만 아무도 보이지 않았다. 그래서 나는 농가로 다가갔다.

"아주머니, 아저씨는 집에 계신가요?" 나는 물었다.

"아뇨. 말발굽을 박으러 읍내에 나갔는데, 이제 곧 돌아올 거예요. 남편은 선생님이 검사할 수 있도록 암소들을 외양간에 넣어두고 갔어요." 농부의 아내가 대답했다.

그건 다행이었다. 이 농장에서는 일을 곧 끝낼 수 있을 것이다. 나는 뛰다시피 외양간으로 들어가서 판에 박힌 일을 시작했다. 하지만 나는 암소를 보고 냄새를 맡기만 해도 속이 느글거려서 죽을 지경이었고, 소들의 젖통을 만지는 데에도 신물이 났다. 나는 거의 기계적으로 일을 해나가다가 붉은색과 흰색이 섞인 좁은 얼굴에 비쩍 마르고 다리가 껑충한 암소에 이르렀다. 뿔이 짧은 더럼종과 에어셔종의 잡종일 수도 있었다. 내가 그 소의 젖통에 손을 대기가 무섭게 소는 빛처럼 빠른 속도로 덤벼들어 내 무릎을 정통으로 걷어찼다.

나는 너무 아파서 신음 소리를 내고 욕을 퍼부으며 외다리로 외양간 안을 폴짝폴짝 뛰어다녔다. 한참 뒤에야 겨우 절뚝거리며 그 소에게 돌아올 수 있었다. 나는 다시 한 번 시도해보기로 하고, 이번에는 소의 잔등을 긁어주면서 어르고 달랜 뒤 녀석의 다리 사이로 조심스럽게 손을 밀어 넣었다. 똑같은 일이 또다시 일어났지만, 이번에는 가장자리가 날카로운 발굽이 아까보다 조금 높은 내 넓적다리 부위를 걷어찼다.

뒷벽에 부딪힌 나는 고통과 분노로 흐느끼다시피 하면서 거기에 웅크리고 앉았다. 몇 분 뒤에 나는 결정을 내렸다. 저 못된 녀석은 될 대로 되라지. 뒈지든 말든 내가 알 게 뭐람. 검사를 받고 싶지 않다면 마음대로 하게 내버려두면 돼. 하루치 고생은 지금까지 당한 것만으로도 충분해. 나는 영웅적인 행동을 하고 싶은 마음은 전혀 없었다.

나는 그 암소를 내버려두고 일을 계속하여 마침내 다른 소들에 대한 검사를 모두 끝냈다. 하지만 돌아오는 길에 그 암소 옆을 지나쳐야 했고, 암소를 다시 한 번 보려고 멈춰 섰다. 그것이 순전한 오기였는지 아니면 암소가 나를 비웃고 있다고 상상했는지는 모르지만, 나는 딱 한 번만 더 시도해보기로 마음먹었다. 어쩌면 그 암소는 내가 뒤에서 접근하는 게 마음에 들지 않았을지도 몰라. 옆에서 접근하면 그렇게 싫어하지는 않을 거야.

나는 조심스럽게 그 암소와 옆에 있는 암소 사이로 비집고 들어갔다. 소들의 울퉁불퉁한 골반뼈가 내 갈비뼈 속으로 파고들었기 때문에 나는 숨이 막혀서 헐떡거렸다. 일단 골반 사이를 지나 좀 여유 있는 공간으로 들어가면 자유롭게 내 일을 할 수 있을 거라고 생각했다. 그런데 그게 나의 큰 실수였다. 내가 골반 너머에 있는 공간으로 들어가자마자 암소는 본격적으로 나를 공격해왔기 때문이다. 암소는 엉덩이를 재빨리 회전시켜 내 탈출로를 차단해놓고는 머리부터 발끝까지 체계적으로 나를 걷어차기 시작했다. 암소는 나를 걷어차서 앞으로 밀어내다가 내가 벽에 달라붙으면 가슴 높은 곳을 걷어찼다.

그때 이후로도 온갖 상황에서 수없이 다양한 암소들한테 걷어차였지만, 이 암소만 한 전문가는 본 적이 없다. 정말로 악의에 찬 소는 극소수일 게 분명하고, 그런 소들 가운데 하나가 발을 사용한다면 그것은 대개 다치거나 겁먹었을 때의 본능적인 반응이다. 그리고 그 소들은 그저 무턱대고 발길질을 해댄다. 하지만 이 암소는 타격을 가할 때마다 미리 거리를 측정했고, 거리에 대한 암소의 판단은 훌륭했다. 그리고 암소는 나를 제 머리 쪽으로 몰고 갔기 때문에 뿔로 다양하게 내 등을 들이받을 수 있었다. 지금 생각해봐도 그 암소는 인간을 유별나게 증오하는 녀석이었지 싶다.

내 곤경은 절망적이었다. 나는 완전히 덫에 걸렸고, 내가 옆에 있는 암소 쪽으로 밀려나 바싹 다가붙자 겉으로는 순해 보이는 그 녀석도 나를 밀어내려고 뿔로 쿡쿡 찌르면서 끼어들기 시작했기 때문에 그것도 전혀 도움이 되지 않았다.

내가 왜 위를 쳐다보았는지는 알 수 없지만, 외양간의 두꺼운 벽 위쪽에 사방 50센티미터쯤 되는 정사각형 구멍이 하나 뚫려 있었다. 벽을 이루고 있던 석재가 떨어져서 생긴 구멍이었다. 나는 스스로도 놀랄 만큼 민첩하게 내 몸을 끌어올려 머리부터 그 구멍으로 집어넣고 기어나가자 달콤한 향기가 풍겨왔다. 나는 건초 헛간을 들여다보고 있었다. 바로 밑에 양질의 클로버가 푹신하게 쌓여 있는 것을 보고 나는 공중으로 몸을 날려 허공에서 멋지게 한 바퀴 회전한 다음 안전하게 등으로 착륙했다.

온몸에 멍이 들고 코트 앞자락에는 소의 발굽 자국이 빽빽이 찍힌 채 숨을 헐떡이면서 누워 있는 동안 나는 농산부 업무가 거저먹기라는 착각의 잔재를 말끔히 버렸다.

내가 간신히 몸을 일으키고 있을 때 벨 씨가 어슬렁거리며 들어왔다.

"농장을 비워서 죄송합니다. 밖에 긴한 볼일이 있어서요." 그는 흥미롭게 나를 훑어보면서 말했다. "하지만 나는 선생님이 안 오시는 줄 알았어요. 약속 시간보다 많이 늦으셨네요."

나는 옷에서 먼지를 털어내고 머리카락에서 건초 몇 가닥을 집어냈다.

"아, 그 점은 미안하게 생각합니다. 하지만 괜찮아요. 혼자서도 어떻게든 일을 끝냈으니까요."

"그럼 잠깐 낮잠이라도 자고 있었나요?"

"아니, 꼭 그런 건 아닙니다. 여기 암소들 가운데 한 녀석과 좀 문제가 있었어요."

품위를 지키려고 애써봤자 무슨 의미가 있겠는가? 나는 그에게 사실을 털어놓았다.

아무리 친절한 농부도 수의사가 당황하여 쩔쩔매면 즐거워하는 것 같다. 벨 씨는 싱글싱글 웃으면서 내 이야기에 열심히 귀를 기울였고, 그의 입은 갈수록 점점 더 크게 벌어졌다. 내가 이야기를 끝냈을 때쯤에는 몸을 반으로 접고 짧은 승마용 바지를 입은 무릎을 두 손으로 때리면서 웃어대고 있었다.

"충분히 상상할 수 있습니다. 에어셔 잡종인데, 정말 못된 녀석이거든요. 지난봄에 시장에서 헐값으로 샀을 때는 횡재했다고 생각했지만, 곧 알게 되었죠. 녀석을 묶는 데만 꼬박 보름이 걸렸으니까요."

"미리 알았더라면 좋았을걸!" 나는 입을 앙다물고 말했다.

농부는 벽에 뚫린 구멍을 쳐다보았다.

"그래서 저 구멍으로 나오셨군요." 그는 또다시 웃음을 터뜨린 다음, 모자를 벗어서 안감으로 눈물을 훔쳤다. 그러고는 힘없이 중얼거렸다. "내가 집에 있었더라면 좋았을걸."

내가 마지막으로 방문할 곳은 대러비 교외에 있었다. 내가 뻣뻣해진 몸으로 차에서 내릴 때 7시 15분을 알리는 교회 종소리가 들렸다. 정부로부터 위탁받은 일을 하면서 하루를 보낸 뒤 나는 몸도 마음도 완전히 엉망이 된 느낌이었다. 나를 기다리고 있는 암소들의 엉덩이가 길게 줄지어 있는 것을 또다시 보았을 때 나는 터져 나오려는 비명을 억눌러야 했다. 해는 낮게 기울었고, 서녘 하늘에 피어오르는 검은 먹구름이 시골 지방을 으스스한 어둠 속으로 몰아넣었다. 세로로 길쭉한 창문이 뚫려 있는 구식 외양간은 어두컴컴해서 소들은 형체가 분명치 않고 윤곽도 희미해 보였다.

괜찮아. 쓸데없는 데 신경 쓸 것 없어. 얼른 이 일을 해치우고 집에 가자. 맛있는 음식과 편안한 안락의자가 기다리고 있는 집으로 돌아가는 거야. 그 이상은 아무것도 바라지 않았다. 그래서 왼손은 꼬리가 달린 뿌리 부분에 대고 오른손은 뒷다리 사이로 밀어 넣어 재빨리 젖통을 만지고 다음 암소로 넘어갔다. 눈은 반쯤 감기고 머리는 마비된 채 로봇처럼 같은 동작을 되풀이하면서 암소들을 차례로 검사했다. 외양간 저쪽 끝이 약속의 땅처럼 보였다.

그리고 마침내 거기에 이르렀다. 마지막 암소가 벽에 기대어 서 있었다. 왼손을 꼬리에 대고 오른손을 다리 사이로…… 내 지친 두뇌는 처음에는 여기에 무언가 다른 게 있다는 사실을 받아들이지 못했지만, 거기에는 전혀 다른 무언가가 있었다. 우선 넓은 공간이 있었고, 젖통 대신 깊이 쪼개진 무언가가 매달려 있었다. 젖꼭지는 어디에도 없었다.

정신이 번쩍 들었다. 나는 동물의 옆구리를 살펴보았다. 털로 덮인 거대한 머리가 나를 돌아보았다. 간격이 넓게 벌어진 두 눈이, 당신 뭐하고 있는 거냐고 묻는 듯이 나를 바라보았다. 희미한 불빛 속에서 나는 그 소의 코에 꿰어진 구리 코뚜레가 번득이는 것을 볼 수 있었다.

말없이 나를 지켜보고 있던 농부가 말했다.

"거기서 시간을 낭비하고 있구려. 젊은이, 그 녀석의 불알에는 아무 문제도 없다오."

23

그 화요일 저녁도 다른 화요일 저녁과 똑같이 지나가고 있었다. 대러비 음악협회에서 헬렌 올더슨의 뒤통수를 뚫어지게 바라보는 것이 내가 화요일 저녁을 보내는 방식이었다. 그녀와 좀 더 친숙해지는 방법치고는 진척이 더딘 방법이었지만, 좀 더 나은 방법을 생각해낼 수가 없었다.

구릉지에 있는 농장에서 송아지 다리를 치료해준 그날 아침 이후, 나는 그곳을 다시 방문할 수 있을지도 모른다는 기대를 품고 정기적으로 일지를 훑어보곤 했다. 하지만 올더슨 농장의 가축들은 안타깝게도 모두 건강한 것 같았다. 월말이면 깁스를 떼기 위해 그 농장에 가게 된다는 생각으로 만족할 수밖에 없었다. 그런데 나에게 결정적인 타격을 준 것은 헬렌의 아버지가 걸어온 전화였다. 송아지가 건강해져서 자기가 직접 깁스를 떼었다는 것이다. 골절된 뼈가 완전히 접합되었고 송아지도 다리를 전혀 절뚝거리지 않는다고 말하면서 기뻐했다.

나는 데일스 사람들의 자립심과 진취적인 기상을 존경하게 되었지만, 그때는 한참동안 저주했다. 그리고 나는 음악협회에 가입했다. 모임이 열리는 학교 교실로 헬렌이 들어가는 것을 보고 나는 필사적으로 용기를 내어 그녀를 따라 안으로 들어갔다.

그게 몇 주 전이었는데, 그녀와의 관계가 전혀 진척되지 않은 것을 생각하면 한심했다. 그동안 얼마나 많은 테너와 소프라노와 합창단이 다녀갔는지 기억하지도 못할 정도였고, 한번은 지방의 브라스밴드가 작은 방을 가득 채우고 취주악을 연주하여 하마터면 내 고막을 터뜨릴 뻔한 적도 있었건만, 나는 한 발짝도 앞으로 나아가지 못한 채 제자리걸음만 하고 있었다.

오늘 밤에는 현악사중주단이 열심히 현을 긁어대고 있었지만 나는 음악을 거의 듣지 않았다. 내 눈은 여느 때처럼 나보다 몇 줄 앞에 앉아 있는 헬렌에게 붙박여 있었다. 그녀는 늘 함께 오는 두 노부인 사이에 앉아 있었는데, 그 때문에 헬렌은 다른 사람과 사적인 대화를 나눌 기회가 없었을 뿐더러, 두 부인은 차를 마시기 위해 잠깐 쉬는 시간에도 헬렌 곁에 찰싹 붙어 있었다. 그리고 그곳의 전반적인 분위기도 방해가 되었다. 회원들은 거의 다 노인들이고, 잉크와 분필과 연필 냄새가 어우러진 교실 냄새가 모든 것 주위에 자욱하게 감돌고 있었다. 아무 예고도 없이 불쑥 "토요일 밤에 시간 좀 내줄 수 있나요?" 하고 물어볼 수는 없는 그런 곳이었다.

현악사중주단의 연주가 끝나고 모두 박수를 쳤다. 앞줄에서 교구 목사가 일어나 그곳에 모인 사람들에게 환한 미소를 지었다.

"자, 신사숙녀 여러분, 우리를 도와주는 분들께서 차를 준비하신 모양이니까, 15분쯤 쉬어도 좋을 것 같습니다. 가격은 여느 때처럼 3페니입니다."

웃음이 터졌고, 모두 의자를 뒤로 밀었다.

나는 다른 사람들과 함께 교실 뒤쪽으로 가서 쟁반에 3페니를 놓고 찻잔 하나와 비스킷 한 개를 집어 들었다. 무슨 일이 일어날지도 모른다는 막연한 기대를 품고 헬렌에게 접근하려고 애쓴 것은 그때였다. 그게 항상 쉽지는 않았다. 음악을 좋아하는 수의사를 진기한 존재로 여기는 교장 선생님이나 다른 사람들이 나를 붙잡고 장광설을 늘어놓을 때가 많았기 때문이다. 하지만 오늘 밤에는 헬렌이 끼어 있는 무리에 우연인 것처럼 비집고 들어갈 수 있었다.

그녀는 차를 홀짝거리면서 찻잔 너머로 나를 바라보았다.

"안녕하세요, 헤리엇 씨. 음악회를 즐기러 오셨군요?" 그녀는 항상 그렇게 말했다. 게다가 헤리엇 씨라니! 하지만 내가 뭘 어떻게 할 수 있겠는가? '짐이라고 불러요'는 건방지게 들릴 것이다. 나는 항상 그렇듯이 "안녕하세요, 올더슨 양. 예, 아주 멋지잖아요?" 하고 대답했다. 또다시 일은 잘 되어갔다.

노부인들이 모차르트에 대해 이야기하는 동안 나는 비스킷을 씹었다. 오늘도 다른 화요일과 똑같이 흘러갈 것 같았다. 이제는 내가 포기해야 할 때였다. 나는 낭패감을 느꼈다.

그때 목사가 여전히 환하게 웃으면서 우리 쪽으로 다가왔다.

"설거지를 부탁해야 할 것 같은데…… 오늘 밤은 두 젊은 분이 맡아주면 어떨까요?" 그는 상냥한 눈을 반짝거리며 헬렌과 나를 번갈아 바라보고 다시 헬렌에게 눈길을 돌렸다.

찻잔을 씻는다는 생각을 매력적으로 느껴본 적은 한 번도 없었지만, 그 말을 들은 순간 갑자기 약속의 땅을 본 것 같았다.

"물론이죠. 기꺼이 하겠습니다. 올더슨 양만 좋다면."

헬렌은 방긋 웃었다.

"저도 좋아요. 우리는 모든 일을 돌아가면서 해야 하잖아요?"

나는 찻잔과 받침접시를 실은 손수레를 개수대로 밀고 갔다. 그곳은 싱크대 하나와 선반 몇 개가 있는 옹색하고 좁은 곳이어서 두 사람이 겨우 들어갈 공간밖에 없었다.

"그릇을 씻고 싶으세요? 아니면 씻은 그릇을 닦고 싶으세요?" 헬렌이 물었다.

"씻는 쪽을 맡겠습니다." 나는 대답하고 뜨거운 물을 싱크대에 받기 시작했다. 이제는 내가 원하는 쪽으로 대화를 이끌어 나가기가 그리 어렵지는 않을 거라고 생각했다. 이 비좁은 방에 헬렌과 단둘이 있는 이런 기회는 결코 다시는 얻지 못할 터였다.

하지만 시간은 놀랄 만큼 빠르게 지나갔다. 꼬박 5분 동안 우리는 음악 외에는 어떤 이야기도 하지 않았다. 수북이 쌓인 찻잔과 접시를 거의 다 씻었는데도 아무 성과도 거두지 못한 것을 깨닫고 내 좌절감은 점점 강해졌다. 마지막 찻잔을 비눗물 속에서 들어 올렸을 때 그 좌절감은 거의 공포에 가까운 감정으로 변했다.

지금 하지 않으면 안 돼. 나는 찻잔을 헬렌에게 내밀었고 그녀는 그것을 받으려고 손을 내밀었다. 하지만 나는 영감이 떠오르기를 기다리면서 찻잔 손잡이를 꽉 잡았다. 그녀는 살며시 찻잔을 잡아당겼지만 나는 집요하게 손잡이를 잡고 늘어졌다. 그것은 줄다리기로 발전하고 있었다. 바로 그때 쉰 목소리가 들려왔다. 나는 그것이 나 자신의 목소리라는 것을 간신히 알아차렸다.

"언제 한번 만날 수 있을까요?"

그녀는 잠시 머뭇거렸고, 나는 그녀의 표정을 읽으려고 애썼다. 놀랐을까? 불쾌하고 당혹스러울까? 아니면 충격을 받았을까? 그녀는 얼굴을 붉히면서 대답했다.

"원한다면……."

나는 또다시 쉰 목소리를 들었다.

"토요일 저녁에?"

그녀는 고개를 끄덕이고는 찻잔의 물기를 닦고 가버렸다.

나는 두근거리는 가슴을 안고 내 자리로 돌아왔다. 현악사중주단이 하이든을 엉망으로 연주하고 있었지만 나는 거기에 전혀 주의를 기울이지 않았다. 마침내 해냈다. 하지만 그녀는 정말로 나와 데이트를 하고 싶었을까? 본의 아니게 어쩔 수 없이 승낙한 건 아닐까? 이런 생각을 하자 너무 당혹스러워서 발가락이 오그라들었다. 하지만 좋든 나쁘든 한 걸음 내딛었다는 것을 알고, 그것으로 위안을 삼았다. 그래, 나는 마침내 해냈어.

24

그 카드는 노부인의 침대 위에 매달려 있었다. 카드에는 '주님은 가까이 계시다'고 적혀 있었지만, 평범한 종교적 구절 같지는 않았다. 액자에 끼워져 있지도 않고 장식적인 서체로 인쇄되어 있지도 않았다. '금연'이나 '비상구' 같은 표지판처럼 평범한 글씨가 20센티미터 길이의 판지에 쓰여 있을 뿐이었다. 카드는 노처녀인 스터브 여사가 누운 자세로 쳐다보면서 또박또박 쓴 '주님은 가까이 계시다'는 글귀를 읽을 수 있도록 낡은 가스관에 아무렇게나 걸려 있었다.

스터브 여사가 볼 수 있는 것은 별로 없었다. 낡아빠진 커튼을 통해 1미터 남짓한 쥐똥나무 울타리를 볼 수는 있었겠지만, 여사가 볼 수 있는 것은 주로 난잡하게 어질러진 작은 방뿐이었다. 여사에게 이 방은 오래전부터 전 세계나 마찬가지였다.

그 방은 작은 집의 일층 앞쪽에 있었다. 한때는 정원이었던 황무지를 지나 집으로 다가가면 노부인의 침대 위로 뛰어올라 나를 내다보는 개들이 보였다. 내가 문을 노크하면 집 안은 개 짖는 소리로 폭발할 지경이었다. 늘 그런 식이었다. 나는 1년 동안 정기적으로 그 집을 찾아갔지만 매번 똑같은 일이 판에 박은 듯이 되풀이되었다. 개들이 요란하게 짖어대면 스터브 여사를 돌봐주는 브로드위스 부인이 내 환자를 제외한 다른 개들을 모두 뒤쪽 부엌으로 밀어 넣고는 문을 연다. 그러면 나는 안으로 들어가 방구석 침대에 누워 있는 스터브 여사와 침대 위에 걸려 있는 카드를 본다.

스터브 여사는 오랫동안 침대에 누워 지냈고, 다시는 일어나려 하지 않았다. 하지만 자신의 병이나 고통을 나한테 털어놓은 적은 없었다. 여사의 관심사는 개 세 마리와 고양이 두 마리뿐이었다.

오늘의 환자는 늙은 프린스였다. 나는 프린스를 걱정하고 있었다. 프린스는 심장이 나빴다. 내가 이제껏 들어본 적도 없을 만큼 위중한 심장판막증이었다. 내가 들어갔을 때 프린스는 나를 기다리고 있다가 여느 때처럼 반가워하며 술 모양의 털이 난 긴 꼬리를 천천히 흔들었다.

그 꼬리를 보면 프린스가 아이리시세터의 피를 많이 받은 게 틀림없다는 생각이 들지만, 검은색과 흰색 털이 섞인 불룩한 몸뚱이를 지나 털투성이의 머리와 셰퍼드처럼 곧추선 귀에 이르면 생각이 바뀌곤 했다. 스터브 여사는 프린스를 종종 '미스터 하인츠'라고 불렀다. '하인츠' 상표의 사료 봉지에는 57가지 성분이 표시되어 있는데, 여사는 프린스가 57가지 견종의 피가 섞인 잡놈이라고 놀리고 있는 것이다. 설마 57가지 견종의 피가 섞이지는 않았겠지만, 잡종 특유의 강인한 생명력은 프린스에게 큰 도움이 되었다. 다른 품종의 개가 그런 심장병에 걸렸다면 벌써 오래전에 죽었을 것이다.

"선생님께 전화하는 게 좋을 것 같아서요." 브로드위스 부인이 말했다. 그녀는 푸근한 인상의 나이 지긋한 과부였다. 혈색 좋은 네모난 얼굴은 베개 위에 얹혀 있는 여윈 얼굴과는 완전히 대조적이었다. "이번 주에 줄곧 기침을 하더니 오늘 아침에는 좀 비틀거렸어요. 그래도 밥은 여전히 잘 먹어요."

"그야 그렇겠지요." 나는 프린스의 갈비뼈에 붙어 있는 투실투실한 살을 만져보았다. "프린스가 밥을 못 먹게 하려면 입을 꽁꽁 묶어놔야 할 겁니다."

스터브 여사가 침대에서 소리 내어 웃었다. 늙은 개도 입을 크게 벌리고 눈을 빛내면서 내 농담을 재미있어하는 눈치였다. 나는 프린스의 심장에 청진기를 대고 귀를 기울였지만, 어떤 소리가 날지는 이미 알고 있었다. 심장은 '쿵, 쿵' 하고 뛴다지만, 프린스의 심장은 '휙 슈우, 휙 슈우' 하는 소리를 냈다. 순환계로 흘러나가는 피와 거의 맞먹는 양의 혈액이 다시 심장으로 흘러드는 것 같았다. 그리고 그 '휙 슈우' 하는 소리가 지난번보다 훨씬 빨라졌다. 프린스는 강심제인 디기탈리스를 먹고 있었지만 별로 효과가 없었다.

나는 우울한 기분으로 청진기를 이리저리 움직였다. 만성 심장병을 앓고 있는 늙은 개가 모두 그렇듯이 프린스도 노상 기관지염에 걸렸다. 휘파람을 불듯 휙휙 거리는 소리, 물거품이 일어나는 소리, 삑삑거리는 소리, 부글거리는 소리. 나는 프린스의 폐가 어떻게 활동하고 있는지를 알려주는 그 소리의 교향악에 우울하게 귀를 기울였다. 늙은 개는 여전히 꼬리를 천천히 흔들면서 똑바로 서 있었다. 프린스는 내 진찰을 받는 것을 언제나 대단한 찬사로 받아들였다. 프린스가 진찰을 즐기고 있는 것은 의심할 여지가 없었다. 다행히 프린스의 병은 심한 통증을 수반하는 병은 아니었다.

나는 일어나면서 개의 머리를 토닥여주었다. 그러자 프린스는 당장 앞발을 내 가슴에 올려놓으려 했지만 뜻대로 되지 않았다. 발을 조금 들어

올렸을 뿐인데도 숨이 차서 혀를 축 늘어뜨리고 헐떡거렸다. 나는 디기탈린을 근육에 주사하고 모르핀 염산염도 주사했다. 프린스는 그것도 놀이의 일부로 즐겁게 받아들이는 듯했다.

"주사를 놓았으니까 심장과 호흡이 안정될 겁니다. 오늘은 온종일 멍해 있겠지만, 그것도 도움이 됩니다. 알약은 계속 먹이세요. 기관지염 치료약도 드리겠습니다."

나는 토근(거담제)과 암모늄아세테이트를 섞은 상비약을 한 병 건네주었다.

브로드위스 부인이 차를 가져오고 나머지 동물들이 부엌에서 해방되면서 왕진의 두 번째 단계가 시작되었다. 실리엄테리어인 벤, 코커스패니얼인 샐리가 프린스와 함께 짖기 시합을 벌이기 시작했다. 세 마리가 한꺼번에 짖어대면 귀청이 찢어질 정도였다. 곧이어 고양이인 아서와 수지가 나타났다. 고양이들은 거드름을 피우며 우아하게 다가와서 내 다리에 몸을 문질러대기 시작했다.

그것이 침대 위에 작은 카드가 매달려 있는 그 방에서 스터브 여사와 차를 마시는 동안 으레 벌어지는 장면이었다.

"오늘은 좀 어떠세요?" 나는 스터브 여사에게 물었다.

"한결 좋아졌어요." 여사는 짧게 대답하고는 여느 때처럼 얼른 화제를 바꾸었다.

대개 스터브 여사는 반려동물에 대해 이야기하기를 좋아했다. 소녀 시절에 키운 반려동물까지 화제로 삼았다. 가족이 살아 있던 시절에 대해서도 즐겨 이야기했다. 특히 남동생들의 엉뚱한 장난질에 대해 이야기하기를 좋아했다. 오늘 여사는 브로드위스 부인이 서랍 바닥에서 찾아낸 사진 한 장을 보여주었다.

나는 사진을 받아들었다. 1890년대에 유행한 빵떡모자와 무릎까지 오는 반바지를 입은 세 젊은이가 누렇게 바랜 사진 속에서 나를 보며 익살스럽게 웃고 있었다. 담배 파이프를 들고 있는 그들의 표정에서는 세월이 가도 바래지 않는 개구쟁이 같은 장난기를 느낄 수 있었다.

"정말 쾌활한 소년들이군요."

"짓궂은 악동들이었지."

여사는 고개를 뒤로 젖히고 깔깔 웃었다. 그녀의 얼굴이 잠시 환하게 밝아졌다. 즐거운 옛 추억이 노부인의 시든 얼굴을 놀랍게 바꾸어놓은 것이다.

마을에서 들은 이야기가 머리에 떠올랐다. 스터브 여사는 유복한 집안에서 태어나, 오래전에는 대저택에서 살았다. 그러다가 부친이 외국에 투자한 것이 잘못되어 갑자기 상황이 달라졌다. 한 노인은 이렇게 말했다.

"그 양반이 돌아가셨을 때는 거의 알거지였지. 지금도 그 집에는 돈이 별로 없을 거요."

스터브 여사와 동물들이 끼니를 잇고 브로드위스 부인에게 봉급을 줄 만큼의 돈밖에 없을 것이다. 정원을 가꾸거나 집에 페인트칠을 하거나 작은 사치를 누릴 만한 돈은 없는 게 분명했다.

나는 거기에 앉아 차를 마시면서 침대 옆에 나란히 앉아 있는 개들과 침대 위에 올라가 편안히 누워 있는 고양이들을 바라보며, 전에도 자주 느꼈듯이 수의사로서 내가 지고 있는 책임이 좀 두려워졌다. 노부인의 삶에 조금이나마 빛을 던져주는 것은 잠시도 주인의 얼굴에서 눈을 떼지 않는 이 털투성이 동물들의 꾸밈없는 애정과 헌신이었다. 그런데 문제는 그 개와 고양이들이 모두 나이가 많다는 것이었다.

사실 그 집에는 원래 개가 네 마리 있었지만, 한 마리—정말로 늙은 골든리트리버—는 몇 달 전에 죽었다. 이제 나는 나머지 동물들을 보살피고 있지만 모두 열 살이 넘었다.

아직은 그래도 팔팔했지만, 모두 노화의 징후를 보이고 있었다. 프린스는 심장이 나빴고, 샐리는 물을 많이 마시기 시작해서 자궁내막염에 걸린 게 아닌지 걱정이었다. 벤은 신장염 때문에 계속 여위었다. 벤에게 새 신장을 선물할 수도 없고, 헥사민(항균제)을 먹이고는 있었지만 나는 그 약의 효능을 별로 신뢰하지 않았다. 벤의 특이한 점은 발톱이 엄청나게 빠른 속도로 자란다는 것이었다. 나는 올 때마다 벤의 발톱을 잘라주어야 했다.

고양이들의 상태는 개들보다 나았지만, 수지는 좀 수척했다. 나는 우울한 기분으로 수지의 배를 주무르면서 림프육종의 징후를 찾았다. 아서가 제일 건강했다. 아서는 이빨에 치석이 생기기 쉬운 것을 제하고는 아무 병도 없는 것 같았다.

스터브 여사도 아서의 치석을 걱정하고 있었던 모양이다. 내가 차를 다 마시자 여사는 아서를 보아달라고 부탁했다. 나는 침대 위에 엎드려 있는 아서를 끌어당겨 입을 벌렸다.

"또 치석이 조금 끼었군요. 이왕 온 김에 제거하는 편이 좋겠습니다."

아서는 몸집이 크고 회색 털을 가진 거세한 수고양이였는데, 고양이는 냉정하고 이기적이라는 따위의 속설을 모두 뒤엎는 살아 있는 표본이었다. 내가 이제껏 본 고양이 중에서 가장 얼굴이 넓적했고, 그 얼굴에 파묻혀 있는 작은 눈은 모든 것을 포용할 것처럼 자애롭고 너그럽게 세상을 내다보았다. 아서는 어떤 동작을 해도 기품이 있었다.

내가 이빨을 긁기 시작하자 아서의 가슴속에서 가르릉 거리는 소리가 메아리쳤다. 멀리서 모터보트의 엔진이 윙윙거리는 소리와 비슷했다. 누군가가 아서를 붙잡고 있을 필요도 없었다. 아서는 차분하게 앉아 있었고, 딱 한 번—어금니에서 좀처럼 떨어지지 않는 치석을 핀셋으로 긁어내다가 실수로 잇몸을 찔렀을 때—몸을 움찔했을 뿐이다. 아서는 "이봐, 조심해!" 하고 말하는 것처럼 커다란 앞발을 슬쩍 들어 올렸지만, 발톱은 감춘 채였다.

나는 한 달도 지나기 전에 그 집을 다시 찾아가게 되었다. 저녁 6시에 브로드위스 부인한테서 다급한 전화가 걸려왔기 때문이다. 벤이 쓰러졌다는 것이다. 나는 곧바로 차에 뛰어올라 10분도 안 되어 그 집에 도착했다. 앞마당에 길게 자란 풀을 헤치며 집으로 다가가자 창문으로 나를 내다보는 동물들이 보였다. 내가 문을 노크하자 개들이 일제히 짖어댔지만 벤의 소리는 들리지 않았다. 작은 방에 들어가 보니 늙은 개가 침대 옆에 쓰러져 있었다. 벤은 옆으로 누워 꼼짝도 하지 않았다.

'D.O.A.'는 우리가 병원 업무 일지에 적어 넣는 기호다. 'Dead on Arrival'의 약자로, '도착했을 때는 이미 죽어 있었음'이라는 뜻이다. 짧은 몇 마디에 불과하지만, 그 속에는 온갖 상황이 담겨 있다. 유선염에 걸려 죽은 암소, 고창증으로 죽은 황소, 산통으로 죽은 송아지. 오늘 밤의 'D.O.A.'는 내가 이제는 벤의 발톱을 잘라줄 필요가 없게 되었다는 뜻이었다.

신장염 환자가 그렇게 갑자기 죽는 일은 흔치 않지만, 벤의 경우에는 요단백 수치가 요즘 들어 위험할 만큼 높아져 있었다.

"돌연사였군요. 벤은 조금도 괴롭지 않았을 겁니다."

내 말이 내 귀에도 부자연스럽고 공허하게 들렸다.

노부인은 슬픔을 억누르고 있었다. 그토록 오랫동안 벗이 되어준 벤을 침대에서 내려다볼 때 표정이 좀 굳어졌을 뿐, 눈물도 흘리지 않았다. 나는 되도록 빨리 벤을 여기서 데리고 나가야 한다고 생각했다. 그래서 담요로 벤을 싸서 들어올렸다. 내가 방을 나가려 할 때 여사가 말했다.

"잠깐만요."

그리고는 간신히 옆으로 돌아누워 벤을 뚫어지게 바라보더니, 여전히 차분한 표정으로 손을 뻗어 벤의 머리를 가볍게 어루만졌다. 여사가 다시 돌아눕자 나는 서둘러 방에서 나왔다.

부엌에서 나는 브로드위스 부인과 속삭이는 소리로 의논했다.

"나는 마을로 달려가서 프레드 매너스를 불러올게요. 벤을 묻어야 하니까요. 바쁘지 않으시면 제가 돌아올 때까지 할머니 곁에 있어주시겠어요? 말상대가 있으면 할머니한테 도움이 될 거예요."

그래서 나는 방으로 돌아가 침대 옆에 앉았다. 스터브 여사는 잠시 창밖을 내다보다가 나에게 눈길을 돌렸다.

"다음은 내 차례예요." 여사는 아무렇지도 않게 말했다.

"무슨 말씀이세요?"

"오늘 밤 벤이 떠났고, 다음엔 내가 가겠지. 난 알아요."

"말도 안 돼요! 기분이 좀 가라앉아 있는 것뿐입니다. 이런 일이 일어나면 누구나 다 그렇지요."

말은 그렇게 했지만 나는 좀 불안했다. 스터브 여사는 한 번도 그런 말을 한 적이 없었기 때문이다.

"죽는 건 두렵지 않아요. 더 좋은 세상이 나를 기다리고 있을 테니까. 거기에 대해서는 한 번도 의심해본 적이 없어요."

침묵이 흘렀다. 여사는 가스관에 걸려 있는 카드를 쳐다보며 조용히 누워 있었다.

이윽고 여사는 베개 위에서 다시 내 쪽으로 고개를 돌렸다.

"딱 한 가지 걱정이 있다오."

여사의 표정은 놀랄 만큼 변해 있었다. 마치 가면이 벗겨진 것 같았다. 의연한 얼굴은 찾아볼 수 없었다. 눈에는 공포가 어른거리고 있었다. 여사는 재빨리 내 손을 움켜잡았다.

"개와 고양이들. 내가 세상을 떠나면 다시는 녀석들을 못 보게 될까봐 두려워요. 그게 유일한 걱정거리라오. 저 세상에 가면 부모님과 동생들을 다시 만나게 되리라는 건 알고 있지만…… 하지만……."

"그런데 왜 동물은 만날 수 없습니까?"

"바로 그거예요." 여사는 베개 위에서 고개를 흔들었다. 처음으로 나는 그녀의 뺨에서 눈물을 보았다. "동물은 영혼이 없대요."

"누가 그래요?"

"어디선가 읽었어요. 목사님들도 대부분 그렇게 생각하는 것 같아요."

"저는 그렇게 생각지 않습니다." 나는 아직도 내 손을 잡고 있는 손을 토닥였다. "영혼을 갖는다는 게 사랑과 헌신과 감사를 느낄 수 있다는 뜻이라면, 동물이 인간보다 훨씬 낫습니다. 그 점에 대해서는 조금도 걱정하실 거 없어요."

"정말 그렇다면 얼마나 좋을까. 그 생각을 하면 밤에도 잠이 오질 않아요.”

“제 말이 맞습니다. 제 말을 믿으세요. 우리 수의사들은 동물의 영혼에 대해 배우니까요.”

여사의 얼굴에서 긴장이 사라졌다. 그녀는 다시 활기를 되찾아 소리 내어 웃었다.

“괜한 이야기를 늘어놔서 미안해요. 다시는 그런 얘기 안 할게요. 당신이 가기 전에 묻고 싶은 게 있는데…… 솔직히 말해줘야 돼요. 헛된 위안은 바라지 않아요. 내가 원하는 건 오직 진실뿐이에요. 당신이 아주 젊다는 건 알고 있지만, 어떻게 생각하는지 알고 싶어요. 정말 저 녀석들도 나와 같은 곳에 갈 거라고 믿으세요?”

스터브 여사는 내 눈을 열심히 들여다보았다. 나는 의자에서 앉음새를 고치고 한두 번 침을 삼켰다.

“솔직히 말씀드리면 저는 이런 문제에 대해서 막연한 생각밖에 갖고 있지 않습니다. 하지만 한 가지만은 확실합니다. 할머니가 가시는 곳이면 녀석들도 어디든 따라갈 겁니다.”

노부인은 여전히 나를 뚫어지게 바라보고 있었지만 얼굴은 다시금 평온해졌다.

“고마워요. 당신이 정직하게 말하고 있다는 걸 알겠어요. 정말로 그렇게 믿고 있는 거죠?”

“그럼요. 진심으로 그렇게 믿고 있습니다.”

그리고 한 달쯤 지났을까. 나는 스터브 여사가 세상을 떠난 것을 우연히 알게 되었다. 외롭고 가난한 노파가 죽으면 아무도 떠들어대지 않는

다. 길거리에서 일부러 달려와 그 소식을 전해주지도 않는다. 나는 왕진을 갔다가 우연히 어떤 농부한테서 코비 마을의 작은 집이 매물로 나왔다는 얘기를 들었다.

"그럼 스터브 여사는 어디로 간답니까?"

"아아, 그 할머니는 3주쯤 전에 갑자기 세상을 떠났어요. 그 집은 오랫동안 손을 보지 않아서 아주 형편없는 상태라더군요."

"그럼 브로드위스 부인은 그 집에 살고 있지 않나요?"

"마을 반대쪽에 산다고 하던데요."

"개와 고양이들은 어떻게 되었는지 아세요?"

"무슨 개와 고양이요?"

나는 서둘러 왕진을 끝냈다. 점심때가 가까워져 있었지만 나는 곧장 집으로 가지 않고 투덜거리는 내 작은 차를 재촉하여 코비 마을로 달려갔다. 그리고 마을에서 처음 만난 사람에게 브로드위스 부인이 어디 사느냐고 물었다. 그 집은 작지만 아담한 집이었다. 내가 문을 노크하자 브로드위스 부인이 문을 열어주었다.

"어머나, 헤리엇 선생님. 어서 들어오세요. 이렇게 와주셔서 정말 기뻐요."

나는 안으로 들어가, 깨끗한 탁자를 사이에 두고 부인과 마주앉았다.

"할머니는 정말 안됐어요." 부인이 말했다.

"저는 그 소식을 방금 전에야 들었습니다."

"어쨌든 평온하게 눈을 감으셨어요. 잠든 채 세상을 떠나셨답니다."

"다행이군요."

브로드위스 부인은 방을 둘러보았다.

"이 집을 구한 건 행운이었어요. 내가 늘 꿈꾸었던 게 바로 이런 집이 랍니다."

나는 더 이상 참지 못하고 불쑥 물었다.

"개와 고양이들은 어떻게 됐습니까?"

"아아, 그 애들은 정원에 있어요. 뒤뜰이 굉장히 넓거든요."

부인은 일어나서 문을 열었다. 나는 옛 친구들이 문으로 쏟아져 들어오 는 것을 보고 안도의 한숨을 내쉬었다.

아서는 순식간에 내 무릎 위로 뛰어올라, 몸을 활처럼 구부리고 기뻐 어쩔 줄 몰라 하며 내 팔에 몸을 문질렀다. 모터보트의 엔진 같은 소리가 개들이 짖어대는 소리에 섞여 낮게 윙윙거렸다. 프린스는 여느 때처럼 숨이 가빠 씨근거리며, 꼬리로 부채질하듯 공기를 휘저었다. 그래도 열 심히 짖으면서 틈틈이 나에게 환한 웃음을 보냈다.

"다들 좋아 보이는군요. 그런데 얘들을 언제까지 여기 놓아둘 겁니 까?"

"영원히 여기 있을 거예요. 나도 할머니만큼 얘들을 사랑해요. 도저히 헤어질 수가 없었어요. 얘들은 살아 있는 한 나와 함께 좋은 집에서 행복 하게 살 거예요."

나는 전형적인 요크셔 시골 아낙네의 얼굴을 바라보았다. 볼은 투실투 실하고 선이 굵어서 투박해 보이지만, 눈은 더없이 상냥하고 따뜻했다.

"정말 멋진 집이군요. 하지만 사료비가 좀…… 많이 들지 않을까요?"

"그건 걱정하실 거 없어요. 나도 모아놓은 돈이 좀 있으니까요."

"그거 잘됐군요. 이따금 들러서 녀석들이 어떻게 지내는지 보겠습니다. 며칠에 한 번은 이 마을을 지나가니까요."

나는 일어나서 문 쪽으로 걸어갔다. 그러자 브로드위스 부인이 손을 들었다.

"한 가지 부탁이 있는데요, 할머니 댁에 있는 물건이 팔리기 전에 그 집에 들러서 선생님이 주신 약을 좀 갖다 주실 수 없을까요? 약은 앞방에 있어요."

나는 열쇠를 받아들고 마을 반대쪽 끝에 있는 그 집으로 달려갔다. 삐걱거리는 대문을 열고 무성하게 자란 풀을 헤치며 다가가는데, 창문에 개들의 얼굴이 보이지 않는 것이 묘한 느낌을 주었다. 집은 생기를 잃고 죽어 있었다. 현관문이 삐걱거리며 열렸다. 나는 안으로 들어갔다. 적막이 무거운 관뚜껑처럼 집을 덮고 있었다.

집 안은 그대로였다. 아무것도 옮겨지지 않았다. 침대는 구겨진 담요가 덮인 채 여전히 구석에 놓여 있었다. 나는 방 안을 돌아다니며 반쯤 빈 약병들과 연고, 죽은 벤의 알약이 든 상자—이 알약은 벤한테 큰 도움이 되었다—를 주워 모았다.

약을 다 챙긴 다음 나는 작은 방을 천천히 둘러보았다. 이제 다시는 여기 올 일이 없을 것이다. 문간에서 나는 걸음을 멈추고 빈 침대 위에 걸려 있는 카드를 마지막으로 읽었다.

'주님은 가까이 계시다.'

25

나는 아침 식탁에 앉아서 아침 햇살에 가을 안개가 차츰 사라지는 것을
내다보았다. 오늘도 맑은 날씨가 될 것 같았지만, 낡은 건물 안에는 냉기
가 감돌고 있어서 몇 달 동안 계속될 혹독한 겨울이 바로 코앞에 다가왔
음을 상기시켜주듯 오슬오슬 추웠다.

"여기 이런 기사가 실려 있군." 파넌이 《대러비 타임스》지를 커피포트
에 조심스럽게 세우면서 말했다. "농부들은 키우는 동물들한테 동정심이
전혀 없다고."

나는 토스트에 버터를 바르고 맞은편에 앉아 있는 그를 바라보았다.

"잔인하다는 뜻인가요?"

"꼭 그런 건 아니지만, 농부에게 가축은 영리의 대상에 지나지 않는다
고 이 친구는 주장하고 있어. 가축을 대하는 농부의 태도에는 어떤 감정
도…… 애정이 전혀 없다는 얘기지."

"농부들이 모두 킷 빌턴 같다면 도저히 해나가지 못할 겁니다. 모두 미
쳐버릴 거예요."

킷 빌턴은 트럭 운전수였는데, 대러비의 노동자들이 대부분 그렇듯이
가족의 식용으로 마당 한구석에 돼지 한 마리를 키우고 있었다. 그런데
돼지를 잡아야 할 때가 오면 킷이 사흘 동안 흐느껴 운다는 게 문제였다.

나는 그가 돼지를 잡았을 때 우연히 그 집에 들어간 적이 있었는데, 그의 아내와 딸은 고기를 삶아서 소금에 절이기 위해 열심히 고기를 썰고 있었지만 킷은 눈물이 그렁그렁한 눈으로 화덕 옆에 쭈그려 앉아 있었다. 그는 100킬로그램이나 되는 곡식자루를 번쩍 들어서 트럭 짐칸에 던질 수 있는 거구의 사내였지만, 내 손을 움켜쥐고는 흐느끼면서 말했다. "정말 참을 수가 없어요, 헤리엇 선생님. 그 돼지는 기독교도 같았어요. 정말로 꼭 기독교도 같았다니까요."

"나도 같은 생각이야." 파넌은 몸을 앞으로 구부려서 홀 부인이 손수 구운 빵을 한 조각 잘랐다. "하지만 킷은 진짜 농부가 아니야. 이 기사가 다루고 있는 건 많은 동물을 소유하고 있는 사람들이야. 문제는 그런 사람들이 감정적으로 가축한테 휘말리는 것이 과연 가능할까 하는 거지. 쉰 마리의 암소한테서 젖을 짜는 낙농가가 그 암소들을 정말로 좋아하게 될 수 있을까? 아니면 그 암소들은 단순히 우유를 생산하는 기계에 불과할까?"

"흥미로운 문제군요. 원장님은 가축의 수를 강조하신 것 같은데, 고지대에는 가축을 몇 마리만 키우는 농부도 많습니다. 그들은 암소한테 이름을 붙여주지요. 데이지라든가 메이벨이라든가. 요전 날에는 키펄러그스라고 불리는 암소도 만났습니다. 이런 농부들은 자기가 키우는 가축에게 애정을 갖고 있다고 생각하지만, 많은 가축을 키우는 농부들이 어떻게 애정을 가질 수 있는지는 모르겠습니다."

파넌은 식탁에서 일어나 기분 좋게 기지개를 켰다.

"아마 자네 말이 맞을 거야. 어쨌든 오늘 아침에는 자네를 정말로 많은 가축을 키우는 농부한테 보낼 거야. 데너비 농장의 존 스킵턴이라는 사람인데, 이빨을 갈아야 할 말이 있다는군. 늙은 말 두어 마리가 상태가 안 좋은 모양인데, 무엇 때문인지 모르니까 기구를 모두 챙겨서 가는 게 좋을 거야."

나는 복도를 지나 작은 방으로 가서 치과용 기구를 조사했다. 큰 동물의 이빨을 치료해야 할 때면 언제나 중세로 돌아간 듯한 기분을 느꼈고, 말이 짐수레를 끌던 시대에는 그것이 정기적인 일이었다. 가장 흔한 일 가운데 하나는 어린 말의 낭치(狼齒: 앞어금니 앞쪽에 있는 작은 어금니)를 뽑는 일이었다. 이 이빨이 왜 그런 이름을 얻게 되었는지는 모르지만 말의 어금니 바로 앞에 작은 낭치가 있었다. 어린 말의 상태가 좋지 않으면 낭치가 책임을 뒤집어썼다.

퇴화하여 흔적만 남은 작은 이빨은 말의 건강에 어떤 영향도 미칠 수 없고 문제는 아마 기생충 때문일 거라고 수의사들이 항의해도 소용이 없었다. 농부들은 완강했다. 어쨌든 그 이빨을 뽑아야 한다는 것이다.

우리는 말을 구석으로 몰아넣고 끝이 둘로 갈라진 금속 막대를 이빨에 대고 나무망치로 때려서 이를 뽑았다. 낭치는 제대로 된 뿌리가 없기 때문에 뽑아도 별로 아프지 않았지만, 그래도 말은 좋아하지 않았다. 우리가 망치로 한 번 때릴 때마다 말은 대개 두세 번쯤 앞발을 들어 올려 우리의 귀 주위에서 휘두르곤 했다.

이 일을 끝내면, 단지 농부를 만족시키기 위해 잠깐 마술을 행했을 뿐이라고 말해주곤 했지만, 곤혹스러운 것은 그 후 말의 상태가 호전되고 그때부터는 계속 잘 자란다는 것이었다. 농부들은 우리가 치료비를 더 많이 청구할까 두려워 대개는 우리의 수고가 성공한 것에 대해 침묵을 지키지만, 이 경우에는 조심성을 모두 던져버렸다. 그들은 시장 건너편에서 우리를 보면 큰 소리로 외치곤 했다. "이봐요, 당신이 낭치를 뽑아 준 말을 기억하슈? 그 말이 아주 좋아졌어요. 낭치가 문제였던 거요."

나는 치과용 기구를 떨떠름한 눈으로 다시 살펴보았다. 60센티미터 길이의 팔이 달린 겸자, 날카로운 턱을 가진 가위, 개구기, 망치와 정, 줄. 마치 종교재판소의 조용한 구석에 있는 고문 기구들 같았다. 우리는 손잡이가 달린 길쭉한 나무상자에 그 기구들을 넣어서 갖고 다녔다. 나는 꽤 많은 기구를 골라서 나무상자에 담고 자동차로 가져갔다.

데너비 농장은 그냥 규모가 큰 농장이 아니라 한 남자의 인내와 기술이 낳은 기념비적 농장이었다. 오래되었지만 아름다운 집, 넓은 축사들, 낮은 산비탈을 따라 넓게 펼쳐져 있는 목초지는 모두 존 스킵턴 노인이 온갖 고난을 극복하고 이룩한 성취의 증거였다. 그는 교육도 전혀 받지 못한 농장 일꾼으로 출발하여 이제 부유한 농장주가 되어 있었다.

그 기적은 쉽게 일어나지 않았다. 존 노인은 보통 사람이라면 견디지 못했을 만큼 힘든 일을 평생 계속해왔다. 그 생애에는 아내나 가족이 들어갈 여지도 전혀 없었고 육체적 쾌락을 누릴 여유도 없었지만, 그보다 더 중요한 게 있었다. 그에게는 농사 문제에 대한 뛰어난 통찰력이 있었고, 그것이 존 노인을 이 지역의 전설로 만들어주었다. "세상 사람들이 모두 한 길로 갈 때 나는 다른 길로 간다"는 그가 즐겨 인용하는 격언이었고, 다른 농장들이 파산으로 내몰리고 있던 어려운 시기에도 그의 농장들이 돈을 번 것은 사실이다. 데너비는 존 노인의 여러 농장들 가운데 하나일 뿐이었다. 그는 데일 저지대에 각각 150헥타르쯤 되는 넓은 경작지를 두 개나 갖고 있었다.

그는 승리를 얻었지만, 어떤 사람에게는 그가 그 과정에서 오히려 정복당한 것처럼 보였다. 그는 오랫동안 승산 없는 싸움을 했고, 너무 격렬하게 자신을 몰아대서 이제는 멈추고 싶어도 멈출 수가 없었다. 그는 이제 온갖 사치를 누릴 수 있었지만 그럴 시간이 없었다. 사람들은 그의 밑에서 일하는 일꾼들 가운데 가장 가난한 사람조차도 존 영감보다는 나은 생활을 한다고 말했다.

나는 차에서 내리자 잠시 멈춰 서서 마치 처음 보는 것처럼 그 집을 바라보았다. 혹독한 기후를 300년 넘게 견뎌온 그 저택의 우아함에 나는 새삼 감탄했다. 사람들은 데너비 저택을 보려고 먼 길도 마다하지 않고 찾아와서, 납으로 씌운 높은 창문이 달려 있고 이끼가 자란 낡은 기와 위로 거대한 굴뚝들이 우뚝 솟아 있는 우아한 장원 저택의 사진을 찍었다. 방치된 정원을 지나고 넓은 계단을 올라가 거대한 문 위에 돌로 만든 넓은 아치가 씌워져 있는 입구까지 가보는 사람도 있었다. 옛날에는 중간 문설주가 있는 그 여닫이 창문에서는 끝이 뾰족한 모자를 쓴 아름다운 여인이 밖을 내다보고 있었을 것이고, 주름장식이 달린 저고리와 반바지를 입은 기사가 끝이 뾰족한 갓돌을 얹은 높은 담장 아래를 걷고 있었을 것이다. 하지만 지금은 존 노인이 초조하게 내 쪽으로 다가오고 있을 뿐이었다. 단추도 다 떨어지고 누더기가 된 그의 코트를 지탱해주고 있는 것은 허리에 두른 기다란 삼실 한 가닥뿐이었다.

"잠깐 들어오시오, 젊은 선생." 그가 외쳤다. "갚아야 할 외상값이 조금 있다오."

그는 앞장서서 집 뒤쪽으로 돌아갔고, 나는 요크셔에서는 청구서가 항상 '약간의 외상값'이었다는 사실을 생각하면서 그를 따라갔다. 우리는 판석이 깔린 부엌을 지나 우아하고 널찍하지만 가구라고는 탁자 하나와 나무의자 몇 개와 부서진 소파 하나밖에 없는 방으로 들어갔다.

존 노인은 벽난로로 다가가서 시계 뒤에서 종이 다발을 꺼냈다. 그리고 종이 다발을 뒤져서 봉투 하나를 꺼내 탁자 위에 놓은 다음, 수표책을 꺼내 내 앞에 탁 내려놓았다. 나는 여느 때처럼 청구서를 꺼내 거기에 적힌 금액을 수표에 옮겨 쓴 다음 서명해달라고 그에게 내밀었다. 그는 신중하게 정신을 집중하여 글씨를 썼다. 이목구비가 작고 세파에 찌든 얼굴을 낮게 숙여서, 낡은 헝겊 모자의 앞챙이 펜에 닿을 지경이었다. 바지가 다리 위쪽으로 치켜 올라가서, 의자에 앉으면 앙상한 장딴지와 복사뼈가 드러났다. 그는 양말도 신지 않고 맨발로 무거운 장화를 신고 있었다.

내가 수표를 주머니에 넣자 존 노인은 벌떡 일어났다.

"강까지 걸어가야 할 거요. 말들이 거기에 있으니까."

그는 거의 뛰다시피 종종걸음으로 집을 나갔다.

나는 기구 상자를 자동차 트렁크에서 꺼냈다. 이상한 일이지만 내가 무거운 장비를 들고 다닐 때마다 내 환자는 언제나 멀리 떨어져 있었다. 이 상자는 납으로 가득 찬 것처럼 무거웠고, 담장으로 둘러싸인 목초지를 지나가는 동안 조금이라도 더 가벼워지지는 않을 터였다.

존 노인은 쇠스랑으로 건초꾸러미를 푹 찔러서 자루를 어깨 위에 가볍게 올려놓았다. 그리고 다시 아까처럼 경쾌한 속도로 걷기 시작했다. 우리는 통용문을 차례로 지나갔고, 목초지를 대각선으로 가로지를 때가 많았다. 존 노인은 속도를 늦추지 않았고, 나는 숨을 조금 헐떡거리면서 비틀거리는 걸음으로 그 뒤를 따라갔다. 그가 나보다 적어도 쉰 살은 더 많다는 생각을 머리에서 떨쳐버리려고 애썼다.

절반쯤 왔을 때 우리는 오랜 전통의 '담쌓기' 작업을 하고 있는 남자들과 마주쳤다. 데일스의 푸른 언덕 비탈 곳곳에 무늬를 그리고 있는 돌담에 뚫린 구멍을 보수하는 작업이었다. 남자들 가운데 하나가 고개를 들었다.

"안녕하세요, 영감님." 그는 쾌활하게 외쳤다.

"안녕이고 뭐고 어서 일이나 해." 존 노인은 투덜거리며 대꾸했고, 사내는 칭찬이라도 받은 것처럼 흐뭇한 미소를 지었다.

이윽고 비탈을 다 내려가 평지에 도착하자 나는 기뻤다. 내 팔은 몇 센티나 늘어난 것 같았고, 이마에 땀이 줄줄 흐르는 것을 느낄 수 있었다. 존 노인은 아무렇지도 않은 듯이 보였다. 그가 어깨에 걸쳤던 쇠스랑을 흔들자, 갈퀴에 꽂혀 있던 건초꾸러미가 풀밭에 쿵 떨어졌다.

말 두 마리가 그 소리를 듣고 우리 쪽으로 고개를 돌렸다. 좁은 강변은 초록빛 카펫을 깔아놓은 듯한 잔디밭으로 차츰 변했다. 그 강변 바로 너머에 자갈이 깔린 여울이 있었다. 말들은 그 여울에 발목까지 물에 잠긴 채 서 있었다. 말들은 우리가 접근하는 것을 의식하지 못한 채 서로 코와 꼬리를 맞대고 턱을 상대의 등에 부드럽게 문질렀다. 건너편 강둑 위로 튀어나온 높은 벼랑이 바람을 막아주었고, 우리 양쪽에는 참나무와 너도밤나무가 우거진 숲이 가을 햇살에 빛나고 있었다.

"말들이 아주 멋진 곳에 있군요." 나는 말했다.

"그래요. 더운 날씨에도 여기서는 시원하게 지낼 수 있고, 겨울이 오면 헛간으로 가지요." 존 노인은 문이 하나뿐인 건물을 가리켰다. 벽이 두껍고 지붕이 낮은 건물이었다. "말들은 제 마음대로 오갈 수 있지."

그의 목소리에 말들이 뻣뻣하게 굳은 다리로 종종걸음을 쳐서 강물에서 나와 우리 쪽으로 다가왔다. 가까이에서 보니 말들이 정말로 늙었다는 것을 알 수 있었다. 암말은 밤색이었고 수놈은 적갈색이었지만, 회색 털이 너무 많이 섞여서 둘 다 회색이나 흰색 얼룩이 있는 말처럼 보였다. 특히 얼굴에 이런 현상이 두드러졌다. 하얀 털이 얼굴 전체에 흩뿌려져 있고 눈은 움푹 들어가고 눈 위에 깊은 구멍이 있어서, 정말로 고귀해 보였다.

그럼에도 불구하고 말들은 까불면서 장난을 치려고 존 노인의 주위를 껑충껑충 뛰어다니고, 발을 구르고, 머리를 흔들고, 그의 모자를 주둥이로 눌러서 눈을 덮어버리기도 했다.

"그만 해!" 그가 외쳤다. 하지만 그는 암말의 갈기를 잡아당기고 수말의 목을 쓰다듬었다.

"이 말들이 마지막으로 일을 한 게 언젭니까?" 나는 물었다.

"한 12년쯤 됐을 거요."

나는 존 노인을 빤히 바라보았다.

"12년 동안 말들은 줄곧 여기 있었나요?"

"여기서 그냥 이리저리 돌아다니면서 놀고…… 은퇴한 거나 마찬가지요. 그때까지 열심히 일했으니까 이만한 보상은 받을 만하지." 그는 잠시 어깨를 웅크리고 두 손을 코트 주머니에 찔러 넣은 채 말없이 서 있다가 마치 혼잣말처럼 조용히 말했다. "내가 노예처럼 일하던 무렵엔 이 녀석들도 노예나 같았지."

그는 고개를 돌려 나를 바라보았다. 나는 그 연푸른 눈 속에서 그가 동물들과 함께 나눈 고통과 고난을 어느 정도는 읽을 수 있었다. 감추어졌던 비밀이 드러나는 순간이었다.

"하지만 12년이라니! 도대체 이 말들은 몇 살이나 됐습니까?"

존 노인의 입이 한쪽 구석만 말려 올라갔다.

"당신이 수의사니까 나한테 알려줘 보시오."

나는 이빨의 마모도와 경사도 같은, 말의 나이를 판정하는 여러 단서들을 머릿속으로 생각하면서 앞으로 한 걸음 나아갔다. 그리고 얌전히 서 있는 암말의 윗입술을 뒤집고 이빨을 살펴보았다.

"맙소사!" 나는 놀라서 숨을 헐떡거렸다. "이런 건 처음 봅니다."

앞니는 엄청나게 길었고, 앞으로 튀어나와 약 45도 각도로 위·아랫니가 서로 만나고 있었다. 어금니에 홈은 전혀 없었다. 그것은 닳아서 사라진 지 오래였다.

나는 웃으면서 존 노인을 돌아보았다.

"나이가 몇 살인지는 추측할 수밖에 없을 겁니다. 영감님이 말씀해주셔야겠는데요."

"암말은 서른 살쯤 됐고, 수놈은 한두 살 어려요. 암말은 새끼를 열다섯 마리 낳았고, 이빨에 약간 문제가 있는 것 말고는 병을 앓은 적이 없다오. 이빨을 몇 번 갈아주었는데, 이제 또 갈아주어야 할 때가 된 것 같아. 둘 다 쇠약해지고 있어서, 건초를 씹다가 입에서 조금씩 흘리고 있지. 수놈이 더 심해서 먹이를 씹는 것도 이 녀석한테는 아주 힘든 일이오."

나는 암말의 입 안으로 손을 집어넣어 혀를 잡고 한쪽으로 끌어냈다. 그리고 다른 손으로 어금니를 재빨리 조사해보니 내가 의심한 대로 윗니의 바깥쪽 가장자리가 너무 많이 자라서 톱니처럼 깔쭉깔쭉해 볼을 자극했다. 아래쪽 어금니의 안쪽 가장자리도 비슷한 상태였고, 그 때문에 혀의 피부가 약간 벗겨져 있었다.

"제가 곧 암말을 편안하게 해주겠습니다. 저 날카로운 이빨 가장자리를 줄로 갈아내면 신품과 마찬가지로 좋아질 겁니다."

나는 기구 상자에서 줄을 꺼낸 다음, 한 손으로는 말의 혀를 잡고 뾰족한 부분이 충분히 줄어들 때까지 이따금 손가락으로 확인하면서 이빨의 거친 표면을 갈아냈다.

"이 정도면 되겠어요." 잠시 후에 나는 말했다. "너무 매끄럽게 갈고 싶지는 않네요. 그러면 말이 먹이를 으깨지 못할 테니까요."

존 노인은 약간 투덜거리는 목소리로 말했다.

"알았소. 이젠 다른 녀석을 좀 봐주시오. 뭐가 문제인지는 모르지만, 저 녀석이 훨씬 더 잘못되어 있다오."

나는 수말의 이빨을 만져보았다.

"암말과 똑같은데요. 이 녀석도 금방 고쳐놓겠습니다."

하지만 줄을 밀 때 나는 무언가가 잘못되었다는 불쾌한 느낌을 받았다. 줄이 입 뒤쪽까지 완전히 들어가려 하지 않았다. 무언가가 줄을 막고 있었다. 나는 줄질을 멈추고 다시 한 번 손가락을 최대한 밀어 넣어 탐색해 보았다. 그리고 이상한 무언가에 부딪혔다. 거기에 있어서는 안 될 장애물이었다. 그것은 입천장에서 아래쪽으로 튀어나온 커다란 뼈 같았다.

이제는 제대로 봐야 할 때였다. 나는 회중전등을 꺼내 혀 뒤쪽을 비추었다. 이제 문제를 쉽게 볼 수 있었다. 위쪽의 마지막 어금니가 아랫니 위에 겹쳐져서 뒤쪽 가장자리가 이상할 만큼 비대해지는 결과를 낳았다. 그래서 8센티미터쯤 되는 칼 모양의 미늘이 잇몸의 부드러운 조직 속으로 뚫고 들어가게 된 것이다.

그것은 뽑아버려야 할 것이다. 그것도 당장. 나는 두려움에 몸이 떨리는 것을 겨우 억눌렀다. 그것은 무시무시한 가위를 사용해야 한다는 것을 의미했다. 긴 손잡이가 달린 그 가위에는 가로대로 작동하는 나사가 있었는데, 그것은 보기만 해도 오싹했다. 나는 누군가가 풍선을 부는 것도 무서워서 못 보는 사람인데, 이것은 그것과 같은 종류의 것이지만 그보다 훨씬 더 무서웠다. 우선 가위의 날카로운 날을 이빨에 고정시키고 가로대를 천천히, 아주 천천히 돌린다. 곧 이빨이 거대한 지레장치 밑에서 신음 소리를 내며 삐걱거리기 시작한다. 그러면 언제라도 이빨이 부러지리라는 것을 알 수 있다. 이빨이 부러질 때는 누군가가 귀에 대고 소총을 발사한 듯한 느낌이 들었다. 대개 큰 혼란이 일어나는 것은 이때였다. 하지만 다행히 이 말은 얌전한 늙은 말이니까, 뒷다리로 일어나서 춤을 추며 돌아다니지는 않을 것이다. 지나치게 자란 부분에는 신경이 공급되지 않으니까, 말은 아무런 통증도 느끼지 못한다. 문제를 일으키는 것은 소음이었다.

나는 상자로 돌아가서 무서운 기구를 꺼내고, 개구기도 함께 꺼내서 앞니에 끼우고 말의 입이 크게 벌어질 때까지 톱니바퀴로 개구기를 열었다. 그러자 모든 것을 쉽게 볼 수 있었다. 물론 문제의 원인은 거기에 있었다. 입의 반대쪽에도 첫 번째 것과 똑같은 거대한 가지가 튀어나와 있었던 것이다. 맙소사. 이제 나는 그것을 두 개나 잘라내야 했다.

늙은 수말은 다 알아차린 것처럼 눈을 감다시피 하고 참을성 있게 서 있었다. 무슨 일이 일어나도 걱정하거나 신경 쓰지 않을 것 같았다. 나는 발가락을 꼬부린 채 작업을 계속했고, 날카로운 소리를 내며 이빨이 부러지자 하얀 테를 두른 눈이 크게 뜨였지만, 그 눈에는 가볍게 놀란 표정이 떠올랐을 뿐이다. 말은 움직이지도 않았다. 반대쪽 뼈를 잘라내는 동안에도 말은 아랑곳하지 않았다. 사실 개구기가 턱을 억지로 벌려놓고 있었기 때문에 말은 따분해서 하품을 하고 있는 것처럼 보였다.

내가 기구를 치우는 동안 존 노인은 풀밭에서 뼛조각을 집어 들고 흥미롭게 살펴보았다.

"가엾은 녀석. 잘했소, 젊은 선생. 이젠 녀석들도 기분이 훨씬 좋아지겠지."

돌아오는 길에 건초꾸러미에서 해방된 존 노인은 아까보다 두 배나 빨리 걸을 수 있었고, 쇠스랑을 지팡이처럼 사용하여 맹렬한 속도로 언덕을 성큼성큼 걸어 올라갔다. 나는 기구 상자를 몇 분마다 이 손에서 저 손으로 옮기면서 숨을 헐떡거리며 그 뒤를 따라갔다.

절반쯤 올라갔을 때 기구 상자가 내 손에서 미끄러져 떨어졌다. 그 기회에 나는 잠깐 걸음을 멈추고 한숨 돌렸다. 존 노인이 초조하게 중얼거리는 동안 나는 뒤에 남겨두고 온 말 두 마리를 돌아보았다. 말들은 여울로 돌아가 놀고 있었다. 활기차게 서로 쫓아다니고 발로 물을 튀겼다. 벼랑은 그 장면에 어두운 배경막을 이루었다. 반짝이는 강물, 청동색과 황금색으로 은은하게 빛나는 나무들, 향기로운 초록색 풀밭.

농가 마당으로 돌아오자 존 노인이 걸음을 멈추었다. 그는 한두 번 고개를 끄덕이고 나서 말했다.

"고맙소, 젊은 선생." 그러고는 휙 돌아서서 가버렸다.

내가 일을 무사히 끝낸 데 감사하는 마음으로 기구 상자를 자동차 트렁크에 집어넣고 있을 때, 아까 언덕을 내려가는 도중에 우리에게 말을 걸었던 남자가 눈에 띄었다. 그는 양지바른 구석에 여느 때처럼 쾌활하게 앉아, 수북이 쌓인 자루에 등을 기대고 낡은 군용 배낭에서 도시락을 꺼냈다.

"그 늙은 짐승들을 보러 내려갔었군요?"

"영감님은 규칙적으로 그 말들을 찾아갑니까?"

"규칙적이라고요? 날마다 가죠. 날마다 영감님이 거기로 터벅터벅 내려가는 걸 볼 수 있답니다. 비가 오나 눈이 오나 바람이 부나, 하루도 거르는 법이 없어요. 그리고 갈 때마다 항상 무언가를 가져가지요. 곡식자루나 잠자리에 깔아줄 짚이나."

"그런 일을 12년 동안이나 했군요?"

남자는 보온병 마개를 열고 홍차 한 잔을 따랐다.

"그동안 말들은 아무 일도 하지 않았어요. 그런 녀석들을 말고기 장수한테 팔았다면 목돈을 받을 수도 있었을 텐데…… 이상하지 않나요?"

"맞아요. 이상한 일이네요."

얼마나 이상한 일인가 하는 생각은 병원으로 돌아오는 동안 줄곧 내 마음을 사로잡았다. 나는 그날 아침에 파넌과 나눈 대화를 돌이켜보았다. 그때 우리는 가축을 많이 키우는 사람이 개개의 동물에게 애정을 느끼기를 기대할 수는 없다고 결론지었다. 하지만 방금 다녀온 목장에는 축사마다 가축들로 가득 차 있었다. 존 노인은 가축을 수백 마리나 키우고 있는 것 같았다.

하지만 그가 날씨와 상관없이 날마다 그 언덕을 내려가게 만든 것은 무엇일까? 왜 그는 그 늙은 말들의 말년을 평화와 아름다움으로 채웠을까? 왜 그는 자신에게도 허락하지 않았던 마지막 안락과 평안을 그 말들에게 주었을까?

그것은 정녕 사랑일 수밖에 없었다.

26

대러비에서 오래 일할수록 데일스 지방의 매력이 더욱 나를 사로잡았다. 거기에는 한 가지 확실한 이점이 있었다. 나는 날마다 더 많이 알게 되었는데, 데일스 농부들이 모두 목축업자라는 것이었다. 그들은 동물 다루는 법을 정말로 잘 알았다. 수의사에게 그것은 특별한 축복이었다. 수의사의 환자들은 수의사를 끊임없이 방해하거나 해치려고 애쓰기 때문이다.

그래서 오늘 아침에 나는 암소를 붙잡고 있는 두 남자를 흐뭇한 기분으로 바라보았다. 어려운 일도 아니었고 마그네슘 젖산염을 정맥에 주사하는 간단한 일이었지만, 그래도 건장한 남자들이 도와주면 마음이 한결 든든했다. 체격은 보통이지만 언덕에 방목하는 소들 못지않게 강인한 모리스 베니슨은 오른손으로 뿔을 잡고 왼손으로는 소의 코를 움켜잡고 있었다. 나는 주사바늘을 찔러 넣을 때 암소가 멀리까지 펄쩍 뛰지는 못할 것 같은 느낌이 들어서 마음이 놓였다. 그의 형 조지는 혈관을 도드라지게 하는 임무를 맡아서, 마치 당근 다발 같은 거대한 두 손으로 밧줄을 느슨하게 잡고 있었다. 190센티미터나 되는 높이에서 그가 나를 내려다보며 상냥하게 싱긋 웃었다.

"지금이에요, 조지." 나는 말했다. "그 밧줄을 단단히 조이고 암소가 내

쪽으로 방향을 틀지 못하도록 암소한테 몸을 기대세요."

나는 그 암소와 이웃 암소 사이로 비집고 들어가 조지의 단단한 몸 옆을 지나서 소의 경정맥 위로 몸을 기울였다. 경정맥은 아주 또렷이 도드라져 있었다. 나는 주사바늘을 준비하고, 내 어깨 너머로 소를 들여다보고 있는 조지의 팔꿈치가 내 몸에 닿는 것을 느끼면서 재빨리 혈관을 찔렀다.

"좋았어!" 검은 피가 분출하여 바닥의 깔짚에 잔뜩 뿌려지는 것을 보고 나는 외쳤다. "이제 밧줄을 늦추세요, 조지." 나는 주머니를 더듬어 조절 밸브를 찾았다. "그리고 제발 그 무거운 몸으로 나를 누르지 마요!"

조지는 90킬로그램에 가까운 거구를 암소 대신 나한테 기대기로 작심한 게 분명했고, 나는 주사바늘에 튜브를 연결하려고 기를 쓰면서 그의 몸무게에 짓눌려 무릎이 꺾이는 것을 느꼈기 때문에 또다시 외쳤지만, 그는 내 어깨에 턱을 올려놓은 채 끄떡도 하지 않았다. 그의 숨소리가 내 귀에는 코고는 소리처럼 요란하게 들렸다.

이렇게 되면 결과는 뻔했다. 나는 앞으로 고꾸라졌고, 꼼짝도 않는 조지의 몸에 깔려 몸부림치면서 납작 엎드렸다. 내 외침 소리는 주의를 끌지 못했다. 조지가 피를 보고는 기절해버린 것이다.

소동을 알아차린 베니슨 씨가 외양간에 들어와서 때마침 그의 큰아들 밑에서 기어 나오고 있는 나를 보았다.

"조지를 밖으로 데려가세요." 나는 헐떡거리며 말했다. "소들한테 밟히기 전에 어서요."

모리스와 그의 아버지는 말없이 조지의 발목을 하나씩 잡고 동시에 끌어냈다. 암소들 밑에서 재빨리 끌려나온 조지는 자갈밭에서 머리로 경쾌하게 북치는 소리를 냈고, 소의 분뇨가 가득 찬 거름 도랑을 건넌 다음, 외양간 바닥에서 다시 잠들었다.

베니슨 씨는 암소한테 돌아가서 내가 주사를 계속하기를 기다렸지만, 나는 바닥에 큰대자로 드러누워 있는 몸 때문에 주의가 산만해졌다.

"조지를 벽에 기대어 앉히고 머리를 다리 사이에 놓을 수는 없을까요?" 나는 미안해하는 얼굴로 제의했다.

그러자 베니슨 부자는 서로 얼굴을 힐끗 쳐다보고는 내 비위를 맞추어 주기로 작정한 듯이 조지의 두 어깨를 움켜잡고, 비료 포대와 감자 자루를 다루는 데 익숙한 남자들답게 기술적으로 그를 바닥 위에서 회전시켰다. 하지만 거친 벽에 기대어 앉혀놓아도 머리는 앞으로 푹 고꾸라지고 굵고 기다란 팔은 옆으로 축 늘어져 있어서 여전히 꼴사나워 보였다.

나는 조금 책임감을 느끼지 않을 수 없었다.

"마실 거라도 좀 주는 게 좋지 않을까요?"

하지만 베니슨 씨는 벌써 이 상황에 신물이 나 있었다.

"아니, 조지는 괜찮을 거요." 그는 퉁명스럽게 중얼거렸다. "일이나 계속합시다." 그는 조지가 제멋대로 구는 것을 이미 너무 많이 봐주었다고 느낀 게 분명했다.

이 사건을 계기로 나는 피를 본다든가 그 밖에 심란한 현실을 보았을 때 사람들이 어떤 반응을 보이는가 하는 문제를 생각하기 시작했다. 당시 나는 수의사로 일하기 시작한 지 겨우 2년째였지만, 여기에 대해 이미 어떤 규칙을 만들었는데, 덩치 큰 남자일수록 잘 쓰러진다는 것도 그런 규칙 가운데 하나였다. (이때쯤 나는 몇 가지 이론을 만들어냈다. 예를 들면 작은 집에 사는 사람은 큰 개를 키우고 큰 집에 사는 사람은 작은 개를 키운다는 것, '비용을 아끼지 말아 달라'고 말하는 사람은 청구서를 보내도 절대 치료비를 내지 않는다는 것, 데일스에서 길을 물었을 때 '그곳을 못 보고 지나칠 리가 없어요'라는 대답을 들으면 이제 곧 길을 잃게 되리라는 것이다.)

어쩌면 시골 사람들은 기본적인 것과 더 긴밀한 접촉을 유지하고 있지만 도시 사람보다 더 민감한 게 아닐까 하고 생각했다. 내가 그런 생각을 하게 된 것은 어느 날 저녁 시드 블랭크혼이 비틀거리면서 스켈데일 하우스에 들어온 뒤부터였다. 그의 얼굴은 송장처럼 창백해서 놀랄 만한 일을 겪은 게 분명했다.

"위스키 한 모금만 주겠나, 짐?" 그는 떨리는 목소리로 말했다. 내가 그를 의자로 데려가고 파넌이 술잔을 손에 쥐어주자 그는 우리 병원에서 두세 집 떨어진 곳에서 열린 앨린슨 박사의 응급처치법 강연에 다녀오는 길이라고 말했다. "앨린슨 박사는 정맥과 동맥 같은 것에 대해 말했다네." 시드는 한 손으로 이마를 문지르면서 신음하듯 말했다. "정말 끔찍했어." 강연이 시작된 지 10분밖에 지나지 않았을 때 생선장수인 프레드 엘리슨이 기절하여 실려 나갔고, 시드 자신은 구역질에 현기증을 참으며 간신히 문에 다다랐다는 것이다. 완전히 난장판이었다.

이런 일은 늘 가까이에 있다는 것을 알아차렸기 때문에 흥미를 느꼈다. 대부분의 경우, 사람을 다루는 의사들은 무언가를 도려내거나 절개해야 할 때는 환자를 병원으로 보내는 반면, 수의사는 그냥 윗옷을 벗고 그 자리에서 수술을 해야 하기 때문에, 우리 수의사들은 이런 면에서 의사들보다 더 많은 문제를 가질 수밖에 없다. 그것은 동물을 사육하거나 돌보는 사람들이 수의사의 조수로 끌려 나가 색다른 광경을 보아야 한다는 것을 의미한다.

그래서 나는 경험이 부족한 풋내기 수의사 시절에 이미 사람이 '갑자기 이상해지는' 다양한 현상에 대해 권위자가 되어 있었다. 통계 자료를 집계하기에는 좀 일렀지만, 여자나 몸집 작은 사람은 다양한 신경질적 반응을 보일 수는 있어도 완전히 졸도해서 정신을 잃어버리는 경우는 본 적이 없었다. 덩치 큰 남자일수록 기절할 가능성이 높고, 특히 거칠고 자신만만한 남자들이 잘 기절했다.

암소의 혹위를 절개해야 했던 어느 여름날 저녁이 생생하게 기억난다. 대체로 나는 위 안에 이물질이 있는 게 아닐까 하는 의심이 들어도 수술을 끌면서 시간을 버는 버릇이 있었다. 비슷한 증상을 나타내는 다른 질병이 너무 많아서, 절대로 동물의 옆구리에 서둘러 구멍을 뚫지는 않았다. 하지만 이번에는 진단을 내리기가 쉬웠다. 우유 생산량이 급격히 줄어들었고 되새김질을 하지 않았던 것이다. 신음 소리, 움푹 꺼진 눈, 뻣뻣하게 굳은 모습도 보였다. 결정적으로 농부는 암소 방목장에서 닭장을 수리하고 있었다고 말했다. 느슨해진 널빤지에 못질을 했다는 것이다. 못 하나가 어디로 갔는지 나는 알 수 있었다.

마을의 간선도로변에 있는 농장은 마을 젊은이들이 즐겨 모이는 곳이었다. 내가 짚단 위에 깨끗한 수건을 펼치고 그 위에 내 기구를 늘어놓자, 젊은이들이 외양간 밖에 줄지어 늘어서서 싱글싱글 웃으며 외양간의 낮은 문 너머로 나를 바라보았다. 그냥 구경만 하는 것이 아니라 상스러운 외침 소리로 나를 격려해주었다. 수술할 준비가 되었을 때, 문득 조수가 하나 있으면 도움이 될 것 같다는 생각이 들어서 문 쪽을 돌아보았다.

"자네들 가운데 조수 노릇을 하고 싶은 사람 없어?"

그러자 그들은 1, 2분 동안 더욱 큰 소리로 외쳐댔다. 이윽고 문이 열리고 빨강머리의 덩치 큰 젊은이가 외양간으로 천천히 들어왔다. 그는 넓은 어깨가 딱 바라지고 햇볕에 탄 굵은 목이 단추를 푼 셔츠 위로 드러나 있어서 제법 당당해 보였다. 반짝이는 푸른 눈과 광대뼈가 튀어나온 불그레한 얼굴만 보고도 나는 천 년 전에 이 데일스 지방을 누비고 다녔던 노르웨이 사람들을 연상했다. 그는 바이킹의 후예였다.

　나는 그에게 소매를 걷어 올리고 양동이에 든 따뜻한 물과 소독제로 손을 씻게 했다. 그동안 나는 국소마취제가 소의 옆구리에 스며들게 했다. 내가 그에게 동맥겸자와 가위를 주면서 들고 있으라고 하자 그는 소 주위를 돌아다니며 뽐내듯 소를 찌르는 시늉을 하고 큰 소리로 웃어댔다.

　"직접 하고 싶은가 보지?" 내가 물었다.

　그러자 바이킹은 넓은 어깨를 폈다.

　"한번 해보고 싶은데요."

　그러자 낮은 문 위쪽에 늘어서 있던 얼굴들이 요란하게 환호를 보냈다.

　내가 드디어 면도날처럼 예리한 메스를 소의 옆구리에 대자 야비한 익살이 외양간을 가득 채웠다. 이번에는 정말로 수술 교과서가 추천하는 대담한 절개를 해보기로 마음먹었다. 이제 나도 동물의 피부를 소심하게 콕콕 쪼아대는 단계를 넘어설 때가 되었다. '단칼에 자르기'가 그것을 배우는 방법이라고 교과서에는 적혀 있었다. 이제 나는 그렇게 해볼 작정이었다.

　나는 미리 털을 깎아놓은 소 옆구리 부위에 칼날을 대고 손목을 재빨리 움직여 피부를 절개했다. 25센티 길이의 상처가 벌어졌다. 나는 잠시 뒤로 물러나, 깨끗이 잘린 피부 가장자리를 감탄하는 눈으로 바라보았다. 몇 개의 모세혈관에서 피가 뿜어져 나와 경련을 일으킨 것처럼 씰룩거리며 반짝반짝 빛나는 복근으로 떨어지고 있을 뿐이었다. 동시에 나는 외양간 문 위에 늘어서 있는 얼굴에서 웃음소리와 외침소리가 뚝 끊기고 으스스한 침묵이 대신 자리 잡은 것을 알아차렸다. 내 뒤에서 무언가 무거운 것이 쿵 하고 떨어지는 소리가 그 침묵을 깨뜨렸다.

"겸자." 나는 손을 뒤로 뻗으면서 말했다.

하지만 아무 일도 일어나지 않았다. 나는 뒤를 돌아보았다. 외양간의 낮은 문 위쪽은 텅 비어 있었다. 얼굴은 하나도 보이지 않았다. 외양간 한복판에 큰대자로 뻗어 있는 바이킹이 있을 뿐이었다. 두 팔과 두 다리를 활짝 벌리고, 턱은 천장을 가리키고 있었다. 그 자세가 너무 연극적이어서 나는 그가 아직도 바보 연기를 하고 있는 줄 알았다. 하지만 좀 더 자세히 살펴본 결과, 모든 의심은 사라졌다. 바이킹은 완전히 의식을 잃은 것이었다. 벼락에 맞은 참나무처럼 뒤로 그냥 넘어간 게 분명했다.

허리가 굽은 작달막한 농부는 몸무게가 기껏해야 50킬로그램을 조금 넘는 정도밖에 안 되어 보였지만, 암소의 머리를 단단히 잡고 있었다. 그가 나를 바라보는 눈 속에서 재미있어하는 표정이 희미하게 어른거렸다.

"아무래도 우리 둘이서 해내야 할 것 같군요."

그는 벽에 달린 고리에 고삐를 묶고는 손을 씻고 내 옆에 자리를 잡았다. 수술이 진행되는 동안 그는 따분한 듯 가락이 제멋대로인 휘파람을 불면서 나에게 수술 기구를 건네주고, 상처에서 배어나오는 피를 닦아내고, 봉합사를 잘라주었다. 그가 진정한 감정을 드러내 보인 것은 내가 벌집위의 깊숙한 곳에서 못을 꺼냈을 때였다. 그는 눈썹을 살짝 치켜 올리면서 "어이구, 어이구" 하고 말한 다음, 다시 휘파람을 불어댔다.

우리는 너무 바빠서 바이킹을 돌볼 겨를이 없었다. 수술이 반쯤 진행되었을 때 그가 일어나 앉아서 몇 번 몸을 부르르 떨더니 슬그머니 일어서서 애써 태연한 태도로 외양간을 나갔다. 그 가엾은 녀석은 우리가 '이상한 행동'을 전혀 알아차리지 못했기를 바라고 있는 것 같았다.

어쨌든 우리가 그의 의식을 회복시키기 위해 할 수 있었던 일은 그렇게 많지 않았을 것이다. 내가 기절한 사람의 의식을 즉각 회복시키는 방법을 발견한 적이 딱 한 번 있었는데, 그것은 순전히 우연이었다.

그것은 헨리 딕슨이 헤르니아(내장 탈출증)에 걸린 돼지를 부기를 남기지 않고 거세하는 방법을 알려달라고 부탁했을 때였다. 헨리는 대규모로 돼지를 칠 생각이었고, 수의사의 기술을 배우겠다는 불타는 야심을 품고 있었다.

그가 불알이 심하게 부어오른 새끼 돼지를 보여주었을 때 나는 이의를 제기했다.

"이건 수의사가 해야 할 일이에요, 헨리. 난 정말로 그렇게 생각해요. 정상적인 돼지라면 당신이 거세해도 좋겠지만, 이런 돼지를 당신이 제대로 거세할 수는 없을 거예요."

"그건 왜요?"

"국소마취제도 필요하고, 감염될 위험도 있고, 이런 일을 하려면 사실 해부학 지식도 필요해요."

헨리의 눈에는 좌절한 의사의 낭패감이 고스란히 드러났다.

"그래도 어떻게 하는지 알고 싶소."

"그럼 이렇게 합시다. 내가 시범으로 이 돼지를 거세하면 어떨까요. 당신은 그걸 보고 마음을 결정하면 돼요. 당신이 돼지를 붙잡고 있을 필요가 없도록 전신마취를 할게요."

"그거 좋은 생각이오." 헨리는 잠시 생각하고 나서 물었다. "이 돼지를 거세하는 비용으로 얼마를 청구할 거요?"

"7실링 6펜스예요."

"너무 비싼데. 그래도 해보쇼."

나는 어린 돼지의 복막에 넴부탈 몇 시시를 주사했다. 그러자 돼지는 잠시 비틀거리다가 짚단에 벌렁 쓰러져서 꼼짝도 하지 않았다. 헨리는 마당에 탁자를 준비해놓았고, 우리는 잠자고 있는 돼지를 그 위에 눕혔다. 내가 시작할 준비를 할 때 헨리가 10실링짜리 지폐 한 장을 꺼냈다.

"내가 잊어버리기 전에 지금 지불하는 게 좋겠소."

"좋습니다. 하지만 지금은 내가 손을 깨끗이 소독했으니까 돈을 내 주머니에 넣어주세요. 거스름돈은 수술이 끝난 뒤에 드리겠습니다."

나는 선생이라도 된 것처럼 곧 내 일에 열중했다. 나는 샅굴 위의 피부를 조심스럽게 절개하고 피막에 싸인 불알을 꺼냈다.

"보세요, 헨리. 창자가 샅굴 아래까지 내려와서 고환과 함께 음낭 속에 들어가 있네요." 나는 고리 모양을 이루고 있는 창자를 가리켰다. 반투명한 막을 통해 보이는 창자는 연분홍빛을 띠고 있었다. "이제 내가 이렇게 하면 창자를 다시 복강 속으로 밀어 넣을 수 있어요. 그리고 내가 여기를 누르면 창자가 다시 튀어나와요. 창자가 어떻게 움직이는지 보이시죠? 자, 이제 사라졌어요. 이제 또 나왔어요. 또다시 창자가 사라지게 할게요. 아뿔싸. 또 나왔네요! 이제 창자를 항구적으로 복강 속에 붙잡아두기 위해 정삭(精索: 고환의 상단부에서부터 샅굴의 안쪽 끝까지의 사이에 있는 끈 모양의 조직)을 잡고 피막 속에서 단단히 감아서……."

하지만 내 학생은 더 이상 내 옆에 있지 않았다. 헨리는 뒤집힌 기름통 위에 털썩 주저앉아 머리를 두 팔로 감싸 안고 탁자를 가로질러 푹 고꾸라졌다. 나는 몹시 실망했다. 내 학생이 탁자 끝에서 자고 있었기 때문에 일을 마무리하고 상처를 봉합하는 일은 아쉽게도 맥 빠진 작업이 되었다.

나는 돼지를 우리에 돌려놓고 내 장비를 챙겼다. 그때 헨리에게 거스름 돈을 주지 않은 것이 생각났다. 왜 그랬는지는 모르지만 나는 반 크라운 대신 1실링 6펜스(1크라운은 5실링, 1실링은 12펜스)를 그의 얼굴에서 몇 센티미터 떨어진 나무탁자 위에 탁 내려놓았다. 그 소리에 그는 눈을 뜨고 동전을 몇 초 동안 멍하니 보고 있다가, 무서울 만큼 갑자기 벌떡 일어났다. 그는 창백하지만 정신을 바짝 차린 얼굴로 눈을 부라리며 나를 노려보았다.

"이봐요!" 그가 외쳤다. "1실링이 모자라잖아!"

27

"레니스턴이라고?" 나는 불안해서 마음을 졸이며 물었다. "너무 호화롭지 않아?"

트리스탄은 자기가 좋아하는 의자에 앉았다기보다 편안히 드러누워서 구름 같은 담배 연기를 뽑고 나를 쳐다보았다.

"물론 호화롭지. 런던 외의 지역에서는 가장 사치스러운 호텔일 거야. 하지만 네 목적을 이룰 수 있는 곳은 거기밖에 없어. 오늘 밤은 너한테 절호의 기회잖아! 그 아가씨한테 깊은 인상을 주고 싶지? 그럼 그 여자한테 전화를 걸어서 레니스턴 호텔에 데려가겠다고 말해. 음식도 훌륭하고, 토요일마다 디너를 곁들인 댄스파티가 열리는데, 오늘이 토요일이야." 그는 갑자기 벌떡 일어나 앉아서 눈을 크게 떴다. "이봐 짐, 그 광경이 보이지 않아? 베니 손턴의 트롬본에서 음악이 흘러나오고, 너는 바다가재 요리로 배를 채운 다음 헬렌을 끌어안고 플로어를 둥실둥실 떠다니는 거야. 걸림돌이 있다면 큰돈이 든다는 거지만, 보름치 봉급 정도만 쓸 각오가 되어 있다면 정말로 멋진 밤을 보낼 수 있어."

나는 이 마지막 말을 거의 듣지 않았다. 헬렌이 나한테 찰싹 달라붙어 있는 환상에 눈이 멀어 거기에 마음을 빼앗겼기 때문이다. 그 모습을 상상하면 돈 같은 것은 마음에서 말끔히 지워져버렸다. 나는 입을 헤벌리고 서서 트롬본 소리를 들었다. 그 소리를 아주 또렷이 들을 수 있었다.

트리스탄이 끼어들었다.

"한 가지 문제가 있는데, 야회복은 있어? 그게 필요할 텐데."

"나는 야회복을 살 수 있을 만큼 부자가 아니야. 사실 험프리 부인네 파티에 갈 때는 브로턴에 가서 양복을 빌렸지만, 지금은 그럴 시간도 없을 거야." 나는 잠시 말을 끊고 생각했다. "난생처음 산 야회복이 딱 한 벌 있긴 하지만, 열일곱 살 때 산 거라서 지금 입을 수 있을지 모르겠어."

트리스탄은 이런 걱정을 손사래 쳐서 물리쳤다. 그는 담배 연기를 허파 깊숙이 들이마셨다가 말을 하면서 마지못해 조금씩 연기를 내보냈다.

"그건 조금도 중요하지 않아. 네가 제대로 된 옷을 입고 있기만 하면 너를 들여보내줄 테고, 너처럼 키도 크고 잘생긴 남자라면 옷이 잘 맞느냐 안 맞느냐는 중요하지 않아."

우리는 2층으로 올라가서 내 트렁크 밑바닥에서 야회복을 꺼냈다. 대학 댄스파티에서는 이 옷을 멋지게 차려입고 사람들의 눈길을 끌었고, 대학을 졸업할 때쯤에는 옷이 몸에 너무 꼭 끼었지만 그래도 여전히 야회복이었고 그래서 많은 주의와 관심을 받았다.

하지만 지금은 그 옷이 애처롭고 볼품없어 보였다. 유행이 바뀌어서, 요즘은 편안한 재킷과 풀을 먹이지 않은 부드러운 셔츠 쪽으로 가는 추세였다. 내 야회복은 완전히 구식이었고, 터무니없이 작고 옷깃이 접혀 있는 조끼와 날개 모양의 높은 칼라가 달린 뻣뻣하고 광택이 나는 셔츠가 딸려 있었다.

정말로 문제가 시작된 것은 그 옷을 입었을 때였다. 매일 되풀이되는 중노동, 페나인 산맥의 맑은 공기, 홀 부인의 맛있는 음식이 내 몸을 부풀려서, 재킷이 내 배를 다 감싸지 못하고 15센티미터쯤 모자랐다. 키도 더 커진 것 같았다. 조끼 아랫단과 바지 윗부분 사이에 넉넉한 공간이 있었기 때문이다. 바지 자체는 엉덩이가 꽉 끼었지만 아래쪽은 우스꽝스러울 만큼 헐렁해 보였다.

내가 트리스탄 앞에서 패션쇼를 벌이는 동안 그의 자신감은 완전히 증발해버렸다. 그는 홀 부인을 불러서 조언을 듣기로 결정했다. 감정을 좀처럼 드러내지 않는 홀 부인은 스켈데일 하우스의 불규칙한 생활을 이렇다 할 반응도 보이지 않고 견뎌왔지만, 침실에 들어와서 나를 본 순간 그녀의 얼굴 근육이 한참 동안 씰룩거리며 경련을 일으켰다. 하지만 홀 부인은 마침내 약점을 극복하고 지극히 사무적인 태도를 취했다.

"바지 뒤쪽에 바대를 덧대면 놀라운 효과가 나타날 거예요. 그리고 내가 재킷 앞에 비단끈을 달면 앞자락을 그런 대로 여밀 수 있을 거예요. 그래도 앞이 조금 벌어지긴 하겠지만 걱정할 정도는 아닐 거예요. 그리고 옷을 모두 잘 다려드릴게요. 그러면 몰라보게 달라질 거예요."

나는 철저히 몸단장을 하는 것을 별로 좋아하지 않았지만, 그날 저녁에는 자진해서 몸을 북북 문질러 씻고 머리에 기름을 바르고 머리 모양에 스스로 만족할 때까지 여러 가지 방법으로 가르마를 타보면서 열심히 공을 들였다. 트리스탄은 자진해서 내 의상 담당이 된 것처럼 홀 부인의 다리미대에서 아직도 따뜻한 내 야회복을 위층으로 가져왔다. 그리고는 전업 하인처럼 내가 옷을 차려입는 것을 일일이 거들었다. 높은 칼라가 가장 애를 먹였다. 그가 와이셔츠의 장식 단추를 잠그다가 내 목살을 집었기 때문에 나는 속으로 그에게 욕설을 퍼부었다.

마침내 몸치장이 끝나자 그는 몇 번이나 내 주위를 돌면서 옷감을 잡아당기고 두드리며 매무새를 여기저기 세심하게 다듬어주었다.

드디어 그는 내 주위를 도는 것을 그만두고 앞에서 나를 훑어보았다. 나는 그가 그렇게 진지한 것을 한 번도 본 적이 없었다.

"좋아, 짐. 아주 좋아. 멋져 보여. 훌륭해. 누구나 다 야회복을 입을 수 있는 건 아니야. 마술사처럼 보이는 사람도 많지만, 넌 아니야. 잠깐만 기다려. 네 코트를 가져올게."

나는 7시에 헬렌을 데리러 가기로 약속했고, 그녀의 집 밖 어둠 속에 차를 세우고 내리자 이상한 불안이 나를 덮쳤다. 이번은 달랐다. 전에 내가 여기 왔을 때는 수의사 자격으로 왔다. 전문지식을 가진 사람, 이 집에서 필요로 하는 사람, 도움을 주러 온 사람이었다. 농장으로 걸어갈 때마다 이것이 내 사고방식에 얼마나 많은 영향을 미쳤는가 하는 생각은 한 번도 해본 적이 없었다. 하지만 이번은 전혀 달랐다. 나는 올더슨 씨의 따님을 데리고 외출하려고 왔다. 올더슨 씨는 마음에 들지 않을지도 모른다. 몹시 화를 낼지도 모른다.

농가 현관 밖에 서서 나는 숨을 깊이 들이마셨다. 밤은 캄캄하고 고요했다. 가까이에 있는 커다란 나무들 쪽에서는 아무 소리도 나지 않았고, 멀리서 강물이 으르렁거리는 소리만 적막을 깼다. 최근에 내린 폭우가 유유히 굽이쳐 흐르던 강을 거센 급류로 바꾸어버렸다. 강물은 곳곳에서 범람하여 주변 목초지가 온통 물에 잠겼다.

헬렌의 남동생이 나를 넓은 주방으로 안내했다. 소년은 입을 크게 벌리고 웃고 있었지만, 그 웃음을 감추려고 한 손을 입에 대고 있었다. 그는 이 상황을 재미있게 생각하는 것 같았다. 식탁 앞에 앉아 숙제를 하고 있던 어린 여동생은 글씨를 쓰는 데 전념하고 있는 체했지만, 사실은 그 아이도 고개를 숙이고 책을 내려다보면서 실실 웃고 있었다.

올더슨 씨는 반바지의 끈을 늦추고 양말 신은 발을 이글이글 타오르는 장작더미 쪽으로 뻗은 자세로 《농사와 목축》지를 읽고 있었다. 그는 안경 테 너머로 나를 쳐다보았다.

"들어오게. 이리 와서 난롯가에 앉게나." 그는 태무심한 사람처럼 멍하 니 말했다. 나는 젊은 남자가 그의 큰딸을 데려가려고 찾아오는 일이 그 에게는 흔하고 따분한 경험인 것 같은 불쾌한 인상을 받았다.

나는 난롯가에 올더슨 씨와 마주앉았고, 올더슨 씨는 다시 《농사와 목 축》지를 읽기 시작했다. 커다란 벽시계가 묵직하게 째깍거리는 소리가 조용한 실내에 커다랗게 울려 퍼졌다. 나는 붉게 타오르는 난롯불 속을 들여다보았다. 눈이 아프기 시작하자 나는 눈을 들어 벽난로 위에 걸려 있는 금도금 액자 속의 커다란 유화를 쳐다보았다. 유화는 유난히 새파 란 호수에 무릎까지 잠긴 채 서 있는 소떼를 묘사하고 있었다. 소떼 뒤에 는 이 세상에 있을 법하지 않은 무서운 산들이 배경을 이루고 있었다. 톱 니처럼 들쑥날쑥한 산꼭대기는 유황빛 안개에 둘러싸여 있었다.

나는 이 그림에서 눈을 돌려 천장에 줄지어 있는 갈고리에 매달린 베이 컨과 햄을 하나씩 차례로 보았다. 올더슨 씨는 책장을 넘겼다. 시계는 계 속 째깍거렸다. 저쪽 식탁에서는 아이들이 재잘거리는 소리가 들려왔다.

1년처럼 여겨질 만큼 긴 시간이 지난 뒤 계단에서 발소리가 들리고 이 이서 헬렌이 방으로 들어왔다. 그녀는 파란색 드레스를 입고 있었다. 어 깨끈이 없어서 마치 마술로 몸에 붙어 있는 것처럼 보이는 드레스였다. 그녀의 검은 머리는 주방에 켜진 하나뿐인 석유램프 불빛 아래에서 반짝 반짝 빛났고, 그녀의 목과 어깨의 부드러운 곡선을 가렸다. 그녀는 하얀 한쪽 팔 위에 낙타털 코트를 걸치고 있었다.

나는 머리를 얻어맞은 것처럼 아찔했다. 그녀는 판석과 회반죽을 칠한 벽이라는 거친 거미발에 박혀 있는 희귀한 보석 같았다. 그녀는 조용히 미소를 지으며 나에게 다가왔다.

"안녕하세요? 너무 오래 기다리게 한 건 아니겠죠?"

나는 대답으로 뭐라고 중얼거리고 그녀가 코트 입는 것을 도와주었다. 그녀는 아버지에게 다가가서 키스를 했지만, 아버지는 딸을 쳐다보지도 않고 막연히 손을 흔들었다. 식탁에서 또다시 키득거리며 웃는 소리가 들렸다. 우리는 밖으로 나왔다.

차에 탔을 때, 나는 긴장한 나머지 처음 몇 킬로미터는 대화를 계속하기 위해 무의미한 날씨 이야기에 의존할 수밖에 없었다. 곱사등처럼 가운데가 불룩하게 올라온 다리를 지나 내리막길로 접어들었을 때에야 겨우 긴장이 풀렸다. 그런데 그때 갑자기 차가 멈춰 섰다. 엔진이 조용히 기침하는 듯한 소리를 내더니 꺼져버린 것이다. 우리는 말없이 꼼짝도 않고 어둠 속에 앉아 있었다. 그것만이 아니었다. 내 발과 발목이 추위로 얼어붙고 있었다.

"맙소사." 나는 소리쳤다. "강물에 잠긴 도로로 들어와 버렸어요. 물이 차 안으로 들어오고 있어요." 나는 헬렌을 돌아보았다. "정말 미안합니다. 당신 발도 분명 젖었을 텐데."

하지만 헬렌은 웃고 있었다. 그녀는 다리를 접어서 발을 시트 위에 올려놓고 무릎에 턱을 괴고 있었다.

"좀 젖었지만, 이렇게 앉아 있어봤자 아무 소용도 없어요. 차를 밀어서 시동을 거는 게 낫지 않을까요?"

찬물 속으로 들어가는 것은 악몽이었지만 빠져나갈 길이 없었다. 다행히 소형차였기 때문에 우리 둘이서 어떻게든 웅덩이 밖으로 차를 밀어낼수 있었다. 이어서 나는 햇불로 플러그를 말리고 다시 시동을 걸었다.

우리가 다시 철벅거리며 차에 올라탔을 때 헬렌은 덜덜 떨고 있었다.

"아무래도 일단 집에 돌아가서 구두와 양말을 갈아 신어야 할 것 같아요. 당신도 그래야겠죠? 펜슬리를 통해서 돌아가는 다른 길이 있는데, 왼쪽 첫 번째 모퉁이에서 돌면 돼요."

농장으로 돌아와서 보니 올더슨 씨는 아직도 《농사와 목축》지를 읽고있었다. 그는 돼지 가격 일람표를 손가락으로 짚은 채 안경테 너머로 나에게 심술궂은 눈길을 던졌다. 내가 구두와 양말을 빌리러 온 것을 알자그는 신문을 내던지고 신음을 토하면서 의자에서 일어났다. 그는 발을질질 끌면서 방을 나갔고, 나는 그가 계단을 올라가면서 뭐라고 중얼거리는 소리를 들을 수 있었다.

헬렌은 아버지를 따라갔고 나는 두 동생과 함께 남겨졌다. 그들은 흠뻑젖은 내 바지를 바라보면서 즐거움을 감추려고 하지 않았다. 나는 바지에서 물을 최대한 짜냈지만 그 결과는 놀랄 만했다. 홀 부인이 칼날같이세워준 주름은 무릎 바로 아래까지는 내려와 있었지만, 그 아래는 엉망이었다. 바지가 거기서부터는 구겨지고 볼품없는 자루가 되어 아래로 퍼져 있었다. 바지를 말리려고 난롯가에 서 있자 수증기가 내 주위에 조용히 피어올랐다. 아이들은 눈을 크게 뜨고 즐거워하며 나를 빤히 바라보았다. 그 아이들에게는 오늘 밤이 잊지 못할 밤이 되었을 것이다.

마침내 올더슨 씨가 다시 나타나 구두와 양말을 내 발치에 떨어뜨렸다. 나는 재빨리 양말을 신었지만, 구두를 보고는 몸을 움츠렸다. 그것은 20

세기 초에 만들어진 무도화였고, 금이 간 에나멜가죽 위에 검은 비단으로 만든 커다란 리본이 달려 있었다.

나는 한마디 하려고 입을 벌렸지만, 올더슨 씨는 의자에 몸을 파묻은 채 다시금 돼지 가격에 열중해 있었다. 다른 구두를 빌려달라고 하면 올더슨 씨가 부지깽이로 나를 공격할 것 같은 기분이 들었다. 그래서 나는 무도화를 신었다.

우리는 홍수를 피하기 위해 길을 멀리 돌아가야 했지만, 계속 액셀을 밟아서 30분도 지나기 전에 데일 골짜기의 가파른 지역을 벗어나 완만한 기복을 이룬 평원을 향해 달리고 있었다. 나는 기분이 좋아지기 시작했다. 우리는 빨리 달리고 있었고, 소형차는 덜덜 떨리며 삐걱거리는 소리를 내긴 했지만 상태가 괜찮았다. 이대로 가면 그렇게 많이 늦지는 않겠다고 생각하고 있을 때 핸들이 한쪽으로 쏠리기 시작했다.

나는 거의 날마다 펑크를 냈기 때문에 그 징후를 당장 알아차렸다. 나는 바퀴를 교체하는 전문가가 되어 있었고, 그래서 헬렌한테 한마디 사과의 말을 던진 다음 번개처럼 차에서 내렸다. 나는 녹슨 잭과 버팀목을 재빨리 조작하여 3분도 지나기 전에 바퀴를 뺐다. 쭈글쭈글해진 타이어의 표면은 속에 있는 천이 드러나 보일 만큼 닳아 문드러진 얇은 부분을 빼고는 완전히 매끄러웠다. 나는 신들린 듯 열심히 스페어타이어를 끼웠지만, 이 타이어도 펑크 난 타이어와 똑같은 상태인 것을 알고는 몸이 오그라들었다. 이 타이어의 약한 섬유가 투쟁을 포기하면 어떻게 할지, 나는 아예 생각도 하지 않으려 했다.

낮에 레니스턴 호텔은 거대한 중세 요새처럼 브로턴을 지배했다. 울긋불긋한 깃발들이 네 개의 탑에서 오만하게 펄럭였다. 하지만 오늘 밤에는 도로와 같은 높이에 불 켜진 동굴이 입을 벌리고 있는 어두운 절벽 같았다. '벤틀리'(영국의 고급 승용차)들이 그 동굴 앞에 값비싼 화물을 내려놓았다. 나는 내 차를 호텔 정문으로 몰고 가지 않고 주차장 뒤쪽에 조용히 세워놓았다. 화려한 제복 차림의 수위가 우리를 위해 문을 열어주었다. 우리는 현관홀의 호화로운 카펫 위를 소리 없이 걸어갔다.

우리는 코트를 벗기 위해 헤어졌다. 신사용 휴게실에서 나는 기름 묻은 손을 미친 듯이 문질러 씻었다. 하지만 별로 효과가 없었다. 타이어를 갈 때 손톱에 새까만 경계선이 생겼고, 보통 비누와 물로는 지워지지 않았다. 그리고 헬렌이 나를 기다리고 있었다.

거울을 보니 하얀 재킷 차림의 보이가 수건을 들고 내 뒤를 맴돌고 있는 것이 보였다. 그는 분명히 내 기묘한 옷차림에 매혹되어, 커다란 리본이 달린 피에로 구두와 구겨진 바지자락을 내려다보고 있었다. 그는 수건을 건네면서, 무미건조한 자기 삶에 이런 색다른 재미를 주어서 고맙다는 듯이 활짝 웃었다.

나는 리셉션 홀에서 헬렌을 만나 함께 프런트로 갔다.

"디너 무도회는 언제 시작합니까?"

프런트 데스크에 있던 여자는 놀란 표정을 지으며 말했다.

"죄송하지만 오늘 밤에는 무도회가 없는데요. 디너 무도회는 2주에 한 번밖에 안 해요."

나는 당황하여 헬렌을 돌아보았지만 그녀는 나를 격려하듯 미소를 지었다.

"괜찮아요. 사실 나는 우리가 무엇을 하든 상관없어요."

"어쨌든 저녁은 먹을 수 있습니다." 나는 말했다. 쾌활하게 말하려고 애썼지만 내 머리 바로 위에 작은 먹구름이 형성되고 있는 것 같았다. 오늘 밤에 제대로 돌아가는 일이 있을까? 나는 호화로운 카펫 위를 걸어가면서 내 기분이 바닥으로 떨어지는 것을 느꼈다. 식당을 처음 보았을 때의 느낌도 내게는 전혀 도움이 되지 않았다.

거대한 대리석 기둥들이 조각과 벽화로 장식된 천장을 떠받치고 있는 식당은 축구장만큼 넓어 보였다. 레니스턴 호텔은 빅토리아 시대 말기에 세워졌고, 당시의 풍요로움과 호화로운 장식이 이 거대한 방에 고스란히 남아 있었다. 식탁은 대부분 단골손님으로 채워져 있었다. 시골 귀족과 웨스트라이딩에서 온 실업가들이 섞여 있는 것 같았다. 나는 아름다운 여자와 오만해 보이는 남자가 한 지붕 아래 그렇게 많이 모여 있는 것을 본 적이 없었다. 남자들은 검은 신사복에서부터 털이 풍성한 트위드 재킷까지 온갖 다양한 옷을 입고 있었지만, 야회복을 입은 남자는 하나도 보이지 않는 것을 알아차리고 나는 아연실색했다.

하얀 넥타이를 매고 연미복을 입은 위엄 있는 남자가 우리에게 다가왔다. 그는 갈기 같은 백발을 높은 이마에서 뒤로 빗어 넘겼고, 배가 불룩 튀어나왔고, 매부리코에다 오만한 표정을 짓고 있어서 꼭 로마 황제처럼 보였다. 그는 노련하게 나를 훑어보고 억양 없는 목소리로 말했다.

"손님, 자리로 안내해 드릴까요?"

"예." 나는 중얼거렸다. 하마터면 그에게 '선생님'이라고 말할 뻔했지만, 그 말이 입에서 나오기 직전에 멈추었다. "2인용 테이블을 주세요."

"머무실 건가요?"

이 질문에 나는 당황했다. 여기에 머물지 않는다면 어떻게 저녁을 먹을 수 있겠는가?

"예, 머물 겁니다."

황제는 종이철에 메모를 했다.

"이쪽으로 오시죠."

그는 테이블 사이를 위엄 있게 나아갔고, 나는 헬렌과 함께 비굴하게 그 뒤를 따라갔다. 테이블까지는 먼 길이었다. 나는 내가 지나갈 때 나를 다시 한 번 보려고 돌아가는 고개들을 무시하려고 애썼다. 내가 가장 걱정한 것은 홀 부인이 바지의 엉덩이 부분에 대준 바대였다. 그것은 짧은 재킷 밑에서 마치 봉화처럼 눈에 띌 거라고 나는 상상했다. 우리가 테이블에 도착했을 때쯤 그 바대는 문자 그대로 내 엉덩이를 태우고 있었다.

테이블은 좋은 환경에 자리 잡고 있었다. 웨이터들이 갑자기 떼로 몰려와 우리 의자를 당겨주고, 우리를 앉히고, 냅킨을 탁탁 털어서 우리 무릎 위에 펼쳐주었다. 그들이 흩어지자 황제가 다시 책임을 맡았다. 그는 종이철 위에 연필을 대고 글씨를 쓸 준비를 했다.

"객실 번호를 알려주시겠습니까?"

나는 침을 꿀꺽 삼키고 위험하게 부풀어 오르는 셔츠 앞자락 너머로 그를 쳐다보았다.

"객실 번호요? 아니, 나는 호텔에 살고 있지 않습니다."

"아아, 머물지 않으시는군요." 그는 얼음처럼 차가운 눈길을 잠시 나에게 고정시켰다가 종이철 위에 적힌 무언가를 연필로 북북 지웠다. 그리고 웨이터 한 사람에게 무어라고 중얼거리고 성큼성큼 가버렸다.

불길한 예감이 내 마음속에 들어온 것은 그때쯤이었다. 내 머리 위의 먹구름이 점점 커지면서 아래로 내려와 참담한 기분으로 나를 완전히 에워쌌다. 저녁 내내 재난이었는데, 아무래도 더욱 악화될 것 같았다. 코미

디언처럼 차려입고 이 호화로운 곳에 오다니, 내가 미쳤지. 억지로 꿰어입은 옷은 지옥처럼 더웠고, 와이셔츠 장식 단추는 사악하게 내 목으로 파고들었다.

나는 웨이터한테 메뉴판을 받아들고 더러운 손톱을 감추기 위해 손가락을 안쪽으로 구부린 채 메뉴판을 잡으려고 애썼다. 메뉴판은 모두 프랑스어로 되어 있었고, 머리가 마비된 상태인 나에게 그 낱말들은 거의 의미가 없었지만, 어떻게든 나는 식사를 주문했고 식사를 하는 동안은 대화가 끊기지 않도록 필사적인 노력을 기울였다. 하지만 긴 사막 같은 침묵이 우리 사이에 펼쳐지기 시작했다. 주위 사람들은 모두 웃으면서 재잘거리는데 헬렌과 나만 조용한 것 같았다.

가장 나쁜 것은 어떤 목소리였다. 그 목소리는 계속해서 나에게 속삭였다. 헬렌은 사실 나와 데이트하고 싶어 하지 않았다고, 예의상 어쩔 수 없이 나와 외출했을 뿐이라고, 따분한 저녁 시간을 최대한 잘 보내려 애쓰고 있다고.

집으로 가는 길은 재수 없는 날에 걸맞은 클라이맥스였다. 헤드라이트가 데일스로 돌아가는 구불구불한 길을 비추는 동안 우리는 똑바로 앞만 바라보았다. 이따금 더듬거리며 몇 마디 말을 나누기도 했지만, 곧 다시 어색한 침묵이 찾아왔다. 농장 밖에 차를 세웠을 무렵에는 내 머리가 지끈거리기 시작했다.

우리는 악수를 했고, 헬렌은 멋진 저녁을 보내게 해주어서 고맙다고 말했다. 그녀의 목소리가 살짝 떨렸고, 달빛 속에서 그녀의 얼굴은 수줍어 보였다. 나는 작별 인사를 하고는 차에 올라타고 그곳을 떠났다.

28

파넌이 채무자들을 위한 파티를 열었다면, 그 파티에 결코 초대받지 못했을 고객이 한 사람 있었는데, 앨드그로브에 사는 푸줏간 주인인 호레이스 덤블비였다. 그는 상습적으로 빚을 갚지 않는 채무자로서 그 파티에 초대받을 자격은 충분히 갖추었지만, 그에게는 묘하게도 매력이 전혀 없었다.

그림처럼 아름다운 앨드그로브 마을의 큰길가에 있는 그의 푸줏간은 손님이 많아서 번창했지만, 그의 장사는 대부분 이웃에 있는 작은 마을들과 여기저기 흩어져 있는 농가에서 이루어졌다. 평소에는 그의 아내와 결혼한 딸이 가게 일을 맡아서 했고, 덤블비는 이웃 마을들과 농가들을 돌아다니며 장사를 했다. 나는 그의 하늘색 밴이 뒷문을 열어놓은 채 멈춰 서 있고, 그가 볼품없이 커다란 몸을 두꺼운 널판 도마 위에 숙이고 고기를 자르는 동안 농부의 아내가 옆에서 기다리고 있는 모습을 자주 보았다. 이따금 그는 고개를 들었고, 그러면 나는 사냥개 같은 거대한 얼굴과 우울한 눈을 잠깐 볼 수 있었다.

덤블비는 소규모로 가축도 키웠다. 그는 푸줏간 가게 뒤에 있는 작고 깨끗한 외양간에서 암소 대여섯 마리를 키워 그 젖을 짜서 팔았고, 황소와 돼지도 몇 마리 키웠는데, 그가 살찌운 이 소와 돼지들은 나중에 소시지와 살코기가 되어 그의 푸줏간 진열장에 나타났다. 덤블비는 생활이 상당히 안정된 것 같았고, 여기저기 부동산을 소유하고 있다는 소문도 있었다. 하지만 치료비를 내는 일에는 게으르고 불성실하기 짝이 없어서, 파넌은 그의 돈을 어쩌다 한 번밖에 만나보지 못했다.

치료비를 늦게 내는 사람들은 대체로 한 가지 공통점을 갖고 있었는데, 수의사가 늦게 오는 것을 용납하려 하지 않는다는 점이다. 문제가 생기면 그들은 즉각적인 행동을 요구했다. "지금 당장 와줄 거죠?" "여기 오는 데 얼마나 걸리겠소?" "나를 계속 기다리게 하지는 않겠지요?" "당장 여기로 와주쇼." 파넌의 이마에서 핏줄이 솟아오르고 수화기를 움켜쥔 손가락 마디가 하얘지는 것을 보면 나는 늘 불안에 사로잡히곤 했다.

어느 일요일 밤 10시에 덤블비한테서 그런 전화가 걸려온 뒤 파넌은 격분하여 'P.N.S. 방식'(처음에는 정중하게polite, 다음에는 험악하게 nasty, 마지막에는 변호사solicitor에게 의뢰하겠다고 위협하는 방식)에 따라 분노를 그에게 폭발시켰다. 그것은 푸줏간 주인의 지갑을 여는 데에는 효과가 없었지만 그의 감정에 깊은 상처를 주었다. 그는 파넌에게 모욕당했다고 생각한 게 분명했다. 그때부터 그는 트럭을 몰고 시골에 나갔다가 나를 보면 내 쪽으로 천천히 고개를 돌려 내가 시야에서 사라질 때까지 노려보곤 했다. 이상하게도 나는 그를 점점 더 자주 보게 되는 것 같았고, 나에게는 정말 당혹스러운 상황이었다.

그보다 더 고약한 일이 있었다. 트리스탄과 나는 앨드그로브에 있는 작은 선술집에 자주 가곤 했는데, 그 술집은 분위기가 아늑했고 맥주는 트리스탄의 까다로운 입맛에 들어맞았다. 덤블비는 언제나 같은 구석 자리를 차지하고 있었지만 나는 그에게 별로 주의를 기울인 적이 없었다. 하지만 지금은 내가 눈을 들 때마다 그의 크고 슬픈 눈이 비난하듯 나에게 쏠렸다. 나는 덤블비를 잊어버리고 트리스탄의 이야기에 귀를 기울이려고 애썼지만, 나를 향해 고정된 그 눈길을 줄곧 느꼈다. 내 웃음소리는 점점 작아졌고, 나는 어쩔 수 없이 주위를 둘러보곤 했다. 그러면 고급 맥주의 쓴 맛이 입 안에서 식초처럼 시큼하게 느껴졌다.

이런 상황에서 벗어나려고 나는 바 대신 홀을 이용했는데, 트리스탄은 고귀한 기사도 정신을 발휘하여 그에게는 잘 맞지 않는 환경에 나와 동행해주었다. 그곳에는 바닥에 카펫이 깔려 있고, 사람들은 빛나는 작은 탁자에 둘러앉아 진을 마셨고, 1파인트들이 맥주를 마시는 사람은 아무도 보이지 않았다. 하지만 이런 희생도 허사였다. 덤블비가 바와 홀 사이의 벽에 뚫린 나무살 창을 통해 이쪽 자리를 들여다볼 수 있도록 자리를 바꾸었기 때문이다. 내가 거기서 보낼 수 있는 여가 시간은 점점 불쾌한 성질을 띠게 되었다. 나는 잊어버리려고 필사적으로 애쓰는 사람 같았다. 하지만 아무리 맥주를 들이켜고 웃고 떠들고 심지어 노래까지 불러도, 나의 반쪽은 내가 뒤를 돌아볼 수밖에 없으리라는 것을 알고 조마조마한 마음으로 그 순간을 기다렸다. 그리고 마침내 내가 뒤를 돌아보면 어김없이 내 눈에 들어오는 그의 크고 음울한 얼굴은 나무살 창틀에 싸여 있어서 훨씬 더 무서워 보였다. 늘어진 턱살, 주름진 뺨, 무슨 꿍꿍이속인지 알 수 없는 커다란 눈—이 모든 것들이 벽에 뚫린 그 작은 구멍 속에 고립되어 있어서 더욱 무시무시하게 확대되어 보였다.

그래서 나는 그 술집에 가는 것을 그만두지 않을 수 없었다. 이것은 무척 슬픈 일이었다. 트리스탄은 그 생맥주 속에서 어떤 독특하고 미묘한 맛을 분간해내고 감상적인 기분에 잠기곤 했기 때문이다. 하지만 나는 거기에 가는 즐거움을 잃어버렸다. 더 이상 덤블비를 참고 견딜 수가 없었던 것이다.

실제로 나는 그를 깨끗이 잊어버리려고 최선을 다했지만, 어느 날 새벽 3시에 전화로 그의 목소리를 들었을 때 그는 억지로 내 마음속에 돌아왔다. 한밤중에 침대 옆 전화기가 귓전에서 울릴 때 용건은 거의 언제나 똑같았다. 암소가 송아지를 낳고 있는 것이다.

덤블비의 전화도 예외는 아니었지만, 그는 예상했던 것보다 훨씬 오만방자했다. 그런 시각에 전화를 하면 농부들은 사과부터 하는 게 보통인데, 그는 그런 인사치레는 아예 무시해버렸다. 나는 곧 가겠다고 말했지만, 그는 성이 차지 않았는지, 내가 거기까지 가는 데 정확히 몇 분쯤 걸리는지 알고 싶어 했다. 나는 졸린 상태에서도 그를 놀려줄 생각으로, 일어나서 옷을 입는 데 몇 분, 아래층으로 내려가는 데 몇 분, 차에 시동을 거는 데 몇 분 걸릴 거라고 내 행동 계획을 열거했다. 하지만 그에게는 이 빈정거림이 통하지 않은 것 같았다.

차를 몰고 잠들어 있는 마을로 들어가자 푸줏간 창문 안에 불빛이 보였다. 내가 자동차 트렁크에서 밧줄과 기구를 꺼내는 동안 덤블비는 뛰다시피 길거리로 나와 뭐라고 중얼거리면서 오락가락했다. 1년이 넘도록 수의사의 치료비를 한 푼도 갚지 않은 사람치고는 너무 참을성이 없다고 나는 생각했다.

뒷마당 외양간으로 가려면 가게 안을 지나가야 했다. 내 환자는 덩치가 크고 살찐 하얀 암소였다. 특별히 불안한 것 같지는 않았다. 암소가 이따금 긴장하여 힘을 주면 송아지의 앞발 한 쌍이 암소의 질에서 몇 센티미터 밀려 나오곤 했다. 나는 그 발을 유심히 살펴보았다. 그것은 송아지를 받는 일이 얼마나 힘들 것인지를 알려주는 첫 징조였다. 출산 경험이 없는 작은 암소한테서 빠져나온 커다란 발굽 두 개는 항상 내 얼굴에서 미소를 지워버릴 수 있었다. 그런데 이 송아지의 발굽은 충분히 컸지만 방해가 되지는 않았고, 사실 어미의 산도는 충분히 넓어 보였다. 나는 자연 분만을 막고 있는 것이 무엇인지 궁금했다.

"내가 손을 넣어보았소." 덤블비가 말했다. "거기에 머리가 있는데, 끄집어낼 수가 없었소. 30분 동안이나 송아지 다리를 잡아당기고 있었단 말이오."

나는 웃통을 벗으면서 상황이 훨씬 나쁠 수도 있다고 생각했다. 내가 셔츠를 벗어야 했던 축사들은 대부분 원시적이고 외풍이 심했지만, 암소 여섯 마리가 살고 있는 이 외양간은 근대적이어서 중앙난방장치까지 갖추어져 있었다. 그리고 대개는 연기로 검게 그을린 석유램프가 걸려 있지만 이곳에는 전기가 들어와 있었다.

나는 비누로 팔을 씻고 소독한 뒤, 첫 번째 검진을 했다. 문제의 원인을 알아내기는 어렵지 않았다.

머리 하나와 다리 두 개가 있는 것은 좋았지만, 그 머리와 다리의 임자가 각기 달랐다.

"쌍둥이를 가졌군요. 당신이 잡아당기던 이 다리는 뒷다리입니다. 후태위예요."

"엉덩이가 앞에 있다는 거요?"

"말하자면 그렇다고 할 수 있죠. 제대로 나오고 있는 송아지는 다리를 둘 다 옆구리를 따라 뒤쪽으로 뻗고 있어요. 그 녀석을 뒤로 밀어내서 산도를 열고 다른 녀석을 먼저 꺼내야겠습니다."

힘든 작업이 될 것 같았다. 보통 경우라면 쌍둥이 송아지를 받는 것을 더 좋아한다. 쌍둥이는 대개 몸집이 작기 때문이다. 하지만 이 송아지들은 덩치가 아주 커 보였다. 나는 산도에 있는 송아지의 작은 주둥이에 손을 대고 손가락 한 개를 입 속으로 밀어 넣었다. 그러자 녀석은 혀를 움직이는 것으로 응답을 보냈다. 어쨌든 녀석은 살아 있었다.

나는 녀석을 조금씩 자궁 속으로 밀어 넣으면서, 이 작은 생명체는 나의 이런 짓을 어떻게 생각하고 있을지 궁금했다. 녀석은 세상에 막 나오려 하고 있었다. 녀석의 콧구멍은 바깥 공기에서 겨우 몇 센티미터 떨어진 곳에 있었는데 이제 다시 원위치로 되돌려지고 있지 않은가.

암소도 내 생각을 별로 좋게 생각하지 않는 것 같았다. 나를 좌절시키려고 계속 힘을 주고 있었기 때문이다. 암소는 인간보다 훨씬 힘이 세기 때문에 자기 일을 아주 잘했지만, 나는 송아지를 밀고 있는 팔의 힘을 결단코 늦추지 않았다. 암소가 한 번 힘을 줄 때마다 나는 밀려날 수밖에 없었지만, 그 와중에도 꾸준한 압력을 유지하여 마침내 송아지를 골반 언저리까지 밀어내는 데 성공했다.

나는 덤블비를 돌아보며 헐떡거렸다.

"길을 막고 있는 머리를 치웠습니다. 이제 이 발을 잡고 다른 송아지를 끌어냅시다."

푸줏간 주인은 엄숙하게 앞으로 나와서 투실투실 살찐 두 손으로 송아지의 발 하나를 덥석 붙잡았다. 그런 다음 눈을 감고 얼굴을 온통 일그러뜨리면서, 그리고 고통스러운 노력에 뒤따르는 요란한 신음 소리를 내면서 송아지 발을 잡아당기기 시작했다. 하지만 송아지는 꿈쩍도 하지 않았고 내 기분은 땅에 떨어졌다. 덤블비는 투덜쟁이였다. (원래 이 말은 파년과 어떤 농부가 송아지의 발을 하나씩 잡고 끌어당길 때, 그 농부가 힘은 쓰지 않고 투덜대기만 하고 있었던 데에서 유래했다. 파년은 그를 돌아보며 말했다. '이봐요, 우리 협상합시다. 이젠 당신이 잡아당겨요. 나는 투덜댈 테니까.')

그 덩치 큰 푸줏간 주인한테서는 어떤 도움도 받을 수 없을 것 같기에 나는 혼자 해보기로 결심했다. 어쩌면 운이 좋을지도 모른다. 나는 주둥이에서 손을 떼고 뒷발을 재빨리 움켜잡았지만 암소가 너무 빨랐다. 내가 미끌미끌한 발을 막 움켜잡은 순간, 암소가 새끼를 내보내려고 힘을 주어 두 번째 새끼를 또다시 산도로 밀어냈다. 나는 출발점으로 되돌아갔다.

다시 한 번 나는 축축하게 젖은 주둥이에 손을 대고 힘껏 밀어서 자궁으로 돌려보내는 과정을 밟았다. 그리고 온힘을 다해 새끼를 밀어내는 어미와 맞서 싸우면서 지금이 오전 4시라는 것을 상기했다. 그 시간에 힘이 펄펄 난다고 느끼는 사람은 아무도 없다. 송아지 머리를 골반 입구까지 돌려보냈을 때쯤에는 나도 서서히 힘이 빠져나가는 그 섬뜩한 기분을 느끼고 있었다. 누군가가 내 팔에서 뼈들을 제거해버린 것 같았다.

이번에는 숨을 돌리는 데 몇 초가 걸렸다. 그런 다음 송아지 발을 잡으려고 달려들었지만 아무 소용이 없었다. 암소는 멋지게 시간을 맞추어 자궁을 수축시키는 방법으로 나를 손쉽게 이겨버렸다. 방해가 되는 송아지 머리가 또다시 산도에 꽉 끼어버렸다.

나는 이제 신물이 났다. 안에 있는 작은 생명체도 이 왕복 운동에 싫증이 나고 있는 게 분명하다는 생각이 문득 머리에 떠올랐다. 나는 덜덜 떨면서 춥고 텅 빈 푸줏간을 지나 조용한 거리로 나갔다. 그리고 길에 세워둔 차에서 국소마취제를 꺼냈다. 경막외 공간에 마취제 8시시를 주사하자 자궁이 무감각해진 암소는 출산에 흥미를 잃어버렸다. 암소는 선반에서 건초를 조금 끌어당겨 멍하니 씹기 시작했다.

그때부터는 우편가방 안에서 작업하는 거나 마찬가지였다. 내가 밀어낸 것은 도로 나한테 밀어닥치지 않고 그 자리에 가만히 있었다. 유일한 문제는 내가 모든 것을 제대로 정리한 뒤에도 나를 도와줄 자궁 수축이 전혀 일어나지 않았다는 것이다. 이렇게 되면 내가 잡아당길 수밖에 없었다. 나는 몸을 뒤로 젖히고 송아지의 뒷다리 하나를 잡아당겼다. 덤블비도 숨을 헐떡거리면서 다른 쪽 뒷다리를 잡아당겼다. 그러자 곧 송아지 엉덩이가 나왔다. 송아지는 상당히 많은 양수를 흡입했지만, 나는 송아지가 그것을 다 뱉어낼 때까지 녀석을 거꾸로 들고 있었다. 내가 송아지를 외양간 바닥에 내려놓자 녀석은 힘차게 고개를 흔들면서 일어나려고 애썼다.

이어서 나는 두 번째 송아지를 찾으러 암소의 자궁 속으로 돌아가야 했다. 녀석은 이제 자궁 속에 잘 누워 있었지만 골이 나서 부루퉁해 있는 게 분명했다. 코를 킁킁거리며 발길질을 해내는 녀석을 마침내 밝은 세상으로 끌어냈을 때, 녀석이 "나를 꺼낼지 말지 결정해!"라고 말했다 해도 나는 녀석을 탓할 수 없었을 것이다.

나는 가슴을 수건으로 닦으면서 송아지들을 내려다보았다. 축축하게 젖은 작은 동물 두 마리가 바닥에서 꿈틀거리는 것을 볼 때마다 나는 강렬하게 찌르는 듯한 쾌감을 느꼈다. 덤블비는 밀짚을 한 줌 집어서 송아지들의 몸을 문질러주고 있었다.

"쌍둥이치고는 몸집이 크군요." 푸줏간 주인이 중얼거렸다.

내 수고를 인정해주는 말이라고 하기에는 좀 미지근한 표현이었지만, 그런 표현조차도 나를 놀라게 했고, 그래서 좀 더 밀고 나아가도 괜찮을 것 같다는 생각이 들었다.

"굉장한 쌍둥이네요. 쌍둥이는 그런 식으로 엉키면 대개 죽습니다. 두 마리를 산 채로 꺼낸 건 정말 행운이에요." 나는 잠시 말을 끊었다가 덧붙였다. "돈으로 쳐도 저 두 녀석은 값이 상당할 겁니다."

덤블비는 아무 대답도 하지 않았고, 나는 그가 내 빈정거림을 이해했는지 어떤지 알 수가 없었다.

나는 옷을 입고 장비를 챙기고 그를 따라 외양간 밖으로 나와서 조용한 가게로 들어가 갈고리에 즐비하게 매달려 있는 쇠고기 덩이들과 부스러기가 담긴 쟁반, 갓 만든 소시지 무더기를 지나갔다. 바깥문 근처에서 덤블비는 잠시 걸음을 멈추고 결정을 내리지 못한 것처럼 머뭇거리며 서 있었다. 뭔가를 골똘히 생각하고 있는 것 같았다. 이윽고 그가 나를 돌아보았다.

"소시지 좀 드릴까요?"

나는 놀라서 하마터면 비틀거릴 뻔했다. 믿을 수 없는 일이지만 내가 그를 감동시킨 게 분명했다.

"정말 고맙습니다."

그는 소시지 무더기로 다가가서 500그램 정도 자른 다음, 기름종이에 싸서 나에게 건네주었다.

나는 손에 차갑고 묵직한 무게를 느끼면서 소시지 꾸러미를 내려다보았다. 아직도 믿을 수가 없었다. 그때 문득 비열한 생각이 떠올랐다. 공정하지 않다는 것은 나도 안다. 그 가엾은 남자는 충동적으로 인심을 쓰는 즐거움을 알 수 없었을 것이다. 하지만 내 마음속의 악마가 그를 시험해보라고 나를 꼬드겼다. 나는 바지 주머니에 손을 집어넣어 잔돈을 짤랑거리며 그의 눈을 바라보았다.

"이건 얼마죠?"

덤블비의 큰 덩치가 갑자기 얼어붙어 꼼짝도 하지 않았다. 그는 몇 초 동안 그렇게 서 있었다. 나를 뚫어지게 바라보는 그의 얼굴은 거의 무표정했지만, 볼이 한 번 씰룩했고 고뇌에 찬 표정이 서서히 떠올랐다. 그것은 그의 마음속에서 싸움이 벌어지고 있다는 것을 드러냈다. 그가 입을 열었을 때 그의 목구멍에서 나온 목소리는 속삭이듯 작고 쉰 목소리였다. 그가 통제할 수 없는 어떤 힘이 그에게서 그 말을 억지로 밀어낸 것 같았다.

"2실링 6펜스요."

29

병원 밖에 서서 간호사들이 근무를 마치고 나오기를 기다리는 일은 나에게는 새로운 경험이었지만 트리스탄에게는 익숙한 일이었다. 일주일에 며칠 밤은 거기서 그의 모습을 발견할 수 있었다. 그가 경험이 풍부하다는 것은 다양하게 드러났지만, 주로 빈틈없는 위치 선정에 가장 잘 드러났다. 그는 가로등이 던지는 불빛에서 살짝 벗어난 주유소 사무실 문간의 어두운 구석에 자리를 잡았다. 거기서는 길 건너의 병원 입구와 간호사 대기실로 이어지는 길고 하얀 복도를 환히 볼 수 있었다. 그곳에는 또 다른 이점도 있었는데, 파넌이 우연히 그쪽을 지나간다 해도 트리스탄은 눈에 띄지 않을 테고 따라서 더욱 안전할 터였다.

7시 반에 그가 나를 팔꿈치로 쿡쿡 찔렀다. 두 여자가 병원에서 나오더니 계단을 내려와 무언가를 기다리는 것처럼 길거리에 서 있었다. 트리스탄은 길 양쪽을 조심스럽게 살펴본 뒤에 내 팔을 잡았다.

"짐, 가세. 저 아가씨들이야. 왼쪽에 있는 여자가 코니야. 구릿빛 금발에 사랑스럽고 귀여운 아가씨지."

우리는 길을 건너 그녀들에게 다가갔고, 트리스탄은 독특한 매력을 발산하면서 나를 소개했다. 그날 저녁의 데이트가 내 아픈 마음을 위로해주려는 목적으로 준비되었다면, 나는 벌써 기분이 좋아지기 시작했다고 인정하지 않을 수 없었다. 눈을 빛내며 나를 쳐다보는 예쁜 두 아가씨의 태도에는 확실히 마음을 달래주는 무언가가 있었다.

그들은 머리카락을 빼고는 놀랄 만큼 비슷했다. 브렌다는 머리가 흑발이고 코니는 금발이었는데, 병원 현관에서 새어나온 불빛이 닿은 곳은 불타는 듯이 빛나고 있었다. 그들은 둘 다 터질 듯한 건강미에 넘쳤고, 그래서 대찬 이미지를 발산했다. 윤기가 흐르는 볼, 하얀 치아, 생기발랄한 눈, 그리고 특히 내 마음을 편하게 해준 것은 상대방을 기쁘게 해주고 싶어 하는 단순한 욕망이었다.

트리스탄이 한껏 과장된 몸짓으로 차 뒷문을 열면서 말했다.

"코니, 자리에 앉거든 이 친구를 조심해. 얌전해 보이지만 여자를 다루는 데에는 명수니까. 대단한 연애꾼으로 알려져 있거든."

여자들은 킬킬거리며 더욱 흥미로운 눈으로 나를 바라보았다. 트리스탄은 운전석에 뛰어올랐고, 우리는 목이 부러질 만큼 빠른 속도로 출발했다.

어두운 시골 풍경이 차창 밖을 서둘러 지나갔다. 나는 구석자리에 기대 앉아서, 목청껏 외치고 있는 트리스탄의 이야기에 귀를 기울였다. 내 기분을 북돋워주려는 친절한 마음에서인지 아니면 그냥 그러고 싶었기 때문인지는 모르지만, 그는 끊임없이 청산유수로 지껄여댔다. 여자들은 그가 무슨 말을 해도 즐겁게 웃어댔기 때문에 이상적인 말상대였다. 나는 코니가 몸을 흔들면서 내 쪽으로 부딪치는 것을 느꼈다. 자리가 넉넉한데도 그녀는 한쪽을 넓게 비워놓고 내 옆에 바싹 붙어 앉아 있었다. 작은 차는 모퉁이를 돌 때마다 흔들렸고, 그때마자 그녀는 내 쪽으로 쓰러졌다. 그러면 그녀는 머리를 내 어깨에 얹은 채 지극히 자연스럽게 그 자세를 유지했다. 나는 그녀의 머리카락이 내 볼에 닿는 것을 느꼈다. 향수를 별로 쓰지 않는지, 비누와 소독약 냄새만 났다. 내 마음은 다시 헬렌에게 돌아갔다. 사실 나는 요즘 그녀를 별로 생각하지 않았다. 그것은 연습을 통해 숙달된 결과였다. 나는 그녀가 생각날 때마다 뭉개버렸다. 그래서 지금은 상당히 숙달되어 있었다. 어쨌든 다 끝난 일이었다. 시작도 해보기 전에.

내가 코니의 몸에 팔을 두르자 그녀는 얼굴을 내 쪽으로 들어올렸다. 나는 그녀의 뺨에 입을 맞추면서 오히려 잘됐다고 생각했다. 앞좌석에서 트리스탄이 큰 소리로 노래를 부르기 시작했다. 브렌다가 킬킬거렸다. 낡은 차는 울퉁불퉁한 길을 수없이 덜컹거리며 빠르게 내달렸다.

우리는 마침내 막다른 길에 있는 풀턴이라는 마을에 도착했다. 마을에 하나뿐인 도로는 언덕 비탈을 따라 끝까지 올라갔고, 도로 끝에는 돌로 만든 고색창연한 십자가가 서 있는 둥근 풀밭과 가파른 둔덕이 있었고, 그 둔덕 위에 회관 건물이 올라앉아 있었다.

이곳이 무도회가 열리는 장소였지만, 트리스탄은 그에 앞서 우선 다른 계획을 갖고 있었다.

"이곳에 아담한 술집이 있어. 기분도 낼 겸 거기 가서 한 잔만 마시자."

우리는 차에서 내렸고, 트리스탄은 우리를 낮은 석조 건물로 안내했다.

선술집에는 고풍스러운 것은 하나도 없었다. 회반죽을 바른 널찍하고 네모반듯한 방에 활활 타오르는 불을 둘러싸고 있는 요리용 레인지가 있고, 거기에 면하여 등받이가 높은 기다란 나무의자가 하나 놓여 있었다. 화덕 위에는 세월과 함께 여기저기 구멍이 뚫리고 연기에 검게 그을린 옹이투성이의 거대한 들보 하나가 뻗어 있었다.

우리는 서둘러 나무의자로 다가갔다. 그곳이 바깥의 추위를 막아주는 병풍처럼 안락하게 느껴졌다. 우리는 그 자리를 독차지했다.

주인이 들어왔다. 편안한 차림이었다. 재킷은 입지 않고, 칼라가 없는 줄무늬 셔츠에 바지를 입고 있었다. 허리에 두른 폭넓은 가죽 벨트가 바지 멜빵을 보강해주었다. 트리스탄을 보자 그의 얼굴이 환해졌다.

"아이구, 파년 씨, 안녕하세요?"

"더 이상 좋을 수 없을 만큼요. 피콕 씨는 어떠세요?"

"잘 지냅니다. 아주 좋아요. 불평할 수 없죠. 그리고 같이 오신 분도 낯이 익은데요. 전에 우리 가게에 오시지 않았나요?"

그제야 나도 기억이 났다. 풀턴 지역에서 투베르쿨린 검사를 하느라 하루를 보낸 적이 있었는데, 황량한 고지대에서 몇 시간 동안 어린 짐승들과 씨름한 뒤여서 몸은 꽁꽁 얼어붙고 배는 텅 빈 상태로 여기 들른 적이 있었다. 그때 술집 주인은 무표정하게 나를 맞아주었다. 그리고 내가 의자에 앉아서 그의 등과 멜빵과 번쩍이는 가죽 벨트를 바라보고 있는 동안 그는 오래된 레인지 위에 당장 프라이팬을 올려놓았다. 난롯가의 둥근 참나무 탁자에 음식이 가득 차려졌는데, 집에서 만든 두꺼운 햄 스테이크가 신선한 달걀 두 개를 가슴에 품고 접시에 겹쳐져 있었다. 갓 구운 빵에는 나이프가 꽂혀 있었고, 농장에서 직접 만든 버터 한 접시와 잼, 커다란 찻주전자, 높이가 30센티미터쯤 되고 눈처럼 새하얀 웬슬리데일 치즈 한 덩어리가 식탁을 가득 메웠다.

그 많은 음식을 오랫동안 먹고, 마지막에는 미묘한 풍미의 치즈를 계속 잘라 먹은 것을 기억해냈다. 그렇게 먹고도 치른 음식 값은 겨우 반 크라운(2실링 6펜스)이었다.

"예, 피콕 씨, 전에 여기 온 적이 있습니다. 내가 언젠가 무인도에서 굶어 죽어가고 있다면 그때 당신이 차려준 그 멋진 식사가 생각날 거예요."

주인은 어깨를 으쓱해 보였다.

"별거 아닙니다. 평소에 먹는 평범한 음식이에요."

하지만 이렇게 말하는 그의 표정은 뿌듯해 보였다.

"그럼 그건 됐고……" 트리스탄이 말했다. "우리는 식사를 하러 온 게 아니라 술을 한잔하러 왔어요. 짐, 피콕 씨는 요크셔에서 제일가는 생맥주를 팔고 있는데, 네 의견을 말해주면 기꺼이 들어줄게. 피콕 씨, 1파인트짜리 두 잔과 반 파인트짜리 두 잔만 부탁할게요."

나는 트리스탄이 아가씨들한테 뭘 먹고 싶냐고 묻지도 않았다는 것을 알아차렸지만, 그들은 트리스탄의 주문에 대단히 만족한 것 같았다. 주인은 약간 숨을 헐떡거리며 지하실에서 다시 나타났다. 그는 하얀 에나멜을 입힌 길쭉한 단지 하나를 들고 있었다. 그리고 각자의 술잔 위쪽에 하얀 거품이 생길 때까지 능숙하게 높이를 바꾸면서 갈색 액체를 따랐다. 단지에서 술잔으로 가느다란 갈색 흐름이 이어졌다.

트리스탄은 잔을 들어 올리더니 존경어린 눈빛으로 조용히 바라보았다. 그리고 코를 쿵쿵거리며 냄새를 맡은 다음, 맥주 한 모금을 몇 초 동안 입에 머금고 턱을 위아래로 빠르게 움직였다. 그것을 삼킨 뒤에는 진지하게 입술을 몇 번 빨면서 쩝쩝 입맛을 다셨다. 그런 다음 눈을 감고 숨을 깊이 들이마셨다. 그는 한참 동안 눈을 감고 있었다. 다시 눈을 떴을 때 그 눈은 아름다운 환상이라도 본 것처럼 황홀감에 젖어 있었다.

"여기 오는 건 굉장한 경험이야." 그가 속삭였다. "나무통에 맥주를 보관하는 것은 숙달된 기술이 필요한 일인데…… 피콕 씨, 당신은 예술가요."

주인은 겸손하게 고개를 숙여 보였고, 트리스탄은 답례로 맥주잔을 높이 들더니 팔꿈치를 위로 움직여 술잔을 비웠다.

여자들은 작은 소리로 "오오!" 하고 감탄사를 토했지만, 그녀들도 차례가 오자 어렵지 않게 잔을 비웠다. 나는 상당히 힘들여서 내 잔을 비웠고, 주인은 당장 에나멜 단지의 맥주를 다시 술잔에 채웠다.

나는 트리스탄 같은 술꾼과 함께 있으면 항상 불리했지만, 시간이 흐르고 주인이 맥주 단지를 들고 지하실에 드나드는 횟수가 늘어날수록 술을 마시기가 점점 쉬워지는 것 같았다. 실제로 한참 뒤에 나는 여덟 번째 잔을 들이켜면서, 왜 내가 많은 양의 액체를 마시는 데 어려움을 겪었는지 의아한 생각이 들었다. 그것은 아주 쉬운 일이었고, 내 영혼을 달래고 위로해주었다. 트리스탄의 말이 옳았다. 나에게는 이게 필요했다.

코니는 내가 이제까지 만난 여자들 가운데 가장 아름다운 여자라는 것을 그때까지 깨닫지 못한 것도 이상했다. 병원 밖 거리에서 보았을 때도 그녀는 매력적으로 보였지만, 불빛이 흐린 탓에 나는 그녀의 완벽한 피부와 신비롭고 깊은 초록빛 눈, 어른거리는 난로 불빛을 받아 아름답게 빛나는 머리카락을 미처 알아보지 못했던 것이다. 그리고 웃는 입, 반짝이는 희고 고른 치아와 작은 분홍빛 혀—그녀는 맥주를 마실 때를 빼고는 좀처럼 웃음을 그치지 못했다. 사실 내가 하는 말은 무엇이든 그녀에게는 재치 있고 재미있었다. 그녀는 줄곧 나를 바라보았고, 술을 마실 때는 나를 사모하는 마음을 노골적으로 드러내면서 술잔 너머로 나를 엿보곤 했다.

맥주가 넘쳐흐르자 시간은 속도를 늦추다가 마침내 비틀거리며 완전히 멈추었다. 이제는 과거도 미래도 없고, 오로지 코니의 얼굴과 따뜻하고 평화로운 현재가 있을 뿐이었다.

트리스탄이 내 팔을 잡아당겼을 때 나는 깜짝 놀랐다. 그가 거기에 있는 것을 까맣게 잊고 있었던 것이다. 그에게 주의를 돌리자 코니를 보고 있을 때와 똑같은 일이 일어났다. 텅 빈 방에 몸과 분리된 얼굴만 둥실둥실 떠서 움직이고 있었다. 다만 코니와는 달리 이 얼굴은 새빨갛고 투실투실 부풀어 오르고 눈이 흐리멍덩했다.

"미친 지휘자 보고 싶지 않아?" 그 얼굴이 말했다.

나는 깊은 감동을 받았다. 그것은 트리스탄이 나에게 호감이 많다는 또 하나의 증거였다. 트리스탄의 모든 레퍼토리 가운데 가장 힘든 것은 미친 지휘자 흉내내기였는데, 거기엔 엄청난 에너지가 필요했다. 트리스탄은 어떤 형태의 것이든 신체 활동에 익숙지 않았기 때문에 지휘자 흉내내기는 정말로 그의 에너지를 완전히 소모시켰다. 하지만 그는 기꺼이 자신을 희생할 각오가 되어 있었다. 달콤한 감상의 물결이 밀려들어 나를 휩쓸었다. 이런 경우엔 눈물을 흘려야 하지 않을까 하고 잠깐 생각했지만, 울음을 터뜨리는 대신 트리스탄의 손을 움켜잡는 것으로 만족했다.

"그것보다 더 보고 싶은 건 없어." 나는 쉰 목소리로 말했다. "그렇게 친절한 생각을 하다니 정말 고마워. 그리고 이 기회를 빌려서 말해주고 싶은데, 나는 요크셔 전체에 트리스탄 파넌보다 더 훌륭한 신사는 없다고 생각해."

크고 붉은 얼굴이 아주 진지해졌다.

"그렇게 말해주니 영광이군."

"전혀 안 그래." 나는 혀 꼬부라진 소리로 말했다. "나는 말주변이 없어서 내가 너를 얼마나 높이 평가하고 있는지를 제대로 표현하지 못하는 게 안타까울 뿐이야."

"과분한 말씀." 트리스탄은 딸꾹질을 했다.

"전혀 안 그래. 너를 알게 된 건 여엉광, 무한한 여엉과앙이야."

"고마워, 짐. 정말 고마워." 트리스탄은 내 얼굴과 15센티미터쯤 떨어진 거리에서 엄숙하게 고개를 끄덕였다. 우리는 빨려들 듯 서로의 눈을 들여다보았다. 그때 브렌다가 끼어들지 않았다면 우리의 대화는 그런 식으로 오랫동안 계속되었을지도 모른다.

"이봐요, 두 분이 코 비비는 걸 끝냈으면 맥주 한 잔 더 주문해주세요."

트리스탄은 그녀에게 차가운 눈길을 던졌다.

"잠시 기다려야 할 거야. 내가 해야 할 일이 있거든."

그는 일어나서 몸을 흔들고는 방 한복판으로 위엄 있게 걸어갔다. 그가 몸을 돌려 관객과 마주섰을 때 그는 신바람이 난 것처럼 보였다. 나는 뛰어난 연주가 시작되리라는 것을 직감적으로 느낄 수 있었다.

트리스탄은 두 팔을 들고 상상 속의 오케스트라를 오만한 태도로 노려보았다. 빽빽이 줄지어 있는 현악기와 목관악기, 금관악기와 팀파니를 쓰윽 훑어보았다. 그런 다음 힘차게 두 팔을 내리긋는 동작으로 그들을 서곡으로 이끌었다. 이번에는 로시니인 것 같다고 생각했다. 아니, 어쩌면 바그너일지도 모른다. 그가 고개를 이리저리 흔들고 주먹을 휘둘러 바이올린을 끌어들이거나 떨리는 손을 쭉 뻗고 날카롭게 노려보는 눈초리로 트럼펫 연주자들에게 경고하는 것을 보았기 때문이다.

곡이 절반쯤 연주되면 언제나 모든 게 잘 돌아가지 않고 삐걱거렸다.

나는 트리스탄의 얼굴이 실룩거리고 입술이 일그러지는 것을 황홀하게 지켜보았다. 팔의 움직임이 차츰 부자연스러워지다가 온몸이 걷잡을 수 없는 경련을 일으켰다. 끝이 가까워진 게 분명했다. 트리스탄의 눈은 빙글빙글 돌고 머리카락이 얼굴을 뒤덮었다. 그는 주위에서 요란한 소리를 내며 부서지고 소용돌이치는 음악에 대해 통제력을 잃었다. 갑자기 그는 뻣뻣하게 경직되어 두 팔을 옆에 늘어뜨리고 바닥에 쓰러졌다.

나는 다른 사람들과 함께 박수를 치며 웃다가 트리스탄이 꼼짝도 하지 않는 것을 알아차렸다. 그의 위에 허리를 숙이고 살펴보니 그는 나무의자의 참나무 다리에 머리를 부딪혀 거의 의식을 잃은 상태였다. 간호사들이 재빨리 활동을 개시했다. 브렌다는 전문가답게 그의 머리를 받쳐주었고 코니는 달려가서 뜨거운 물과 헝겊을 가져왔다. 그가 눈을 떴을 때 그들은 그의 귀 위에 생긴 혹을 뜨거운 물수건으로 닦아주고 있었다. 피콕 씨는 걱정스러운 얼굴로 뒤에서 서성거렸다.

"괜찮을까요? 내가 도와드릴 일은 없겠습니까?"

트리스탄은 일어나 앉아서 힘없이 맥주를 홀짝거렸다. 얼굴이 백짓장처럼 창백했다.

"곧 괜찮아질 겁니다. 피콕 씨가 해줄 수 있는 일이 하나 있어요. 이별을 위한 건배를 할 수 있도록 한 잔씩 더 갖다 주세요. 그걸 마시고 나면 무도회에 가야 돼요."

주인은 서둘러 나갔다가 에나멜 단지에 술을 가득 채워서 돌아왔다. 마지막 한 잔은 트리스탄을 기적적으로 회복시켰고, 그는 곧 두 발로 일어섰다. 그 후 우리는 피콕 씨와 다정하게 악수를 하고 가게를 나왔다. 밝은 술집에서 나오자 어둠이 담요처럼 우리에게 밀어닥쳤다. 가파르고 험한 길을 더듬거리며 올라가자 초록빛 둔덕 위에 서 있는 회관이 보였다. 커튼이 쳐진 창문 틈새로 희미한 불빛이 새어나오고 있었다. 우리는 음악 소리와 율동적으로 쿵쿵거리는 발소리를 들을 수 있었다.

유쾌한 표정의 젊은 농부가 문간에서 우리에게 입장료를 받았다. 안으로 들어가자, 그곳은 뻣뻣해 보이는 검정 양복 차림의 젊은 남자들과 화려한 드레스 차림의 여자들로 가득 차 있었다. 그들은 음악에 맞추어 몸을 흔들고 빙글빙글 돌면서 즐겁게 땀을 흘렸다.

한쪽 끝에 있는 낮은 무대 위에서 네 명의 악사가 음악을 연주하고 있었다. 피아노, 아코디언, 바이올린, 드럼. 다른 쪽 끝에서는 중년부인 몇 명이 널빤지를 걸쳐서 임시로 만든 탁자 뒤에 서서 햄과 절인 돼지고기를 넣은 두툼한 샌드위치, 집에서 만든 파이, 우유, 크림을 듬뿍 바른 과자를 대접하고 있었다.

벽 주위에는 더 많은 젊은이들이 둘러서서 짝이 없는 여자들을 눈여겨보고 있었다. 나는 내 고객인 한 젊은이를 알아보았다.

"이 춤을 뭐라고 부르죠?" 나는 소음에 지지 않을 만큼 큰 소리로 그에게 물었다.

"에바 스리 스텝이요." 그에게서 대답이 돌아왔다.

내게는 생소한 춤이었지만, 자신 있게 코니와 춤을 추기 시작했다. 빙글빙글 돌고 발을 구르는 동작이 많은 춤이었다. 남자들이 무거운 장화로 일제히 바닥을 구르면 홀 전체가 뒤흔들렸고 귀청이 먹먹할 만큼 시끄러운 소리가 났다. 나는 그게 마음에 들었다. 나는 행복의 절정에 이르렀고, 군중 속에서 별로 힘들이지 않고 코니를 빙빙 돌렸다. 나는 어깨가 다른 사람들과 부딪치는 것을 어렴풋이 의식했지만, 아무리 애를 써도 내 발이 바닥에 닿는 것을 느낄 수 없었다. 허공에 둥둥 떠 있는 듯한 감각은 참으로 유쾌했다. 평생 그렇게 행복했던 적은 없다고 생각했다.

대여섯 곡의 춤을 춘 뒤 나는 시장기를 느끼고 코니와 함께 음식 테이블로 갔다. 우리는 쐐기 모양으로 자른 거대한 햄에그파이를 한 조각씩 먹었는데, 너무 맛있어서 한 조각을 더 먹었다. 그런 다음 크림 바른 과자를 몇 개 집어먹고 다시 춤추는 무리 속으로 뛰어들었다. 성 버나드의 왈츠가 절반쯤 진행되었을 때 나는 내 발이 다시 바닥에 닿는 것을 느꼈다. 발이 너무 무거워서 질질 끌릴 지경이었다. 코니도 발이 무거워진 것을 느꼈다. 그녀는 내 팔에 안긴 채 축 늘어져 있는 것 같았다.

그녀가 고개를 들었다. 얼굴이 창백했다.

"기분이 좀 이상해요. 잠깐만 실례할게요."

그녀는 내 곁을 떠나 숙녀용 화장실을 향해 갈짓자로 걸어갔다. 몇 분 뒤에 화장실에서 나온 그녀의 얼굴은 하얗다 못해 푸른빛이었다. 그녀는 비틀거리며 나에게 다가왔다.

"신선한 공기를 마셨으면 좋겠어요. 밖으로 데려가주세요."

나는 그녀를 어두운 밖으로 데리고 나갔다. 마치 배에 올라탄 듯한 느낌이었다. 땅이 내 발 밑에서 앞뒤로 흔들리고 위아래로 오르내렸다. 똑바른 자세를 유지하려면 두 다리를 벌리고 서야 했다. 나는 코니의 팔을 잡고 서둘러 회관 벽 쪽으로 후퇴하여 벽에 등을 기댔다. 그런데 벽도 위아래로 오르내리고 있었기 때문에 별로 도움이 되지 않았다. 구역질이 밀려왔다. 나는 햄에그파이를 생각해내고 큰 소리로 신음했다.

입을 벌리고 차가운 공기를 들이마시면서 나는 맑은 밤하늘을 쳐다보았다. 깔쭉깔쭉한 구름이 달의 차가운 얼굴을 가로질러 지나갔다.

"맙소사." 나는 무심한 별들을 향해 신음하듯 말했다. "나는 왜 그 빌어먹을 맥주를 그렇게 많이 마셨을까?"

하지만 나는 코니를 돌봐야 했다. 나는 그녀의 몸에 팔을 둘렀다.

"자, 갑시다. 걷는 게 좋겠어요." 우리는 휘청거리며 무턱대고 건물 주위를 돌았다. 두세 바퀴 돌면 잠시 멈춰 서서 숨을 돌리고, 머리를 맑게 하려고 격렬하게 머리를 흔들었다.

하지만 우리의 진로는 일정하지 않았고, 나는 회관이 가파른 언덕 위에 올라앉아 있다는 것을 깜박 잊고 있었다. 어느 순간 우리는 아무것도 없는 허공으로 발을 내디뎠고, 다음 순간 우리는 질척거리는 둔덕을 볼썽사납게 버둥거리며 미끄러져 내려갔다. 결국 우리는 언덕 기슭의 단단한 도로에 한 무더기로 뒤엉킨 채 착륙했다.

나는 가까이에서 애처롭게 훌쩍거리는 소리가 들릴 때까지 거기에 평화롭게 누워 있었다. 코니! 코니는 아마 적어도 복합 골절 정도는 입었을 것이다. 하지만 그녀를 부축하여 일으키고 보니 아무데도 다친 데가 없었고, 놀랍게도 나 역시 멀쩡했다. 술을 잔뜩 마신 뒤여서 굴러 떨어질 때 헝겊인형처럼 긴장이 풀려 있었던 모양이다.

우리는 회관으로 돌아가 문 바로 안쪽에 서 있었다. 코니는 몰라보게 달라져 있었다. 그녀의 아름다운 머리카락은 작은 다발로 헝클어져 얼굴에 늘어졌고, 눈은 퀭하고, 볼에 묻은 진흙 얼룩을 뚫고 눈물이 천천히 흘러내리고 있었다. 내 양복은 진흙 범벅이었고, 내 얼굴 한쪽에 묻은 진흙은 말라가고 있었다. 처참한 꼴이 된 우리는 문간에서 서로에게 몸을 기대고 바싹 붙어 서 있었다. 춤추는 사람들은 형체가 없이 흐릿한 얼룩처럼 보였다. 나는 속이 울렁거리고 부글거렸다.

그때 누군가가 "안녕하세요?" 하고 말을 걸어왔다. 여자 목소리였고, 아주 가까이에서 들려왔다. 두 사람이 흥미롭게 우리를 바라보고 있었다. 그들은 방금 현관문으로 들어온 것 같았다.

나는 열심히 그들에게 시선을 집중했다. 그러자 몇 초 동안 그들이 초점 속에 들어왔다. 그것은 헬렌과 어떤 남자였다. 북북 문질러 씻은 것처럼 보이는 그의 발그레한 얼굴, 정수리를 가로질러 옆으로 붙인 머리카락은 얼룩 하나 없는 짧은 외투와 잘 어울렸다. 그는 못마땅하다는 표정으로 나를 빤히 바라보았다. 그들의 모습은 다시 초점에서 벗어나 흐릿해졌고 헬렌의 목소리만 들렸다.

"무도회가 어떻게 되어가고 있는지 보려고 잠깐 들렀어요. 어때요, 재미있나요?"

그러자 뜻밖에도 그녀의 모습이 또렷이 보였다. 그녀는 상냥한 미소를 지었지만, 내게서 코니에게 갔다가 다시 나에게 돌아온 눈은 긴장되어 있었다. 나는 아무 말도 못하고 멍청하게 그녀를 바라보며 서 있었다. 그 혼잡과 소음 속에서 내 눈에 보이는 것은 오로지 그녀의 차분한 아름다움뿐이었다. 그녀를 두 팔로 끌어안는 것이 세상에서 가장 자연스러운 일로 여겨졌지만, 그것은 잠시뿐이었다. 나는 곧 엉뚱한 생각을 버리고, 대신 멍청하게 고개만 끄덕였다.

"그럼 됐어요. 우리는 이만 가봐야겠네요." 그녀는 말하고 다시 미소를 지었다. "안녕히 계세요."

금발 사내는 냉담한 얼굴로 나에게 고개를 한 번 끄덕이고 헬렌과 함께 나가버렸다.

30

백만장자인 사람이 축구 도박에 열중한다는 게 별 의미도 없을 것 같지만, 해럴드 던햄 노인의 인생에서 축구 도박은 중요한 삶의 원동력 가운데 하나였다. 우리 두 사람이 끈끈한 유대를 맺게 된 것은 해럴드가 축구도박에 열중하면서도 축구에 대해서는 아무것도 몰랐기 때문이다. 그는 축구 경기를 본 적도 없고 리그에 소속된 선수 이름도 전혀 알지 못했다. 그런데 내가 에버턴이나 프레스턴 같은 일류 팀만이 아니라 아브로스나 카우던비스 같은 삼류 팀에 대해서도 제법 아는 체 말할 수 있다는 것을 알고는 깜짝 놀라서 나를 더욱 존경하는 태도로 대하게 되었다.

우리가 처음 만난 것은 물론 해럴드의 동물을 통해서였다. 해럴드는 다양한 동물을 키우고 있었다. 개와 고양이는 물론이고 토끼와 잉꼬에 금붕어까지 키웠다. 그래서 나는 그의 먼지투성이 저택을 자주 찾아갔다. 저택을 둘러싼 숲 위로 높이 솟은 빅토리아 양식의 탑은 대러비에서 몇 킬로미터나 떨어진 곳에서도 보일 정도였다. 내가 해럴드를 처음 알았을 무렵에는 그가 키우는 폭스테리어가 발바닥을 다쳤다거나 늙은 얼룩고양이가 부비강염에 걸렸다는 따위의 일상적인 문제로 그의 집을 찾아가곤 했다. 상황은 지극히 자연스러웠다. 하지만 차츰 이상한 생각이 들었다. 해럴드는 대개 수요일에 왕진해줄 것을 요청했고, 나를 부른 이유가 너무나 하찮았기 때문이다. 그래서 나는 동물에게 문제가 있어서가 아니라 해럴드가 축구 도박에서 어느 팀에 돈을 걸어야 할지 모르기 때문에 나를 부르는 게 아닐까 하는 의심을 품게 되었다.

물론 반드시 그렇다고 단정할 수는 없었지만, 해럴드가 늘 똑같은 말로 나를 맞이하는 것이 수상했다. "아, 헤리엇 선생, 축구 도오박은 자알 되어가고 있소?" 이 말을 할 때면 그는 모음을 길게 늘여서 애정이 듬뿍 담긴 어조로 말하곤 했다. 언젠가 내가 축구 도박에서 일주일에 16실링을 딴 뒤로 이 질문은 해럴드의 변함없는 인사말이 되었다. 해럴드는 리틀우즈에서 보내온 작은 전표를 손가락으로 만져보고, 도저히 믿을 수 없다는 눈으로 전표와 16실링짜리 우편환을 번갈아 바라보았다. 그 경외감에 찬 표정을 나는 평생 잊지 못할 것이다. 사실 내가 축구 도박에서 돈을 딴 것은 그때가 처음이자 마지막이었지만, 해럴드에게 그것은 전혀 문제가 되지 않았다. 그에게 나는 여전히 누구의 도전도 허락하지 않는 최고의 신탁이었다. 해럴드는 평생 단 한 번도 축구 도박에서 돈을 딴 적이 없었다.

던햄 가문은 요크셔 지방에서는 이름 있는 집안이었다. 19세기에 부를 축적한 사업가들이 20세기에는 농업계의 지도자가 되었다. 그들은 순종 젖소나 돼지를 키우는 데 돈을 쏟아 붓는 '귀족 농부들'이었다. 그들은 고지대의 돌투성이 황무지를 개간하여 비옥한 농경지로 만들었다. 불모지인 늪지대에서 물을 빼내고 감자와 순무를 심었다. 그들은 각종 위원회의 위원장을 맡고, 여우사냥 클럽의 대표로 사냥개를 관리하고, 지역사회의 유지로 활동했다.

하지만 해럴드는 일찌감치 이 모든 일에서 손을 뗐다. 그는 아무 일도 하지 않고는 행복할 수 없다는 옛 속담을 무색하게 해버렸다. 그는 날마다 온종일 집과 수천 헥타르나 되는 부지를 어슬렁거리며 시간을 보냈다. 저택 부지는 전혀 손을 대지 않아서 어수선했다. 바깥세상에는 조금도 관심을 보이지 않고, 바로 이웃에서 무슨 일이 일어나고 있는지도 몰랐지만, 그런 생활에 완전히 만족하고 있었다. 세상의 평판에도 전혀 관심이 없었다. 어쩌면 그것이 현명했는지도 모른다. 세간의 평판은 가혹할 때가 많았기 때문이다. 저명인사인 그의 형 베이질 던햄은 해럴드를 '머저리'라고 불렀고 시골 농부들은 그를 '얼간이'라고 불렀다.

나는 해럴드한테 사람의 마음을 끄는 묘한 매력이 있다고 생각했다. 그는 친절하고 너그럽고 유머 감각이 있었다. 나는 그의 집에 가기를 좋아했다. 해럴드 부부는 세 끼 식사를 모두 부엌에서 했다. 아니, 사실은 깨어 있는 시간의 대부분을 부엌에서 보내는 모양이었다. 그래서 나는 대개 현관으로 가지 않고 집 뒤로 돌아서 부엌문으로 들어갔다.

그날 내가 해럴드의 집에 간 것은 그레이트데인 암컷을 진료하기 위해서였다. 얼마 전에 새끼를 낳은 그레이트데인의 상태가 안 좋은 것 같다는 연락을 받았기 때문이다. 그날은 수요일이 아니었기 때문에, 정말로 무언가가 잘못되었을지 모른다는 생각이 들어서 나는 서둘러 해럴드의 집을 찾아갔다. 해럴드는 여느 때와 같은 인사말로 나를 맞아주었다. 그의 목소리는 아주 매력적이었다. 목사의 목소리처럼 낭랑하게 울려 퍼지는 부드럽고 풍부한 목소리였다. 그 오르간 같은 목소리가 맨스필드타운이나 브래드퍼드시티 같은 지명을 말하는 것은 전혀 어울리지 않는다는 생각이 들 때가 많았다.

우리가 부엌에서 어둑하고 긴 복도로 나오자 해럴드가 입을 열었다.

"나한테 조언 좀 해줄 수 있겠소? 원정 경기에서 이길 팀을 찾고 있는데, 애스턴빌라에서 싸울 선덜랜드가 어떨까?"

나는 멈춰 서서 심사숙고하는 체했다. 해럴드는 불안한 눈으로 내 얼굴을 들여다보았다.

"글쎄요, 저도 잘 모르겠지만 선덜랜드는 괜찮은 편입니다. 하지만 레이치 카터의 마누라가 지금 건강이 안 좋다는 걸 우연히 알게 됐어요. 그게 이번 토요일 경기에서 카터한테 영향을 미칠 수도 있습니다."

해럴드는 풀죽은 표정으로 몇 번 엄숙하게 고개를 끄덕였다. 그러고는 잠시 나를 찬찬히 바라보다가 느닷없이 웃음을 터뜨렸다.

"아아, 또 나를 놀리고 있군."

그는 내 팔을 꽉 움켜쥔 다음, 여전히 낮은 소리로 킬킬거리며 발을 질질 끌면서 걷기 시작했다.

우리는 어두침침하고 사방에 거미줄이 쳐진 미로 같은 복도를 지나 작은 총기보관실로 들어갔다. 내 환자는 나무로 만든 개 침대 위에 누워 있었다. 나는 전에 이곳에 왔을 때 그 거대한 그레이트데인이 기운차게 뛰어다니는 것을 본 적이 있었다. 그 암캐를 진료한 적은 없지만 처음 보았을 때는 충격을 받았다. 내가 발견한 가설—큰 집에는 큰 개가 없다—이 흔들렸기 때문이다. 나는 대러비 뒷골목의 작은 집에서 불마스티프나 셰퍼드나 잉글리시시프 같은 덩치 큰 개가 줄 끝에 매달린 무력한 주인을 질질 끌면서 총알처럼 튀어나오는 것을 수없이 보면서 눈살을 찌푸렸다. 반면에 수천 헥타르나 되는 넓은 부지에 세워진 웅장한 저택의 널찍한 방에서는 보더테리어나 잭러셀테리어 같은 작은 개밖에 보지 못했다. 하지만 해럴드는 이 점에서도 남들과 다를 수밖에 없을 것이다.

해럴드가 개의 머리를 쓰다듬어주었다.

"어제 새끼를 낳았는데, 냄새 고약한 검은 분비물이 나왔지 뭐요. 먹이는 잘 먹고 있지만, 선생이 한번 보아주는 게 좋을 것 같아서."

큰 개가 대부분 그렇듯이 그레이트데인도 대개는 온순하다. 어미는 내가 체온을 재도 꼼짝하지 않았다. 옆으로 드러누워 새끼들이 낑낑대는 소리를 흐뭇하게 듣고 있을 뿐이었다. 아직 눈도 안 뜬 새끼들은 통통 불은 젖꼭지를 찾아 서로 다투며 기어오르고 있었다.

"열이 좀 있군요. 말씀하신 대로 분비물도 있습니다." 나는 기다란 옆구리의 우묵한 곳을 가만히 만져보았다. "배 속에 다른 새끼는 없는 것 같지만, 혹시 모르니까 자궁 속을 한번 조사해보는 게 좋을 것 같습니다. 따뜻한 물과 비누와 수건을 좀 갖다 주시겠습니까?"

해럴드가 나가고 문이 닫히자 나는 총기실을 멍하니 둘러보았다. 크기는 기껏해야 벽장만 했고, 생물은 절대 죽이지 않는 것이 해럴드의 또 다른 특징이었기 때문에 이름만 총기실일 뿐 총은 하나도 없었다. 진열장에는 《블랙우드 매거진》과 《전원생활》 같은 과월호 잡지들만 들어 있었다. 10분쯤 그곳에 서서 노인이 왜 이렇게 안 오나 생각하다가 벽에 걸린 낡은 판화를 보려고 돌아섰다. 판화는 평범한 사냥 장면을 묘사한 것이었다. 나는 더러워진 유리를 통해 그 판화를 들여다보면서, 왜 화가들은 항상 말이 시냇물을 단번에 건너뛰는 장면을 그릴까 하고 생각했다. 말의 다리가 그렇게 긴 것은 있을 수 없는 일이다. 바로 그때 뒤에서 무슨 소리가 들렸다.

낮게 으르렁거리는 소리였다. 낮지만 위협적이었다. 고개를 돌려보니 어미가 침대에서 천천히 일어나고 있었다. 개들의 자연스러운 동작과는 전혀 달랐다. 마치 천장 어딘가에 매달린 끈이 녀석을 천천히 들어 올리고 있는 것 같았다. 다리가 거의 알아차릴 수 없을 만큼 천천히 펴지고 몸이 경직되었다. 온몸의 털이 곤두서 있었다. 그동안 녀석은 눈 한 번 깜박이지 않고 나를 계속 노려보았다. 나는 난생처음으로 불타는 눈이 무슨 뜻인지를 깨달았다. 전에도 딱 한 번 그런 눈을 본 적이 있었지만, 그것은 『바스커빌 가의 개』(영국의 작가 코넌 도일의 추리소설)라는 책 표지에 그려진 삽화였다. 그 그림을 보았을 때는 화가가 터무니없이 공상적이라고 생각했지만, 지금 내 눈앞에 있는 두 눈은 그것과 똑같은 노란빛으로 내 눈을 노려보고 있었다.

물론 어미는 내가 새끼를 노리고 있다고 생각했을 것이다. 주인은 가버렸고 방에는 낯선 사내뿐이다. 그 사람은 방구석에 꼼짝 않고 조용히 서 있다. 못된 짓을 꾸미고 있는 게 분명하다. 한 가지는 확실했다. 어미는 언제라도 나한테 덤벼들 것이다. 나는 우연히 문 바로 옆에 서 있었던 행운에 감사했다. 어미가 여전히 가슴속 깊은 곳에서 으르렁 소리를 내며 무서울 만큼 천천히 몸을 일으키는 동안, 나는 조심스럽게 문손잡이 쪽으로 왼손을 뻗었다. 왼손이 거의 손잡이에 이르렀을 때 나는 재빨리 손잡이를 움켜잡는 실수를 저질렀다. 내가 금속 손잡이를 잡은 순간 어미가 로켓처럼 침대에서 뛰쳐나와 내 손목에 이빨을 박아 넣은 것이다.

나는 오른손 주먹으로 짐승의 머리를 때렸다. 그러자 녀석은 내 손목을 놓더니 이번에는 왼쪽 넓적다리 안쪽을 물었다. 나는 너무 아파서 비명을 질렀다. 방에 하나밖에 없는 의자에 부딪히지 않았다면 내 운명이 과연 어떻게 되었을지 모른다. 의자는 낡고 약했지만 나를 구해주었다. 내 다리를 무는 데 싫증이 난 어미가 느닷없이 내 얼굴을 향해 뛰어오른 순간, 나는 재빨리 의자를 집어 들어 녀석을 막았다.

그 후 내가 총기실에서 보낸 시간은 사자를 길들이는 과정을 패러디한 것과 비슷했다. 아무 상관없는 구경꾼한테는 우스꽝스럽기 짝이 없는 광경이었을 것이다. 실제로 나중에 나는 그 사건을 영화 필름으로 찍어두었다면 얼마나 좋았을까 하고 생각할 때가 많았다. 하지만 그 거대한 개가 비좁은 방에서 나에게 다가오고, 다리에서는 피가 줄줄 흘러내리고, 나를 방어할 무기라고는 삐걱거리는 의자밖에 없었던 당시 상황에서는 조금도 웃을 마음이 나지 않았다. 어미가 나를 추적하는 태도에는 무서운 집념이 담겨 있었다. 녀석은 나를 공격하는 데 몰두해 있었다. 그 광기 어린 눈은 잠시도 내 얼굴에서 떠나지 않았다.

따뜻한 온기와 젖을 주던 어미가 별안간 사라지자 화가 난 강아지들은 무턱대고 침대를 기어 다니며, 아홉 마리가 모두 목청껏 아우성을 쳤다. 그 소리가 어미한테는 박차 구실을 했다. 소리가 커질수록 어미는 더욱 공격에 집중했다. 어미는 몇 초에 한 번씩 나에게 덤벼들었고, 나는 곡예사처럼 의자로 녀석을 밀어냈다. 한 번은 어미가 나와 의자를 벽에 밀어붙였다. 그리고 뒷다리로 일어서자 키가 나와 비슷했다. 으르렁거리는 입이 바로 내 코앞에서 딱 벌어졌다.

내가 가장 걱정한 것은 의자가 부서질 조짐을 보이기 시작한 것이었다. 어미는 이미 의자 다리 두 개를 아작아작 씹어서 쉽게 부숴버렸다. 나는 의자가 완전히 분해되면 무슨 일이 일어날지에 대해서는 생각지 않으려고 애썼다. 나는 문 쪽으로 천천히 돌아갔다. 등에 문손잡이가 닿은 순간 나는 결단을 내려야 할 때가 온 것을 알았다. 나는 마지막으로 위협적인 고함을 지르며 남은 의자를 어미한테 내던지고 복도로 몸을 날렸다. 문을 쾅 닫고 문에 몸을 기댔을 때 문짝이 뒤흔들렸다. 덩치 큰 개가 나무 문에 몸을 내던진 것이다.

나는 복도 벽에 등을 대고 마룻바닥에 앉았다. 바지를 발목까지 내리고 상처를 살펴보고 있을 때 해럴드가 복도 끝을 질러가는 것이 보였다. 해 럴드는 김이 모락모락 나는 물이 담긴 대야를 앞에 받쳐 들고 어깨에는 수건을 걸친 채 어슬렁거리고 있었다. 그제야 나는 해럴드가 그렇게 오 랫동안 돌아오지 않은 이유를 알았다. 해럴드는 그동안 내내 그런 식으 로 총기실을 찾아 헤매고 있었던 것이다. 해럴드라면 자기 집 안에서 길 을 잃어도 전혀 이상할 게 없다. 아니면 축구 도박에서 어느 팀에 돈을 걸지를 궁리하고 있었는지도 모른다.

내가 스켈데일 하우스로 돌아오자 파넌은 가랑이를 벌리고 어기적거리 며 걷는 나를 인정머리 없이 놀려댔다. 하지만 나중에 내 침실에서 내 사 타구니를 조사해보고는 얼굴에서 웃음기가 싹 사라졌다.

"맙소사, 여기를 물리다니. 언젠가는 사나운 개한테 무슨 일을 당할지 모른다는 농담을 자주 했지만, 자네한테 하마터면 그런 일이 일어날 뻔 했군 그래!"

31

파넌이 읽고 있던 편지를 책상에 던지고 나를 돌아보았다.

"이보게 제임스, 대러비 경진대회에서 집행위원을 맡아볼 생각은 없나?"

"좋지요. 하지만 그 일은 늘 원장님이 맡으시지 않았나요."

"그랬지. 그런데 올해는 안 되겠어. 편지를 보니까 날짜가 바뀐 모양인데, 공교롭게도 그 주말에는 다른 데 갈 일이 있어서 말이야."

"좋습니다. 그런데 뭘 해야 하죠?"

파넌은 왕진 일정표를 훑어보면서 대답했다.

"집행위원이래 봤자 사실은 명색뿐인 명예직이야. 그냥 하루 야외에 나가서 즐겁게 지내는 거지 뭐. 조랑말의 키를 재고, 동물이 다칠 경우에 대비해서 대기하고 있어야 하지만, 그것뿐이야. 아 참, 그리고 반려동물도 심사해달래."

"반려동물요?"

"그래. 정식 대회에는 전문 심사위원이 따로 있지만, 이건 그냥 재미 삼아 소규모로 여는 거야. 온갖 반려동물이 다 출전하지. 그 중에서 1, 2, 3등을 뽑아야 돼."

"알았습니다. 그 정도라면 그럭저럭 해낼 수 있을 겁니다."

"좋아." 파넌은 편지가 들어 있던 봉투를 기울였다. "여기 주차권과 식권이 있네. 식권은 두 장이니까 친구를 한 사람 데려가도 돼. 그리고 이건 주임 수의사 휘장일세. 됐나?"

경진대회가 열리는 토요일은 주최자들이 배부른 고양이처럼 목구멍을 가르랑거릴 만큼 좋은 날씨였다. 구름 한 점 없는 파란 하늘에 바람도 거의 없고, 요크셔 지방에서는 보기 힘든 청동빛 태양이 이글거렸다.

대회장이 가까워지자 살아 숨 쉬는 옛 잉글랜드가 눈앞에 펼쳐진 듯한 느낌이 들었다. 강변의 푸른 풀밭을 배경으로 늘어서 있는 산뜻한 색깔의 천막과 차양, 화려한 여름옷을 입은 여자와 아이들, 작업복을 입은 농부들의 보살핌을 받고 있는 소들, 대회장을 줄지어 행진하고 있는 당당한 말들.

나는 차를 주차장에 세우고, 기둥에 늘어진 깃발이 매달려 있는 집행본부 천막으로 갔다. 트리스탄은 그 앞에서 나와 헤어졌다. 그는 공짜 음식과 오락을 어김없이 찾아내는 가난한 학생답게 내가 받은 여분의 식권을 잽싸게 차지한 것이다. 내가 천막에 들어가 경진대회 집행위원장에게 인사하는 동안 트리스탄은 맥주 천막으로 곧장 걸어갔다.

나는 말의 키를 재는 자를 본부에 맡겨놓고 잠시 대회장을 둘러보았다.

시골의 경진대회는 그야말로 만물상이다. 온갖 물품과 온갖 사람이 참여한다. 작은 조랑말에서부터 사냥말에 이르기까지 온갖 말들이 뛰어다니고, 한쪽에서는 심사위원들이 암말과 망아지 주위를 맴돌았다.

한쪽 구석에서는 양동이와 솔을 든 네 남자가 줄지어 늘어선 송아지를 씻기고 꾸미느라 열심이었다. 상류층 부인을 상대하는 미용사처럼 엉덩이의 잔털을 이리저리 비틀어 곱슬거리게 하려고 기를 쓰는 사람도 있었다.

나는 차양 사이를 돌아다니며 머리가 어지러울 만큼 다양한 물건—장 군풀과 양파를 비롯한 수많은 농산물, 꽃·자수·잼·케이크·파이 등등—을 구경했다. 아동 구역에는 아홉 살 난 애니 헤셀타인이 그린 '스카버러 해변'을 전시하고 있었다. 버나드 피콕이라는 열두 살 난 아이는 '아름 다운 것은 영원한 기쁨'이라는 글귀를 동판에 손으로 비뚤비뚤하게 새긴 작품을 출품했다.

바로 그때 악단 저편을 질러가는 사람이 내 관심을 빼앗았다. 헬렌이었 다. 헬렌은 리처드 에드먼드와 함께 있었다. 헬렌의 아버지인 앨더슨 씨 와 리처드의 아버지가 열심히 대화를 나누면서 그 뒤를 따라갔다. 리처 드는 헬렌 옆에 바싹 붙어서 걷고 있었는데, 포마드를 처발라 번들거리 는 그의 금발이 헬렌의 흑갈색 머리 위를 맴돌았다. 이 여자는 내 여자라 고 선언이라도 하는 듯한 태도였다. 헬렌에게 뭐라고 말하면서 웃고 있 는 그의 얼굴은 생기가 넘쳤다.

하늘에는 구름 한 점 없었지만, 어디선가 검은 손이 뻗어 나와 찬란한 햇빛을 가려버린 것 같았다. 나는 얼른 돌아서서 트리스탄을 찾으러 갔 다.

입구에 '술'이라는 간판이 내걸려 있는 천막으로 서둘러 들어가자 트 리스탄이 곧 눈에 띄었다. 그는 가대 위에 널빤지를 얹어 임시로 만든 카 운터에 한쪽 팔꿈치를 올려놓고, 한 손에는 담배를, 또 한 손에는 1파인 트들이 맥주잔을 들고, 헝겊 모자를 쓴 농부들과 즐겁게 잡담을 나누고 있었다. 전반적으로 왁자지껄한 싸구려 선술집 같은 분위기였다. 본부 뒤에 있는 임원용 술집에서는 좀 더 고상한 분위기에서 분홍빛 진이나 셰리주를 우아하게 찔끔찔끔 마시고 있겠지만, 여기서는 병에 든 맥주나 통에서 직접 꺼낸 생맥주를 들이켜고 있었다. 카운터 뒤에서는 힘든 하루가 될 것을 각오하고 벌써부터 표정이 일그러진 건장한 체구의 여자들이 바쁘게 일하고 있었다.

내가 헬렌이 여기 와 있다고 말하자 트리스탄이 대답했다.

"응, 나도 봤어. 지금 저기 가는군." 트리스탄은 천막 입구를 지나가는 사람들을 턱으로 가리켰다. "사실은 아까부터 저 사람들을 지켜봤어. 여기 앉아 있으면 못 보고 놓치는 게 거의 없지."

나는 트리스탄에게서 맥주 반 파인트를 나누어 받았다.

"분위기가 아주 화기애애해 보여. 아버지들은 꼭 친형제 같고, 헬렌은 저 녀석 팔에 매달려 있고……."

트리스탄은 눈을 가늘게 뜨고 술잔 너머로 바깥 광경을 내다보다가 고개를 저었다.

"그게 아니라 저 녀석이 헬렌의 팔에 매달려 있는걸." 그는 재판관처럼 나를 바라보았다. "그 차이는 엄청난 거야."

"나한테는 별 차이가 없어." 나는 툴툴거렸다.

"그렇게 슬픈 표정 좀 짓지 마." 트리스탄은 맥주를 쭈욱 들이켰다. 술잔의 술이 단번에 반쯤 줄어들었다. "헬렌처럼 매력적인 아가씨한테 뭘 기대하는 거야? 집 안에 죽치고 앉아서 네가 찾아오기만 목 빠지게 기다리라는 거야? 네가 밤마다 헬렌네 집 문을 두드린다는 말은 못 들은 것 같은데?"

"말도 안 돼. 내가 그 집에 나타나면 앨더슨 씨가 개들한테 나를 물라고 부추길걸. 영감은 내가 헬렌 주위에 얼쩡거리는 걸 좋아하지 않아. 게다가 내가 지난번에 자기네 암소를 죽였다고 생각하는 모양이야."

"정말로 죽였어?"

"천만에. 하지만 내가 갈 때까지는 살아 있었는데 주사를 놓자마자 죽어버렸으니 영감을 탓할 수도 없지."

나는 맥주를 한 모금 마시고 앨더슨 씨 일행을 바라보았다. 그들은 방향을 바꾸어 우리가 앉아 있는 곳에서 멀어져갔다. 헬렌은 연푸른색 드레스를 입고 있었다. 드레스 빛깔이 밤색 머리와 참 잘 어울린다는 생각이 들었다. 어깨를 똑바로 세우고 두 다리를 경쾌하게 내딛는 걸음걸이가 마음에 들었다. 내가 넋을 잃고 헬렌을 바라보고 있을 때 대회장 건너편에 설치된 스피커가 울려 퍼졌다.

"헤리엇 선생님, 주임 수의사이신 헤리엇 선생님, 즉시 본부로 와주십시오."

나는 놀라서 벌떡 일어났지만, 한편으로는 자랑스럽기도 했다. 내 이름과 직업이 많은 사람들 앞에서 공표된 것은 처음이었다.

나는 거물이라도 된 기분으로 잔디밭을 가로질렀다. '주임 수의사'라고 금글씨로 새겨진 공식 휘장이 옷깃에 매달려 있었다. 한 집행위원이 도중까지 나를 마중 나왔다.

"암소가 사고를 당한 것 같습니다." 그는 대회장 언저리를 따라 늘어서 있는 우리를 가리켰다.

호기심 많은 구경꾼들이 처음으로 새끼를 밴 암소 부문에 출전한 내 환자를 에워쌌다. 주인은 대러비의 우리 동네에 살지 않는 듯, 처음 보는 얼굴이었다. 나를 보자 주인은 부루퉁한 얼굴로 다가왔다.

"트럭에서 내리다가 발을 헛디뎌서 담벼락을 정통으로 들이받았어요. 뿔 하나가 완전히 부러졌지 뭡니까."

연갈색의 건강하고 아름다운 암소는 보기에도 가여웠다. 오늘을 위해 깨끗이 목욕하고 털을 빗고 한껏 맵시를 냈는데, 얼굴 옆에 뿔 하나가 대롱대롱 매달려 있고 상처에서 세 줄기의 새빨간 동맥혈이 분수처럼 하늘 높이 솟구쳤다.

질긴 피막이 부러진 뿔과 머리를 연결하고 있었다. 나는 가위로 그 피막을 싹둑 잘라냈다. 그런 다음 농부에게 암소의 코를 잡게 하고 잘린 혈관을 핀셋으로 조사하기 시작했다. 눈부신 햇빛 속에서 피가 뿜어져 나오는 부위를 조사하는 것은 놀랄 만큼 어려웠다. 게다가 암소가 계속 고개를 내둘렀기 때문에 그때마다 나는 미지근한 피를 얼굴과 옷깃에 뒤집어썼다.

아무리 애를 써도 혈관이 보이지 않자 나는 맥이 빠졌다. 구경꾼들 사이에서 나를 지켜보고 있는 헬렌과 그녀의 남자친구가 눈에 띈 것은 바로 그때였다. 젊은 에드먼드는 내가 아무 보람도 없이 고군분투하는 것을 재미있어하는 것처럼 보였지만, 헬렌은 나와 눈이 마주치자 격려하듯 살짝 웃어주었다. 나는 피투성이가 된 얼굴로 그녀에게 웃어 보이려고 애썼지만, 피가 가면처럼 얼굴을 뒤덮고 있었으니까 웃음은 보이지 않았을 것이다.

그때 암소가 고개를 휘두르는 바람에 핀셋이 풀밭 어딘가로 날아가 버렸다. 그제야 나는 그 작업을 포기하고, 처음에 했어야 했던 일—솜으로 피를 닦아내고, 남은 뿔에 소독제를 뿌리고, 붕대를 감고, 붕대 끝을 다른 뿔에 감아서 8자 모양으로 고정시키는 일—을 했다.

"됐습니다." 나는 눈에 들어간 피를 내보내려고 열심히 눈을 깜박거리면서 농부에게 말했다. "어쨌든 출혈은 멎었습니다. 남은 뿔도 잘라주는 게 나을 겁니다. 그렇지 않으면 모양이 좀 이상할 테니까요."

바로 그때 트리스탄이 구경꾼들 틈에서 나타났다.

"웬일이야? 네가 맥주 천막에서 나오다니." 나는 빈정거리는 투로 물었다.

"점심시간이야. 하지만 너부터 먼저 깨끗이 씻겨야겠군. 그런 꼴을 한 사람과 같이 다닐 수는 없으니까. 잠깐 기다려. 물을 가져올 테니까."

점심식사가 아주 훌륭해서 나는 원기를 많이 회복했다. 식사는 큰 천막 안에 차려졌지만, 위원회 임원의 아내들은 마술이라도 부린 것처럼 멋진 진수성찬을 마련해놓았다. 싱싱한 연어, 집에서 만든 햄, 최상급 쇠고기, 샐러드, 사과파이, 크림이 넘칠 만큼 가득 찬 단지. 그런 음식은 농가에서 큰 행사가 있을 때나 맛볼 수 있는 것들이다. 부인들 중에는 맛있는 치즈를 만들기로 유명한 사람이 하나 있어서, 우리는 염소젖으로 만든 달콤한 치즈와 커피로 식사를 마무리했다. 그리고 자리마다 맥주 한 병과 술잔 하나가 놓여 있었다.

나는 트리스탄과 함께 점심을 먹는 즐거움은 누리지 못했다. 트리스탄은 나한테서 멀리 떨어진 식탁 끝에 술을 입에도 대지 않는 독실한 감리교 신자 두 사람이 앉아 있는 것을 보고, 그 사이에 자리를 잡았기 때문이다. 그 자리는 맥주 섭취량을 세 배로 늘릴 수 있는 전략적 요충이었다.

내가 햇빛 속으로 나오자마자 한 사내가 내 어깨를 쳤다.

"심사위원이 개를 한 마리 조사해달랍니다. 개가 좀 이상해 보인다는데요."

그를 따라가 보니 검은 콧수염을 기른 마흔 살 남짓한 남자가 자동차 옆에 서 있었다. 손에는 털이 빳빳한 폭스테리어의 개줄을 잡고 있었다. 내가 다가가자 그는 알랑거리는 듯한 미소를 지었다.

"우리 개한테는 아무 문제도 없어요. 저기 있는 심사위원이 너무 까다로운 것 같아요."

나는 테리어를 내려다보았다.

"눈에 문제가 있는 것 같군요."

사내는 격렬하게 고개를 저었다.

"그건 아무것도 아니요. 나는 그동안 줄곧 이 개한테 하얀 가루분을 뿌려주었는데, 그 가루가 눈에 조금 들어갔을 뿐이라고요."

"그럼 체온을 재볼까요?"

작은 테리어는 내가 체온계를 항문에 삽입해도 불평하지 않고 가만히 서 있었다. 체온계 눈금을 본 순간 나는 놀라서 눈썹을 치켜 올렸다.

"40도! 이 개는 경진대회에 나갈 수 있는 상태가 아니군요."

"잠깐만요." 사내는 턱을 쑥 내밀었다. "선생도 저기 있는 그 심사위원과 똑같은 말을 하시는데, 나는 이 개를 경진대회에 내보내려고 먼 길을 왔고, 누가 뭐래도 반드시 참가할 거요."

"안됐지만 체온이 40도나 되는 개를 출품할 수는 없습니다."

"차를 타고 먼 길을 와서 그래요. 그래서 체온이 좀 올라갔을 겁니다."

나는 고개를 저었다.

"그런다고 체온이 그렇게 높이 올라갈 수는 없어요. 어쨌든 이 개는 병이 난 것 같습니다. 햇빛을 두려워하는 것처럼 눈을 반쯤 감고 있는 게 보이시죠? 홍역에 걸렸을 가능성이 있어요."

"뭐라고? 별 시시한 소리를 다 듣겠군! 이 개는 지금만큼 건강한 적이 없었소!" 사내는 분개하여 입술을 바르르 떨었다.

나는 작은 테리어를 내려다보았다. 개는 풀밭에 비참하게 웅크리고 있었다. 이따금 몸을 떨었다. 틀림없는 광선 공포증이었다. 두 눈구석에는 크림 같은 눈곱이 끼어 있었다.

"홍역 예방주사는 맞혔습니까?"

"아뇨. 그런데 왜 계속 홍역 이야기를 하는 겁니까?"

"이 개가 지금 그 병에 걸린 것 같아서요. 이 개를 위해, 그리고 여기 있는 다른 개들을 위해 지금 당장 개를 집으로 데려가서 수의사한테 보여야 합니다."

그는 나를 노려보았다.

"그러니까 이 개를 대회에 참가시킬 수 없다는 거요?"

"맞습니다. 정말 유감이지만, 절대 안 됩니다."

나는 돌아서서 그 자리를 떠났다.

몇 미터도 가기 전에 또다시 스피커 소리가 울려 퍼졌다.

"헤리엇 선생님, 조랑말 계측대로 가주세요. 조랑말들이 계측을 기다리고 있습니다."

나는 본부에 들러 자를 가지고 조랑말들이 모여 있는 대회장 구석으로 종종걸음을 쳤다. 웰시 포니, 데일스 포니, 엑스무어 포니, 다트무어 포니 ─온갖 품종을 대표하는 조랑말이 참가했다.

전문지식이 없는 독자를 위해 잠깐 설명하자면, 말의 키를 재는 단위는 '핸드'다. 1핸드는 4인치니까 약 10센티미터에 해당한다. 키를 잴 때는 막대기에 핸드 단위로 눈금을 새긴 자와 기포 수준기를 이용한다. 수평을 맞추는 기포 수준기는 어깨의 가장 높은 부위에 올려놓는다. 나는 말의 키를 꽤 많이 재보았지만, 경진대회에서 그 일을 한 것은 난생처음이었다. 나는 자를 준비하고, 말들이 비교적 평평한 지면에 설 수 있도록 잔디밭 위에 놓은 두 개의 넓적한 널빤지 옆에 자리를 잡았다.

한 젊은 여인이 생글생글 웃으면서 첫 번째 조랑말을 널빤지 쪽으로 데려왔다. 멋진 밤색 말이었다.

"몇 등급이죠?" 내가 물었다.

"13핸드예요."

나는 계측기를 대보았다. 13핸드보다 훨씬 작았다.

"좋습니다. 다음 분."

몇 마리가 무사히 기준을 통과했다. 다음 그룹이 올 때까지 잠시 빈 시간이 생겼다. 조랑말들은 계속 대회장에 도착하여 나한테 끌려왔다. 소년이 타고 오는 경우도 있었고, 부모가 끌고 오는 경우도 있었다. 계측이 끝나려면 꽤 오랫동안 여기 있어야 할 것 같았다.

잠시 짬이 났을 때 내 옆에 서 있던 작달막한 사내가 말을 걸어왔다.

"아직은 아무 문제도 없지요?"

"예, 만사가 순조롭습니다." 나는 대답했다.

사내는 무표정하게 고개를 끄덕였다. 그를 좀 더 자세히 살펴보니, 깡마른 체격과 가죽 같은 까무잡잡한 얼굴과 치켜 올라간 어깨 때문에 꼭 갈색 도깨비처럼 보였다. 게다가 그에게는 어딘지 모르게 말을 연상시키는 데가 있었다.

"이제 곧 골치 아픈 문제가 생길 겁니다." 그가 툴툴거렸다. "그 사람들은 늘 똑같은 말을 하지요. 다른 경진대회에서는 합격했다고." 그는 까무잡잡한 뺨에 주름을 잡으며 쓴웃음을 지었다.

"그래요?"

"두고 보세요."

금발 여인이 또 다른 후보를 널빤지 위로 데려왔다. 그녀는 커다란 초록빛 눈을 크게 뜨고 나를 바라보면서 환한 미소를 던졌다. 반짝이는 이가 한 입 가득 드러났다.

"12핸드 2인치예요." 그녀는 유혹적으로 속삭였다.

나는 자를 대보았지만 조랑말의 키는 그보다 훨씬 컸다. 자를 이리저리 움직여보아도 12핸드 2인치까지 내릴 수는 없었다.

"이 말은 좀 큰 것 같은데요."

금발 미녀의 미소가 사라졌다.

"편자의 높이 반 인치는 고려하셨나요?"

"물론입니다. 직접 보시죠. 기준을 훨씬 넘습니다."

"하지만 히클리에서는 문제없이 통과했는데요." 그녀는 날카롭게 말했다.

도깨비 같은 사내가 그것 보라는 듯 고개를 끄덕이는 것이 내 시야 끝에 잡혔다.

"나는 그럴 수 없습니다. 아무래도 말을 다음 등급에 넣으셔야 할 것 같군요."

금발 미녀는 차가운 바다 밑바닥에서 건져 올린 초록빛 마노 같은 두 눈으로 나를 차갑게 노려보고는 조랑말을 끌고 가버렸다.

이어서 체크무늬 양복 차림의 신사가 작은 밤색 말을 계측대로 데려왔다. 나는 그 말의 행동에 당황할 수밖에 없었다. 자가 어깨에 닿을 때마다 말이 무릎을 구부렸기 때문에, 나는 치수를 제대로 재고 있는지 확신할 수가 없었다. 마침내 나는 포기하고 그 말을 통과시켰다.

도깨비 사내가 헛기침을 했다.

"저 녀석을 알아요."

"그래요?"

"저 밤색 말의 어깨를 핀으로 수없이 찔렀기 때문에 당신이 키를 재려고 자를 댈 때마다 말이 무릎을 굽히는 겁니다."

"설마!"

"내가 지금 여기 서 있는 것만큼 확실해요."

나는 너무 놀라서 멍해졌지만, 다른 무리가 도착했기 때문에 그쪽으로 잠시 주의가 쏠렸다.

이 무리의 마지막 조랑말은 쾌활한 사내가 끌고 온 멋진 회색 말이었다. 사내는 붙임성 있는 미소를 지으며 예의바르게 말했다.

"안녕하세요? 이 녀석은 13핸드 2인치입니다."

말은 문제없이 기준을 통과했지만, 그가 말을 끌고 가버리자 도깨비 사내가 다시 입을 열었다.

"저 녀석도 알아요."

"그래요?"

"아주 잘 알지요. 저 녀석은 계측을 하기 전에 조랑말을 짓누른답니다. 저 회색 말은 한 시간 동안 130킬로그램짜리 옥수수 포대를 등에 지고 서 있었어요. 그러면 키가 적어도 1인치는 줄어들지요."

"그게 정말입니까?"

"물론이죠. 내 눈으로 직접 보았는걸요."

나는 현기증이 나기 시작했다. 이건 모두 도깨비 사내가 꾸며낸 이야기가 아닐까? 재미로 하는 이 소박한 행사 이면에 정말로 그런 악의적인 힘이 작용하고 있단 말인가?

"같은 녀석이에요." 도깨비 사내가 말을 이었다. "어느 경진대회에서 그 녀석이 조랑말을 데려온 걸 보았지요. 그 말은 편자를 박지도 않았는데, 편자 못으로 반 인치를 빼달라고 해서 통과했답니다."

도깨비 사내가 그만 입을 다물어주었으면 좋겠다는 생각이 들었다. 그런데 바로 그때 방해가 들어왔다. 콧수염을 기른 그 사내였다. 그는 나에게 슬금슬금 다가와서 무슨 비밀이라도 털어놓는 것처럼 내 귀에 대고 속삭였다.

"줄곧 생각해봤는데요. 우리 개가 지금쯤은 여독이 풀렸을 겁니다. 체온이 정상으로 돌아왔을 거예요. 다시 한 번 체온을 재주실 수 없을까요. 아직은 경진대회에 참가할 시간이 있으니까요."

나는 지친 얼굴로 그를 돌아보았다.

"솔직히 말하면 시간 낭비일 겁니다. 아까도 말했듯이 그 개는 병에 걸렸어요."

"제발요! 은혜를 베푸는 셈치고 한 번만 봐주세요!"

그의 표정은 필사적이었고, 눈에는 광기가 번득이고 있었다.

"좋습니다."

나는 그의 차로 다가가서 체온계를 꺼냈다. 체온은 여전히 40도였다.

"이 가엾은 개를 빨리 집으로 데려가세요. 여기 있으면 안 됩니다."

나는 사내한테 한 방 얻어맞는 줄 알았다.

"이 개는 아무 문제도 없어!" 사내는 씩씩거렸다. 흥분해서 얼굴 전체가 격렬하게 실룩거렸다.

"유감입니다."

나는 계측대로 돌아왔다.

열다섯 살쯤 된 사내아이가 조랑말과 함께 나를 기다리고 있었다. 그말은 13핸드 2인치 등급으로 되어 있었지만, 키를 재보니 1인치 반이나 기준을 초과했다.

"너무 크구나. 그 등급에는 들어갈 수 없어."

아이는 아무 대답도 하지 않고 재킷 안주머니에 손을 넣어 종이 한 장을 꺼냈다.

"이건 수의사가 써준 증명서인데요, 13핸드 2인치 이하라고 쓰여 있어요."

"소용없어. 집행위원들이 어떤 증명서도 받지 말라고 했으니까. 오늘 벌써 증명서 두 장을 거절했지. 여기에 참가하는 말은 모두 이 계측기를 통과해야 돼. 안됐지만 그게 규정이야."

사내아이의 태도가 돌변했다.

"하지만 이 증명서는 받아야 돼요!" 소년은 내 얼굴에 대고 소리를 질렀다. "증명서가 있으면 키를 잴 필요도 없다고요!"

"가서 집행위원들을 만나보는 게 좋겠구나. 그게 내가 받은 지시사항이야."

"아버지한테 말할 거예요!"

아버지가 당장 나타났다. 키가 크고 뚱뚱하고 유복해 보이고 자신만만한 인물이었다. 내가 허튼소리를 하면 가만두지 않겠다는 태도였다.

"이거 보시오, 무슨 일인지 모르겠지만, 이 문제에서는 당신한테 선택권이 없어요. 증명서를 인정할 수밖에 없단 말이오."

"안 됩니다. 댁의 말은 기준을 약간 넘는 정도가 아니라 훨씬 초과합니다. 비슷하지도 않아요."

아버지의 얼굴이 시뻘게졌다.

"하지만 지난번 경진대회 때는 문제없이 통과했소. 거기서는 수의사가……."

"압니다, 알아요." 도깨비 사내가 짧게 웃는 소리가 들렸다. "하지만 여기서는 통과시킬 수 없습니다."

잠깐 침묵이 흐르는가 싶더니, 아버지와 아들이 동시에 고함을 지르기 시작했다. 그들이 온갖 욕설을 퍼붓고 있을 때 누군가가 내 팔을 잡았다. 콧수염을 기른 그 사내였다.

"한 번만 더 부탁드립니다. 우리 개의 체온을 재주세요." 사내는 미소를 지으려고 애쓰면서 속삭였다. "이번에는 괜찮을 겁니다. 틀림없어요. 다시 한 번 재주시겠죠?"

나는 완전히 질려버렸다.

"아뇨, 절대로 재지 않겠습니다!" 나는 소리를 질렀다. "제발 성가시게 굴지 말고 그 가엾은 개를 빨리 집으로 데려가세요."

아무것도 아닌 일에 집념을 불태우는 사람이 있는 것은 참으로 야릇한 일이다. 개가 경진대회에 참가하느냐 못하느냐는 생사가 달린 문제도 아닌 듯싶은데, 콧수염을 기른 사내한테는 그것이 죽느냐 사느냐 하는 문제였다. 그는 나한테 고함을 지르기 시작했다.

"당신은 임무를 모르고 있어. 그게 당신의 문제점이야! 멀리서 여기까지 왔는데, 나한테 장난을 치다니! 나한테도 수의사 친구가 있어. 자격을 가진 정식 수의사라고. 그 친구한테 당신이 어떤 작자인지 다 말하겠어. 그래, 다 말할 거야!"

그동안에도 아버지와 아들은 여전히 고함을 질러댔다. 나는 적군에 포위되어 있는 것을 갑자기 알아차렸다. 금발 미녀도 거기에 있었고, 내가 퇴짜 놓은 조랑말의 주인들도 와 있었다. 그들은 모두 성난 몸짓을 하며 호전적으로 나를 노려보았다.

동맹군처럼 보였던 도깨비 사내가 어디에도 보이지 않았기 때문에 나는 고립무원 상태에 빠진 기분이 들었다. 도깨비 사내한테는 정말 실망했다. 이런 일에 훤한 것처럼 허풍을 떨어놓고, 위험이 닥치자마자 잽싸게 꼬리를 감추다니. 나는 위협적인 군중을 둘러보면서 계측기를 앞에서 휘둘렀다. 대단한 무기는 아니었지만 덤벼드는 사람들을 막아내는 데 조금은 도움이 될지도 모른다.

바로 그 순간, 험악한 말들이 공기를 가득 채우고 있을 때 헬렌과 리처드 에드먼드가 나를 에워싼 사람들 뒤에 서서 그 욕설을 듣고 있는 것이 보였다.

리처드는 문제가 아니었지만, 헬렌이 주위에 있을 때마다 얼빠진 어릿광대 노릇을 하는 것이 기묘하게 느껴졌다. 이게 무슨 운명이란 말인가.

어쨌든 계측 작업은 끝났고 나는 녹초가 되었다. 영양을 보충할 필요가 있었다. 나는 트리스탄을 찾으러 갔다.

351

32

"헤리엇 선생님이 우리 개를 좀 봐주실 수 있을까요?"

대기실에서 들려온 그 대사는 충분히 귀에 익은 것이었지만, 내가 대기실 문 바로 너머에 미끄러지듯 멈춰 선 것은 그 목소리 때문이었다.

그럴 리가 없어. 있을 수 없는 일이야. 하지만 꼭 헬렌의 목소리처럼 들렸는데……. 나는 발꿈치를 들고 살금살금 다가가서 빠끔히 열린 문틈에 눈을 댔다. 트리스탄이 내 시야에서 조금 벗어난 곳에 있는 누군가를 내려다보고 있었다. 내 눈에 보인 것은 얌전한 양치기개의 머리 위에 놓여 있는 손과 트위드 치맛자락과 실크스타킹을 신은 두 다리뿐이었다.

멋진 다리야. 비쩍 마르지도 않고, 헬렌처럼 키 큰 아가씨한테 잘 어울리는 늘씬한 다리야. 그렇다면 혹시…… 내 상상은 개한테 말을 걸기 위해 머리가 흘러내리는 바람에 거기서 중단되었다. 곧은 콧날과 우윳빛 뺨을 따라 흘러내린 검은 머리가 내 눈앞에 클로즈업되었다.

내가 여전히 넋을 잃고 대기실을 엿보고 있을 때 트리스탄이 갑자기 그 방에서 뛰쳐나와 나와 정면으로 부딪쳤다. 트리스탄은 튀어나오는 욕설을 간신히 참으면서 내 팔을 움켜잡고 복도를 지나 조제실로 끌고 갔다. 그러고는 조제실 문을 닫고 속삭였다.

"그 여자야! 앨더슨 영감네 딸! 그 여자가 너를 만나고 싶대! 우리 형도 아니고, 나도 아니고, 너를! 헤리엇 선생을 지명했다니까!"

트리스탄은 눈을 크게 뜨고 잠시 나를 바라보았다. 내가 망설이고 서 있자 그는 문을 열고 나를 복도로 몰아냈다.

"도대체 뭘 우물쭈물하고 있는 거야?" 트리스탄은 낮은 소리로 야단을 쳤다.

"글쎄 좀 쑥스럽지 않냐? 지난번 무도회 때 그런 꼴을 보였는데. 그때 내 꼴은 정말 가관이었어. 너무 술에 취해서 말도 못할 정도였으니까."

트리스탄은 손으로 제 이마를 탁 때렸다.

"맙소사! 별걸 다 걱정하는군. 그 여자는 너를 만나고 싶댔어. 더 이상 뭘 원해? 어서 가. 대기실로 들어가라고!"

내가 망설이며 발을 질질 끌고 걸어가려는데 트리스탄이 한 손을 번쩍 들어올렸다.

"잠깐만. 거기 그대로 있어."

그는 종종걸음으로 달려갔다가 잠시 후 하얀 가운을 들고 돌아왔다. 그러고는 내 팔을 풀 먹인 소매에 꿰면서 말했다.

"세탁소에서 방금 가져온 거야. 이 가운을 입으면 한결 멋져 보일 거야. 흠잡을 데 없는 젊은 수의사 선생님처럼 보이겠지."

나는 트리스탄이 단추를 채워주는 동안은 저항하지 않고 서 있었지만, 그가 넥타이를 바로잡아주려 하자 그의 손을 탁 쳐냈다. 트리스탄은 대기실로 가는 나에게 마지막으로 손을 흔들어 격려해주고는 뒤 계단 쪽으로 가버렸다.

나는 이제 아무 생각도 하지 않고 곧장 대기실로 들어갔다. 헬렌이 고개를 들고 방긋 웃었다. 그때와 똑같은 미소였다. 뒤에 무언가를 감추고 있는 웃음은 아니었다. 나를 처음 만났을 때와 똑같이 다정하고 상냥한 웃음, 호의가 담긴 차분한 웃음이었다.

우리는 한동안 말없이 얼굴을 마주보았다. 내가 아무 말도 하지 않자 헬렌은 개를 내려다보았다.

"이번에는 댄에게 문제가 생겼어요. 댄은 우리 집 양치기개지만, 온 가족이 댄을 좋아해서 가족이나 다름없답니다."

자기 이름이 나오자 개는 힘차게 꼬리를 흔들었지만, 나에게 다가올 때는 아파서 비명을 질렀다. 나는 허리를 굽혀 댄의 머리를 토닥였다.

"뒷다리 하나를 들고 있군요."

"오늘 아침에 담장을 뛰어넘었는데, 그때부터 줄곧 이래요. 무언가가 단단히 잘못됐나 봐요. 그 다리에 체중을 싣지 못해요."

"그렇군요. 개를 저쪽 방으로 데려가세요. 진찰해볼 테니까. 개를 데리고 먼저 가세요. 그러면 내가 뒤따라가면서 걸음걸이를 관찰할 수 있을 테니까요."

내가 문을 열어주자 헬렌은 개를 데리고 내 앞을 지나갔다.

처음 몇 미터는 헬렌의 다리에 자꾸만 눈이 가서 주의가 산만해졌지만, 다행히 복도는 길었다. 두 번째 모퉁이에 이르렀을 때쯤에는 어떻게든 환자한테 주의를 돌릴 수 있었다.

그런데 이렇게 고마울 데가! 개의 걸음걸이를 유심히 관찰해보니 고관절 탈구였다. 다리가 짧아지고 발바닥이 바닥을 스칠 정도로 다리를 들고 걷는 것은 고관절 탈구의 특징이었다.

나는 마음이 복잡해졌다. 고관절 탈구는 중상이지만 재빨리 바로잡을 수도 있다. 그러면 헬렌에게 내가 아주 유능하고 근사해 보일 것이다. 나는 아직 풋내기 수의사였지만, 고관절 탈구 접합술은 가장 극적인 시술임을 알고 있었기 때문이다. 아마 운이 좋았겠지만, 그동안 나는 심하게 절룩거리는 동물을 건강한 개로 바꾸어놓은 경험이 몇 번 있었다.

수술실에 들어가자 나는 댄을 수술대 위로 들어올렸다. 내가 엉덩이를 진찰하는 동안 녀석은 움직이지 않고 얌전히 서 있었다. 의심할 여지없는 고관절 탈구였다. 엄지손가락으로 만져보니 대퇴골 끝이 위쪽과 뒤쪽으로 어긋나 있는 것을 분명히 알 수 있었다.

댄은 딱 한 번—내가 아픈 다리를 구부리려고 했을 때—나를 돌아보았지만, 이내 고개를 돌리고 체념한 듯 앞을 바라보았다. 입을 조금 벌리고 겁먹은 듯 헐떡거렸지만, 우리 병원 수술대에 오른 차분한 동물이 대개 그렇듯이 댄도 제 운명을 감수한 듯했다. 내가 머리를 자르려 해도 댄은 별로 소란을 피우지 않고 순순히 목을 내밀지 않았을까 하는 생각이 들었다.

"성질이 좋군요. 너그럽고 온순하고 게다가 아름답고."

헬렌은 얼굴 아래쪽에 넓은 띠 모양의 하얀 반점이 있는 잘생긴 머리를 토닥였다. 꼬리가 좌우로 천천히 움직였다.

"댄은 사역견이지만, 우리 가족의 반려견이기도 해요. 댄이 심하게 다친 게 아니라면 좋겠네요."

"고관절 탈구입니다. 증세가 좀 심하긴 하지만, 운이 좋으면 원상태로 돌려놓을 수 있을 겁니다."

"원상태로 돌아가지 않으면 어떻게 되죠?"

"그 부위에 가관절이 생길 겁니다. 몇 주 동안은 심하게 절룩거릴 테고, 아마 평생 다리 하나가 조금 짧아진 상태로 살게 될지 몰라요."

"안 돼요. 댄이 그렇게 되는 건 보고 싶지 않아요. 괜찮을까요?"

나는 여전히 앞을 가만히 바라보고 있는 온순한 개를 돌아보았다.

"가능성은 있습니다. 당신이 꾸물거리지 않고 빨리 데려와주었으니까요. 이런 경우는 빨리 치료할수록 좋습니다."

"다행이네요. 그럼 수술은 언제 해주실 거죠?"

"지금 당장이요." 나는 문으로 걸어가면서 말했다. "트리스탄을 불러올게요. 두 사람이 해야 하는 일이거든요."

"제가 거들 수는 없나요? 괜찮다면 돕고 싶은데……."

나는 미심쩍은 눈으로 헬렌을 바라보았다.

"글쎄, 할 수 있을지 모르겠군요. 댄을 사이에 놓고 우리 둘이 줄다리기를 해야 하는데, 그런 일은 마음에 들지 않을 겁니다. 물론 마취는 하겠지만, 한참 동안 힘껏 잡아당겨야 할 때가 많거든요."

헬렌은 소리 내어 웃었다.

"저는 힘이 아주 세요. 얌전떠는 새침데기도 아니고요. 게다가 아시다시피 동물한테는 익숙해요. 동물과 함께 일하는 걸 좋아하거든요."

"좋습니다. 그럼 이 가운을 입으세요. 바로 시작합시다."

내가 주사바늘을 혈관에 찔러 넣어도 개는 움찔하지도 않았다. 넴부탈이 혈관으로 흘러들자 개의 머리가 헬렌의 팔에 떨어지고 몸무게를 떠받치고 있던 발이 수술대 위에서 미끄러졌다. 곧이어 개는 의식을 잃고 옆으로 길게 드러누웠다.

나는 주사바늘을 혈관에 꽂은 채 잠든 개를 내려다보았다.

"마취제를 좀 더 투여해야 할 것 같습니다. 근육의 저항을 이겨내려면 아주 깊이 잠들어야 하거든요."

넴부탈을 1시시 더 투여하자 댄은 헝겊인형처럼 축 늘어졌다. 나는 관절이 빠진 다리를 잡고 수술대 너머에 있는 헬렌에게 말했다.

"넓적다리 밑에서 두 손을 깍지 끼고, 내가 잡아당길 때 댄의 몸이 내쪽으로 딸려오지 않도록 힘껏 버티세요. 알았죠? 그럼 갑니다!"

빠진 고관절을 관골구로 밀어 넣으려면 엄청난 힘이 필요하다. 나는 오른손으로 다리를 잡아당기면서 동시에 왼손으로 고관절 끝을 밀었다. 헬렌은 내가 잡아당기는 힘에 맞서 몸을 뒤로 젖히고, 용을 쓰느라 입술을 삐죽 내밀고 훌륭하게 제 역할을 해냈다.

이 일을 간단히 해낼 수 있는 방법—단번에 성공하는 방법—이 틀림없이 있겠지만, 나는 끝내 그 방법을 찾아내지 못했다. 언제나 오랫동안 시행착오를 거듭한 뒤에야 겨우 성공을 거두었고, 그것은 오늘도 마찬가지였다. 나는 축 늘어진 다리를 이리저리 비틀고 돌리면서 온갖 각도와 회전을 시도해보았다. 원래대로 돌려놓지 못하면 이런 내 꼴이 얼마나 우스워 보일지는 생각지 않으려고 애썼다. 아직도 댄을 단단히 붙잡고 있는 헬렌은 이 레슬링 시합을 어떻게 생각하고 있는지 궁금했다. 바로 그때 희미하게 찰깍 하는 소리가 들렸다. 기분 좋고 반가운 소리였다.

나는 고관절을 한두 번 구부려보았다. 저항은 전혀 없었다. 고관절 끝은 다시 관골구에 쏙 들어가 매끄럽게 움직였다.

"됐습니다. 이대로 제자리에 남아 있으면 좋겠군요. 행운을 빌어야 할 겁니다. 다시 빠져나오는 경우도 가끔 있으니까요. 하지만 이번에는 잘될 것 같다는 느낌이 드는군요."

헬렌은 비단처럼 매끄러운 댄의 귀와 목을 쓰다듬었다.

"가엾어라. 이렇게 될 줄 알았다면 오늘 아침에 그 담장을 뛰어넘지 않앉을 텐데. 마취에서 깨어나려면 얼마나 걸리죠?"

"오늘은 온종일 잘 겁니다. 저녁에는 곁에 붙어 있다가 댄이 마취에서 깨어나면 안정을 시켜주세요. 일어나서 비틀거리다가 자칫 넘어지기라도 하면 또 관절이 빠질 수도 있으니까요. 저한테 전화 주세요. 일이 어떻게 되어 가는지 알고 싶으니까."

나는 댄을 품에 안고 몸무게 때문에 휘청거리면서 복도를 걸어가다가 우리 가정부인 홀 부인과 마주쳤다. 홀 부인은 찻잔이 두 개 놓인 쟁반을 들고 있었다.

"지금 차를 가져가는 참이었는데요. 선생님과 저 아가씨가 차를 한 잔 마시고 싶어 하실 것 같아서요."

나는 홀 부인을 유심히 바라보았다. 이것은 일찍이 없었던 일이다. 홀 부인도 트리스탄과 손잡고 큐피드 역할을 떠맡고 나섰나? 하지만 넓적하고 까무잡잡한 그 얼굴에는 여느 때처럼 아무 감정도 드러나 있지 않았다. 그 얼굴에서는 아무것도 알아낼 수 없었다.

"고맙습니다, 아주머니. 우선 이 개를 밖에 놓고 올게요."

나는 밖에 나가서 댄을 헬렌의 차 뒷좌석에 내려놓았다. 눈과 코만 담요 밖으로 내놓고 세상모르게 자고 있는 모습이 무척 편안해 보였다.

헬렌은 벌써 무릎 위에 찻잔을 올려놓고 앉아 있었다. 나는 이 방에서 다른 여자와 차를 마셨을 때의 일을 생각했다. 그것은 내가 대러비에 처음 도착한 날이었다. 그 여자는 시그프리드를 따라다니는 숱한 추종자 가운데 하나였지만, 아마 그 중에서도 가장 대찬 여자였을 것이다.

이번에는 전혀 달랐다. 수술실에서 줄다리기를 하는 동안 나는 헬렌을 가까이에서 관찰할 수 있었다. 나는 헬렌의 입꼬리가 막 미소를 지으려

하거나 방금 미소를 지은 것처럼 위로 올라가 있는 것을 발견했다. 초승달 같은 눈썹 밑에 있는 깊고 푸른 눈은 풍부한 흑갈색 머리와 황홀한 조화를 이루고 있었다.

이번에는 대화도 막히지 않았다. 아마 내가 내 세력권 안에 있었기 때문일 것이다. 나는 아픈 동물이 사이에 끼어 있지 않으면 절대로 편안한 기분을 느낄 수 없지만, 어쨌든 이번에는 헬렌을 처음 만난 언덕 위에서 그랬듯이 힘들이지 않고 술술 지껄일 수 있었다.

찻주전자가 비었고 비스킷도 다 먹었다. 이제 헬렌을 배웅하고 왕진을 나가야 할 시간이었다.

그날 밤 헬렌이 전화를 걸어왔을 때도 나는 여전히 편안한 자신감을 잃지 않았다.

"댄이 깨어나서 걸어 다니고 있어요. 아직은 좀 비틀거리지만 다리는 멀쩡한 것 같아요."

"잘됐군요. 첫 고비를 무사히 넘겼으니 모든 게 괜찮아질 겁니다."

헬렌은 잠시 사이를 두었다가 입을 열었다.

"정말 고마워요. 무척 걱정했거든요. 특히 내 동생들이 걱정을 많이 했어요. 우리 모두 선생님을 고맙게 생각하고 있어요."

"천만에요. 나도 기쁩니다. 댄은 훌륭한 개예요." 나는 잠시 머뭇거리다가 말을 이었다. 지금이야. 지금 말해야 돼. "저어, 오늘 스코틀랜드에 대해서 이야기한 걸 기억하시겠죠. 오늘 오후에 플라자 극장 앞을 지나는데, 거기서 마침 헤브리디스 제도(스코틀랜드 서북쪽 기슭에 있는 섬 무리. 500여 개의 섬으로 이루어져 있다)에 관한 영화를 상연하고 있더군요. 그래서 혹시…… 그 영화를 보고 싶어 하지 않을까……."

또다시 침묵이 흘렀다. 내 심장이 쿵쿵 뛰었다.

"좋아요. 보고 싶어요. 언제요? 금요일 밤? 좋아요. 그럼 그때 뵐게요. 안녕히 계세요."

나는 떨리는 손으로 수화기를 내려놓았다. 나는 왜 이런 일을 그처럼 심각하게 생각할까? 하지만 그것은 아무래도 좋았다. 나는 다시 활기를 되찾았다.

33

트리스탄은 'U.C.M.' 꾸러미를 풀고 있었다. 이 유리병에는 우리가 동물의 질병과 싸울 때 최후의 방어선이 되는 붉은색 액체가 들어 있었는데, 라벨에는 약의 정식 이름인 'Universal Cattle Medicine(종합 가축 치료약)'이 커다란 활자로 까맣게 인쇄되어 있고, 그 밑에는 '기침, 오한, 설사, 유방염, 유열, 폐렴, 고창증에 효과가 뛰어나다'고 적혀 있었다. 라벨은 '가축의 고통을 즉시 덜어준다'는 자신만만한 문구로 끝을 맺고 있었는데, 그 라벨을 하도 자주 읽다 보니 이제는 나도 그 말을 반쯤은 믿게끔 되었다.

약병을 빛에 비추어보면 진한 루비색을 띠고 있고, 냄새를 맡아보면 짙은 장뇌 냄새가 코를 찔러서 흥미를 끌고, 그래서 농부들도 눈을 껌벅이고 고개를 저으면서 "우와, 아주 잘 듣는 약이구먼!" 하고 존경 어린 표정으로 말했기 때문에, 그 약이 아무 쓸모도 없는 것은 참으로 유감스러운 일이었다. 하지만 당시에는 특효약이 거의 없었고 수의사가 실수할 가능성은 너무 많았기 때문에, 확실한 진단을 내릴 수 없는 경우에는 오래전부터 급할 때 의지가 되었던 그 약병을 건네줄 수 있다는 게 그나마 위안이 되었다. 업무 일지에 파넌이나 내 필적으로 '암소 왕진, 조언, U.C.M.'이라고 적혀 있으면, 그것은 대개 그 동물이 무슨 병에 걸렸는지 모른다는 뜻이었다.

그 유리병은 길쭉하고 보기 좋게 균형이 잡혀 있는데다 우아한 흰색 마분지 상자에 담겨서 왔기 때문에, 오늘날 우리가 사용하는 항생제와 스테로이드의 볼품없는 용기보다 훨씬 인상적이었다. 트리스탄은 그것을 상자에서 꺼내 선반 안쪽에 늘어놓고 있었다. 그는 나를 보더니 일을 멈추고 상자 위에 걸터앉아 담뱃갑을 꺼냈다. 그러고는 담배에 불을 붙이고 연기를 깊이 빨아들인 다음 애매한 표정으로 나를 빤히 바라보았다.

"그 여자를 영화관에 데려갈 작정이라고?"

나는 그의 눈길에 막연한 불안을 느끼면서 주머니에 가득 든 온갖 빈 약병을 쓰레기통에 버렸다.

"그래, 맞아. 한 시간쯤 뒤에."

"그래?" 그는 천천히 새어나오는 연기가 눈으로 들어오지 않도록 눈을 가늘게 떴다. "흐음, 알겠어."

"그런데 왜 그런 눈으로 바라보는 거지?" 나는 방어적으로 말했다. "영화관에 가는 게 뭐 잘못됐어?"

"아니, 아니야. 잘못된 거 없어, 짐. 아무것도, 아무것도 잘못되지 않았어. 그건 아주 건전한 취미지."

"하지만 너는 내가 헬렌을 거기 데려가는 게 마뜩잖은 모양이군."

"그런 말은 하지 않았어. 아니, 너는 즐거운 시간을 보내게 될 거야. 나는 다만……" 그는 머리를 긁적였다. "네가 좀 더…… 뭐랄까…… 진취적이고 모험적인 일을 계획할지도 모른다고 생각했지."

나는 쓴웃음을 지었다.

"진취적이고 모험적인 일? 그런 건 레니스턴에서 이미 시도해봤어. 아니, 너를 탓하는 게 아니야, 트리스. 물론 네 뜻은 좋았지만, 너도 알다시피 그때는 엉망으로 끝나버렸어. 오늘 밤에는 아무것도 잘못되지 않기를 바랄 뿐이야. 그래서 오늘은 안전 제일주의로 나갈 거야."

"그 점에서는 너와 다툴 생각 없어." 트리스탄이 말했다. "데러비에서 플라자 극장보다 더 안전한 곳은 없을 테니까."

그러나 얼마 후 나는 외풍이 심한 목욕실의 욕조 안에서 덜덜 떨면서 트리스탄이 옳다는 생각을 떨쳐버릴 수 없었다. 나는 지방 극장이 안전하고 어둡고 친밀한 공간이 되기를 기대했고, 헬렌을 극장에 데려가는 것은 현실에서 도피하여 그런 곳으로 움츠러드는 비겁한 짓이었다. 하지만 나는 체온을 유지하려고 팔짝팔짝 뛰어다니며 수건으로 몸을 닦고 등나무 넝쿨 사이로 어두워져가는 정원을 내다보면서, 그것은 비록 작은 시작이지만 어쨌든 또 다른 시작이라는 생각으로 나를 달랬다.

스켈데일 하우스의 문을 닫고 나와, 막 불을 켠 시작한 상점들의 불빛이 어스름 속에서 손짓하는 거리를 바라보자 마음이 들뜨기 시작했다. 가까운 언덕에서 불어온 산들바람이 나를 스친 것 같았다. 드디어 겨울이 지나갔음을 말해주는 덧없는 향기였다. 아직은 추웠다. 대러비는 5월이 된 뒤에도 한동안은 언제나 추웠다. 하지만 햇볕과 따뜻한 풀밭과 더 온화한 날씨가 곧 시작될 징후가 보였다.

플라자 극장은 피커스 철물점과 호워스 약국 사이에 끼어 있어서, 주의해서 보지 않으면 지나치기 쉬웠다. 건물을 웅장하고 화려하게 꾸미려는 시도는 별로 없었고, 입구의 너비도 보통 상점 정도밖에 되지 않았다. 하지만 극장에 다가갔을 때 내가 당황한 것은 극장이 어둠 속에 묻혀 있었기 때문이다. 나는 시간에 맞춰서 갔고 영화는 10분쯤 뒤에 시작될 예정이었지만, 극장 주변에는 아무도 없었다.

　나는 헬렌과 극장 앞에서 만나기로 약속했는데, 그렇게 조심성이 많았다는 말은 감히 트리스탄에게 하지 못했다. 내 차 같은 고물차로는 어딜 가든 제시간에 도착할 수 있을지 의심스러웠고, 사실은 시간이 좀 걸리더라도 어딘가에 도착하는 것 자체가 의심스러웠다. 그래서 나는 헬렌을 데리러 가고 데려다줄 때 생길 수 있는 위험 요소를 아예 제거하는 편이 현명하다고 생각했던 것이다.

　"극장 밖에서 만납시다." 그건 정말 영리한 생각이었다! 글래스고에서 보낸 어린 시절, 내가 생전처음으로 여자와 함께 외출했던 때가 생각났다. 그때 나는 겨우 열네 살이었고, 주머니에는 반 크라운짜리 은화 한 닢밖에 없었다. 여자애를 만나러 가면서 나는 그 은화를 전차 차장한테 건네면서 1페니의 전차표를 달라고 말했다. 그러자 차장은 가방을 샅샅이 뒤져서 거스름돈을 모두 반 페니짜리 동전으로 주는 방법으로 나에게 분풀이를 했다. 그래서 영화관 밖에 줄을 서 있다가 매표구에 이르렀을 때 나는 내 어린 파트너와 다른 사람들이 모두 지켜보는 가운데 1실링짜리 극장표 값을 몇 줌이나 되는 동전으로 치러야 했다. 그때 겪은 수모는 나에게 깊은 상처를 남겼던 모양이다. 내가 다시 여자와 외출한 것은 4년이 지난 뒤였으니까.

　하지만 헬렌이 장터의 자갈길을 조심스럽게 걸어오는 것을 본 순간 그런 어두운 생각은 말끔히 사라져버렸다. 그녀는 플라자 극장에 초대받는 것이 여자가 바랄 수 있는 최고의 대접이라도 되는 것처럼 활짝 웃으며 손을 흔들었다. 그녀가 나에게 곧장 다가왔을 때 그녀의 볼은 발그레하게 물들었고 눈은 반짝반짝 빛났다.

갑자기 모든 게 잘된 것 같았다. 오늘 밤은 멋진 밤이 될 거라는, 아무 것도 오늘 밤을 망치지 않을 거라는 확신이 밀려오는 것을 느꼈다. 우리가 인사를 나눈 뒤 헬렌은 댄이 이제는 절뚝거리지 않고 강아지처럼 뛰어다닌다고 말했다. 이 소식으로 내 행복감의 물결은 더욱 높아졌다.

나를 걱정시킨 것은 극장 입구가 텅 비어 있고 아무도 없는 것처럼 보인다는 것이었다.

"극장 앞에 아무도 없다니 정말 이상하군요. 시작할 시간이 다 되었는데요. 영업은 하고 있겠죠?"

"그럴 거예요." 헬렌이 대답했다. "일요일만 빼고는 밤마다 문을 열어요. 어쨌든 저 사람들도 다 기다리는 사람들일 거예요."

나는 주위를 둘러보았다. 사람들이 줄을 서 있지는 않았지만 여기저기 삼삼오오 무리를 이루어 서 있었다. 중년 부부로 보이는 남녀 몇 쌍, 인도에서 뒹굴며 싸우고 있는 아이들. 누구도 걱정하는 것 같지 않았다.

사실 걱정할 이유는 전혀 없었다. 영화가 시작되기 딱 2분 전에 방수코트를 걸친 남자가 맹렬하게 자전거 페달을 밟으며 길모퉁이를 돌아서 나타났다. 고개를 숙이고 다리를 피스톤처럼 움직였다. 자전거는 금방이라도 땅바닥에 닿을 것처럼 위험한 각도로 기울어져 있었다. 그는 끼익 소리를 내며 입구 밖에 자전거를 세우더니 자물쇠에 열쇠를 꽂아서 문을 활짝 열었다. 그리고 안으로 손을 집어넣어 스위치를 올리자 우리들 머리 위에서 네온사인이 발작적으로 깜박거리다가 꺼져버렸다. 네온사인은 몇 번 깜박거리다가 꺼지기를 되풀이하면서 장난을 치는 것 같았다. 그 남자가 발끝으로 서서 네온사인을 주먹으로 한 번 능숙하게 때린 뒤에야 네온사인은 장난을 멈추고 얌전히 복종했다. 그러자 그는 코트를 벗고 흠잡을 데 없는 야회복을 드러냈다. 극장 지배인이 도착한 것이다.

이런 일이 진행되는 동안, 아주 뚱뚱한 부인이 어디선가 나타나 매표소 안으로 간신히 들어가 앉았다. 영화를 상영할 준비가 된 것이다.

우리는 모두 발을 끌면서 안으로 들어갔다. 어린 사내아이들은 9페니를 내고 서로 주먹질을 하면서 커튼 사이를 지나 1층 앞쪽 좌석으로 들어갔지만, 나머지 사람들은 점잖게 2층으로 올라가 1실링 6페니짜리 발코니 좌석으로 갔다. 지배인은 하얀 셔츠의 가슴바대와 옷깃을 번득이면서 우리가 지나갈 때마다 미소를 지으며 공손히 절을 했다.

우리는 층계 꼭대기에 줄지어 놓여 있는 옷걸이 앞에서 몇 사람이 외투를 벗어 거는 동안 잠시 걸음을 멈추었다. 나는 대장간 집 딸인 매기 로빈슨이 표 받는 사람인 것을 보고 깜짝 놀랐는데, 그녀 역시 우리를 보고 놀란 것 같았다. 그녀는 억지웃음을 짓거나 키득거리고, 헬렌 쪽을 힐끔거리는 등, 내 옆구리를 찌르는 것만 빼고는 별짓을 다 했다. 마침내 그녀가 커튼을 열어주었고 우리는 안으로 들어갔다.

극장 경영진은 손님들이 추위를 느끼지 않게 하려고 단단히 결심했다는 것을 나는 당장 알아차렸다. 낡은 소파에서 나는 냄새가 극장 안에 가득 차 있지 않았다면 우리는 열대 밀림 속으로 뛰어든 기분이 들었을 것이다. 매기는 질식할 듯한 열기를 뚫고 우리를 자리로 안내했다. 나는 자리에 앉으면서 두 좌석 사이에 팔걸이가 없는 것을 알아차렸다.

"여긴 연인석이에요." 그녀는 불쑥 말하고는 얼른 손으로 입을 막고 달아났다.

아직 불이 켜져 있었기 때문에 나는 작은 발코니를 둘러보았다. 겨우 열두 명 정도가 발코니 여기저기에 드문드문 앉아서, 아무 장식도 없는 벽 아래에서 참을성 있게 조용히 기다리고 있었다. 스크린 옆에 있는 벽 시계는 4시 20분을 가리킨 채 멈추어 있었다.

하지만 그곳에 헬렌과 나란히 앉아 있으니, 그런 것은 아무래도 좋았다. 나는 공기가 없는 곳의 금붕어처럼 자꾸만 숨이 차서 헐떡거리는 것만 빼고는 아주 기분이 좋았다. 내가 편안히 자리를 잡고 앉아 있을 때 우리 앞자리에 아내와 함께 앉아 있던 작달막한 사내가 천천히 고개를 돌렸다. 수척한 얼굴에 입을 꾹 다문 그는 도전적인 눈길로 오랫동안 내 눈에 시선을 고정시켰다. 한동안 말없이 서로 얼굴을 마주보고 있다가 마침내 그가 입을 열었다.

"죽었소." 그가 말했다.

공포의 전율이 내 몸을 꿰뚫었다.

"죽어요?"

"아아, 죽었소. 죽어버렸소." 그는 내 눈에 여전히 시선을 고정시킨 채 슬픔과 만족감이 뒤섞인 듯한 표정으로 천천히 그 말을 되풀이했다.

나는 두어 번 마른 침을 삼켰다.

"그 말씀을 들으니 유감이군요. 정말 안됐습니다."

그는 엄숙하게 고개를 끄덕이고, 내가 뭐라고 더 말해주기를 기대하는 것처럼 열심히 나를 계속 바라보았다. 그러다가 마지못해 고개를 돌리고 자리에 편히 앉았다.

나는 그의 굽은 등과 두꺼운 외투에 가려진 각지고 좁은 어깨를 무력하게 바라보았다. 도대체 이 사람은 누구지? 그리고 무슨 말을 한 거지? 어디선가 본 얼굴이야. 내 고객이 분명해. 그런데 뭐가 죽었다는 말인가? 암소? 암양? 암퇘지? 나는 지난주에 치료한 환자들을 머리에 떠올려 봤지만, 그 얼굴은 어디에도 들어맞지 않는 것 같았다.

헬렌이 무슨 일이냐고 묻는 듯한 눈으로 나를 바라보았다. 나는 간신히 희미한 미소를 지었다. 하지만 마법은 깨졌다. 내가 헬렌에게 무어라고 말하려 했을 때, 앞자리의 작달막한 사내가 다시 위협적으로 천천히 고개를 돌렸다.

그는 또다시 적의에 찬 눈길로 나를 노려보았다.

"나는 처음부터 그 녀석의 위가 잘못되었다고는 생각지 않아요." 그는 선언하듯 말했다.

"아, 그래요?"

"그렇소, 젊은이." 그는 내키지 않는 것처럼 내 얼굴에서 눈을 떼고 다시 스크린 쪽으로 얼굴을 돌렸다.

그 순간 불이 꺼지고 믿을 수 없을 만큼 시끄러운 소리가 내 고막을 강타했기 때문에 이 두 번째 공격의 효과는 더욱 높아졌다. 그것은 '고몽 뉴스'(프랑스의 고몽 영화사에서 제작한 뉴스 영화)였다. 이곳의 음향 장치는 난방 장치와 마찬가지로 앨버트 홀(런던에 있는 음악 공연장) 같은 곳을 위해 설계된 게 분명했다. 나는 잠시 그 공격에 겁을 먹고 몸을 움츠렸다. 어떤 목소리가 2주 전에 일어난 사건들을 고함치듯 말하는 동안 나는 눈을 감고 다시 내 앞에 앉아 있는 사내의 정체를 기억해내려고 애썼다.

나는 사람들이 평소의 환경에서 벗어나 있으면 그 사람을 알아보지 못할 때가 많았고, 그래서 언젠가 파넌에게 그 문제를 상담한 적이 있었다.

파넌은 쾌활하게 말했다.

"아주 쉬운 방법이 있지. 그 사람한테 이름을 어떻게 쓰느냐고 물어보면 돼. 전혀 어렵지 않을 거야."

언젠가 이 방법을 시도해본 적이 있는데, 그때 상대는 의아한 표정으로 나를 바라보면서 "S-M-I-T-H"라고 대답하고는 서둘러 가버렸다. 그래서 지금은 나를 못마땅하게 여기는 사내의 등을 바라보고 앉아서 진땀이나 흘리며 기억을 더듬는 것밖에는 할 수 있는 일이 없는 것 같았다. 귀에 거슬리는 음악 소리와 함께 뉴스가 끝났을 때 나는 3주 전까지 기억을 더듬었지만 아무 성과도 얻지 못했다.

몇 초 동안의 반가운 휴식 시간이 지나자 또다시 시끄러운 소리가 울려 퍼졌다. 이것이 오늘의 본 영화였고(스코틀랜드에 관한 영화는 그 후에 상영될 예정이었다), 밖에 내걸린 간판에는 달콤한 러브스토리라고 소개되어 있었다. 지금은 제목도 기억나지 않지만, 어쨌든 포옹하는 장면이 꽤나 많았다. 키스 장면이 나올 때마다 아래층의 아이들은 일제히 쪽쪽거리는 소리를 냈고, 덜 낭만적인 아이들은 입술 사이로 휘파람 소리를 냈다.

그러는 동안에도 극장 안은 점점 더워졌다. 나는 저고리를 활짝 열고 셔츠의 목단추를 풀었지만 머리가 어질어질하고 몽롱해지는 느낌이 들기 시작했다. 앞에 앉은 사내는 여전히 두꺼운 외투를 입고 몸을 웅크린 채 끄덕도 하지 않는 것 같았다. 영사기가 두 번 고장이 났는데, 우리가 텅 빈 화면을 바라보는 동안 아래층에서는 휘파람 소리와 발을 구르는 소리가 요란하게 들려왔다.

매기 로빈슨은 커튼 옆의 어슴푸레한 불빛 속에 서서 아직도 헬렌과 나를 넋 나간 듯이 바라보고 있는 것 같았다. 나는 눈을 들 때마다 그녀가 무언가 의미 있는 듯한 눈길로 우리를 빤히 바라보고 있는 것을 보았다. 하지만 영화가 반쯤 진행되었을 때 커튼 뒤에서 소동이 일어나 우리에게 쏠렸던 그녀의 주의가 흐트러졌다. 이어서 커다란 형체가 커튼을 뚫고 들어와 그녀를 갑자기 옆으로 밀쳐냈다.

믿을 수 없는 일이었지만 그 사람은 고버 뉴하우스였다. 나는 그가 시도 때도 없이 술을 마시는 것을 전에도 몇 번 본 적이 있었고, 오늘도 그는 술에 절어 있었던 게 분명했다. 그가 오후에는 대개 선술집 뒷방에서 시간을 보냈는데, 진탕 술을 마신 뒤 잠시 쉬면서 긴장을 풀려고 지금 여기 나타난 것이다.

그는 비틀거리며 통로를 올라오더니 놀랍게도 우리 줄로 들어와서 헬렌의 무릎 위에 잠깐 앉았다가 내 발가락을 밟고는 마지막으로 내 왼쪽 좌석에 그 거대한 몸을 내던졌다. 다행히 그 좌석도 2인용 연인석이어서 중간에 팔걸이는 없었지만, 그런데도 그는 편안한 자세를 찾지 못해 상당히 애를 먹었다. 그는 헐떡거리면서 몸을 벌레처럼 꿈틀거렸다. 어둠 속에서 씨근거리고 킁킁거리고 꿀꿀거리는 소리는 돼지우리에서 나는 소리 같았다. 하지만 마침내 그는 편안한 자리를 찾았고, 동굴 속에서 들려오는 듯한 트림 소리와 함께 잠을 잘 태세를 갖추었다.

고버의 코고는 소리는 달콤한 러브스토리에 종말을 고하는 종소리 같았다. 그의 코고는 소리가 내 귀에 울려 퍼지고 김빠진 맥주의 시큼한 냄새가 물씬 풍겨왔기 때문에 나는 영화의 감동을 전혀 음미하지 못했다.

마지막 클로즈업 장면이 끝나고 불이 켜졌을 때 나는 오히려 구원받은 심정이었다. 나는 헬렌이 조금 걱정스러웠다. 시간이 갈수록 그녀의 입술이 떨리고 이따금 그녀가 눈살을 찌푸려 찡그린 표정을 짓는 것을 나는 알아차렸다. 헬렌은 화가 난 게 아닐까? 하지만 운 좋게도 매기가 목에 바구니를 걸고 나타나 우리 앞에 서서, 내가 초콜릿 아이스크림 두 개를 사는 동안 여전히 짓궂은 눈길로 우리를 노려보았다.

나는 아이스크림을 한 입 먹었을 때 내 앞자리에 있는 외투 속에서 무언가가 꿈틀거리는 것을 알아차렸다. 작달막한 사내가 다시 공격을 개시하려는 참이었다. 험상궂은 얼굴로 쏘아보는 눈길은 여전히 오싹할 만큼 냉담했다.

"나는 알고 있었소. 당신 생각이 틀렸다는 걸 처음부터 알고 있었지."

"그래요?"

"짐승들 속에서 50년 동안이나 살았는데, 그런 내가 모를 리 없지. 위가 나쁠 때는 절대 그런 식으로 행동하지 않아요."

"그런가요? 어쩌면 아저씨 말씀이 맞을지도 모르죠."

작달막한 사내는 자리에서 더 높이 몸을 비틀었다. 순간 나는 그가 의자 등받이를 넘어 내게 덤벼드는 줄 알았다. 그는 집게손가락을 들어올렸다.

"첫째로, 위가 고장 난 짐승은 똥이 단단한 법이오."

"알겠습니다."

"그런데 돌이켜 생각해보면 그 녀석의 똥은 묽었소. 아주 묽었지."

"예, 맞습니다." 나는 헬렌을 힐끔 보면서 서둘러 말했다. 이거 정말 멋지군. 낭만적인 분위기를 완성하기 위해 꼭 필요한 것이 바로 이 사내였다.

그는 콧방귀를 뀌며 고개를 돌렸다. 그리고 다시 한 번 우리는 그 모든 일이 미리 짠 각본에 따라 연출되기라도 한 것처럼 어둠 속으로 던져졌고, 또다시 요란한 소리가 터져 나왔다. 내가 등받이에 몸을 기대고 부들부들 떨고 있을 때 무언가가 잘못 되었다는 생각이 문득 내 머리를 스쳤다. 귀에 거슬리는 이 웨스턴 음악은 도대체 무엇인가? 그때 제목이 스크린에서 번득였다. '애리조나의 권총'

나는 놀라서 헬렌을 돌아보았다.

"이게 어떻게 된 거죠? 스코틀랜드 영화를 하기로 되어 있었잖아요. 우리가 보러 온 영화는 분명 스코틀랜드 영화였는데……."

"그렇게 되어 있었죠." 헬렌은 잠시 말을 끊고 어설픈 미소를 지으며 나를 바라보았다. "하지만 그 영화를 틀어주지 않을 건가 봐요. 덤으로 보여주는 영화는 예고도 없이 바꾸는 경우가 많아요. 하지만 아무도 불평하지 않는 것 같아요."

나는 진저리가 나서 자리에 털썩 주저앉았다. 또 실수를 저질러버린 것이다. 레니스턴 호텔에 춤을 추러 갔을 때는 춤을 추지 못했고, 오늘 밤에는 엉뚱한 영화를 보게 되다니! 이 정도면 나도 천재임이 분명했다. 실수를 잘 저지른다는 점에서는.

"미안해요. 너무 언짢게 생각지 않으셨으면 좋겠군요."

그녀는 고개를 저었다.

"아니, 조금도 언짢게 생각지 않아요. 그리고 이 영화도 어쩌면 괜찮은 영화일지 몰라요."

하지만 오래된 서부극이 진부한 메시지를 전달하기 시작했을 때 나는 희망을 버렸다. 오늘 밤도 역시 실패한 저녁이 될 것 같았다. 나는 무장 수색대가 똑같은 바위 옆을 네 번째로 지나가는 것을 냉담하게 지켜보았지만, 귀청이 터질 것처럼 요란한 일제 사격의 총소리가 울려 퍼졌을 때는 전혀 준비가 되어 있지 않았다. 그 소리에 나는 너무 놀라서 펄쩍 뛰어올랐고, 잠자고 있던 고버조차도 눈을 떴을 정도였다.

"이봐! 이봐! 이봐!" 그는 벌떡 일어나 고함을 지르면서 두 팔을 마구 휘둘렀다. 그가 휘두른 손등에 옆머리를 정통으로 맞은 나는 뒤로 넘어져 헬렌의 어깨에 세게 부딪혔다. 그녀에게 미안하다고 말하려는 순간 그녀의 입술이 떨리고 이마에 주름이 지는 것을 보았다. 하지만 이번에는 찌푸린 표정이 얼굴 전체로 퍼져서 그녀의 얼굴이 금방이라도 터질 것 같았다. 그녀는 소리 없이, 그러나 자신을 주체할 수 없다는 듯이 웃기 시작했다.

나는 여자가 그렇게 웃는 것을 본 적이 없었다. 그것은 그녀가 오랫동안 하고 싶어 했던 일인 것 같았다. 그녀는 머리를 의자 등받이에 기대고 다리를 앞으로 쭉 뻗고 두 팔을 양옆으로 축 늘어뜨리고 뒤로 드러눕다시피 한 자세로 자신을 웃음에 완전히 내맡겼다. 그녀는 웃음이 다 나올 때까지 기다렸다가 천천히 나를 돌아보았다.

그녀는 내 팔에 손을 올려놓았다.

"저기요, 다음엔 그냥 산책이나 가는 게 어떻겠어요?"

나는 마음이 편안해졌다. 고버는 다시 잠들었고, 아까보다 더 커진 그의 코고는 소리는 스크린에서 들려오는 총소리, 고함소리와 경쟁을 벌이고 있었다. 앞자리에 앉아 있는 작달막한 사내가 누군지는 여전히 생각나지 않았지만, 그가 아직도 나한테 볼일이 끝나지 않았다는 느낌이 들었다. 시계는 여전히 4시 20분을 가리켰다. 매기는 여전히 우리를 노려보았고, 땀방울이 내 등을 끊임없이 흘러내렸다.

주위 환경은 내가 바란 대로는 아니었지만, 상관없었다. 다음을 기약할 수 있을 것 같았으니까.

34

헬렌과 함께 영화를 보러 간 이후에는, 저녁이 되면 그녀를 만나러 가는 게 자연스럽게 내 습관처럼 되어버렸다. 그래서 저녁 8시쯤 되면 내 발은 나도 모르는 사이에 저절로 그녀의 집을 향하는 것이었다. 물론 나는 가고 싶은 충동과 싸웠다. 그래서 밤마다 가지는 않았다. 수의사 일은 하루 24시간 내내 나를 붙잡을 때가 많았고, 예의를 지켜야 한다는 생각도 있었고, 앨더슨 씨도 있었다.

헬렌의 아버지는 몇 년 전 아내를 잃은 뒤 자기 껍질 속에 틀어박혀 사는, 그래서 존재감이 희미해진 작달막한 노인이었다. 앨더슨 씨는 평생 축산업에 종사했고 그의 농장은 데러비에서 제일 좋은 축에 들었으나, 그의 마음은 딴 데 가 있는 것처럼 보일 때가 많았다. 그에게는 몇 가지 독특한 버릇이 있었는데, 일이 잘 안 될 때는 혼자서 중얼거리곤 했지만, 일이 잘 풀려서 기분이 좋을 때는 가락도 없는 노래를 큰 소리로 흥얼거리곤 했다. 그것은 멀리까지 들리는 소리여서, 내가 직업상 그 집을 방문하면 축사들 사이로 흘러나오는 이 독특한 소리를 따라가서 그를 찾아낼 때가 많았다.

내가 처음 헬렌을 만나러 갔을 때 앨더슨 씨는 나에게 전혀 주의를 기울이지 않았다. 그의 딸에게 집적거리는 그렇고 그런 젊은이들 가운데 하나였을 뿐이니까. 하지만 시간이 지나면서 내 방문이 점점 잦아지자 앨더슨 씨는 갑자기 나를 의식하게 되었고, 관심을 가지고 나를 바라보기 시작했다. 그 관심은 점점 깊어져서 오래지 않아 경계심으로 바뀌었다. 사실 앨더슨 씨를 탓할 수도 없었다. 그는 헬렌을 끔찍이 사랑했고, 딸을 좋은 남자에게 시집보내고 싶어 하는 것은 당연한 일이었다. 게다가 그리 멀지 않은 곳에 그런 남자가 하나 있었는데, 리처드 에드먼드라는 젊은이였다. 리처드의 아버지는 앨더슨 씨의 오랜 친구였고, 5000헥타르나 되는 농장을 가지고 있었다. 에드먼드 집안은 부유하고 유력한 가문이었고, 리처드는 아주 똑똑한 청년이었다. 그에 비하면 이름도 없고 가난한 젊은 수의사는 보잘것없는 신랑감이었다.

내가 찾아갔을 때 앨더슨 씨가 옆에 있으면 나는 왠지 불편했다. 우리는 언제나 곁눈질로 상대를 살폈다. 내가 그를 흘낏 바라보면 그는 언제나 내게서 다른 곳으로 눈길을 돌렸고, 그가 갑자기 나를 바라보면 나도 다른 곳으로 눈길을 돌리지 않을 수 없었다. 그것은 솔직히 인정할 수밖에 없다.

나는 본능적으로 앨더슨 씨를 좋아했기 때문에 그것은 참으로 유감스러웠다. 앨더슨 씨는 온후한 성품을 갖고 있었고 선량하고 매력적인 사람이어서, 우리가 다른 상황에서 만났더라면 아주 사이좋게 지냈을 것이다. 하지만 앨더슨 씨가 나를 괘씸하게 여기고 있다는 사실을 외면할 수는 없었다. 그리고 그것은 그가 헬렌을 옆에 붙잡아두고 싶어 했기 때문은 아니었다. 앨더슨 씨는 이기적인 사람이 아니었고, 어쨌든 그에게는 헬렌이 없어도 집안 살림을 도맡아줄 뛰어난 살림꾼이 있었다. 최근에 과부가 된 누이동생이 앨더슨 가족과 함께 살러 왔기 때문이다. 이 루시

고모는 집안 살림을 꾸리면서 두 조카를 제대로 돌볼 능력을 충분히 갖추고 있었다. 게다가 앨더슨 씨는 어떤 변화의 가능성에도 저항하는 완고한 기질을 갖고 있었다.

그래서 헬렌과 함께 그 집을 나올 때는 언제나 구원받은 심정이었다. 그러면 만사가 순조로웠다. 우리는 마을회관에서 열리는 무도회에도 가고, 언덕들 사이로 뻗어 있는 풀이 무성한 오솔길을 걷기도 하고, 때로는 내가 저녁 왕진을 가는 곳에 그녀가 따라가기도 했다. 대러비에는 특별히 할 일이 없었지만 긴장감은 전혀 없었다. 우리 자신의 따뜻한 존재 속에서 자족하는 느낌은 모든 것을 의미 있고 가치 있게 만들어주었다.

내가 파넌과 어떤 대화를 나누지 않았다면 헬렌과 나의 관계는 이런 식으로 무한정 계속되었을지도 모른다. 파넌과 나는 잠자리에 들기 전에 자주 그랬듯이 스켈데일 하우스의 큰 방에 앉아서 그날 있었던 일들에 대해 이야기를 나누고 있었는데, 파넌이 갑자기 큰 소리로 웃으면서 제 무릎을 탁 때렸다.

"오늘 저녁에 해리 포스터 영감이 치료비를 내러 왔어. 정말 재미있는 영감이야. 의자에 앉더니 방을 둘러보면서 이렇게 말하더군. '파넌 선생, 여긴 정말 아담하고 멋진 보금자리군요.' 그런 다음 장난기 어린 표정으로 덧붙이기를, '이젠 이 보금자리에 새가 한 마리 둥지를 틀 때가 된 것 같소. 작은 새가 한 마리 있어야겠어요.' 하는 거야."

나도 따라 웃었다.

"지금쯤은 원장님도 그런 이야기에 이골이 났을 텐데요 뭐. 사실 말해서 원장님이야말로 대러비에서 가장 이상적인 신랑감이 아닐까요. 사람들은 원장님을 빗대어 이런저런 비평을 하고 있는데, 원장님을 장가보낼 때까지는 그만두지 않을 겁니다."

"잠깐만, 제임스. 속단하지 말게." 파넌은 생각에 잠긴 눈으로 나를 바라보았다. "나는 해리 영감이 나를 두고 그런 말을 했다고는 생각지 않네. 그건 바로 자네를 염두에 두고 한 말이야."

"무슨 말씀이세요?"

"생각해봐. 어느 날 밤에 헬렌과 함께 산책을 하다가 해리 영감네 목초지에서 그분과 우연히 마주쳤다고 말한 적 있지? 해리 영감은 그때 한눈에 알아봤을 거야. 그래서 자네가 결혼할 때가 되었다고 생각한 거지."

나는 의자에 등을 기대고 웃음을 터뜨렸다.

"내가요? 결혼을 해요? 설마 그런 일이 일어날 수 있겠어요? 아니, 상상이나 할 수 있겠어요? 해리 영감님도 참!"

파넌은 몸을 앞으로 기울였다.

"뭐가 그렇게 우습지? 해리 영감 말이 옳아. 자네는 결혼해도 좋을 때가 됐어."

"그게 무슨 소립니까?" 나는 믿을 수가 없어서 그를 빤히 바라보았다. "도대체 지금 무슨 말씀을 하시는 거예요?"

"아주 간단해. 자네가 결혼해야 한다는 뜻이야. 그것도 빠른 시일 안에."

"이러지 마세요, 원장님. 제발 농담은 그만 해두세요."

"왜 내가 농담을 하겠나?"

"저는 이제 막 시작한 참이에요. 돈도 없고 아무것도 없는 빈털터리라고요. 결혼은 생각해본 적도 없어요."

"생각해본 적도 없다고? 그럼 자네는 지금 헬렌 앨더슨과 사귀고 있는 게 아니야? 아니면 내가 잘못 알고 있는 건가? 어디 말 좀 해보게."

"그야…… 지금까지는…… 예, 그렇다고 볼 수도 있겠지요."

파넌은 의자에 편안하게 등을 기대고 두 손의 손가락을 맞대고 재판관 같은 표정을 지었다.

"좋아. 자네는 그 아가씨랑 사귀고 있다고 인정했어. 이젠 거기서 한 걸음만 더 나아가보세. 헬렌은 내가 보기에도 아주 매력적인 여자야. 실제로 헬렌이 장날 시장에 나타나면 교통 혼잡이 일어날 정도라고. 헬렌이 똑똑하고 차분하고 요리 솜씨도 뛰어나다는 건 널리 알려진 사실이지. 거기에 대해선 자네도 동의하겠지?"

"물론입니다." 나는 그의 잘난 체하는 태도에 화가 나서 짜증스럽게 말했다. "하지만 이게 도대체 무슨 일입니까? 왜 판사님처럼 말씀하시는 거죠?"

"나는 내 생각을 입증하려고 애쓰고 있을 뿐이야. 자네 앞에 이상적인 신부감이 나타났는데도 자네는 손 놓고 세월만 보내고 있다는 게 내 생각이야. 사실 까놓고 말하면 나는 자네가 빙글빙글 맴만 돌지 말고 본격적으로 행동에 나서주었으면 좋겠어."

"하지만 그렇게 간단한 게 아니에요." 내 목소리가 높아졌다. "아까도 말씀드렸듯이 결혼하려면 지금보다 형편이 훨씬 좋아져야 할 겁니다. 어쨌든 저한테 기회를 주세요. 내가 그 집에 다니기 시작한 지 겨우 몇 주밖에 안 됐어요. 그렇게 빨리 결혼을 생각하는 사람은 없습니다. 그리고 또 한 가지 문제가 있는데, 헬렌의 아버지가 저를 좋아하지 않아요."

파넌은 머리를 한쪽으로 기울였다. 성자 같은 표정이 그 얼굴에 자리 잡기 시작하는 것을 보고 나는 이를 악물었다.

"이보게 제임스, 자네를 위해서 꼭 해야 할 말이 있는데 화내지 말고 들어주게. 신중함은 미덕일 때가 많지만, 자네 경우에는 신중함이 지나쳐. 그건 자네 성격에서 사소한 결점이지만, 때로는 그게 다양한 방식으로 나타난다네. 예를 들면 일할 때도 자네는 문제에 너무 신중하게 접근해. 자네는 언제나 걱정이 너무 많아서 탈이야. 대담하게 앞으로 돌진해야 할 경우에도 겁을 먹고 한 걸음씩 조심스럽게 접근하지. 자네는 위험이 전혀 없을 때도 계속 위험을 보고 있어. 자네는 운에 맡기고 대담하게 행동하는 법을 배워야 돼. 지금 자네는 자신의 의심 때문에 좁은 행동반경 속에 자신을 가두고 있는 꼴이야."

"선천적인 우유부단형이란 말이죠?"

"진정하게, 제임스. 그런 말은 하지 않았어. 하지만 이야기하다 보니까 또 한 가지 사소한 문제를 제기하고 싶어졌는데, 내가 이런 말을 해도 너무 한다고 생각지는 말게. 자네는 결혼하기 전까지는 나한테 충분한 도움을 주지 못할 거야. 솔직히 말해서 자네는 점점 더 멍청하게 딴 생각에 잠겨 있어서, 근무 시간의 절반 정도는 자네 자신이 뭘 하고 있는지도 모르는 것 같아."

"도대체 무슨 말씀을 하시는 거예요? 그런 말은 들어본 적이……."

"내 말을 끝까지 들어주게, 제임스. 내 말은 다 사실이야. 자네는 꿈꾸는 사람처럼 돌아다니는가 하면, 내가 자네한테 말하고 있을 때 멍하니 허공을 쳐다보는 버릇이 생겼어. 치료법은 딱 한 가지뿐이야."

"아주 간단한 치료법이겠죠?" 나는 소리를 질렀다. "돈도 없고 집도 없는데, 행복하다고 비명이나 지르며 결혼이나 해라. 걱정할 건 아무것도 없다!"

"아아, 또 시작이군. 자네는 걸핏하면 문제점이나 찾아내는 버릇이 있어." 그는 쾌활하게 웃고 나서 동정과 애정이 뒤섞인 눈으로 나를 바라보았다. "돈이 없다고 자네는 말하지만, 조만간 자네는 이 병원의 동업자가될 거야. 자네 이름을 새긴 명판이 병원 앞 난간에 내걸릴 테니까 일용할양식이 부족하진 않을 거야. 그리고 집 문제라면, 이 집에 잔뜩 있는 빈방들을 봐. 위층에 오붓한 살림방을 꾸미는 건 전혀 어렵지 않아. 그러니까 그건 아주 하찮고 사소한 문제일 뿐이야."

나는 마음이 산란하여 손으로 머리카락을 빗질했다. 머리가 어찔어찔하기 시작했다.

"원장님 말씀을 들으니 모든 게 너무 간단하게 여겨지는데요."

"아니, 정말로 간단해!" 파넌은 의자에 똑바로 앉았다. "더 이상 꾸물거리지 말고 지금 당장 나가서 그 아가씨한테 청혼해. 그리고 이 달이 가기전에 교회로 데려가!" 그는 나에게 손가락 한 개를 흔들었다. "인생의 어려움을 피하려 들지 말고 먼저 나서서 싸우는 법을 배우게. 우유부단한태도를 던져버리라는 얘기야." 그는 주먹을 불끈 쥐고 짐짓 점잔을 빼며말했다. "인생사에는 때가 있는 법이야. 기회가 오면 그걸 붙잡아."

"알았어요. 알았어." 나는 의자에서 일어나면서 말했다. "그만하면 됐습니다. 무슨 말씀인지 알겠어요. 이제 그만 자러 가겠습니다."

파넌이 우연히 쏟아낸 말에 영향을 받아 인생이 근본적으로 달라진 최초의 인간이 나라고는 생각지 않는다. 그때는 파넌의 의견이 엉뚱하다고생각했지만, 그가 뿌린 씨는 하룻밤 사이에 싹을 틔우고 꽃을 피웠다. 내가 아직 젊은 나이에 가장이 되고 아빠가 된 사실에 그가 책임을 져야 하는 것은 의심할 여지가 없다. 내가 헬렌에게 그 이야기를 꺼냈을 때 그녀는 좋다고, 자기도 나와 결혼하고 싶다고 대답했고, 우리는 되도록 빨리 결혼식을 올릴 날짜를 잡았기 때문이다. 그녀가 처음에는 놀란 것 같았다. 아마 그녀도 나에 대해 파넌과 같은 생각을 갖고 있었을 것이다. 그래서 내가 날아오를 준비를 모두 갖추고 이륙하려면 몇 년은 걸릴 거라고 예상했을 게 분명하다.

어쨌든 내가 거기에 대해 충분히 생각해볼 시간도 갖기 전에 모든 일이 척척 결정되었고, 처음에는 그 모든 생각을 비웃던 내가 어느새 우리 살림집으로 쓰게 될 스켈데일 하우스의 3층 방에 가구를 비치할 계획을 세우고 있었으니, 내가 생각해도 참으로 놀라운 변화였다.

지평선에 구름이 한 조각 걸려 있을 뿐, 더없이 행복한 시간이었다. 하지만 그 구름이 점점 커지고 불길해졌다. 헬렌과 손을 잡고 걸으면 나는 마음이 들떠서 하늘을 나는 기분이었지만, 그녀는 계속 호소하는 듯한 표정으로 나를 다시 땅으로 끌어내렸다.

"짐, 정말로 아빠한테 말씀드려야 돼요. 이젠 아빠도 아셔야 할 때가 됐어요."

35

나는 수의사 자격증을 따기 훨씬 전에 시골 수의사는 더럽고 냄새나는 직업이라는 경고를 받은 적이 여러 번 있었다. 나는 그 사실을 받아들여 거기에 순응해왔지만, 내 삶의 이런 면이 불쑥 크게 느껴져서 거의 참을 수 없게 될 때가 더러 있었다. 오랫동안 뜨거운 물로 목욕을 한 뒤에도 여전히 내 몸에서 악취가 나는 지금이 그런 때다.

김이 모락모락 피어오르는 물에 담갔던 몸을 일으키며 나는 내 팔에 코를 대고 킁킁 냄새를 맡았다. 냄새는 여전히 남아 있었다. 토미 디얼러브네 농장에서 암소의 출산을 도울 때 맡았던 그 지독한 악취의 기억이 비누와 소독제의 공세를 뚫고 의기양양하게 되살아났다. 그 냄새는 오늘 오후 4시에 맡았을 때와 거의 다름없이 생생하고 지독했다. 시간이 지나기를 바라는 것 외에는 그 냄새를 지울 방법이 없었다.

하지만 내 안의 무언가가 이런 상태로 침대에 들어간다는 생각에 저항했다. 나는 욕실 선반에 늘어선 병들을 필사적인 심정으로 살펴보았다. 이윽고 커다란 유리병 속에서 진분홍색으로 빛나고 있는 홀 부인의 욕실용 소금에 눈길이 멎었다. 이것은 내가 한 번도 시도해본 적이 없는 것이었다. 나는 유리병을 기울여 내 발 주위의 물에 소금을 한 줌 뿌렸다. 피어오르는 수증기가 갑자기 달콤한 냄새를 띠며 내 코를 찌르자 머리가 잠시 핑 돌았다. 나는 충동적으로 유리병에 든 소금을 거의 다 욕조에 쏟아 붓고, 다시 수면 아래로 내려가 온몸을 물에 담갔다.

기름기 도는 액체가 내 주위에서 찰싹거리는 동안 나는 만족스러운 미소를 띤 채 한참동안 물속에 누워 있었다. 토미 디얼러브네 농장에서 묻혀온 냄새도 이 처치에는 견뎌내지 못했다.

이 모든 과정이 나를 마취시키는 효과를 발휘했다. 내가 베개에 머리를 묻었을 때는 반쯤 잠들어 있는 상태였다. 그 후 잠시 행복감 속을 떠돌다가 달콤한 잠에 빠져들었다. 그래서 베개 옆에 놓인 전화가 요란하게 울렸을 때는, 이건 공정하지 않다는 기분과 개인적인 모욕감이 여느 때보다 훨씬 강하게 느껴졌다. 졸린 눈을 깜박이며 시계를 보니 오전 1시 15분이었다. 나는 수화기를 들고 졸린 목소리로 중얼거렸지만, 앨더슨 씨의 목소리를 알아들은 순간 잠이 확 달아났다. 캔디가 새끼를 낳고 있는 중인데 무언가가 잘못된 것 같으니 지금 당장 와줄 수 있느냐는 것이었다.

야간에 불려나갈 때마다 나는 언제나 '이게 바로 내가 선택한 일'이라는 기분을 갖고 있었다. 내 차의 헤드라이트 불빛이 아무도 없는 시장 바닥에 깔린 자갈을 비추었을 때 또다시 기본으로 돌아간 느낌, 이것이 진정한 나라는 느낌이 들었다. 조용한 집들, 단단히 닫힌 커튼, 길고 텅 빈 도로는 이내 시골길로 바뀌어, 양쪽에 돌담이 끝없이 이어졌다. 이럴 때면 나는 대개 활력이 잠시 중단된 상태에 있었고, 차를 올바른 방향으로 몰고 갈 수 있을 만큼만 깨어 있었다. 하지만 오늘 밤에는 정신을 바짝 차리고 있었고, 마음은 불안하게 시간을 새기고 있었다.

캔디는 특별한 존재였기 때문이다. 집에서 키우는 소인 캔디는 앨더슨 씨가 특히 애지중지하는 작고 예쁜 저지종 암소였다. 앨더슨 씨의 가축 가운데 저지종은 캔디뿐이었다. 뿔이 짧은 더럼종 소에서 짠 우유는 큰 낙농장이 수집해 가도록 교유기로 들어가는 반면, 영양분이 풍부하고 노란색을 띤 캔디의 우유는 아침마다 가족이 먹는 죽에 들어가거나 크림으로 가공되어 트리플과 과일 파이 위에 수북이 쌓이거나 버터로 가공되었다. 그 황금빛의 매끄럽고 보드라운 버터를 먹으면 꿈꾸는 듯한 기분이 들었다.

하지만 이 모든 것을 떠나서라도 앨더슨 씨는 무조건 캔디를 좋아했다. 그가 외양간을 지나갈 때는 대개 캔디 맞은편에 멈춰 서서 혼자 콧노래를 불렀고, 캔디 앞을 지나가면서 캔디의 머리를 잠깐 긁어주곤 했다. 나도 때로는 모든 암소가 저지종이었으면 좋겠다고 생각하기 때문에 그를 나무랄 수는 없었다. 몸집이 작고 온순하고 암사슴처럼 천진난만한 눈을 가진 저지종 암소는 어렵지 않게 다룰 수 있었다. 발굽 모서리에는 두툼한 살이 붙어 있고 다리가 약했다. 그래서 설령 발로 걷어차도, 홀스타인종 소의 발길질에 비하면 사랑의 표시로 가볍게 토닥여주는 것 같았다.

나는 캔디의 문제가 심각하지 않기를 바랄 뿐이었다. 앨더슨 씨는 원래 나를 높이 평가하지 않았지만, 자기가 제일 귀여워하는 암소의 새끼를 내가 제대로 받아내지 못하고 허둥대면 나에 대한 일말의 기대감마저 내버릴 공산이 컸기 때문이다. 나는 불안하여 신경이 곤두섰지만, 어깨를 으쓱하고 불안을 떨쳐버렸다. 저지종의 새끼는 대체로 쉽게 받을 수 있었다.

마당에 차를 세우자 불 켜진 우리가 들여다보였다. 우리 안에는 김이 모락모락 피어오르는 뜨거운 물이 담긴 양동이 두 개가 나를 위해 준비되어 있었다. 허리까지 올라오는 문에는 수건이 걸려 있고, 오랫동안 이 농장에서 소를 돌본 스탠과 버트가 주인 옆에 서 있었다. 캔디는 푹신한 밀짚 위에 편안히 누워 있었다. 아직 진통은 시작되지 않았고 음문에는 아무것도 보이지 않았지만, 암소는 자신의 모든 것이 좋지 않다는 듯 자기 내부에 있는 무언가에 몰두한 표정을 짓고 있었다.

나는 우리 안으로 들어가서 문을 닫았다.

"앨더슨 씨, 몸속에 손을 넣어보셨습니까?"

"손을 넣어보았지만 만져지는 게 아무것도 없더군."

"아무것도 없다고요?"

"아무것도. 두세 시간 동안 진통을 했는데도 낳을 기미를 보이지 않아서 내가 손을 넣어보았지만, 머리도 없고 다리도 없고 아무것도 없네. 그리고 공간도 별로 없어. 그래서 자네한테 전화한 걸세."

이건 정말 이상한 일이었다. 나는 재킷을 벗어서 못에 걸고, 생각에 잠긴 채 셔츠 단추를 풀었다. 앨더슨 씨의 코가 움찔거리는 것을 알아차린 것은 내가 셔츠를 벗으려고 머리 위로 잡아당기고 있을 때였다. 농장 일꾼들도 코를 킁킁거리며 의아하다는 듯이 서로 얼굴을 바라보았다. 내 옷 속에 갇혀 있던 홀 부인의 목욕용 소금 냄새가 속박에서 해방되자 역겨운 물결을 이루며 퍼져나가 밀폐된 공간을 가득 채웠다. 나는 그 이질적인 냄새가 사라질지도 모른다는 기대를 품고 서둘러 팔을 씻었지만, 냄새는 오히려 더욱 심해진 것 같았다. 따뜻해진 내 피부에서 분출된 냄새는 암소와 건초와 밀짚의 정직한 냄새와 조화를 이루지 못하고 경쟁을 벌였다. 뭐라고 말한 사람은 아무도 없었다. 그들이 저속한 농담이라도 했다면 나도 웃어넘길 수 있었겠지만, 이 사람들은 그런 농담을 할 타입이 아니었다. 이 냄새에 애매모호한 점은 전혀 없었다. 그것은 도발적일 만큼 관능적인 여자 냄새였다. 버트와 스탠은 입을 딱 벌리고 나를 바라보았다. 앨더슨 씨는 입의 양끝을 내리고 여전히 콧구멍을 씰룩거리면서 맞은편 벽에 눈길을 고정시키고 있었다.

나는 속으로 움츠러들면서 암소 뒤에 무릎을 꿇었다. 그리고 순식간에 곤혹스러움을 잊었다. 암소의 질은 비어 있었다. 매끄러운 통로는 급속히 좁아져서, 내 손이 겨우 들어갈 정도만 벌어져 있는 깔쭉깔쭉한 구멍으로 이어져 있었다. 나는 그 구멍 너머에 있는 송아지의 발과 머리를 만질 수 있었다. 내 사기는 곤두박질쳤다. 자궁 염전이었다. 내가 여기서 쉽게 승리를 거둘 가망은 전혀 없었다.

나는 발꿈치에 엉덩이를 대고 앉아서 앨더슨 씨를 돌아보았다.

"자궁이 뒤틀렸네요. 자궁 안에 송아지가 한 마리 있지만, 그 송아지가 나올 길이 없습니다. 내 손이 간신히 들어갈 수 있을 정도예요."

"뭔가 이상하다고는 생각했지." 앨더슨 씨는 턱을 문지르면서 못 미더운 듯이 나를 바라보았다. "그럼 어떻게 하면 되겠나?"

"제가 송아지를 잡고 있는 동안 암소의 몸을 굴려서 뒤틀린 자궁을 바로잡도록 해야 할 것 같습니다. 여기 사람이 많은 게 다행이네요."

"그러면 다 잘될까?"

나는 침을 꿀꺽 삼켰다. 나는 이 일을 좋아하지 않았다. 암소의 몸을 굴리는 것은 효과가 있을 때도 있지만 없을 때도 있었다. 그 당시에는 암소한테 제왕절개 수술을 하는 경우가 드물었다. 뒤틀린 자궁을 바로잡는 데 성공하지 못하면 캔디를 도축업자한테 보내라고 말해야 할 것이다. 나는 그 생각을 얼른 마음에서 털어냈다.

"그러면 다 잘될 겁니다." 나는 말했다. 반드시 잘되어야 했다. 나는 버트를 앞다리에, 스탠은 뒷다리에 배치하고, 앨더슨 씨에게는 암소의 머리를 바닥에 누르고 있게 했다. 그런 다음 단단한 콘크리트 바닥에 납작 엎드려서 한 손을 질 속으로 밀어 넣어 송아지 발을 움켜잡았다.

"자, 암소를 돌리세요." 나는 헐떡거리며 말했다.

그러자 일꾼들은 다리를 시계바늘과 같은 방향으로 돌렸다. 암소가 반대쪽으로 털썩 떨어질 때 나는 송아지의 작은 발을 힘껏 잡고 매달렸다. 자궁 속에서는 아무 일도 일어나지 않는 것 같았다.

"소를 일으켜서 가슴을 바닥에 대고 앉히세요."

스탠과 버트는 능숙하게 암소 다리를 구부려서 배 밑에 대고 암소를 굴려서 가슴을 바닥에 대고 엎드린 자세를 취하게 했다. 암소가 자리를 잡았을 때 나는 고통에 못 이겨 비명을 질렀다.

"다시 원래 자세로 돌려놓으세요, 빨리요! 반대 방향으로 돌렸어요."

매끄러운 띠 모양의 근육 조직이 놀랄 만한 힘으로 수축하면서 내 손목을 조였기 때문에 손목이 마비될 것 같았다. 다시는 거기에서 손을 빼내지 못할 것 같은 느낌이 들어서 나는 잠시 공포에 사로잡혔다.

하지만 일꾼들은 번개처럼 재빨리 암소의 자세를 바꾸었다. 몇 초도 지나기 전에 캔디는 원래대로 옆구리를 바닥에 대고 몸을 쭉 뻗고 드러누운 자세를 취했다. 내 팔을 조이고 있던 압력은 사라지고 우리는 출발점으로 돌아왔다.

나는 이를 악물고 다시 송아지의 발을 움켜잡았다.

"좋아요. 이제 암소를 반대쪽으로 돌려보세요."

이번에는 시계 반대방향으로 돌렸다. 우리는 소를 180도 회전시켰지만 아무 일도 일어나지 않았다. 나는 간신히 송아지 발을 계속 움켜잡고 있었지만, 이번에는 저항이 격렬했다. 나는 몇 초 동안 한숨 돌리면서 가만히 엎드려 있었다. 등에서 땀이 솟아나, 목욕용 소금에서 나는 이국적인 냄새를 발산했다.

"좋아요! 한 번 더 갑시다!" 내가 외치자, 일꾼들은 암소를 잡아당겨 다시 회전시켰다.

그러자, 오오! 모든 게 마술처럼 풀리는 느낌이 더할 나위 없이 좋았다. 자궁 속에는 충분한 공간이 생겼고, 내 팔은 그 넓은 자궁 속에서 자유롭게 움직일 수 있었다. 송아지는 벌써 내 쪽으로 내려오기 시작했다.

캔디는 당장 상황을 알아차리고 처음으로 몸을 들어 올리면서 힘을 주었다. 승리가 바로 코앞에 있음을 느끼고 캔디는 또 한 번 오랫동안 힘을 주었다. 그러자 흠뻑 젖은 송아지가 튀어나와 내 품 안에서 꿈틀거렸다.

"아이쿠, 마무리는 빨랐군." 앨더슨 씨가 의아한 듯이 중얼거렸다. 그러고는 건초를 한 움큼 집어서 새끼를 닦아주었다.

고맙게도 나는 양동이에 들어 있는 따뜻한 물과 비누로 팔을 씻었다. 새끼를 받을 때마다 안도감을 느끼게 마련이지만, 이번 경우에는 그 느낌이 너무나 컸다. 칸막이 우리 안에서 미용실 같은 냄새가 나는 것은 더이상 중요하지 않았다. 나는 마냥 기분이 좋았다. 자러 가는 버트와 스탠이 내 옆을 지날 때 믿지 못하겠다는 듯 마지막으로 한 번 더 코를 킁킁거렸지만, 나는 모르는 척 잘 자라는 인사만 했다. 앨더슨 씨는 캔디에게 말을 걸면서 벌써 몇 번이나 닦아준 새끼를 또 닦아주었다. 그는 송아지한테 흠뻑 빠진 것 같았다. 그를 탓할 수도 없었다. 송아지는 디즈니 영화에서 빠져나온 것처럼 귀엽게 생겼기 때문이다. 연한 금빛을 띤 황갈색 털, 믿을 수 없을 만큼 작은 몸집, 투명할 만큼 맑은 크고 검은 눈, 사람을 신뢰하는 천진난만한 표정. 거기에다 암놈이기까지 했다.

농부는 송아지가 휘핏(그레이하운드 비슷하게 생긴 경주용 개)이라도 되는 것처럼 녀석을 들어서 어미의 머리 옆에 뉘어주었다. 캔디는 기쁜 듯이 목을 울리면서 작은 새끼를 샅샅이 냄새 맡고는 혀로 핥기 시작했다. 나는 앨더슨 씨를 지켜보고 있었다. 그는 뒷짐을 진 채 뒤꿈치를 딛고 서서 앞뒤로 몸을 흔들고 있었다. 그 장면에 완전히 홀려 있는 게 분명했다. '이제 곧 시작하겠군.' 나는 생각했다. 내 생각이 옳았다. 가락이 맞지 않는 콧노래가 환희의 찬가처럼 여느 때보다 훨씬 큰 소리로 시작되었다.

고무장화를 신고 서 있는 내 몸이 뻣뻣해졌다. 지금보다 더 좋은 기회는 다시 오지 않을 터였다. 나는 헛기침으로 목청을 가다듬은 다음 단호하게 입을 열었다.

"앨더슨 씨."

그가 내 쪽으로 반쯤 고개를 돌렸다.

"따님과 결혼하고 싶습니다."

콧노래가 갑자기 뚝 그쳤다. 그는 천천히 몸을 돌려 나와 마주섰다. 그는 아무 말도 하지 않았지만, 그의 눈은 못마땅한 듯이 내 얼굴을 살피고 있었다. 그러다가 뻣뻣하게 허리를 굽히고 양동이를 하나씩 들어 물을 비운 다음 문으로 걸어갔다.

"집으로 들어오는 게 좋겠네."

가족이 모두 잠자리에 들었기 때문에 농가 부엌은 쓸쓸해 보였다. 앨더슨 씨가 양동이를 치우고 수건을 걸고 개수대에서 두 손을 꼼꼼히 씻는 동안, 나는 빈 화덕 옆에 놓여 있는 등받이 높은 나무 의자에 앉아 있었다. 이어서 앨더슨 씨는 거실로 갔고, 나는 그가 무언가에 쿵쿵 부딪히고 달그락거리며 찬장 속을 뒤지는 소리를 들었다. 다시 나타났을 때 그는 쟁반을 들고 있었는데, 쟁반 위에서는 위스키 병과 술잔 두 개가 달그락거리는 소리를 내고 있었다. 일을 끝낸 뒤 가볍게 한잔하는 것은 간단한 절차인데, 쟁반 덕분에 분위기가 딱딱해졌고, 묵직한 크리스털 술잔과 아직 따지 않은 새 술병이 격식 차린 분위기를 더욱 짙게 해주었다.

앨더슨 씨는 쟁반을 식탁 위에 내려놓고, 식탁을 우리 쪽으로 더 가깝게 끌어당긴 다음 난로 반대편 의자에 앉았다. 아무도 입을 열지 않았다. 나는 길어지는 침묵 속에서 기다렸고, 그는 이제까지 한 번도 술병을 본 적이 없는 사람처럼 술병 마개를 들여다보다가 술병이 면전에서 폭발하지나 않을까 걱정하는 것처럼 불안한 얼굴로 천천히 마개를 돌렸다.

마침내 앨더슨 씨는 아주 엄숙하고 정확하게 술을 두 잔 따랐다. 두 개의 술잔에 술이 얼마나 찼는지를 비교하려고 자주 고개를 숙이면서 똑같은 분량을 따른 다음, 의식을 마무리하는 동작으로 술잔이 놓인 쟁반을 나에게 내밀었다.

나는 내 잔을 집어 들고 기대에 찬 얼굴로 기다렸다.

앨더슨 씨는 불기 없는 난로를 잠시 들여다보다가 벽난로 위에 걸려 있는 유화 쪽으로 시선을 옮겼다. 유화에는 얕은 여울을 첨벙첨벙 건너가고 있는 암소들이 그려져 있었다. 그는 휘파람을 불려는 것처럼 입술을 오므렸지만, 마음을 바꾼 듯 인사말도 없이 위스키를 한 모금 꿀꺽 마셨다. 그게 사레가 들려서 한바탕 기침 발작을 일으켰고, 회복되기까지는 잠시 시간이 걸렸다. 호흡이 정상으로 돌아오자 자세를 바르게 세우고는 눈물이 흐르는 두 눈을 나에게 고정시켰다. 이윽고 그가 헛기침을 했고,

나는 바짝 긴장이 되었다.

"건초 만들기에는 좋은 날씨로군." 그가 말했다.

나는 그 말에 동의했고, 그는 이곳에 난생처음 와본 사람처럼 흥미로운 눈으로 부엌을 둘러보았다. 조사를 끝내자 그는 또다시 술을 한 모금 길게 들이켜고는 얼굴을 찡그리고 고개를 두어 번 세차게 저은 다음 몸을 앞으로 기울였다.

"하루 밤만 비가 오면 큰 도움이 될 텐데."

나는 분명 그럴 거라고 대꾸했고, 다시 침묵이 내렸다. 침묵이 이번에는 훨씬 오래 계속되었고, 앨더슨 씨는 침묵에 점점 익숙해지고 있는 듯 계속 위스키를 마셨다. 그리고 나는 그것이 긴장을 풀어주는 효과를 내고 있다는 것을 알 수 있었다. 그의 얼굴에 잡혀 있던 부자연스러운 주름이 매끄럽게 펴지기 시작했고, 그의 눈에서는 쫓기는 듯한 표정이 사라지고 있었다.

그가 또다시 분량을 꼼꼼하게 재면서 우리 술잔에 같은 양의 술을 다시 채울 때까지는 더 이상 아무 말도 오가지 않았다. 그는 두 번째로 따른 술을 한 모금 마신 다음, 깔개를 내려다보면서 작은 목소리로 말했다.

"제임스, 우리 집사람은 천 명에 하나 있을까말까 한 여자였다네."

나는 너무 놀라서 뭐라고 대답해야 할지 알 수가 없었다.

"부인 이야기는 저도 많이 들어서 알고 있습니다." 나는 중얼거렸다.

앨더슨 씨는 여전히 눈을 내리깐 채 그리움에 가득 찬 목소리로 말을 이었다.

"사방 몇 킬로미터를 다 뒤져보아도 그렇게 훌륭한 여자는 없었지. 그리고 이 근동에서 가장 아름다운 여자였다네." 그는 갑자기 눈을 들어 나를 바라보며 희미한 미소를 지었다. "그런 여자가 나 같은 놈한테 시집올 거라고는 아무도 생각지 않았어. 그런데 왔지." 그는 잠시 말을 끊고 눈길을 돌렸다. "그래, 나한테 시집을 왔다네."

그는 죽은 아내에 대해 말하기 시작했다. 자기연민에 빠지지 않고, 자기가 누린 행복을 그리워하고 감사하는 마음으로 차분하게 이야기했다. 그리고 나는 앨더슨 씨가 그 세대의 많은 농부들과는 다르다는 것을 알았다. 그는 아내가 '좋은 일꾼'이었다고는 한 번도 말하지 않았기 때문이다. 그 당시 대부분의 여자들은 노동력으로 평가받고 있는 것 같았다. 내가 처음 대러비에 왔을 때 아내를 막 여읜 노인에게 위로의 말을 했다가 충격을 받은 적이 있었다. 그 노인은 눈물을 훔치며, "우리 마누라는 정말 훌륭한 일꾼이었지." 하고 대답했던 것이다.

하지만 앨더슨 씨는 아내가 아름답고 상냥했다고, 그리고 자기는 아내를 무척 사랑했다고만 말했다. 그는 헬렌에 대해서도 이야기했다. 헬렌이 어렸을 때 했던 말과 행동에 대해, 헬렌이 모든 면에서 얼마나 어머니를 닮았는가에 대해 이야기했다. 나에 대해서는 한마디도 하지 않았지만, 그의 이야기를 듣는 동안 줄곧 그 이야기가 나와 관계가 있다는 느낌이 들었다. 그리고 그가 그렇게 허심탄회하게 털어놓고 있다는 사실 자체가 우리 사이의 장벽이 허물어지고 있다는 징후로 여겨졌다.

사실 그는 좀 지나칠 만큼 허심탄회하게 이야기하고 있었다. 그는 석 잔째 위스키를 벌써 절반 넘게 마셨는데, 내 경험으로 보면 요크서 남자들은 위스키를 그렇게 많이 마시지 못했다. 나는 선술집에서 맥주라면 10파인트(약 5리터)나 마실 수 있는 덩치 큰 남자들이 호박색 위스키는 냄새만 맡아도 쓰러지는 것을 본 적이 있었다. 몸집이 작은 앨더슨 씨는 술을 거의 안 하는 사람이었다. 나는 점점 걱정이 되었다.

하지만 내가 할 수 있는 일은 아무것도 없었다. 그래서 나는 그가 두서 없는 이야기를 행복하게 지껄이도록 내버려두었다. 곧 그는 의자에 벌렁 누워버렸다. 더없이 편안한 자세로 누워서, 추억으로 빛나는 눈을 내 머리 위의 어딘가에 고정시키고 있었다. 사실 그는 내가 거기에 있다는 것도 까맣게 잊고 있었던 게 아닌가 싶다. 한참동안 말하고 나서 눈길을 내려 나를 보더니, 내가 누군지 알아보지 못하고 잠시 나를 뚫어지게 바라보았기 때문이다. 내가 누군지를 겨우 생각해내자, 집주인으로서의 의무가 생각났던 모양이다. 하지만 그는 다시 술병으로 손을 뻗다가 벽에 걸린 시계를 보았다.

"이런! 벌써 네 시야. 꽤 오래 앉아 있었군. 침대까지 갈 건 없지만, 한두 시간이라도 자두는 게 좋을 것 같네." 그는 남은 위스키를 목구멍 속에 털어 넣고는 경쾌하게 벌떡 일어나 사무적인 태도로 주위를 잠시 둘러본 다음, 부삽과 부지깽이와 부젓가락 사이에 쾅하고 머리를 박으며 나가떨어졌다.

나는 겁이 나서, 난로 바닥 위에서 버둥거리는 작달막한 노인을 도와주려고 다가갔지만, 걱정할 필요는 없었다. 그가 다시 벌떡 일어나더니 아무 일도 없었던 것처럼 내 눈을 똑바로 들여다보았기 때문이다.

"저는 이만 가보는 게 좋겠습니다." 내가 말했다. "술 잘 마셨습니다."

앨더슨 씨가 '내 사위가 된 자네에게 신의 가호가 있기를!'이라거나 그와 비슷한 말을 해줄 가능성은 희박하다는 것을 깨달았기 때문에, 거기에 더 이상 머물러 봤자 아무 소용도 없었다. 하지만 나는 만사가 잘될 거라는 느낌을 받고 마음이 놓였다.

내가 문으로 걸어가자 앨더슨 씨는 나를 배웅하려고 했다. 그것은 고마운 시도였지만, 방향을 잘못 잡는 바람에 갈짓자 걸음으로 나와 더욱 멀어졌다. 그렇게 부엌을 가로지르더니 높은 찬장에 부딪혀 주저앉고 말았다. 그는 버드나무 무늬가 새겨진 정찬용 접시들이 장식되어 있는 찬장 밑에서 나를 바라보았는데, 그의 얼굴에는 그저 어리둥절한 표정이 떠올라 있을 뿐이었다.

나는 잠시 머뭇거리다가 돌아섰다.

"제가 이층까지 모셔다 드리겠습니다." 나는 사무적인 목소리로 말했고, 작달막한 노인은 내가 그의 팔을 붙잡고 반대쪽 구석에 있는 문 쪽으로 데려가도 전혀 저항하지 않았다.

우리가 삐걱거리는 계단을 올라갈 때 그는 비틀거리다가 넘어질 뻔했다. 내가 부축해주지 않았다면 또 쓰러졌을 것이다. 내가 허리를 붙잡자 그는 나를 쳐다보며 말했다.

"고맙네."

우리는 잠시 마주보고 싱긋 웃은 다음, 다시 계단을 오르기 시작했다.

나는 층계참을 가로질러 그의 침실 앞까지 그를 부축했고, 그는 문 앞에 멈춰 서서 무슨 말을 하려는 것처럼 머뭇거렸다. 하지만 결국은 나한테 두어 번 고개만 끄덕이고 안으로 들어갔다.

나는 안에서 들려오는 쿵쿵 쾅쾅 소리를 불안한 마음으로 들으면서 문 밖에 잠시 서 있었다. 하지만 문을 통해 가락 없는 콧노래 소리가 요란하게 들려오자 나는 긴장을 풀었다. 모든 게 잘될 거라는 확신이 들었다.

36

우리가 투베르쿨린 검사를 하면서 밀월을 보낸 것을 생각하면, 우리의 밀월은 대성공이었다. 어쨌든 내가 아는 많은 사람들의 경험에 비하면 우리 밀월이 훨씬 나았다. 다른 사람들은 자신의 삶에서 중대한 이 사건을 축하하기 위해 한 달 동안 햇빛 찬란한 바다 위를 돌아다니지만, 실은 그게 쓸데없는 시간 낭비라고 생각하는 경우가 많다. 헬렌과 나의 밀월은 필요한 요소를 모두 갖추고 있었다. 웃음, 성취감, 거기에 동료애까지. 하지만 우리의 밀월 기간은 일주일밖에 지속되지 않았다. 그리고 아까도 말했듯이 우리는 투베르쿨린 검사를 하면서 그 일주일을 보냈던 것이다.

그렇게 된 연유는 어느 날 아침 식탁에서 있었던 일 때문이었다. 복통을 일으킨 암말 때문에 밤새 고생하느라 눈이 충혈된 파넌이 아침 우편물을 뜯고 있었다. 둘둘 말린 두꺼운 공문서 뭉치가 관용 봉투에서 떨어지자 파넌은 놀라서 숨을 훅 들이마셨다.

"맙소사! 이것 좀 봐. 이렇게 검사를 많이 해야 하다니!" 그는 식탁보 위에 서류를 펴고, 거기에 길게 나열된 농장 이름들을 열띤 어조로 읽어 내려갔다. "더구나 이 작업을 내주에 엘러소프 부근에서 시작해주기를 바라고 있어. 아주 긴급하다는군." 그는 잠시 나를 노려보았다. "자네는 내주에 결혼할 거지, 그렇지?"

나는 의자에서 거북하게 자세를 바꾸었다.

"예, 그런 것 같군요."

파넌은 선반에서 토스트 하나를 낚아채듯 집어서 화난 벽돌공처럼 버터를 처덕처덕 발랐다.

"이건 너무 심하지 않아? 정말 미치겠군. 데일 골짜기 마루는 세상 끝이나 마찬가지야. 그런 곳에서 일주일 동안 투베르쿨린 검사를 하라니. 게다가 자네의 결혼식이 딱 그 중간에 끼어 있어. 내가 여기서 정신없이 돌아다니며 엉덩이가 닳아 없어질 만큼 열심히 일하고 있는데, 자네는 그러거나 말거나 세상에 근심걱정이라고는 하나 없이 밀월여행을 떠나 버리겠지."

그는 토스트를 한 입 베어 물고 맹렬히 씹었다.

"미안합니다, 원장님." 나는 말했다. "원장님을 곤경에 빠뜨릴 생각은 전혀 없었어요. 하필이면 지금 이렇게 바빠질 줄은 미처 몰랐죠. 게다가 이 검사를 몽땅 우리한테 떠맡길 거라고는 전혀 생각지 못했습니다."

파넌은 씹는 일을 잠시 멈추고 나를 손가락으로 가리켰다.

"바로 그거야, 제임스. 그게 자네의 문제라고. 자네는 앞을 내다보지 않아. 아무 생각 없이 그냥 똑바로 질주할 뿐이지. 그 빌어먹을 결혼식에 대해서도 자네는 걱정 하나 하지 않아. 아니, 결혼식은 계속 진척시키게. 결과가 어떻게 되든 알 게 뭐야. 될 대로 되라지!" 그는 잠시 말을 끊고, 흥분한 나머지 기도로 잘못 들어간 빵 부스러기를 뱉으려고 기침을 했다. "솔직히 나는 자네가 왜 그렇게 결혼식을 서두르는지 모르겠어. 결혼은 언제라도 할 수 있잖아. 자네는 아직 젊어. 그리고 또 하나, 자네는 그 아가씨를 거의 몰라. 겨우 몇 주 만났을 뿐이잖아."

"하지만 잠깐만요. 원장님 말씀이……."

"아니, 내 말을 끝까지 들어보게, 제임스. 결혼은 아주 진지한 단계야. 오랫동안 진지하게 생각지 않고 그 단계를 시작하면 안 돼. 도대체 왜 그걸 꼭 내주에 해야 하지? 내년에 날을 잡아도 금방 왔을 테고, 그러면 오랫동안 행복한 약혼 시절을 즐길 수 있을 텐데. 자네는 서둘러 매듭을 짓고 싶은 모양인데, 알다시피 그 매듭은 그렇게 쉽게 풀리지 않아."

"원장님, 너무 심한대요! 원장님도 잘 아시잖아요. 이게 다 원장님이……."

"잠깐만 더 들어보게. 자네의 성급한 결혼 때문에 나는 심한 두통을 앓게 되겠지만, 솔직히 말해서 나는 진심으로 자네가 잘되기를 빌어. 정말이야. 자네는 선견지명이 전혀 없지만, 그럼에도 불구하고 나는 모든 게 최선의 결과로 이어지기를 바라고 있다네. 하지만 동시에 옛 속담을 들려주고 싶군. '서둘러 결혼하면 나중에 후회한다.'"

나는 더 이상 참을 수가 없었다. 나는 벌떡 일어나서 식탁을 주먹으로 내리치며 고함을 질렀다.

"원장님, 이게 다 원장님 생각이었다고요! 나는 천천히 하려고 했는데, 원장님이……."

파년은 듣고 있지 않았다. 그는 줄곧 침착했고, 이제 그의 얼굴에 천사 같은 미소가 떠올랐다.

"자, 자, 제임스, 자네 또 흥분하기 시작했군. 앉아서 마음을 가라앉히게. 내가 자네한테 이런 식으로 말하는 걸 언짢게 여기면 안 돼. 자네는 너무 젊고, 그건 내 의무야. 자네는 아무 잘못도 저지르지 않았어. 자네 또래의 사람들이 앞일을 생각지 않고 행동한다거나, 내일 따위는 염두에도 없이 성급하게 일을 저지르는 것은 세상에서 가장 자연스러운 일이겠지. 그건 젊은이의 경솔함일 뿐이야."

파넌은 나보다 고작 여섯 살 위였지만, 걸핏하면 세상을 다 아는 노인 같은 태도를 취하곤 했다.

나는 손톱이 살을 파고들 만큼 손가락으로 무릎을 움켜잡고 이 문제를 더 이상 거론하지 않기로 결심했다. 어쨌든 나한테는 승산이 없었고, 게다가 파넌을 일터미 속에 남겨두고 혼자 도망치는 것이 조금은 걱정스러웠다. 나는 일어나서 창가로 다가가 윌 발리 영감이 자전거를 밀고 가는 것을 지켜보았다. 윌 영감은 지금까지 수백 번이나 보았듯이 오늘도 감자 자루를 자전거 핸들 양쪽에 걸고 용케 균형을 잡으며 길을 따라 올라가고 있었다. 나는 내 고용주를 돌아보았다. 문득 희한한 생각이 머리에 떠올랐던 것이다.

"원장님, 우린 엘러소프 근방에서 밀월을 보내도 좋아요. 이맘때면 그곳은 멋질 거예요. 우리는 '휘트 시프(밀 다발)' 여인숙에 머물면 됩니다. 그곳을 거점 삼아 여기저기 돌아다니면서 검사를 할 수 있을 거예요."

그는 놀라서 나를 바라보았다.

"엘러소프에서 밀월을 보낸다고? 게다가 투베르쿨린 검사를 하면서? 그건 불가능해. 헬렌이 뭐라고 하겠나?"

"헬렌은 개의치 않을 겁니다. 실은 헬렌이 기록하는 일을 맡아줄 수도 있어요. 우리는 차를 몰고 여기저기 구경이나 다닐 생각이었기 때문에 구체적인 계획을 세우지도 않았거든요. 그리고 헬렌과 저는 언젠가 '휘트 시프'에 투숙하고 싶다는 얘기를 종종 했답니다. 그 작은 여인숙에는 뭔가 매력이 있어요."

파년은 단호히 고개를 저었다.

"안 돼, 제임스. 그런 말은 안 들은 걸로 하겠네. 사실은 자네 때문에 내가 죄책감을 느끼기 시작했어. 이 일은 내가 다 알아서 처리할 테니까 자네는 다 잊어버리고 여행을 떠나서 즐겁게 지내도록 하게."

"아니, 저는 이미 결심했어요. 사실은 그 생각이 마음에 들기 시작한 걸요." 나는 목록을 재빨리 훑어보았다. "앨런 씨네 농장부터 시작하면 화요일에 그 근방에 있는 작은 농장들을 다 끝낼 수 있을 거예요. 수요일엔 결혼하고, 목요일과 금요일에 다시 그곳으로 돌아가서 2차 접종을 하고 결과를 판독하면 돼요. 주말까지는 대충 끝낼 수 있을 겁니다."

파년은 마치 나를 처음 보는 것처럼 빤히 바라보았다. 그는 주장하고 반박했지만 이번만은 나도 뜻을 굽히지 않았다. 나는 책상 서랍에서 농산부 통지서를 찾아낸 다음, 내 밀월여행에 대한 계획을 짜기 시작했다.

화요일 정오에 나는 데일 골짜기 마루의 황량한 구릉지에 몇 킬로미터에 걸쳐 흩어져 있는 앨런 씨네 수많은 가축들에 대한 투베르쿨린 검사를 끝내고, '조촐한 저녁'을 대접하겠다는 친절한 사람들의 초대를 뿌리치지 못하고 그들과 함께 식탁에 앉아 있었다. 앨런 씨가 깨끗이 닦은 식탁의 상석에 앉았고, 스무 살쯤 된 맏아들 잭과 열일곱 살쯤 된 둘째아들 로비가 나와 마주 앉았다. 젊은이들은 아주 건강하고 다부져 보였다. 나는 오전 내내 그들이 사나운 짐승들을 다루는 것을 관찰하면서 경외감 비슷한 감정을 느꼈다. 그들은 여기저기 흩어져 있는 소들을 추적해서 잡아오는 일을 몇 시간 동안이나 지치지도 않고 되풀이했다. 잭이 탁 트인 황무지에서 전속력으로 달리는 어린 암소를 따라잡아 뿔을 움켜잡고, 내가 주사를 놓을 수 있도록 천천히 땅바닥에 쓰러뜨리는 것을 나는 놀란 눈으로 지켜보았다. 내 눈으로 보면서도 믿을 수가 없었다. 올림픽 출전 선수를 선발하는 사람이 요크셔 고지대의 이 외딴 구석까지 들어올 가망이 없는 게 유감이었다. 그 사람이 여기 오면 세계를 제패할 인재를 찾을 수 있었을 텐데.

나는 명랑하고 수다스러운 앨런 부인의 놀림을 조금 견뎌야 했다. 전에 몇 번 여기 왔을 때 앨런 부인은 내가 여자들과의 관계에서 얼간이처럼 너무 굼뜨고 나를 돌봐줄 사람이 가정부밖에 없다는 것은 창피한 일이라고 사정없이 놀려댔다. 오늘도 그녀가 또 나를 괴롭힐 게 뻔했지만, 나는 때를 기다렸다. 나는 통렬한 반격을 준비해두고 있었다. 그녀가 오븐을 열자 기분 좋은 냄새가 방을 가득 채웠다. 그녀는 커다랗게 구운 로스트 햄 한 토막을 식탁에 내려놓고 미소를 지으며 나를 내려다보았다

"그런데 헤리엇 선생님, 언제쯤이면 선생님을 장가보낼 수 있을까요? 이젠 선생님도 좋은 아가씨를 찾을 때가 됐어요. 선생님도 알다시피 나는 늘 선생님을 채근하는데도 선생님은 들은 척도 안 하니."

그녀는 으깬 감자를 가지러 화덕으로 서둘러 돌아가면서 킬킬거렸다.

나는 그녀가 돌아올 때까지 기다렸다가 내 폭탄을 투하했다.

"아주머니, 실은 저도 아주머니의 충고를 받아들이기로 결심했어요. 그래서 내일 결혼하려고 합니다."

으깬 감자를 내 접시에 덜어주고 있던 선량한 여자는 허공에서 숟가락을 멈추었다.

"내일 결혼한다고요?" 너무 놀라서 모든 표정이 사라지고 멍해진 얼굴은 정말로 볼만했다.

"맞습니다. 기뻐하실 줄 알았는데요."

"하지만…… 목요일과 금요일에 여기 다시 오실 거잖아요."

"물론입니다. 검사를 끝내야 하잖아요? 아내랑 함께 올 겁니다. 여러분께 아내를 소개해드리고 싶어요."

침묵이 흘렀다. 젊은이들은 나를 뚫어지게 바라보았고, 앨런 씨는 햄을 자르던 손을 멈추고 멍하니 나를 바라보았다. 그때 부인이 분명치 않은 웃음소리를 냈다.

"이러지 마세요. 난 안 믿어요. 농담을 하고 있는 게 분명해요. 내일 결혼한다면 당연히 신혼여행을 떠나실 거 아녜요."

"아주머니." 나는 엄숙하게 말했다. "그런 진지한 문제에 대해서는 농담을 하지 않습니다. 다시 한 번 말씀드리죠. 내일은 제 결혼식 날이고, 저는 목요일에 아내를 데리고 와서 여러분께 소개하겠습니다."

완전히 낭패해진 그녀는 우리 접시에 음식을 수북이 담아주었고, 우리는 모두 말없이 먹기 시작했다. 하지만 나는 그녀가 고민하고 있는 것을 알았다. 그녀는 계속 나를 힐끔거렸고, 더 많은 질문을 하고 싶어 죽을 지경인 게 분명했다. 아들들도 흥미를 느낀 것 같았다. 워낙 말이 없는 앨런 씨만이 차분하게 음식을 먹고 있을 뿐이었다. 내가 내일 은행을 털 작정이라 해도 그는 상관하지 않았을 것이다.

내가 떠나기 직전까지는 더 이상 아무 말도 오가지 않았지만, 내가 떠나려 하자 앨런 부인이 내 팔을 잡았다.

"설마 진심으로 한 말은 아니겠죠?" 그녀의 얼굴은 긴장으로 초췌해져 있었다.

나는 차에 올라타고 창문을 통해 외쳤다.

"안녕히 계세요. 고맙습니다. 목요일에 아내하고 함께 맨 먼저 여기 올 게요."

결혼식에 대해서는 별로 기억나는 게 없다. 그것은 '조용한 잔치'였고, 내가 기억하는 것은 주로 모든 의식이 되도록 빨리 끝나기를 간절히 바랐다는 것이다. 내가 생생히 기억하는 것은 하나뿐이다. 교회에서 결혼식이 진행되는 동안, 신랑 들러리로 내 바로 뒤에 서 있던 파넌이 일정한 간격을 두고, 교회가 울릴 정도로 크게 "아멘!" 하고 외쳤다는 것이다. 신랑 들러리가 그렇게 계속 아멘을 외치는 것을 들은 것은 내 평생 그때가 처음이자 마지막이었다.

드디어 헬렌과 내가 차를 몰고 떠날 준비가 되었을 때는 믿을 수 없을 만큼 마음이 놓였다. 스켈데일 하우스 앞을 지나갈 때 헬렌이 내 손을 꽉 잡았다.

"보세요!" 그녀가 흥분하여 외쳤다. "저기 좀 보세요!"

쇠난간 위에 약간 비스듬히 걸려 있는 파넌의 놋쇠 명판 밑에 새 명판이 붙어 있었다. 그것은 검은 바탕에 하얀색의 굵은 글씨로 '영국수의사협회 회원 수의사 J. 헤리엇'이라고 새겨진 현대적인 플라스틱 명판이었다. 게다가 그 명판은 쇠난간 위에 아주 똑바로 그리고 수평으로 박혀 있었다. 나는 파넌을 보려고 뒤를 돌아보았지만, 작별인사는 이미 끝냈기 때문에 고맙다는 인사는 나중에 해야 할 것 같았다. 그래서 나는 부풀어 오르는 자부심을 안고 대러비를 떠났다. 그 명판이 무엇을 뜻하는지 알고 있었기 때문이다. 그것은 내가 파넌의 동업자가 되었다는 뜻이었다. 이 세상에 나름의 지위를 가진 사람이 된 것이다. 그렇게 생각하자 나는 좀 숨이 막혔다. 사실은 우리 둘 다 조금 어지러운 상태였다. 우리는 차를 몰고 몇 시간 동안 시골을 돌아다니다가 마음이 내키면 언제든지 차에서 내려, 시간에 구애받지 않고 마음껏 언덕들 사이를 걸어 다녔다. 우리가 길에서 한참 벗어난 것을 알았을 때는 밤 8시가 넘어 있었다. 어둠이 빠른 속도로 다가오고 있었다.

우리는 언덕 마루에 있는 황량한 황무지를 10킬로미터나 달려야 했다. 가파르고 좁은 길을 덜컹거리며 내려가 엘러소프로 들어갔을 때는 벌써 사방이 캄캄해져 있었다. '휘트 시프' 여인숙은 마을에 하나뿐인 도로에 면해 있는 낮고 수수한 회색 석조 건물이었다. 입구에는 불이 하나도 켜져 있지 않았고, 약간 곰팡내 나는 복도로 들어가자 왼쪽에 있는 선술집에서 술잔들이 부딪치는 소리가 들려왔다. 뒷방에서 한 노부인이 나타나 무표정한 눈으로 우리를 살펴보았다. 과부인 번 부인이 여인숙 주인이었다.

"아주머니, 우리 전에 만난 적이 있지요?" 내가 말하자 그녀는 고개를 끄덕였다. 나는 늦어서 미안하다고 사과하고, 이렇게 밤늦은 시간에 샌드위치를 주문해도 될지 어떨지 망설이고 있을 때 노부인이 아주 침착하게 입을 열었다.

"괜찮아요. 오시기를 기다리고 있었고, 저녁도 다 준비해두었어요."

그녀는 우리를 식당으로 안내했다. 식당에서는 그녀의 조카딸인 베릴이 따뜻한 식사를 차려주었다. 걸쭉한 렌틸콩 수프에 이어 맛있는 스튜가 나왔다. 버섯과 채소를 넣어 끓인 간단한 스튜였는데, 그것은 어떤 요리 천재가 만들어낸 게 분명했다. 그것만 먹었는데도 너무 배가 불러서 구스베리 파이와 크림은 사양할 수밖에 없었다.

'휘트 시프'에서는 줄곧 그런 식이었다. 여인숙 전체가 공격적일 만큼 유행에 뒤떨어져 있었다. 페인트를 다시 칠할 필요가 있었고, 괴상하게 생긴 빅토리아풍 가구로 가득 차 있었지만, 그 여인숙이 어떻게 명성을 얻었는지는 쉽게 알 수 있었다. 여인숙에는 멋진 손님은 없었지만 공업도시인 웨스트라이딩의 뚱뚱한 사업가들이 주말이면 아내들을 데리고 와서 식사를 하고, 다음 식사 때까지 낚시를 하거나 비할 데 없이 맑은 공기를 마시며 시간을 보냈다. 우리가 거기 머무는 동안은 손님이 한 명밖에 없었는데, 그는 달링턴 출신의 은퇴한 포목상으로, 식사 시간이 되면 항상 제시간에 식탁에 앉아, 거대한 흰색 냅킨을 턱 밑에 끼우고 눈을 번득이며 베릴이 음식 차리는 것을 지켜보았다.

하지만 헬렌과 나를 사로잡은 것은 수제햄이나 웬슬리 치즈도 아니고, 즙이 많은 스테이크와 콩팥 파이도 아니고, 월귤 파이나 거대한 요크셔 푸딩도 아니었다. 오래된 그 여인숙에는 평화가 있었다. 졸음이 오게 하는 마력이 있었다. 우리는 그것을 회상할 때마다 행복감에 잠긴다. 나는 아직도 '휘트 시프' 앞을 자주 지나가는데, 30년이 지났는데도 전혀 변하지 않은 그 낡은 석조 건물을 보면 그때의 추억이 아직도 생생하고 따뜻하게 되살아난다. 우리가 밤에 마지막 산책을 할 때 텅 빈 거리에 메아리치던 우리 발소리, 작은 방을 거의 가득 채웠던 낡은 놋쇠 침대, 우리 방 창문 너머에 밤하늘을 배경으로 거대하게 솟아 있던 언덕들의 검은 실루엣, 아래층 선술집에서 들려오던 농부들의 희미한 웃음소리.

앨런 씨네 농장에서 투베르쿨린 검사를 하기 위해 헬렌을 데리고 간 첫날 아침도 특히 즐거웠다. 차에서 내리자 앨런 부인이 부엌 창문에서 커튼 틈으로 엿보고 있는 것이 보였다. 그녀는 곧 마당으로 나왔고, 내가 신부를 데려가자 그녀는 놀란 나머지 눈이 금방이라도 튀어나올 것 같았다. 헬렌은 데일스에서 바지를 처음 입은 선구적인 여자들 가운데 하나였고, 그날 아침에도 시쳇말로 눈이 휘둥그레질 만큼 화려한 자주색 바지를 입고 있었다. 농부의 아내는 충격을 받기도 하고 매혹되기도 했지만, 헬렌도 자기와 같은 부류라는 것을 곧 알게 되었고, 몇 초도 지나기 전에 두 여자는 바쁘게 수다를 떨고 있었다. 앨런 부인이 힘차게 고개를 끄덕이고 미소가 점점 커지는 것을 보고, 나는 헬렌이 모든 상황을 설명하여 앨런 부인의 걱정을 씻어주고 있는 모양이라고 판단했다. 그들의 대화는 오래 걸렸고, 결국 앨런 씨가 두 여자의 대화에 끼어들 수밖에 없었다.

"갈 거면 지금 가야 돼." 그는 퉁명스럽게 말했고, 우리는 이틀째 검사를 시작하러 출발했다.

우리는 송아지들이 우리 안에 갇혀 있는 양지바른 언덕 비탈에서 일을 시작했다. 잭과 로비가 송아지들 사이로 뛰어들었고, 앨런 씨는 모자를 벗어서 예의바르게 담장 위의 먼지를 털었다.

"사모님은 여기 앉히도록 하세요." 그가 말했다.

나는 측정을 시작하려다가 동작을 멈추었다. 사모님! 누군가가 나에게 그 말을 한 것은 처음이었다. 나는 거친 돌담 위에 다리를 꼬고 앉아서 노트를 무릎 위에 올려놓고 연필을 쥐고 있는 헬렌을 바라보았다, 그녀는 반짝이는 검은 머리를 이마에서 쓸어 올리다가 나와 눈이 마주치자 방긋 웃었다. 나는 마주 미소를 지으면서, 우리를 둘러싸고 있는 데일스의 끝없이 펼쳐진 풍경을, 클로버와 따뜻한 풀에서 나는 데일스의 냄새를, 어떤 포도주보다도 사람을 도취시키는 그 향기를 갑자기 의식했다. 내가 그동안 대러비에서 보낸 2년은 지금 이 한순간으로 수렴되어온 것 같았다. 내 인생 최초의 큰 걸음은 바로 여기서 나에게 미소를 짓고 있는 헬렌과 스켈데일 하우스 앞에 걸려 있는 명판의 기억, 아직도 내 마음속에 생생하게 남아 있는 그 기억으로 완성되어가고 있는 것 같았다.

나는 일종의 황홀경에 빠져 무한정 서 있었을지도 모른다. 하지만 앨런 씨가 내 주의를 끌기 위해 헛기침을 했고, 나는 눈 앞의 현실로 돌아왔다.

"자, 시작합시다." 나는 소의 목에 갤리퍼스(자로 재기 힘든 물체의 두께나 지름 따위를 재는 기구)를 대면서 말했다. "38번, 7밀리미터, 음성."

그런 다음 헬렌에게 외쳤다.

"38, 7, 음."

그러자 아내는 내 말을 복창하면서 노트에 받아 적었다.

"38, 7, 음."

옮긴이의 덧붙임

사람은 누구나 직업을 가지고 있고, 그 직업을 통해서 갖가지 체험을 쌓게 되면 책 한 권쯤 써낼 수 있을지도 모릅니다. 그렇게 쓴 책이 일반 독자에게도 재미와 감동을 줄 수 있느냐 하는 점이 문제가 되겠지만요.

이 책을 처음 읽었을 때, 수의사란 책을 쓰기에 안성맞춤인 직업이구나 하고, 우선 그 점에 감탄했습니다. 온갖 종류의 동물들과 날마다 만나고 있으니, 개중에는 우스운 녀석도 많을 테고, 그런 사례들 중에서 특히 즐겁고 유쾌한 일화만 모아도 소재는 충분할 것입니다. 뒤룩뒤룩 살찌고 성질이 못된 고양이, 간호사 기질을 타고난 암캐, 새끼를 낳자마자 감춰버리는 암소, 알레르기 체질의 말 등등. 게다가 이야기들은 그 하나하나가 단편으로 쓰기에 딱 알맞은 길이와 내용을 갖고 있습니다. 이렇게 생각하면 전 세계의 모든 수의사가 책을 쓰지 않는 것이 이상하게 여겨질 정도입니다.

그러나 실제로 재미나고 감동적인 책을 쓰려면, 좋은 소재 이외에 더욱 요긴한 다른 재능이 필요합니다. 문학적 재능 말입니다. 이런 재능이 없는 아마추어라면 책을 써도 혼자 만족하는 것으로 끝날 테고, 독자들은 재미가 없어서 금방 덮어버릴 것입니다.

그렇다면, 이 책을 쓴 제임스 헤리엇은 소재와 재능이라는 두 가지 필요조건을 모두 갖춘 참으로 운 좋은 경우일 것입니다. 그는 수의대를 나온 뒤 줄곧 시골에서 개업한 수의사이고, 게다가 동물과 인간에 대한 예리한 관찰과 깊은 애정만이 아니라 뛰어난 구성력과 문장력까지 갖추고 있습니다. 그리하여 그가 쓴 책들은 영국과 미국에서 폭발적인 인기를 얻었고, 출간된 지 반세기 가까이 지난 지금도 여전히 독자들의 사랑을 받고 있습니다.●

제임스 헤리엇(James Herriot)은 1916년 10월 3일 영국 잉글랜드 북동부의 더럼 주 선덜랜드에서 태어나, 한 살 때 스코틀랜드의 글래스고로 이주하여 성장했고(아버지는 극장에서 반주하는 피아니스트, 어머니는 가수였다고 합니다), 그곳의 국립수의과대학을 졸업했습니다. 그 후 노스요크셔 주 데일 지방의 소도시(책에는 대러비라고 나오지만 실제로는 서스크)로 이주하여 시골 수의사로서 생애를 보내게 됩니다.

제임스 헤리엇 – 본명은 제임스 앨프레드 와이트(James Alfred Wight) – 이 서스크로 이주한 것은 시그프리드 파넌(본명은 도널드 싱클레어) 원장의 동물병원●에 조수로 취직했기 때문인데, 헤리엇은 나중에 이 병원의 공동경영자가 되었습니다.

수의사 제임스 와이트는 식사 때마다 아내 조앤(책 속의 헬렌)에게 재미난 고객들의 이야기를 들려주는 습관이 있었고, 그 이야기를 책으로 쓰고 싶다는 말을 입버릇처럼 하곤 했습니다. 그런 일이 무려 25년 동안이나 계속되자 조앤은 남편에게 "정말로 책을 쓸 마음이 있다면 벌써 옛날에 썼을 거예요. 이제는 너무 늦었어요. 쉰 살이나 먹은 수의사가 무슨

● 온라인 서점인 'Amazon.com'에 들어가서 'James Herriot'을 검색하면 그 인기가 어느 정도인지 알고도 남을 것입니다.

● 이 병원—작품 속의 '스켈데일 하우스'—은 싱클레어가 계속 소유하고 있다가 1995년에 죽은 뒤 자식들에게 상속되었고, 이듬해에 지방청이 사들여 '제임스 헤리엇의 세계' 박물관으로 개조한 뒤, 전 세계의 헤리엇 팬들이 방문하는 관광 명소가 되었습니다.

책을 쓴다는 거예요?" 하고 핀잔을 주었습니다. 제임스 와이트가 제임스 헤리엇이라는 필명으로 책을 쓰기 시작한 것은 아내의 그런 빈정거림이 계기가 되었다고 합니다.

헤리엇의 첫 번째 책은 『그들이 말을 할 수만 있다면』이라는 제목으로 저자가 54세 때인 1970년에 영국에서 출간되었습니다. 초판 부수는 겨우 1500부. 하지만 이 책에 주목한 출판업자가 있었습니다. 미국의 대형 출판사인 '세인트 마틴 프레스'의 사장인 토머스 매코맥. 그는 헤리엇의 두 번째 책 『수의사에게 일어나서는 안 될 일』(1972)이 나오기를 기다렸다가, 두 권을 한 권으로 합쳐 미국에서 펴낼 계획을 세웠습니다. 마음에 들지 않았던 제목을 이 기회에 바꿀 생각을 했는데, 이 문제가 거론되었을 때 작가의 딸인 로즈메리가 찬송가의 한 구절을 따서 『이 세상의 모든 크고 작은 생물들』이라는 제목을 제안했고, 매코맥은 무릎을 쳤다고 합니다. 이 책은 미국에서 출간되자마자 당장 베스트셀러가 되었습니다. 그러니 1972년이야말로 사실상 작가 제임스 헤리엇이 탄생한 해라고 할 수 있을 것입니다.

이 책이 나온 뒤《시카고 트리뷴》지에는 다음과 같은 서평이 실렸습니다. "세상에 정의라는 것이 있다면, 이 책은 이 분야의 고전이 될 것이다. 이 책의 저자는 전혀 힘들이지 않은 것처럼 술술, 그러면서도 타이밍을 완벽하게 맞추어 이야기를 들려준다. 그보다 훨씬 유명한 작가들이 평생 글을 써도 이렇게 흠잡을 데 없는 문학적 매력을 얻기는 어려울 것이다."

그의 저술 활동은 그 후에도 계속되어 여러 권의 책을 펴냈는데, 다음과 같은 4부작 시리즈로 정리되었습니다.

All Creatures Great and Small(1972년) 이 세상의 모든 크고 작은 생물들

All Things Bright and Beautiful(1974년) 모든 눈부시게 아름다운 것들

All Things Wise and Wonderful(1977년) 모든 똑똑하고 경이로운 것들

The Lord God Made Them All(1981년) 그들도 모두 하느님이 만들었다

이 제목들의 출처가 재미있습니다. 영국의 시인 세실 프랜시스 알렉산더(1818~95)의 찬송가 구절을 각 권의 제목으로 이용한 것입니다.

이 연작은 하나같이 작가 자신의 삶과 체험을 담고 있습니다. 수의대를 졸업한 뒤 대러비로 이주하여 수의사로 일하면서 만난 사람과 동물들, 꽃다운 처녀와 만나 연애하고 결혼하는 이야기(제1권)/달콤한 신혼 시절, 그럼에도 걸핏하면 한밤중에 호출을 받고 소나 말의 출산을 도우러 나가야 하는 수의사의 고락과 시골 생활의 애환(제2권)/제2차 세계대전 때문에 공군에 입대하여 훈련받는 틈틈이 대러비와 아내를 그리며 과거를 회상하는 이야기(제3권)/군에서 제대하고 대러비로 돌아와 아들과 딸을 낳고 지역 사회의 명사가 되는 이야기(제4권).•

옴니버스 형식으로 전개되는 에피소드들은 과거와 현재를 넘나들고, 인간과 동물의 경계를 허뭅니다. 《워싱턴 포스트》지의 서평대로, "어떤 이야기는 재미있고, 어떤 것은 훈훈하고, 어떤 것은 극적이고, 또 어떤 것은 눈물을 자아낼 만큼 감동적"입니다. 그렇긴 하지만 이 책들은 실제적 사실을 그대로 서술한 것은 아니기 때문에 '자전적 소설(autobiographical novel)'로 분류됩니다. 그러니까 체험 사실을 바탕으로

• 그 후 10년쯤 집필을 중단한 뒤에 『살아 있는 모든 것 *Every Living Thing*』(1992)을 내놓았는데, 1980년대에 그의 책이 드라마로 방영되는 등 큰 인기를 얻은 뒤 후속 작품을 써달라는 독자들의 성화에 따른 것이었습니다.

작가 나름의 상상력을 발휘하여 재미난 읽을거리를 창작했다는 뜻이겠지요.

와이트의 아들 짐도 아버지의 전기인 『실제의 제임스 헤리엇』(1999)에서 말하기를, 헤리엇의 많은 이야기가 책에서는 1930~50년대를 배경으로 하고 있지만, 실제로는 와이트가 1960~70년대에 돌본 동물 환자들한테서 착상을 얻었다고 합니다.

역사적 관점에서 헤리엇의 이야기들은 수의업의 과도기를 기록하는 데 이바지하고 있기도 합니다. 농업은 짐을 나르는 짐승(영국에서는 주로 짐수레를 끄는 말)을 이용하는 전통적인 방식에서 기계적인 트랙터에 의존하는 쪽으로 옮아가고 있었고, 의학 분야에서는 전통적인 재래식 치료법이 이어지는 한편에서 항생제와 그 밖의 의약품이 발견·개발되기 시작한 참이었지요. 이런 진보와 그 밖의 사회적 요인들(예를 들면 생활이 풍족해진 것)은 20세기 전반에 걸쳐 수의업에 커다란 변화를 가져왔습니다. 20세기 초만 해도 수의사는 말, 소, 양, 염소, 돼지 같은 대형 동물을 치료하는 데 사실상 모든 시간을 보냈지만, 20세기 말에 이르자 대부분의 수의사는 경제적 여유와 시간적 여유가 있는 사람들이 순전히 즐거움을 위해 소유하고 있는 개와 고양이 같은 반려동물을 주로 다루게 되었습니다. 와이트는 (헤리엇으로서) 이따금 서술의 흐름에서 벗어나, 자기가 이야기하고 있는 시대의 동물용 의약품이나 시술법이 얼마나 원시적인 상태였는지를 회상합니다. 그럼으로써 오늘날의 수의업이 어떤 과정을 거쳐 현재 수준에 이르게 되었는지를 되돌아보게 하는 것이지요.

헤리엇의 책들은 종종 '동물 이야기'로 불리고, 대부분의 이야기에서 동물들이 중요한 역할을 맡고 있는 것은 확실하지만, 그의 이야기의 전반적인 주제는 요크셔의 시골 생활이고, 그곳 사람들과 그들의 동물이 주요 요소로 등장하여 뚜렷한 특징을 제공합니다. 게다가 헤리엇의 글에 풍미를 주는 것은 사람과 동물과 그들의 밀접한 상호관계에 대한 작가의 예리한 관찰입니다. 헤리엇은 환자만이 아니라 환자의 주인들에게도 관심을 기울였고, 그의 글은 본질적으로 인간 조건에 대한 따뜻하면서도 날카로운 논평이라고 할 수 있습니다.

헤리엇의 글을 읽으면서 무엇보다 감동적인 것은 자연과 그 품안에서 살아가는 모든 생물들에 대한 저자의 순수한 애정입니다. 하지만 그 애정은 하루아침에 생겨난 것이 아니라 온갖 곤혹과 혼란과 분노를 겪는 동안에 생겨난 것이고, 그 자신이 수의사로서 가장 적당한 곳에서 일하고 있다는 자각에서 비롯한 것입니다. 게다가 그 자각에 이르는 과정은 어떤 설명이나 이치가 아니라 갖가지 구체적인 에피소드를 통해 어느덧 독자들의 마음에 진솔하게 전달됩니다. 헤리엇이 들려주는 이야기는 말하자면 사람 사는 세상의 드라마이고, 그의 책들이 영화와 드라마로 각색되어● 인기를 얻은 것도 다 그런 배경과 맥락 덕분일 것입니다.

제임스 헤리엇은 1995년 2월 23일 전립선암으로 세상을 떠났습니다.

외손녀인 엠마 페이지(헤리엇의 딸인 로즈메리의 딸)는 헤리엇의 마지막 순간을 이렇게 말하고 있습니다. "할아버지는 지난 3년 동안 편찮으셨지만, 아주 꿋꿋하고 용감하게 견디셨어요. 오늘 집에서 가족들에게 둘러싸인

● 1975년에는 『이 세상의 모든 크고 작은 생물들』이 영화로 제작되었고(30대의 앤서니 홉킨스가 시그프리드 파넌 역을 맡았음), 1978~80년과 1988~90년에는 영국 BBC 방송에서 TV드라마로 제작되어 총 90회의 시리즈로 방영하였는데, 그때 만든 세트장의 일부가 지금도 '제임스 헤리엇의 세계' 박물관에 전시되어 있다고 합니다.

채 조용히 숨을 거두셨습니다."

'지난 3년 동안'이라는 말에는 헤리엇을 둘러싼 수수께끼의 열쇠가 숨어 있습니다. 그는 타계하기 3년 전인 1992년 말에 갑자기 미국 주간지 《타임》의 인터뷰에 응했는데, 그때까지 잡지나 기타 매스미디어의 인터뷰에는 원칙적으로 응하지 않았던 헤리엇이 무엇 때문에 마음을 바꾸었을까? 이것이 수수께끼였습니다. 이제 그 수수께끼가 풀린 것입니다. 그에게 심경 변화를 일으킨 것은 암이라는 치명적인 병이었습니다.

그가 죽은 뒤, 그의 생전에 알려지지 않았던 일상적 측면들이 여러 매체에 자세히 소개되었습니다. 특히 강조된 것은 헤리엇의 청빈한 생활 태도였습니다. 그의 전기를 쓴 그레이엄 로드는 헤리엇을 아시시의 성인 프란체스코에 견줄 정도였습니다.

책이 아무리 팔리고(그의 책들은 모두 베스트셀러가 되었고, 20여 언어로 번역되어 전 세계에서 수천만 부가 팔렸습니다), 텔레비전 드라마가 인기를 얻어도, 헤리엇은 생활방식을 전혀 바꾸지 않았다고 합니다. 아내와 함께 아담하고 소박한 침실 두 개짜리 단층집에서 계속 살았고, 마지막까지 온화하고 겸손한 시골 수의사였습니다.

《타임》의 인터뷰 기사에는 다음과 같은 토로가 실려 있습니다.

"나에게 성공이 가져다준 유일한 혜택은 생활 기반이 다소 단단해졌다는 것이다. 나는 전에 하지 않았던 일은 지금도 하지 않는다. 전에 사지 않았던 물건은 지금도 사지 않는다. 생활방식을 바꾼다는 것의 의미를 모르겠다. 일을 하고 개들을 산책에 데려가고 친구들과 맥주 한잔하고…… 이런 생활이 좋다. 호화로운 생활이나 상류사회나 값비싼 물건은 나는 천성적으로 싫어한다."

온라인 백과사전인 '위키피디아'는 '제임스 헤리엇'의 생애를 다음과 같이 맺고 있습니다.

"2010년에 BBC는 제임스 헤리엇/제임스 와이트의 실화와 그가 글래스고에서 수의학을 공부하던 시절에 영감을 얻어 '젊은 제임스 헤리엇'이라는 3부작 드라마를 제작했다. 이 시리즈는 그가 학창 시절에 쓴 일기와 메모, 아들이 쓴 전기 같은 자료를 이용했다. 첫 에피소드는 2011년 12월 18일에 방영되었다. 2010년 9월에는 더럼의 갈라 극장에서 『이 세상의 모든 크고 작은 생물들』을 각색한 연극이 세계 최초로 상연되었다."

이처럼 헤리엇의 책과 삶은 아직도 살아 있습니다. 그의 책과 삶은 세상이 각박해지고 험난해질수록 더욱더 우리에게 깊은 감동과 위안을 주고 있는 것입니다.

제임스 헤리엇의 책이 우리나라에 소개된 것은 꽤 오래전입니다. 제1권과 제2권이 1986년에 전덕애 선생의 번역으로 나와 있었는데, 이런 사실을 나는 미처 몰랐습니다. 우연히 원서를 접하고 감동을 받은 나는 웅진 출판사에 헤리엇의 책을 번역해서 내자고 강력하게 추천했지요. 그래서 저작권을 확인해보니, 제1권이 또 다른 출판사에서 이미 나와 있는 것이었습니다. 아뿔사, 눈 밝은 출판인이 또 있구나! 어쩔 수 없이 제2권(2001)과 제3권(2002)만 낼 수밖에 없었습니다. 말하자면 구색을 갖추지 못한 채 나온 꼴이었지요. 그래서인지 팔림새도 시원치 않았습니다. 책은 절판되었고, 그럼에도 이 책에 흥미를 가진 이들은 헌책방을 뒤져서 찾아 읽기도 했습니다.

그렇게 15년 가까운 세월이 흐른 뒤, 아시아 출판사에서 이 시리즈의 출간을 계획하고 나에게 연락을 해왔습니다. 내가 번역한 제2, 3권의 원고를 재사용하고 싶다는 것이었는데, 이 기회에 제1권도 내가 새로 번역하고 싶다고 말했지요.

지난번에도 그랬지만 이번에도 요크셔 지방의 사투리를 어떻게 처리할 것인가를 놓고 고민했습니다. 혹시나 해서 전덕애 선생의 번역본을 구해서 보았더니, 요크셔 사투리를 전라도 사투리로 옮겼더군요. 그런데, 왜 하필 전라도 사투리인가? 아니, 군이 그럴 필요가 있을까 하는 생각에 나는 지난번과 마찬가지로 표준어로 옮겼습니다. (나는 제주 사람이어서, 내가 편한 사투리로 옮긴다면 제주어를 써야 했을 텐데, 그랬다가는 이해난망에 속수무책으로 두 손 들 독자가 많았겠지요.)

번역서 말미에 이런 사설을 늘어놓는 까닭은, 하나의 책에도 이런저런 사연과 더불어 어떤 팔자가 얽혀 있다는 이야기를 하고 싶기 때문입니다. 고전도 아닌 책이 세 번씩이나 번역되는 경우도 흔한 일은 아닐 것입니다. 아니, 고전의 반열에 오를 만한 책이라는 방증이 아닐까요? 이런 곡절 끝에 이제 다시 세상에 나가는 이 책 앞에는 과연 어떤 운명이 기다리고 있을까요?

원서에는 모두 67편의 이야기가 실려 있습니다. 그러나 그 모든 이야기가 다 재미있고 감동적인 것은 아니어서, 이 번역서에는 36편만 실었습니다. 또한 '개'를 다룬 이야기들도 뺐는데, 시리즈 전체에서 개를 다룬 이야기들만 골라서 따로 책을 낼 계획이기 때문입니다. 원서 시리즈에도 그렇게 따로 엮은 책이 『제임스 헤리엇의 개 이야기James Herriot's Dog Stories』라는 제목으로 나와 있고, 그 번역본이 웅진 출판사에서 나온 바 있음을 밝힙니다.

옮긴이 김 석 희

서울대학교 불문학과를 졸업하고 대학원 국문학과를 중퇴했으며, 1988년 한국일보 신춘문예에 소설이 당선되어 작가로 데뷔했다. 영어·프랑스어·일어를 넘나들면서 고대 인도의 서사시인 『라마야나』와 『마하바라타』(아시아 출판사), '수의사 헤리엇의 이야기' 시리즈, 허먼 멜빌의 『모비딕』, 스콧 피츠제럴드의 『위대한 개츠비』, 헨리 소로의 『월든』, 알렉상드르 뒤마의 『삼총사』, 쥘 베른 걸작선집(20권), 시오노 나나미의 『로마인 이야기』, 다니자키 준이치로의 『미친 사랑』 등 많은 책을 번역했다. 역자후기 모음집 『번역가의 서재』 등을 펴냈으며, 제1회 한국번역대상을 수상했다.

수의사 헤리엇의 이야기

이 세상의 모든 크고 작은 생물들

2016년 10월 21일 초판 1쇄 펴냄
2018년 12월 7일 초판 2쇄 펴냄

지은이 제임스 헤리엇 | **옮긴이** 김석희 | **펴낸이** 김재범
책임편집 김형욱 | **편집** 강민영 | **관리** 강초민, 홍희표 | **디자인** 나루기획
인쇄·제책 굿에그커뮤니케이션 | **종이** 한솔PNS

펴낸곳 (주)아시아 | **출판등록** 2006년 1월 27일 | **등록번호** 제406-2006-000004호
전화 02-821-5055 | **팩스** 02-821-5057
주소 경기도 파주시 회동길 445(서울 사무소: 서울시 동작구 서달로 161-1 3층)
이메일 bookasia@hanmail.net | **홈페이지** www.bookasia.org
페이스북 www.facebook.com/asiapublishers

ISBN 979-11-5662-290-1 04840
      979-11-5662-274-1 (세트)

*값은 뒤표지에 표시되어 있습니다.

이 도서의 국립중앙도서관 출판예정도서목록(CIP)은 서지정보유통지원시스템 홈페이지(http://seoji.nl.go.kr)와 국가자료공동목록시스템(http://www.nl.go.kr/kolisnet)에서 이용하실 수 있습니다.(CIP제어번호 : CIP2016023286)